백년의 고독 1

Cien Años de Soledad

세계문학전집 34

백년의 고독 1

Cien Años de Soledad

가브리엘 가르시아 마르케스

조구호 옮김

민음사

일러두기

1 본문의 각주는 모두 옮긴이 주이다.

차례

호미 가르시아 아스콧과 마리아 루이사 엘리오에게

백년의 고독 1

1장

　많은 세월이 지난 뒤, 총살형 집행 대원들 앞에 선 아우렐리아노 부엔디아 대령[1]은 아버지에 이끌려 얼음 구경을 갔던 먼 옛날 오후를 떠올려야 했다. 그 당시 마콘도는 선사시대의 알처럼 매끈하고, 하얗고, 거대한 돌들이 깔린 하상(河床)으로 투명한 물이 콸콸 흐르던 강가에 진흙과 갈대로 지은 집 스무 채가 들어서 있는 마을이었다. 세상이 생긴 지 채 얼마 되지 않아 많은 것이 아직 이름을 지니고 있지 않았기 때

---

1) 가브리엘 가르시아 마르케스에 의하면, 아우렐리아노 부엔디아 대령은 1899년 콜롬비아 보수 정권에 대항해 반란을 일으켰던 자유파 지도자 라파엘 우리베 우리베 장군이 모델이다. 아우렐리아노 부엔디아 대령은 라파엘 우리베 우리베 장군의 빼빼 마른 외양뿐만 아니라 엄격한 성격까지 닮았다. 아우렐리아노라는 이름은 라틴어의 'aurum(황금)'에서 유래하고 있다.

문에 그것들을 지칭하려면 일일이 손가락으로 가리켜야만 했다. 매년 3월경이면 누더기를 걸친 집시 가족 하나가 마을 어귀에 천막을 쳐놓고는 북을 치고 나팔을 불어 대면서 아주 소란스럽게 새로운 발명품들을 선전했다. 처음에 그들은 자석을 가져왔었다. 덥수룩한 턱수염에, 참새 발처럼 생긴 손을 지닌 뚱뚱한 집시가 자신의 이름을 멜키아데스라고 소개했는데, 그는 자신이 '지혜로운 마케도니아 연금술사들이 만든 여덟 번째 기적'이라고 이름 붙인 그 자석을 가지고 무시무시한 공개 시범을 보여 주었다. 그는 금속봉 두 개를 끌면서 이 집 저 집으로 돌아다녔는데, 냄비와 프라이팬과 부젓가락과 스토브가 놓여 있던 자리에서 굴러떨어지고, 못과 나사가 빠져나오려고 필사적으로 애를 쓰는 바람에 나무들이 삐걱거리고, 심지어 오래전에 잃어버린 물건들까지도 예전에 제일 많이 찾아보았던 바로 그 장소로부터 나타나서는 멜키아데스의 그 불가사의한 쇠붙이 뒤에 되는 대로 엉겨붙어 끌려다니는데, 이를 본 사람들은 모두 깜짝 놀라고 말았다. "사물은 제각각 생명을 가지고 있기 때문에요,[2] 영혼을 깨우기만 하면 다 되는 겁니다." 그 집시가 투박한 어조로 떠벌렸다. 항상 자연의 섭리 저 멀리, 심지어 기적과 마술 너머까지로 엉뚱한 상상력을 펼치던 호세 아르카디오 부엔디아[3]는 그 쓸모없는 발명품이 땅

---

[2] 부엔디아 가문의 역사를 예언한 멜키아데스가 한 이 말은 이 소설의, 특히 '마술적(magic)'인 차원에서, 문제 해결의 열쇠들 가운데 하나다.

[3] 마콘도는 고립된 지역이었기 때문에 평화와 원시가 공존하는 그리스 신화의 이상향 '아르카디아(Arcadia)'와 닮았다. 따라서, 마콘도의 분위기는 설

속에 있는 황금을 캐내는 데 유용하리라 생각했다. 정직한 남자였던 멜키아데스가 그에게 미리 주의를 주었다. "그런 덴 소용이 없어요." 그러나 그 당시 호세 아르카디오 부엔디아는 집시란 정직하지 않은 사람들이라고 생각하고 있었기 때문에 수노새 한 마리와 염소 한 쌍을 그 자석 쇠붙이 두 개와 맞바꾸었다. 기울어진 가산을 불리기 위해 그 동물들에 의지하고 있던 아내 우르술라 이구아란도 남편을 단념시키지 못했다. "우린 곧 집을 다 덮고도 남을 만한 황금을 갖게 될 거요." 남편이 대꾸했다. 그는 자신의 추측이 옳다는 것을 증명하기 위해 여러 달 동안 갖은 애를 다 썼다. 그 쇠붙이 두 개를 질질 끌고, 큰소리로 멜키아데스의 주문[4]을 읊조리면서 강바닥까지 포함해 일대를 샅샅이 훑었다. 그가 발굴해 냈던 것이라고는 녹이 잔뜩 슬어 각 부분이 하나로 이어져 있는 것 같은 15세기 갑옷뿐이었는데, 그 안에서는 돌이 가득 담긴 거대한 호리병에서 나는 것과 같은 둔탁한 소리가 울렸다. 호세 아르카디오 부엔디아와 그의 탐험대의 남자 넷이 갑옷을 뜯었는데, 그 안에는 여자의 곱슬 머리카락에 매단 구리 로켓[5]을 목에 건, 석회처럼 변한 해골이 들어 있었다.

3월에 집시들이 돌아왔다. 이번에 그들은 망원경과 북만한 돋보기를 가져와 암스테르담 유태인들이 최근에 발명한 것이

<hr>

립자인 호세 아르카디오 부엔디아(José Arcadio Buendía)와 연관되어 있다.
4) "사물은 제각각 생명을 가지고 있기 때문에요, 영혼을 깨우기만 하면 다 되는 겁니다."
5) 사진, 머리털, 기념품 따위를 넣어 목걸이 등에 다는 작은 금합(金盒)이다.

라며 공개했다. 그들은 마을 한쪽 끝에 집시 여인 하나를 앉혀놓고 자신들의 천막 앞에 망원경을 설치했다. 사람들은 5레알[6]을 내고 망원경에 눈을 댄 채 손에 잡힐 듯 가까이 있는 것 같은 집시 여인을 보았다. "과학이 거리감을 없애 버렸지요. 머지않아 인간은 자기 집에서 나오지 않고서도 이 세상 어디서든 일어나는 일을 다 볼 수 있다니까요." 멜키아데스가 큰 소리로 외쳤다. 이글이글 타오르는 어느 날 정오, 집시들은 그 거대한 돋보기를 가지고 놀라운 광경을 보여 주었다. 그들은 길 한가운데에 마른 풀잎들을 쌓아 놓고서 태양 광선을 모아 불을 붙였다. 그 자석 건이 실패로 돌아간 것 때문에 아직 마음을 달래지 못하고 있던 호세 아르카디오 부엔디아는 그 발명품을 전쟁 무기로 사용할 수 있을 거라는 생각을 품게 되었다. 멜키아데스는 다시금 그의 생각을 고치려고 애썼다. 그러나 결국 멜키아데스는 돋보기를 그에게 내주고 자석들과 식민지 시대 금화 세 닢을 받고 말았다. 우르술라는 속이 상해 울었다. 그 돈은 친정 아버지가 궁핍하게 살면서 평생에 걸쳐 모은 것으로, 좋은 기회가 오면 투자하려고 침대 밑에 숨겨 두었던 궤짝에 든 금화 가운데 일부였던 것이다. 호세 아르카디오 부엔디아는 과학자로서의 헌신적인 태도에다 목숨을 잃을 위험까지 무릅쓰며 자신의 전술적 실험에 완전히 몰입해 있었기 때문에 우르술라를 달래려고조차 하지 않았다. 그는 적군에게 가할 돋보기의 효력을 실험해 보려고 자신이 직접 태

---

6) 화폐 단위다.

양 광선의 초점을 쬠으로써 화상을 입어 나중에는 종창으로 변하게 되었고, 치료하는 데 많은 시간이 흘렀다. 위험하기 짝이 없는 그 발명품 때문에 염려하고 있던 아내가 만류를 했음에도 불구하고 집을 불태워 버릴 뻔하기도 했다. 그는 그 새로운 무기가 지닌 전술적 가능성이 무엇인가를 측정하면서 오랜 시간 자신의 방에 틀어박혀 지낸 결과 마침내 어찌나 명쾌한지 가르치기에도 쉽고, 읽으면 머리에 쏙쏙 들어올 수 있는 설명서를 만들어 낼 수 있었다. 그는 그 설명서를 자신의 실험에 관한 여러 증빙 자료와 여러 장의 도해와 함께 심부름꾼에게 맡겨 당국으로 보냈는데, 심부름꾼은 우편물을 실어 나르는 노새가 다니는 큰길에 다다르기 전까지는 산을 넘고, 헤어나기 힘든 늪에서 길을 잃고, 거센 강을 건너고, 맹수들의 발길질과 절망과 역병으로 인해 목숨을 잃을 지경에 처하기도 했다. 그 당시 수도로 간다는 것은 거의 불가능한 일이나 다름없었음에도 불구하고 호세 아르카디오 부엔디아는 군 당국자들 앞에서 자신의 발명품에 대한 시범을 보이고, 태양 전쟁과 관련된 복잡한 기술을 몸소 교육시킬 목적으로 정부에서 연락이 오자마자 곧장 수도로 가리라 작정하고 있었다. 여러 해 동안 회신을 기다렸다. 결국, 기다리다 지친 그가 멜키아데스 앞에서 자신의 제안이 수포로 돌아간 것을 한탄하자 그 집시는 자신이 정직하다는 사실을 충분히 입증할 만한 증거를 보여 주었다. 호세 아르카디오 부엔디아에게 돋보기 값으로 받은 금화를 되돌려주고, 덤으로 포르투갈 지도 몇 장과 갖가지 항해 도구까지 건네주었던 것이다. 또 천체 관측의, 나침반, 육분의를 사용할 때 참고할 수 있도록 헤르만 신부의 연구 결과에 대한 간략한 요약문을 손수 써서 호세 아르카디오 부엔디아에게 건네주었다. 호세 아르카디오 부엔디아는 아무도 자신의 실험을 방해하지 못하도록 집 안쪽에 만들어 놓은 골방에 틀어박혀 우기 몇 달을 보냈다. 집안일을 완전히 내팽개친 채 정원에서 별의 운행을 지켜보면서 밤을 지새웠으며, 정확하게 정오를 측정하는 방법을 설정한답시고 일사병에 걸릴 지경에 이르기도 했다. 기구들을 사용하고 제어하는 데 전문가가 되었을 때, 골방을 떠날 필요도 없이 미지의 바다를 항해하고, 사람이 살지 않는 땅을 찾아가고, 멋진 인간들과 접촉하는 것을 가능케 해 줄 공간에 대한 개념 하나를 갖게 되었다. 바로 그 즈음에 그는 우르술라와 아이들이 플라타노, 말랑가, 유카, 냐메,[7] 호박, 가지를 가꾸느라 허리가 끊어지는데도 아무에게도 신경을 쓰지 않은 채 집 안을 돌아다니면서 중얼거리는 버릇을 갖게 되었다. 그런데 갑자기, 그가 그 광적인 행위를 아무런 예고도 없이 중단하더니 뭔가에 홀린 듯 행동했다. 그는 자신이 이해하고 있는 것을 신뢰하지 않은 채 일련의 놀라운 추론을 낮은 목소리로 되풀이해 중얼거리면서 귀신에 홀린 사람처럼 여러 날을 보냈다. 12월 어느 화요일,[8] 점심 시간,

7) '플라타노'는 바나나의 일종으로서 날것으로 먹지 않고 조리를 해서 먹는다. '말랑가'는 아메리카산 식용 구근 식물로 토란과 유사하다. 고구마처럼 생긴 '유카'는 아메리카 열대산 백합과 식물로, 뿌리는 조리를 해서 먹거나 가루로 만든다. '냐메'는 천마과 구근 식물로, 껍질은 거무스름하고 육질은 고구마와 유사하다. 모두 콜롬비아 지역에서 생산되는 열대 식물이다.

마침내 그는 자신이 겪어 왔던 고통의 모든 짐을 단숨에 벗어 버렸다. 아이들은, 계속된 밤샘과 자신의 상상에 대한 증오 때문에 황폐해진 아버지가 열병으로 벌벌 떨면서 식탁 머리에 앉아 보여 준 당당하고 엄숙한 모습을 평생 기억해야만 했다. 그는 자신이 발견한 것을 식구들에게 밝혔다.

"지구는 둥글지, 마치 오렌지처럼."

우르술라는 인내심을 잃고 말았다. "미치려거든 당신 혼자서나 미쳐요. 하지만 당신이 가지고 있는 그 집시 같은 생각들을 애들에게 주입시키려 하진 말아요." 그녀가 소리를 질러 댔다. 호세 아르카디오 부엔디아는 아내의 필사적인 태도에도 불구하고 겁을 먹지 않고 담담하게 있었는데 그녀는 격분을 참지 못해 천체 관측의를 바닥에 내동댕이쳐 부숴 버렸다. 그는 천체 관측의를 다시 만든 뒤 마을 남자들을 골방으로 불러 모아 놓고는 그들이 알아듣지도 못하는 이론을 전개하면서 동쪽을 향해 계속 항해하면 출발점으로 되돌아오게 된다는 가능성을 증명해 보였다. 마을 사람들이 모두 호세 아르카디오 부엔디아가 판단력을 잃어버렸다고 믿게 되었을 즈음에 멜키아데스가 도착해 시시비비를 가려 주었다. 그는, 비록 그 당시까지는 마콘도에 알려지지 않은 이론이라 할지라도 이미 실증이 된 이론 하나를 순전히 천문학적 사색을 통해 정립한

8) 『백년의 고독』에서 시간은 많은 경우 상징적인 의미를 가지는데, 화요일은 전통적으로 불길한 날을 가리킨다. '12월 화요일'은 가족에게 재난이 닥친다는 것을 암시하고 있다. '화요일에는 결혼도 하지 말고, 배도 타지 말고, 가족 곁을 떠나지도 말라.'는 속담이 있다.

호세 아르카디오 부엔디아의 총명함을 사람들 앞에서 칭찬했고, 찬탄의 표시로 마을의 미래에 결정적인 영향을 미치게 될 선물을 호세 아르카디오 부엔디아에게 주었다. 그것은 바로 연금술 실험실이었다.

그 시기에, 멜키아데스는 놀라우리만치 빠르게 늙어 버렸다. 그가 처음 마을을 찾아왔을 때는 호세 아르카디오 부엔디아와 같은 연배로 보였다. 그러나 호세 아르카디오 부엔디아가 말의 귀를 잡아당겨 쓰러뜨릴 수 있을 만한 괴력을 지니고 있었던 반면, 그 집시는 지병으로 몸이 쇠진한 것처럼 보였다. 사실, 그것은 세계 곳곳을 셀 수도 없이 여행하면서 얻은 여러 가지 희귀한 병의 결과였다. 멜키아데스가 실험실 짓는 일을 도와주면서 호세 아르카디오 부엔디아에게 직접 들려준 말에 의하면, 죽음이 언제라도 최후의 일격을 가할 태세를 갖춘 채 자신의 바짓가랑이를 물고 사방으로 쫓아다닌다고 했다. 그는 인류에게 행패를 부렸던 온갖 질병과 재앙에 쫓기는 도망자였다. 페르시아에서는 이탈리아 나병을, 말레이 군도에서는 괴혈병을, 알렉산드리아에서는 문둥병을, 일본에서는 각기병을, 마다가스카르에서는 선(腺)페스트를 앓았고, 시칠리아에서는 지진을, 마젤란 해협에서는 엄청난 조난 사고를 겪었지만 살아 남았다. 자신이 노스트라다무스[9]의 비법을 터득했다고 말하던 그 불가사의한 인간은 사물의 이면을 꿰뚫어 보는 것 같은

---

9) 프랑스 출신 의사이자 천문학자로, 현재까지도 정확히 풀리지 않는 그 유명한 예언서의 작가다(1503~1566).

동양적인 눈빛에, 슬픈 분위기에 둘러싸인 침울한 표정을 지닌 남자였다. 그는 활짝 펼쳐진 까마귀 날개처럼 커다란 검은 모자를 쓰고, 수세기의 녹청(綠靑)이 끼어 우중충해진 벨벳 조끼를 입고 있었다. 그러나 그는 무한한 지식과 신비한 분위기에도 불구하고 어떤 인간적인 부담과 자신을 일상의 자질구레한 문제에 얽매이게 만드는 삶의 조건을 지니고 있었다. 그는 늙어 가는 고통에 대해 불평했고, 가장 하잘것없는 경제적 궁핍을 겪고 있었으며, 괴혈병으로 이가 다 빠져 버렸기 때문에 오래전부터 웃는 것도 그만두었다. 그가 자신에 대한 비밀을 털어놓았던 어느 찌는 듯한 정오에 호세 아르카디오 부엔디아는 자기와 그 사이에 위대한 우정이 싹트기 시작했다는 확신을 가졌다. 아이들은 멜키아데스가 들려주는 신비로운 이야기에 감탄했다. 그 당시 다섯 살밖에 안된 아우렐리아노는, 그날 오후의 더위로 녹아 내린 기름기가 이마를 타고 흘러내리는 가운데 깊은 어둠에 둘러싸인 상상의 세계를 오르간 소리처럼 깊이 있는 목소리로 밝히면서 창문을 통해 들어오는 쨍쨍한 햇빛을 받으며 앉아 있던 멜키아데스의 모습을 평생 기억해야 했다. 아우렐리아노의 형 호세 아르카디오는 그 경이로운 이미지를 마치 유전시켜야 할 기억이나 되는 듯 자신의 모든 후손에게 물려주어야 했다. 반면에 멜키아데스가 염화 제이수은 담긴 유리병을 실수로 깨뜨리는 순간에 하필 그의 방에 들어갔던 우르술라는 그의 방문에 대해 좋지 않은 기억을 간직하게 되었다.

"이건 악마의 냄새예요." 그녀가 말했다.

"그렇지 않습니다." 멜키아데스가 바로잡아 주었다. "악마는 유황 성분을 지니고 있다는 게 밝혀졌고요, 또 이건 단지 약간의 염화 수은일 뿐이지요."

늘 뭔가를 가르치려고 드는 멜키아데스는 적색 황화 수은이 지닌 악마적 특성에 대해 현학적인 설명을 했지만 우르술라는 듣은 체도 하지 않고 기도를 하러 애들을 데리고 나가 버렸다. 아마도 코를 찌르는 듯한 그 부식제(腐蝕劑) 냄새는 멜키아데스에 대한 기억과 결합되어 그녀의 기억 속에 영원히 남아 있었을 것이다.

그 엉성한 실험실은(냄비, 깔때기, 증류기, 필터, 체가 어지럽게 널려 있다는 것은 말하지 않아도) 원시적인 관형 로(管形 爐), 목이 가늘고 긴 비커, '현자의 알'[10] 모조품, 그리고 유태인 마리아가 고안한 세 가닥 증류기의 현대판 설계도에 따라 집시들이 직접 만든 증류기로 구성되어 있었다. 멜키아데스는 이런 물건들 외에도 일곱 행성에 해당하는 일곱 가지 금속 표본과, 황금을 두 배로 늘리는 모이세스와 조시모[11]의 공식들, 그리고 '위대한 연금술'[12]의 과정을 밝히고 있는 일련의 메모와 그림을 놓았는데, 그 메모와 그림을 해석할 줄 아는 사람이라

---

10) 영란(靈卵). 보통의 금속을 황금으로 바꾸는 마력을 지녔다고 믿어 옛날 연금술사들이 애써 찾던 것이다.
11) 연금술 전통의 두 가지 근본(유대와 그리스). 조시모(Zsimo)는 서기 3세기경의 그리스 연금술사다.
12) 정신의 완성을 대변하는 '현자의 돌'을 찾기까지의 물질의 변화 과정을 말한다.

면 '현자의 돌'[13]을 만들 시도를 할 수 있었다. 황금을 두 배로 늘릴 수 있게 하는 그 공식들이 간단하다는 사실에 현혹된 호세 아르카디오 부엔디아는 수은을 세분화하는 것이 가능한 것처럼 우르술라가 감춰 둔 식민지 시대 금화를 몇 배로 늘릴 수 있으므로 금화를 꺼내 늘려 보게 해 달라고 여러 주에 걸쳐 우르술라를 꼬드겼다. 우르술라는, 늘 그랬던 것처럼, 남편의 무너뜨릴 수 없는 고집에 굴복하고 말았다. 그리하여 호세 아르카디오 부엔디아는 금화 서른 닢을 냄비에 넣은 뒤 구리 부스러기, 계관석(石雄黃), 유황, 그리고 납과 함께 융합시켰다. 그것들을 피마자 기름을 넣은 솥에 담아 값진 황금이라기보다는 흔해 빠진 캐러멜에 더 가까운, 고약한 냄새가 나는 끈적끈적한 시럽이 될 때까지 최대의 화력으로 끓이기 시작했다. 일곱 개의 행성 금속 표본을 뒤섞어 녹이고, 연금술용 수은과 키프러스산(産) 황산염으로 처리하고, 무 기름이 없어 대신 돼지 기름으로 다시 튀기는, 그 위태위태하고 무모한 증류 과정을 거치는 동안 우르술라의 귀중한 유산은 솥 바닥에 눌어붙어 떨어질 줄 모르는 시커먼 치차론[14]으로 변해 버렸다.

집시들이 돌아왔을 때 우르술라는 마을 사람들이 모두 그들에게 적대감을 갖도록 미리 손을 써 놓았다. 그러나 막상 어릿광대가 나시안세네스[15] 사람들이 만든 기막힌 발명품을 전

---

13) 영석(靈石). 보통의 금속을 황금으로 바꾸는 마력을 지녔다고 믿어 옛날 연금술사들이 애써 찾던 것이다.
14) 기름에 튀긴 돼지 비계로, 콜롬비아 사람들이 간식으로 즐긴다.
15) 고대 소아시아의 한 지방 이름으로, 콘스탄티노플(이스탄불)의 주교이

시한다고 선전을 해 대는 동안 집시들이 온갖 악기로 귀를 멍멍하게 만드는 소리를 내면서 마을을 휘젓고 다녔기 때문에 사람들의 호기심은 두려움보다 더 강해져 버렸다. 그리하여 모두 집시들의 천막으로 몰려가서는 1센타보[16]를 내고 번쩍거리는 새 틀니를 끼워 더 젊어지고, 옛 모습을 되찾고, 주름살이 사라진 멜키아데스를 보았다. 괴혈병으로 문드러졌던 그의 잇몸, 홀쭉해진 뺨, 삐쩍 마른 입술을 기억하고 있던 사람들은 그 집시의 초자연적 능력을 드러내는 결정적인 증거 앞에서 공포감으로 전율을 느꼈다. 그들이 느낀 놀라움은 멜키아데스가 잇몸에 끼어 있던 진짜 자기 이처럼 생긴 틀니를 꺼내 잠깐 동안 사람들에게 보여 주고,(순간, 그는 여러 해 전의 늙은 남자로 되돌아갔다.) 다시 끼운 뒤, 본래의 더 젊어진 모습으로 돌아가 다시 아주 활기찬 미소를 함박 머금었을 때는 공포로 돌변했다. 호세 아르카디오 부엔디아조차도 멜키아데스의 지식은 극한의 경지에 이르렀다고 생각했으나 그 집시가 틀니의 원리를 은밀히 설명해 주었을 때는 짜릿한 쾌감을 느낄 정도였다. 그 원리가 너무 간단하고 신기하게 여겨졌기 때문에 그는 하룻밤 사이에 연금술 실험에 대한 흥미를 몽땅 잃어버리고 말았다. 그는 기분 나쁜 위기 의식을 새로이 느끼게 되었으며, 또다시 식사도 제대로 하지 않은 채 집 안을 배회하면서 하루를 보내곤 했다. "세상에는 믿을 수 없는 일들이 일어나고

자 그리스 정교의 아버지인 성 그레고리오 나시안세노의 고향이다.
16) 화폐 단위다.

있어. 우린 계속 당나귀처럼 살아가고 있지만 바로 저기 저 강 건너에는 온갖 희한한 것이 다 있다니까." 그가 우르술라에게 말했다. 마콘도 마을이 처음 세워졌을 때부터 그를 알고 있던 사람들은 그가 멜키아데스의 영향을 받아 엄청나게 변했다는 사실에 놀라워했다.

처음에 호세 아르카디오 부엔디아는 농사일을 가르치고, 어린 애를 키우고 가축을 사육하는 일에 조언을 하고, 마을이 번창할 수 있도록 모든 이들과 협력하여 심지어 육체 노동까지 마다않던 일종의 젊은 족장이었다. 초창기부터 그의 집이 그 마을에서 가장 좋았기 때문에 다른 집들도 그 집 형상에 따라 비슷하게 꾸며졌다. 호세 아르카디오 부엔디아의 집에는 널따랗고 햇빛이 잘 드는 거실, 화사한 꽃들로 장식한 테라스형 식당, 침실 두 개, 거대한 밤나무가 있는 마당, 잘 가꾸어진 채마밭, 염소, 돼지, 닭이 평화롭게 한데 모여 사는 우리가 있었다. 그 집에서뿐만 아니라 마을 전체에서 사육이 금지되어 있던 유일한 동물은 싸움닭이었다.

우르술라의 근면성도 남편 못지않았다. 평생 단 한 번도 노래를 흥얼거리는 것을 본 적이 없는, 활동적이고, 세밀하고, 엄격하고, 불굴의 활력을 지닌 우르술라는 항상 사라사 치마가 부드럽게 사각거리는 소리를 달고서 새벽부터 늦은 밤까지 집 안 어느 곳에나 있는 것처럼 보였다. 우르술라 덕분에 흙을 다져서 만든 집 안 바닥, 석회를 바르지 않은 진흙담, 자신들이 손수 만든 거친 목재 가구들은 늘 깨끗했고, 옷을 보관하는 오래된 장롱들은 은은한 박하향을 발산하고 있었다.

그 마을에서는 결코 찾아볼 수 없을 정도로 진취적이고 모험심이 강한 남자였던 호세 아르카디오 부엔디아는 마을 집들을 적절하게 배치해 모든 집이 같은 노고를 들여 강물을 길어 먹을 수 있도록 해 주었고, 더운 시각에는 어떤 집이 다른 집에 비해 햇볕이 더 많이 드는 일이 없도록 길을 섬세하게 설계했다. 채 몇 년이 되지 않아 마콘도는 300명의 주민이 그때까지 알고 있던 그 어떤 마을보다 잘 정비되고 부지런한 마을이 되었다. 사실, 마콘도는 주민들 가운데 서른 살이 넘는 사람이 하나도 없고, 죽은 사람이 하나도 없는 행복한 마을이었다.

처음 마을이 세워질 당시부터 호세 아르카디오 부엔디아는 덫과 새장을 만들었다. 얼마 되지 않아 그 자신의 집뿐만 아니라 그 마을의 모든 집이 연작, 카나리아, 벌새, 방울새로 가득 찼다. 수도 없이 많은 각종 새가 벌이는 합창 소리가 정신을 못 차릴 지경에 이르자 우르술라는 정신을 잃지 않으려고 밀랍으로 귓구멍을 막아 버렸다. 두통에 좋다는 유리알을 팔기 위해 멜키아데스 족속이 처음으로 마을에 왔을 때 모두 늪 지대 한가운데에 박혀 있는 그 마을을 어떻게 찾을 수 있었는지 놀라워하자 집시들은 그 새 소리를 좇아 그곳으로 오게 되었다고 털어놓았었다.

호세 아르카디오 부엔디아의 그런 공동체적인 솔선수범 정신은 자석에 관한 열병, 천문학적 계산, 물질의 변이에 대한 동경, 세상의 경이를 알고자 하는 열망에 이끌려 이내 사그라들어 버렸다. 호세 아르카디오 부엔디아는 적극적이고 대담하고 깔끔했던 사람에서 아무거나 주워 입고, 수염은 덥수룩하게 자라 우르술라가 부엌칼로 진땀을 빼며 다듬어 주어야 했던, 건달 모습을 한 사내로 변해 버렸다. 그가 뭔가 특이한 마법에 걸려 그 꼴이 되었다고 생각하는 사람도 없지 않았다. 그러나 그가 벌채용 연장들을 어깨에 메고, 마콘도가 위대한 문명과 접할 수 있도록 길을 닦는 문제를 논의하려고 사람들을 불러 모았을 때 그가 미쳤다고 확신하던 사람들까지도 그를 따라나서기 위해 하던 일과 가족을 내팽개쳤다.

호세 아르카디오 부엔디아는 그 지역 지리를 전혀 모르고 있었다. 그는 동쪽으로는 넘을 수 없는 산맥이, 그리고 그 산맥 너머에는 리오아차[17]라는 오래된 도시가 있다는 것을 알고 있었는데, 과거(그의 조부인 아우렐리아노 부엔디아 1세가 그에게 들려준 바에 따르면) 프란시스 드레이크 경이 리오아차에서 대포를 쏘아 악어를 잡는 스포츠를 했으며, 나중에는 이사벨 여왕에게 가져가기 위해 그 악어들을 다듬어 속을 짚으로 채우게 했었다. 젊은 시절 호세 아르카디오 부엔디아와 친구들은 바다로 나가는 길을 찾아 부인과 아이들, 가축을 이끌고 가재도구를 몽땅 챙겨 그 산맥을 넘었는데, 26개월이 지나자 자신들의 계획을 포기하고는 고향으로 되돌아가지 않으려고 마콘도를 세웠었다. 사실, 호세 아르카디오 부엔디아에

---

17) 콜롬비아 대서양 연안에 있는 항구 도시로, 가브리엘 가르시아 마르케스의 할아버지 니콜라스의 고향이다. 영국 출신 해적 프란시스 드레이크 경(1540~1596)이 리오아차를 공격했는데, 그는 스페인의 이사벨 여왕의 원조로 1570~1572년 아메리카 스페인 식민지를 여러 번 탐험했다.

게 귀향은 단지 자신을 과거로 이끌 뿐이었기 때문에 마음이
내키지 않았던 것이다. 남쪽으로는 영원한 식물성 상피(上皮)
로 뒤덮인 습지들과, 거대한 늪지의 광활한 세계가 펼쳐져 있
었는데, 집시들이 증언한 바에 따르면, 그 늪지는 끝을 헤아
릴 수가 없다고 했다. 그 거대한 늪지는 서쪽으로 수평선도 없
는 망망대해와 맞닿아 있었는데, 그 바다에는 매혹적인 젖가
슴으로 뱃사람들을 홀려 파멸시키던 여자 머리와 몸에 부드러
운 피부를 지닌 고래들이 살고 있었다. 집시들은 여섯 달 동안
그 길로 항해한 끝에 우편물을 나르는 노새들이 다니는 육지
에 도달했었다.[18] 호세 아르카디오 부엔디아의 계산법에 따르
면 문명과 접촉할 수 있는 유일한 가능성은 북쪽 길뿐이었다.
그렇게 해서 그는 마콘도를 세울 때 그를 따라나섰던 바로 그
남자들에게 벌채용 도구와 사냥 무기를 나누어주고, 자신은
방향을 알려 주는 도구와 지도를 배낭에 담은 뒤 위험천만한
모험을 시작했다.

처음 며칠간 그들은 별다른 장애에 부딪치지 않았다. 자갈
투성이 강변을 따라 몇 년 전에 갑옷을 발견했던 지점까지 내
려갔고, 거기서 야생 오렌지 나무들 사이로 난 샛길을 따라
숲속으로 들어갔다. 일주일이 다 지났을 무렵 사슴 한 마리를
잡아 불에 구웠는데, 반만 먹고 나머지 반은 후일을 위해 소
금에 절이기로 뜻을 모았다. 그들은 푸른색 과육에서 사향의

---

18) 초기의 마콘도는 '대륙(tierra firme)'의 '우토포(Utopo)'왕의 섬과 마찬
가지로 국가적인 삶과 완전히 분리된, 밀림 속에 든 '섬'이었다.

떫은 맛이 나는 구아카마야[19]를 매 끼니마다 먹어야 할 경우를 될 수 있으면 뒤로 연기하기 위해 애써 그런 조치를 취했던 것이다. 그로부터 십 일이 넘도록 태양을 다시 볼 수가 없었다. 땅은 화산재처럼 물컹하고 축축하게 변했고, 식물들은 갈수록 더 음험해졌고, 새들이 지저귀는 소리와 원숭이들이 꽥꽥거리는 소리는 갈수록 멀어져 갔고, 세상은 영원히 슬픈 상태로 변해 버렸다. 탐험에 나섰던 사내들은 그 습기와 정적으로 이루어진, 원죄 이전의 낙원에서 김이 모락모락 피어오르는 기름 웅덩이에 발이 빠지고, 마체테[20]로 핏빛 나리꽃과 황금빛 도마뱀을 토막내면서 태고의 기억이 자신들을 짓누르고 있다고 느꼈다. 일주일 동안 거의 말 한 마디 하지 않은 채 야광충의 희미한 불빛에 겨우겨우 의지해 질식할 듯한 피비린내로 지친 폐를 헐떡이며 몽유병자들처럼 악몽의 세계를 뚫고 나아갔다. 나아가면서 뚫어가던 길이 마치 눈앞에서 쑥쑥 자라는 것 같은 새로운 밀림에 의해 순식간에 뒤덮여 버렸기 때문에 되돌아갈 수도 없었다. "괜찮아. 중요한 건 방향을 잃지 않는 거니까." 호세 아르카디오 부엔디아가 말했다. 그는 계속 나침반 하나에만 의지한 채 대원들을 보이지 않는 북쪽으로 인도해 마침내 마법에 걸린 듯한 그 지역을 빠져나올 수가 있었다. 별도 없는 깜깜한 밤이었으나 어둠은 신선하고 맑은 공기로 가득 차 있었다. 기나긴 여정에 지쳐 있던 그들은 해먹을

---

19) 야자의 일종이다.
20) 풀이나 나무를 벨 때 쓰는 큰 칼이다.

걸고 이 주 만에 처음으로 깊은 잠에 빠져들었다. 태양이 이미 중천에 솟아 올라와 있을 즈음 잠에서 깨어난 그들은 감격에 겨워 어쩔 줄 몰라 했다. 그들 앞에는 먼지를 뒤집어쓴, 하얗고 거대한 스페인 범선 한 척이 적요한 아침 햇빛 속에서 양치식물들과 야자나무로 둘러싸여 있었던 것이다. 배는 우현쪽으로 약간 기울어져 있었는데, 말짱한 돛대에는 갈기갈기 찢어진 더러운 돛들이 난초가 덕지덕지 붙은 로프들 사이에 매달려 있었다. 돌처럼 딱딱하게 굳은 빨판상어의 번들거리는 껍질과 부드러운 이끼로 뒤덮인 선체는 자갈밭에 단단하게 박혀 있었다. 그 배의 전체 모습은, 시간의 잔혹함과 새들의 습성으로부터 격리되어, 고유의 경계(境界)와, 고독과 망각의 공간을 점유하고 있는 것처럼 보였다. 탐험대원들이 은근히 기대를 품고 열심히 찾아본 배의 내부는 무성한 꽃들만 가득했다.

바다가 가깝다는 증거인 범선을 발견하자 호세 아르카디오 부엔디아는 맥이 풀리고 말았다. 이루 헤아릴 수 없는 희생을 치르고 고난을 겪으며 찾으려고 할 때는 찾지 못했는데, 오히려 찾지 않으려고 했을 때 넘을 수 없는 장벽처럼 그의 길을 턱 가로막고 있는 바다를 발견하자 심술궂은 운명의 장난 같다는 생각이 들었던 것이다. 수많은 세월이 흐른 뒤, 이미 정기 우편도로가 놓인 그 지역을 가로지르게 되었던 아우렐리아노 부엔디아 대령이 그 배에서 발견한 것은 양귀비꽃 들판 한가운데서 시꺼멓게 변해 있는 뼈대뿐이었다. 그제서야 그 이야기가 아버지가 상상으로 꾸며 낸 게 아니라는 사실을 깨달은 그는 어떻게 해서 그 배가 육지 한가운데인 그곳까지

들어올 수 있었는지 자문해 보았었다. 하지만 호세 아르카디오 부엔디아는 다시 나흘을 더 나아가 배로부터 십이 킬로미터 떨어진 곳에서 바다를 발견했을 때 그런 의심을 하지 않았었다. 그의 꿈은 거품이 부글거리는 그 더러운 잿빛 바다 앞에서 끝장나고 있었는데, 바다는 그가 겪은 모험의 위험과 희생을 보상해 주지 못하고 있었다.

"빌어먹을! 마콘도는 사방이 바다로 둘러싸여 있어." 그가 소리를 질렀다.

호세 아르카디오 부엔디아가 탐험을 마치고 돌아와 제멋대로 그린 지도를 믿고 마콘도가 반도겠거니 하는 생각이 오랫동안 주를 이루었다. 울화통이 터진 그는, 마을터를 완전히 잘못 잡은 자신을 스스로 벌하기 위해서라는 듯이 마콘도에서 다른 지역으로 통하는 것이 어렵다는 사실을 악의적으로 과장해 그런 지도를 그렸던 것이다. "우린 그 어떤 곳도 절대 갈 수 없어. 여기서는 과학의 혜택을 받아 보지도 못한 채 썩어 가야 한다니까." 그가 우르술라 앞에서 탄식했다. 몇 달 동안 실험실 골방에 처박혀 궁리한 끝에 그런 확신을 갖게 된 그는 마콘도를 보다 적합한 장소로 옮겨야겠다는 생각을 품게 되었다. 그러나 이번에는 우르술라가 그의 광적인 착상에 선수를 치고 나왔다. 그녀는 개미처럼 은밀하고 끈질기게 공을 들여, 벌써 이주 준비를 시작하고 있던 남편들의 경박한 행동에 반대를 하도록 미리 마을 아낙네들을 설득해 놓았다. 호세 아르카디오 부엔디아는 어느 순간에, 도대체 무슨 반대 세력이 있기에, 자신의 계획이 동료들의 평계와 불의의 사고와 회피의 실타래에 얽혀 들어가고, 급기야는 정말 단순한 환상으로 몰려 버리는지 도무지 알 수가 없었다. 우르술라는 짐짓 아무 것도 모르는 척 그를 살폈는데, 구석 골방에서 실험실 물품을 원래의 상자들에 되담으면서 이주에 대한 자신의 꿈을 중얼거리고 있던 그를 본 날 아침에는 약간의 연민을 느끼기까지 했다. 우르술라는 그가 짐을 다 꾸리도록 가만 내버려 두었다. 그가 상자들에 못질을 하고, 그 위에 우슬초 잎사귀를 잉크에 찍어 자신의 이름 첫 자를 적는 걸 아무 타박도 하지 않고 가만 내버려 두고 있었지만, 마을 남자들이 그의 일에 동참하지 않으리라는 것을 그도 알고 있다는 사실을 (그가 혼자서 그렇게 중얼거리는 것을 들었기 때문에) 이미 간파하고 있었다. 다만 그가 골방 문짝까지 뜯기 시작했을 때에야 비로소 왜 그러는지 묻지 않을 수 없었는데, 그가 씁쓸한 표정을 지으며 그녀에게 대답했다. "가고 싶은 사람이 하나도 없으니 우리끼리라도 갑시다." 우르술라는 눈 하나 깜짝하지 않았다.

"우린 가지 않을 거예요. 여기서 아들 하날 낳았으니까, 여기 그대로 있을 거예요." 그녀가 말했다.

"아직 여기서 죽은 사람은 하나도 없소. 죽어서 땅에 묻힌 사람이 없는 한 그곳을 고향이라 말할 순 없는 법이오." 그가 말했다.

우르술라가 부드러우나 단호한 어조로 대꾸했다.

"당신들이 이곳에 머물도록 내가 죽어야 할 필요가 있다면, 난 죽겠어요."

호세 아르카디오 부엔디아는 아내의 의지가 그토록 굳은지 몰랐었다. 그는 자신이 꿈꾸는 상상의 세계에서 일어나는 매혹적인 것들에 대해 말하고, 땅에 마법의 액체 몇 방울만 떨어뜨려도 원하는 과일이 나무에 주렁주렁 열리는, 병에 좋은 갖가지 약을 헐값으로 살 수 있는, 신비로운 세계를 약속하면서 그녀를 꼬드겨 보려고 애썼다. 그러나 우르술라는 그의 통찰력에도 냉담하기만 했다.

"그런 말도 안 되는 헛생각 따윈 집어치우고 당신 애들이나 좀 챙겨요. 애들이 어떻게 지내는지 좀 보라고요. 꼭 당나귀 새끼들처럼 제멋대로잖아요." 그녀가 대꾸했다.

호세 아르카디오 부엔디아는 아내의 말을 곧이곧대로 받아들였다. 그는 창문을 통해, 햇살 가득한 채마밭에서 맨발로 뛰어놀고 있는 두 아이를 보았는데, 아이들은 우르술라의 주문으로 임신되어 바로 그 순간에 막 지상에 존재하기 시작했다는 인상을 받았다. 그때 그의 내부에서 무언가 일어났다. 그것은 바로 현재 시각으로부터 그를 뽑아내 추억 속의 밝혀지지 않은 어느 부분으로 정처 없이 데려가는 신비롭고도 명확한 그 무엇이었다. 우르술라가 이제는 남은 생애 동안 결코 떠나지 않으리라 확신하고 있던 집을 계속해서 쓸고 있는 사이에, 아이들을 뚫어지게 응시하고 있던 그는 마침내 눈시울에 눈물이 맺히자 손등으로 눈물을 닦고 나서 깊은 체념의 한숨을 내쉬었다.

"좋소. 상자에서 물건을 다시 꺼낼 테니 애들을 불러 좀 도와 달라 하시오." 그가 말했다.

큰아들 호세 아르카디오는 이미 열네 살이었다. 네모난 머리에, 빳빳한 머리칼을 지닌 그는 아버지처럼 의욕적이고 고집 센 성격이었다. 아버지처럼 키도 무럭무럭 자라고 힘도 셌건만 이미 그 즈음부터 상상력이 부족하다는 게 역력했다. 마콘도 마을이 세워지기 전 고생스럽게 산맥을 헤매던 때 그 아이를 임신했던 터라 부모는 아이의 몸에 짐승을 닮은 곳이 한 군데도 없다는 사실을 알고는 하늘에 감사를 드렸었다. 마콘도에서 처음 태어난 인간인 아우렐리아노는 3월이면 여섯 살이 될 터였다. 아우렐리아노는 말수가 적고 수줍음을 타는 아이였다. 그는 어머니 뱃속에서부터 울었고, 눈을 뜬 채로 세상에 나왔다. 탯줄을 자르는 동안 방 안에 있는 것들을 확인하면서 이리저리 고개를 움직이고, 놀라지는 않았지만 신기한 듯 사람들의 얼굴을 훑어보았다. 그러고 나서는 자신을 보려고 가까이에 있던 사람들에게는 관심도 두지 않은 채 야자나무로 엮은 천장을 뚫어져라 쳐다보았는데, 천장은 쏟아지는 빗물의 무시무시한 압력을 받아 금세라도 무너져내릴 것 같았다. 우르술라가 그때의 강렬한 눈빛을 다시 기억해 낸 것은 그녀가 수프 냄비를 스토브에서 꺼내 식탁에 놓고 있는 순간 세 살배기 꼬마 아우렐리아노가 부엌으로 들어섰던 어느 날이었다. 아이가 문 가에서 당황해하며 말했다. "냄비가 떨어질 것 같아요." 냄비는 식탁 한가운데에 안전하게 놓여 있었으나 아이가 그런 말을 하자마자 그 내부의 어떤 힘에 의해 밀리듯 제지할 새도 없이 식탁 가장자리를 향해 움직이기 시작하더니 바닥으로 떨어져 산산조각이 나 버렸다. 깜짝 놀란 우르술라가 그 얘기를 남편에게 했지만 그는 그럴 수도 있는 현상이라고 치부해 버렸다. 그는 항상 그렇게 자기 아이들의 존재에 대해 무관심했다. 한편으로는 유아기를 정신적으로 불완전한 시기라 생각했고, 다른 한편으로는 항상 자신만의 몽상에 너무 깊숙이 빠져 있었기 때문이었다.

하지만, 실험실 물건을 상자에서 꺼내는 걸 도와 달라고 아이들을 불렀던 그날 오후부터 그는 더 많은 시간을 아이들에게 할애했다. 벽이 점차로 황당무계한 지도들과 기이한 그림들로 가득 채워져 가던 그 격리된 골방에서 그는 아이들에게 읽고, 쓰고, 셈하는 법을 가르쳤고, 자신의 지식이 도달할 수 있는 것들뿐만 아니라 자신이 가진 상상력의 한계를 믿을 수 없을 정도까지 확장시켜 가면서 세상의 경이로운 것들에 대한 얘기를 아이들에게 들려주었다. 그렇게 해서 아이들은 마침내 아프리카의 최남단에는 앉아서 명상하는 것을 유일한 낙으로 삼고 사는 아주 지적이고 평화로운 사람들이 있으며, 이 섬 저 섬을 건너뛰어 살로니카 항구까지 가게 되면 에게해를 건널 수 있다는 사실을 알게 되었다. 사람을 현혹시키는 그런 강의는 아이들의 머릿속에 깊은 인상을 남겼는데, 그로부터 수많은 세월이 지난 후 정부군 장교가 총살형 집행 대원들에게 발사 명령을 내리기 일 초 전 아우렐리아노 부엔디아 대령은 아버지가 물리 강의를 하다 말고 손을 공중으로 들어 올리고 눈을 고정시킨 채, 그 후로도 한 번 더 마을을 찾아왔던 집시들이 멤피스[21]의 현자들이 만든 놀랄 만한 최신 발명품을 선

---

21) 마케도니아와 멤피스는 전통적으로 환술과 비교(秘教)의 중심지였다.

전하면서 멀리서 연주해대는 피리와 북과 딸랑이 소리를 들으며 황홀해하던 그 3월의 따스한 오후를 다시 떠올렸다.

그때 온 집시들은 새로운 집시들이었다.[22] 그들은 자기 나라 말밖에 할 줄 모르는 젊은 남녀들로서, 매끄러운 피부와 고운 손은 아름다움의 표본이었다. 그들의 춤과 음악은 이탈리아 아리아를 부르는 온갖 색깔의 앵무새, 탬버린 소리에 맞춰 황금 알을 백여 개나 낳는 암탉, 남의 생각을 알아맞추는 훈련된 원숭이, 동시에 단추를 달기도 하고 몸의 열을 내려 주기도 하는 만능 기계, 나쁜 기억을 잊게 해 주는 기구, 시간의 흐름을 잊게 해 주는 고약, 그 외에 수천 개에 이르는 독창적이고 기이한 발명품들과 더불어 거리를 왁자지껄한 즐거움의 도가니로 만들어 버려, 호세 아르카디오가 그 모든 것을 다 기억할 수 있는 기억 장치를 발명하고 싶어 했을 정도였다. 그것들은 순식간에 마을을 뒤바꿔 버렸다. 왁자지껄 인산인해를 이루는 장터로 정신이 멍해진 마콘도 주민들은 자신들이 살고 있는 마을에서 갑자기 길을 잃고 헤맸다.

호세 아르카디오 부엔디아는 믿기지 않는 악몽과도 같은 그런 일이 어떻게 해서 가능한지 그 오묘한 비밀을 멜키아데스에게 물어보기 위해 그 북새통 속에서 아이들을 잃지 않으려고 양손에 하나씩 붙든 채 군중이 풍기는 구린내와 박하 냄새가 뒤범벅이 된 냄새에 숨이 막힐 지경이 되어, 이빨에 황

---

22) 마을을 찾아왔던 집시들은 두 부류였는데, 한 부류는 멜키아데스 족속이고, 또 한 부류는 나중에 온 이 집시들이다. 전자가 '문명의 전령'이었다면, 후자는 '오락거리를 파는 장사치들'이었다.

금을 씌운 약장수들, 팔이 여섯 개나 되는 마술사들과 부딪치기도 하면서 멜키아데스를 찾아 미친 사람처럼 사방으로 돌아다녔다. 여러 집시에게 물어보았지만 그들은 그의 말을 알아듣지 못했다. 마침내 그는 멜키아데스가 항상 천막 가게를 열던 장소에 이르렀고, 그곳에서 사람을 눈에 보이지 않게 만들어 주는 시럽을 스페인어로[23] 선전하고 있던, 말주변 없는 아르메니아 출신 남자를 발견했다. 호세 아르카디오 부엔디아가 구경하느라 넋을 잃고 있던 사람들 틈바구니를 헤집고 그에게 다가가 질문을 했을 때는 그가 호박(琥珀)색 물약 한 컵을 한입에 털어넣은 후였다. 그 집시는 몽롱한 분위기가 감도는 시선 속으로 호세 아르카디오 부엔디아를 빨아들일 듯 바라보더니 이내 고약한 냄새가 나고 연기가 모락모락 피어오르는 역청 웅덩이로 변해 버렸는데, 그 웅덩이 표면 위로 그가 남긴 말의 메아리가 떠다니고 있었다. "멜키아데스는 죽었소." 그 소식에 정신이 멍해진 호세 아르카디오 부엔디아는 슬픔을 가누려고 애를 쓰면서 모여 있던 사람들이 다른 속임수들에 이끌려 흩어지고, 말주변 없는 아르메니아 출신 남자가 변했다는 역청 웅덩이가 완전히 증발해 버릴 때까지 그 자리에 꼼짝않고 서 있었다. 나중에, 다른 집시들이 멜키아데스가 실제로 싱가포르의 모래 언덕에서 열병에 걸려 죽었고, 시신은 자바해 가장 깊은 곳에 던져졌다는 사실을 그에게 확인해 주

---

23) 여기서 말하는 스페인어는 엄밀히 말하면 스페인 카스티야 지방의 언어인 카스테야노(Castellano)이다. 카스테야노가 현재 스페인어의 전신이라고 봐도 무방하기 때문에 역자는 그냥 '스페인어'라고 번역했다.

었다. 아이들은 그 소식에 별 관심이 없었다. 아이들은 어느 천막 입구에서 솔로몬왕[24]의 소유였다고 선전을 하던, 멤피스 현자들의 경이로운 새 발명품을 구경하게 자신들을 데려가 달라고 아버지를 졸라 댔다. 아이들이 하도 졸라 댔기 때문에 호세 아르카디오 부엔디아는 30레알을 지불하고 아이들을 천막 한가운데로 데려갔는데, 그곳에는 가슴에 털이 무성하고 머리를 빡빡 깎은 거인이 코에 구리 고리를 달고, 발목에 무거운 쇠사슬을 차고서 해적의 보물상자를 지키고 있었다. 거인이 상자 뚜껑을 열자 상자 안에서 살을 엘 정도로 차가운 공기 한 줄기가 새어 나왔다. 상자에는 내부에 무수한 바늘이 들어 있는 투명하고 커다란 덩어리 하나밖에 없었는데, 그 바늘들에 황혼빛이 스며 들어가 색색의 별무늬를 만들어 내고 있었다. 아이들이 즉시 설명해 주기를 기다리고 있다는 것을 알아차린 호세 아르카디오 부엔디아는 당황스러워하며 이렇게 중얼거리고 말았다.

"저건 세상에서 가장 큰 다이아몬드란다."

"아니오. 이건 얼음이오." 그 집시가 고쳐 말했다.

무슨 말인지 알아듣지 못한 호세 아르카디오 부엔디아가 그 납작한 덩어리를 만져 보려고 손을 내밀자 집시가 그의 손을 막았다. "만지려면 5레알을 더 내시오." 집시가 말했다. 호세 아르카디오 부엔디아는 5레알을 낸 뒤 얼음 위에 손을 얹은 채 몇 분 동안 그대로 있었는데, 그사이 신비한 물건을 만

---

24) 연금술 전통에서 중심지 역할을 했던 솔로몬의 궁전을 비하시키고 있다.

지고 있다는 두려움과 기쁨으로 인해 그의 가슴은 부풀어 오르고 있었다. 그는 어떻게 설명해야 좋을지 몰라, 자식들이 그 신비한 경험을 직접 할 수 있도록 10레알을 더 지불했다. 어린 호세 아르카디오는 얼음을 만지려 하지 않았다. 반면에 아우렐리아노는 앞으로 한 발짝 나아가 얼음에 손을 얹었더니 화들짝 뒤로 뺐다. "펄펄 끓고 있어요." 놀란 아우렐리아노가 소리쳤다. 하지만 아버지는 그 말에 주의를 기울이지 않았다. 그 명백한 기적에 도취된 호세 아르카디오 부엔디아는 그 순간 자신의 혼동스런 사업들이 실패했다는 사실과 오징어들의 밥이 되어 버린 멜키아데스의 몸에 대해서는 잊어버렸다. 그는 5레알을 더 내고서 마치 성서 위에 손을 얹고 서약을 하듯 그 납작한 덩어리 위에 손을 올려놓은 채 외쳤다.

"이건 우리 시대의 가장 위대한 발명품이야."

2장

16세기경 해적 프란시스 드레이크가 리오아차를 습격했을 때 우르술라 이구아란의 증조할머니는 비상 경계 종소리와 대포 소리에 놀라 혼비백산한 나머지 활활 타오르는 화로 위에 털썩 주저앉고 말았다. 화상은 그녀를 평생 쓸모없는 부인으로 만들어 버렸다. 똑바로 앉지 못해 쿠션을 바치고 한쪽으로 비스듬히 앉았으며 사람들 앞에서는 절대로 걸어 다니는 일이 없었던 것으로 보아 그녀의 걸음걸이가 이상스럽게 변해 버린 게 틀림없었다. 그녀는 자신의 몸에서 그을음 냄새가 난다는 강박 관념에 사로잡혀 사회 활동을 모두 중단했다. 영국 해적들이 사나운 사냥개들을 데리고 침실 창문을 넘어 들어와 벌겋게 달군 쇠막대기로 수치스러운 고문을 가하는 꿈을 꾸었기 때문에 잠도 제대로 이루지 못하고 새벽녘에 마당을 서성거렸다. 슬하에 아들 둘을 둔 아라곤 출신 상인인 남편은 아내의 두려움을 없애 줄 약과 놀거리를 구하느라 가게 재산의 반을 날려 버렸다. 결국 그는 사업을 처분하고 바다에서 멀리 떨어진 곳에서 살기 위해 가족을 산맥 기슭에 자리잡은 어느 평화로운 원주민[25]의 촌락으로 데려갔고, 악몽 속의 해적들이 들어오지 못하도록 아내에게 창문 없는 침실을 마련해 주었다.

그 숨겨진 촌락에는 오래전부터 돈 호세 아르카디오 부엔디아라는 크리오요[26] 담배 재배업자가 살고 있었는데, 우르술라의 증조할아버지는 그와 함께 벌이가 좋은 사업을 시작해 몇 해 만에 큰 돈을 벌었다. 몇 세기가 지난 후 그 크리오요의 고손자는 아라곤 출신 상인의 고손녀와 결혼했다. 그 때문에 우르술라는 남편의 정신 나간 짓으로 울화가 치밀 때면 그 우연적인 만남이 이루어진 300년 이전으로 뛰어 넘어가서 프란시스 드레이크가 리오아차를 습격했던 그 시각을 저주했다. 하지만 사실 그 부부는 죽을 때까지 사랑보다 더 끈끈한 연대의식, 즉 공통의 양심의 가책으로 묶여 있었기 때문에 그것은 단순한 화풀이 수단에 불과했다. 두 사람은 사촌간이었다. 그들은 조상들이 노동과 미풍양속으로 일대에서 가장 살기 좋은 마을 가운데 하나로 바꿔 놓은 오래된 촌락에서 함께 자랐다. 비록 그들의 결혼이 그들이 세상에 태어났을 때부터 이미

---

25) 아메리카 원주민을 가리키는 용어인 '인디오' 또는 '인디헤나'를 모두 원주민으로 번역했다.
26) 아메리카에서 태어난 스페인계 백인이다.

예견된 것이었다 할지라도, 막상 결혼을 하겠다고 나서자 당사자들의 친척은 그 결혼을 막으려 애썼다. 수백 년 동안 피를 섞어 온 양쪽 집안에서 태어난 가장 건강한 두 젊은 남녀가 결혼해 이구아나[27]를 낳는 수치를 당하지 않을까 하는 우려 때문이었다. 이미 그런 무서운 전례가 있었다. 호세 아르카디오 부엔디아의 삼촌과 결혼한 우르술라의 고모가 아들을 낳았는데, 엉덩이 뼈에 솔처럼 털이 부성부성하고 나사처럼 둘둘 말린 물렁뼈 꼬리를 달고 태어나 성장했기 때문에 평생 동안 펑펑하고 헐렁한 바지를 입고 살았고, 태어나 죽기까지 사십이 년 동안 가장 순수한 동정을 지킨 뒤 피를 흘리면서 죽었다. 친구인 푸줏간 주인이 그가 어떤 여자에게도 보여 준 적이 없는 그의 돼지 꼬리를 푸줏간용 손도끼로 잘라 주는 호의를 베푼다는 게 그만 그의 목숨을 잃게 했던 것이다. 호세 아르카디오 부엔디아는 열아홉 살이라는 나이에 걸맞는 경박스러운 태도를 취하며 한 문장의 말로 결혼 문제를 해결해 버렸다. "말만 할 줄 안다면 돼지새끼들이 태어난다 한들 무슨 상관이에요." 그렇게 해서 그들은 사흘 동안 악대와 폭죽놀이가 어우러진 잔치를 벌이면서 결혼식을 올렸다. 만일 우르술라의 어머니가 딸이 결혼식의 완수 단계인 합궁을 거부하기에 이를 정도로까지 딸에게 태어날 후손들에 관한 온갖 무시무시한 예언을 해서 겁을 주지만 않았더라도 그들의 삶은 그때부

---

27) '이구아나(iguana)'와 우르술라의 성(姓) '이구아란(Iguarán)' 사이에 내재하는 언어적 유희를 볼 수 있다.

터 행복했을 것이다. 우르술라는 자신이 잠자는 사이 건장하고 열정적인 남편이 겁탈을 하지 않을까 두려운 나머지 잠자리에 눕기 전에는 어머니가 만들어 준, 가죽끈을 꼬아 만든 일종의 혁대로 보강하고 앞쪽에서 두꺼운 쇠 버클로 잠그게 되어 있는 엉성한 돛베 바지를 입었다. 그들은 그렇게 몇 달을 보냈다. 낮 동안 그는 투계들을 돌보고, 그녀는 어머니와 함께 수틀에 수를 놓으며 보냈다. 밤이 되면 이제는 성행위를 대신하는 것으로 보이는 격렬한 몸부림으로 여러 시간을 보냈는데, 마침내 사람들은 두 사람 사이에 어떤 비정상적인 일이 일어나고 있다는 사실을 육감적으로 눈치채게 되었고, 남편이 발기불능이어서 결혼한 지 일 년이 넘도록 우르술라가 여전히 처녀라는 소문이 나돌았다. 그 소문을 마지막으로 접한 사람은 호세 아르카디오 부엔디아였다.

"우르술라, 사람들이 뭐라 하고 다니는지 이제 당신도 알고 있을 거요." 호세 아르카디오 부엔디아가 부인에게 아주 차분하게 말했다.

"떠들라고 내버려 둬요. 그게 사실이 아니라는 걸 우린 알고 있잖아요." 우르술라가 말했다.

그런 식으로 전과 같은 상태가 여섯 달 동안 지속되었고 마침내 호세 아르카디오 부엔디아가 투계에서 프루덴시오 아길라르를 이긴 그 비극적인 일요일이 되었다. 피투성이가 된 자신의 닭을 보자 부아가 치밀고 흥분한 패자는 자신이 호세 아르카디오 부엔디아에게 하려는 말을 투계장에 모인 모든 사람이 들을 수 있도록 일부러 호세 아르카디오 부엔디아 곁에서 떨어져 나왔다.

"축하해. 이제 그 닭이 네 마누라한테 남자 구실을 해 주겠구나." 그가 소리를 질렀다.

호세 아르카디오 부엔디아는 차분하게 자신의 닭을 집어 들었다. "금방 돌아오겠소." 그는 그곳에 모인 모든 사람에게 말했다. 그런 다음 프루덴시오 아길라르에게 말했다.

"그리고 너, 죽여 버릴 테니 집에 가서 무기를 들고 와."

십 분 후 호세 아르카디오 부엔디아는 할아버지가 쓰던, 인육 맛을 아는 창을 들고 다시 나타났다. 마을 사람들 반 정도가 모여 있는 투계장 문에서 프루덴시오 아길라르가 그를 기다리고 있었다. 프루덴시오 아길라르는 방어를 할 겨를조차 없었다. 아우렐리아노 부엔디아 1세가 그 지역의 재규어를 잡았을 때처럼 황소 같은 힘을 실어 정확한 방향으로 던져진 호세 아르카디오 부엔디아의 창이 그의 목을 꿰뚫었던 것이다. 그날 밤, 프루덴시오 아길라르의 시체가 투계장에 있는 동안, 호세 아르카디오 부엔디아는 아내가 정조 바지를 꿰입고 있던 순간에 침실로 들어섰다. 그는 아내 앞에서 창을 휘두르며 명령했다. "그것 벗어." 우르술라는 남편의 결심이 의심할 여지가 없다고 생각했다. "무슨 일이 생기면 그건 당신 책임이에요." 그녀가 낮은 소리로 말했다. 호세 아르카디오 부엔디아가 방 흙바닥에 창을 꽂았다.

"당신이 이구아나를 낳으면 우린 이구아나를 키울 거요. 하지만, 이 마을에서 당신 때문에 죽는 사람은 더 이상 없게 될 거요." 그가 말했다.

때는 상쾌한 6월의 달 밝은 어느 밤이었는데, 그들은 프루덴시오 아길라르의 친척들의 통곡 소리를 싣고 침실로 들어오는 바람에도 아랑곳하지 않은 채 동이 틀 때까지 잠을 자지 않고 침대에서 노닥거렸다.

사건은 명예를 건 정당한 결투로 판정이 났지만 호세 아르카디오 부엔디아와 우르술라에게는 양심의 가책이 남았다. 잠을 이룰 수 없었던 어느 날 밤, 우르술라는 물을 마시러 마당에 나왔다가 물독 옆에 서 있는 프루덴시오 아길라르를 발견했다. 에스파르토[28] 뭉치로 목에 난 구멍을 막으려 애쓰는 그는 창백한 얼굴에 몹시 슬픈 표정을 띠고 있었다. 무섭다기보다는 애처롭다는 생각이 들었다. 방으로 돌아온 우르술라는 남편에게 자신이 본 바를 들려주었지만 그는 개의치 않았다. "죽은 사람들은 나타나지 않소. 우리가 양심의 가책을 견딜 수 없다는 게 문제지." 그가 말했다. 그로부터 이틀째 되는 날 밤, 우르술라는 목욕탕에서 에스파르토 뭉치로 목에 말라붙은 피를 닦아 내고 있는 프루덴시오 아길라르를 다시 보았다. 다음 날 밤에는 빗속을 거닐고 있는 그를 보았다. 아내가 환영을 보는 것에 짜증이 난 호세 아르카디오 부엔디아는 창을 들고 마당으로 나갔다. 마당에는 죽은 자가 슬픈 표정을 지은 채 서 있었다.

"어서 꺼져. 네가 나타날 때마다 널 죽이고 말 테니까." 호세 아르카디오 부엔디아가 소리쳤다.

---

28) 밧줄, 바구니, 베, 종이 따위의 원료로 쓰이는 풀이다.

프루덴시오 아길라르는 자리를 뜨지 않았고, 호세 아르카디오 부엔디아 또한 감히 창을 던지지 못했다. 그날 이후 호세 아르카디오 부엔디아는 잠을 잘 이룰 수 없었다. 빗속에서 자신을 쳐다보던 죽은 자의 한없이 쓸쓸한 모습, 산 자를 부러워하는 깊은 우수, 에스파르토 뭉치를 적실 물을 찾아 집 안을 뒤지고 다니는 초조한 모습은 그를 몹시 고통스럽게 만들었다. "무척 고통스러운 게 틀림없어. 매우 외로워 보이기도 하고." 그가 우르술라에게 말했다. 그녀는 몹시 안쓰러워했는데, 그 후 죽은 자가 버너 위에 있는 솥뚜껑들을 열고 있는 것을 보고는 그가 찾고 있는 게 무언지 깨닫게 되었고, 그때부터 그녀는 그를 위해 집안 곳곳에 물대접을 놓아 두었다. 어느 날 밤, 자신의 방에서 상처를 씻고 있는 그를 본 호세 아르카디오 부엔디아는 더 이상 견딜 수가 없었다.

　　"좋아, 프루덴시오. 우린 이 마을에서 가능한 한 멀리 떠나 다시는 돌아오지 않을 테니 이제 그만 조용히 가 줘." 그가 말했다.

　　그렇게 해서 그들은 산맥을 넘기 시작했던 것이다. 호세 아르카디오 부엔디아처럼 젊고 모험심에 불타는 여러 친구도 각자 집을 헐어 버리고 아무도 기약해 주지 않은 미지의 땅을 찾아 아내, 자식들과 함께 짐을 꾸렸다. 떠나기에 앞서 호세 아르카디오 부엔디아는 그 창을 마당에 묻었고, 그렇게 하는 게 프루덴시오 아길라르에게 다소간의 평화를 주리라는 믿음에서 자신의 용맹스런 싸움닭들을 하나하나 목 잘라 죽였다. 우르술라가 유일하게 가져간 것은 갓 결혼했을 때 입던 옷가지를 담은 트렁크 하나와 쓸 만한 가재도구 몇 개, 그리고 아버지가 남겨 준 금붙이를 담은 작은 상자뿐이었다. 정처 없이 떠나는 길이었다. 정해진 것이 있었다면 자취를 남기지 않고, 아는 사람과 마주치지 않기 위해 리오아차와는 정반대 방향으로 가려 애썼다는 것뿐이다. 무모한 여행이었다. 14개월이 되었을 무렵, 원숭이 고기와 뱀 국에 위장이 거덜나 버린 우르술라는 사람 모습을 제대로 갖춘 아들을 낳았다. 그녀는 다리가 몰라볼 정도로 퉁퉁 붓고 핏줄이 물거품처럼 부풀어 올랐기 때문에 여행의 반을 두 남자가 어깨에 걸어 멘 작대기에 매단 해먹 안에서 해야 했다. 아이들은 배를 곯아 배가 홀쭉해지고 눈이 퀭해져 보는 이의 가슴을 아프게 했으나, 부모들보다 더 잘 견디면서 갔고, 대부분의 시간을 즐거워하며 보냈다. 여행을 떠난 지 거의 이 년이 되어가던 어느 날 아침, 그들은 산맥의 서쪽 비탈을 본 최초의 인간이 되었다. 구름에 뒤덮인 산꼭대기에서 그들은 세상 끝까지 펼쳐진 거대한 늪의 망망한 수면을 바라보았다. 그러나 바다는 어디에서도 찾을 수가 없었다. 그들은 여행 중에 마지막으로 만난 원주민들로부터 이미 아주 멀리 떨어져 있는 늪 지대들 사이에서 여러 달을 헤매고 난 어느 날 밤, 물살이 마치 얼어붙은 유리 같은 자갈투성이 강가에서 야영했다. 수년 후, 제2차 내전 동안, 아우렐리아노 부엔디아 대령은 리오아차를 급습하기 위해 똑같은 길로 진격을 시도했는데, 엿새째 되던 날 그는 그게 미친 짓이라는 사실을 깨달았다. 아무튼, 아우렐리아노 부엔디아의 아버지 일행이 강가에서 야영하던 그날 밤, 모두 살아날 가망이 없는 조난자 꼴을 하고 있었으나 여행 중에 인원이 늘어나 있었고, 모두 장수할 만큼 (실제로 그들은 장수했다.) 건강한 몸을 지니고 있었다. 그날 밤 호세 아르카디오 부엔디아는 그곳에 벽이 거울로 된 집들로 이루어진 시끌벅적한 도시 하나가 세워지는 꿈을 꾸었다. 그가 무슨 도시냐고 묻자 사람들은 한번도 들어본 적이 없고, 아무 뜻도 없는, 그러나 꿈속에서 신비롭게 메아리치는 이름 하나를 들려주었다. 마콘도였다.[29) 다음날 그는 자신들이 절대로 바다를 발견하지 못할 거라는 점을 일행에게 납득시켰다. 그는 강 주변에서 가장 쾌적한 곳인 강가에 터를 마련하기 위해 나무를 베도록 지시했고, 그곳에 마을을 세웠다.

호세 아르카디오 부엔디아는 처음으로 얼음을 보고 만진 그날까지 벽이 거울로 된 집들에 관한 꿈의 의미를 해석하지 못했었다. 그제서야 그는 그 꿈이 가진 깊은 뜻을 이해했다고 믿었다. 그리고 머지않아 자신들이 물처럼 흔하기 그지없는 재료를 이용해 대규모로 얼음 블록을 제조해서 마을에 새로운 집들을 지을 수 있으리라 생각했다. 무더위 때문에 경첩과 문고리가 비틀리던 마콘도는 이제 팔팔 끓는 곳이 아니라 겨울의 도시가 될 참이었다. 그가 얼음 공장을 짓겠다는 시도를 계속 밀어붙이지 않았다면, 그 이유는 당시 자식들의 교육, 특히 처음부터 연금술에 뛰어난 감각을 보여 준 아우렐리

---

29) 마콘도라는 이름은 가브리엘 가르시아 마르케스가 첫 소설을 쓸 때인 1951년에 이미 결정되어 있었다. 그 이름은 작가 자신이 어렸을 때 가 본 농장의 이름이다.

아노를 교육시키는 데 흠뻑 고무되어 있었기 때문이다. 실험실의 먼지가 제거되었다. 그들은 멜키아데스의 메모들을 점검해 가면서, 이제는 차분하게, 그리고 새로운 발명품에 대한 흥분 같은 것은 하지 않은 채 솥바닥에 눌어붙은 찌꺼기에서 우르술라의 황금을 분리해 내는 작업을 꾸준하고 인내심 있게 계속했다. 청년 호세 아르카디오는 그 작업에 거의 참여하지 않았다. 아버지가 몸과 정신을 온통 다 바쳐 시험관들과 씨름하고 있는 사이 늘 나이에 비해 덩치가 크고 욕정이 강한 큰아들은 건장한 청년이 되어 있었다. 목소리도 변했다. 입 언저리에는 솜털 수염이 자라났다. 어느 날 밤 그가 잠을 자려고 옷을 벗고 있을 때 방으로 들어선 우르술라는 쑥스러움과 동정심이 뒤섞인 묘한 느낌을 경험했다. 남편에 이어 처음으로 본 남자의 나체였고, 그의 몸은 어른 구실을 할 만큼 잘 갖추어져 있었는데, 그녀에게는 그게 비정상으로 보였던 것이다.[30] 세 번째로 임신해 있던 우르술라에게 신혼 때의 공포가 되살아났다.

그 무렵 성격이 명랑하고, 입이 거칠고, 색기가 흐르는 한 여자가 집안일을 돕기 위해 드나들고 있었는데, 그녀는 카드 점을 칠 줄 알았다. 우르술라가 그 여자에게 큰아들에 관한 얘기를 들려주었다. 아들의 엄청나게 큰 남근이 자기 사촌이 달고 태어났던 돼지 꼬리처럼 너무도 비정상적이라 생각하고

---

30) '우르술라는 사람 모습을 제대로 갖춘 아들을 낳았다.'라는 문장과 비교해 보면, 반어적인 느낌이 든다.

있었던 것이다. 그 여자는 유리가 깨져 사방으로 튀는 것처럼 온 집 안이 울릴 정도로 깔깔 웃어 댔다. "정반대예요. 아드님은 행복하게 잘 살 거예요." 그 여자가 말했다. 며칠이 지나지 않아 그녀는 자신의 예언을 증명하기 위해 집으로 카드를 가져와서는 호세 아르카디오와 함께 부엌에 딸려 있는 곡식 창고로 들어갔다. 호세 아르카디오가 곁에서 흥미를 보이기보다는 지루해하면서 기다리는 동안 그녀는 두서없이 지껄여 대면서 카드를 낡은 목공 작업대 위에 아주 차분하게 펼쳐 놓았다. 그러다가 돌연 손을 뻗쳐 그의 남근을 만졌다. "정말 끝내주네." 그녀는 진심으로 놀라 그렇게 말했는데, 사실 그녀가 할 수 있는 말이라고는 그것뿐이었다. 호세 아르카디오는 뼛골이 짜릿해지는 느낌을 받았고, 무기력한 두려움과 울고 싶은 강렬한 충동을 느꼈다. 그녀는 호세 아르카디오에게 그 어떤 암시도 하지 않았다. 그러나 호세 아르카디오는 그녀의 겨드랑이에서 풍기던, 그리고 자신의 살 속에 배어 버린 연기 냄새 속에서 밤새 그녀를 찾아 헤매고 있었다. 그는 항상 그녀 옆에 있고 싶고, 그녀가 차라리 어머니라면 좋겠고, 그녀가 곡식 창고에서 절대로 나가지 않고서 자신에게 '정말 끝내주네.'라고 말해 주고, 다시 자신의 몸을 만져 주면서 '정말 끝내준다니까.'라고 말해 주면 좋겠다는 생각이 들었다. 어느 날 그는 더 이상 견딜 수가 없어, 급기야 그녀를 만나러 그녀 집으로 갔다. 왜 찾아갔는지 밝히지 않은 채 정중하게 집 안으로 들어가서는 말 한 마디 없이 응접실에 앉아 있었다. 그때 그는 그녀에게 욕망을 느끼지는 않았다. 그녀는 달라 보였는데, 마치 다른 여자인 것처럼 그녀의 체취가 시사하던 이미지와는 완전히 거리가 있어 보였다. 그는 커피만 마시고 맥없이 그 집을 나왔다. 그날 밤 그는 다시 그녀에 대한 욕망에 안달이 나서 밤새 몸부림을 쳤으나, 당시 그가 애타 하던 여자는 곡식 창고에서의 그녀가 아니라 그날 오후에 본 그녀였다.

며칠 후 그녀가 뜻밖에 그를 자기 집으로 불러들였고, 어머니와 단둘이 있던 그녀는 그에게 카드 점을 가르쳐 준다는 구실을 대며 그를 자신의 침실로 들어가게 했다. 그리고 그녀는 거리낌 없이 그를 만져 댔는데, 그에게는 처음의 전율에 이어 실망감이 엄습해 왔고, 쾌감보다는 두려움이 앞설 따름이었다. 그녀는 그날 밤에 자기를 찾아오라고 꼬드겼다. 그는 그녀를 만나러 갈 수 없으리라는 것을 알면서도 어떻게든 그 자리를 벗어나고 싶은 마음에 그러겠다고 약속했다. 그러나 그날 밤 그는 침대 속에서 몸부림을 치다가, 설사 그녀를 만나지 못할지라도, 그녀를 찾아갈 수밖에 없다는 사실을 깨달았다. 그는 어둠 속에서 잠든 동생의 고른 숨소리, 옆방에서 자고 있는 아버지의 마른기침 소리, 마당에서 암탉들이 겔겔거리는 소리, 모기들이 앵앵거리는 소리, 자신의 가슴이 두근거리는 소리, 그리고 그때까지는 주위를 기울이지 않았던 세상의 온갖 소란스러운 소리를 들으며 더듬더듬 옷을 입은 뒤 잠들어 있는 거리로 나왔다. 그녀가 약속한 바대로 대문이 살짝 닫혀 있는 게 아니라 빗장이 채워져 있기를 진심으로 바라고 있었다. 그러나 문은 살짝 열려 있었다. 손가락 끝으로 문을 밀자, 경첩들이 딱딱 끊어지는 음산한 신음을 내뱉었는데, 그 냉

랭한 소리가 그의 몸속에 울려 퍼졌다. 소리를 내지 않으려고 살금살금 옆걸음질을 하면서 집 안으로 들어선 바로 그 순간 그녀의 냄새를 느꼈다. 아직 그는 그녀의 남동생 셋이 그가 모르는, 그리고 어둠 속에서는 분간할 수조차 없는 위치에 쳐 놓은 해먹에서 자고 있는 작은 거실에 있었다. 더듬더듬 거실을 통과하고 그녀의 침실 문을 밀고 들어가 그녀의 침대를 혼돈하지 않도록 방향을 제대로 잡을 필요가 있었다. 방향을 잡았다. 그러나 해먹의 줄이 생각했던 것보다 낮게 매어져 있었기 때문에 몸에 걸렸고, 그때까지 코를 골고 있던 사내가 다시 꿈속으로 빠져들어, 착각하고 있던 뭔가를 제대로 깨달았다는 어조로 잠꼬대를 했다. "그래, 수요일이었어." 침실 문을 밀었을 때 문이 울퉁불퉁한 방바닥을 긁으면서 내는 소리만은 막을 수 없었다. 칠흑 같은 어둠 속에서 완전히 방향을 잃었다고 깨닫는 순간 갑자기 집에 있을걸 괜히 왔다는 생각이 끝없이 밀려왔다. 좁은 방에서는 그녀의 어머니, 언니, 형부, 두 조카, 그리고 그녀가 그를 기다리고 있지 않았다는 듯이 자고 있었다. 만일 그 냄새, 너무 어렴풋하지만 항상 자신의 살 속에 배어 있었기에 아주 잘 분간할 수 있는 냄새가 집 안 전체에 퍼져 있지 않았더라면 그는 냄새를 좇아 그녀를 찾아낼 수 있었을 것이다. 놀란 그는 어떻게 해서 자신이 홀로 이 심연 속에 빠져들게 되었을까 자문하면서 한참 동안 꼼짝 않고 서 있었다. 그때 손 하나가 손가락을 활짝 벌린 채 어둠 속을 더듬거리더니 그의 얼굴을 건드렸다. 그는 차라리 그렇게라도 되는 게 더 낫겠다고 생각하고 있었기 때문에 그리 놀라지 않았다.

그래서 그는 그 손에 자신을 내맡긴 채 지칠 대로 지친 상태에서 손이 잡아 끄는 대로 어딘지 알 수 없는 곳으로 이끌려가 자신의 두 팔은 써먹을 도리가 없이, 그 깊이를 알 수 없는 어둠 속에서 옷이 벗겨지고, 감자 포대처럼 흔들리고, 오른쪽으로, 그 반대쪽으로 궁글려졌는데, 그곳에서는 이제 더 이상 여자의 냄새가 나지 않았고, 대신 암모니아 냄새가 났으며, 자신의 다리가 어디에 있는지, 머리가 어디에 있는지, 누구의 다리인지, 누구의 머리인지도 알 수가 없었기 때문에 자신이 그 짓을 어떻게 하고 있는지조차도 모르면서, 또 콩팥을 싸늘하게 훑는 듯한 느낌, 배 속이 텅 비어 버린 듯한 느낌, 공포감, 도망치고 싶기도 하고 동시에 그 신경질나는 침묵과 무시무시한 고독 속에 영원히 파묻혀 버리고 싶기도 한 경망스러운 조바심을 더 이상 견딜 수 없다고 생각하면서, 오래전부터 할 수 있었으면 하고 갈망했으나 실제로 할 수 있으리라 결코 상상조차 하지 못했던 짓을 하고 있다는 사실을 혼돈스럽게 깨닫고 있었기 때문에 여자의 얼굴을 기억해 보려고 했지만 어머니 우르술라의 얼굴만 떠오를 뿐이었다.

그녀의 이름은 필라르 테르네라[31]였다. 그녀는 열네 살 때 그녀를 범하고, 스물두 살이 되도록 계속 사랑했지만, 다른 집안 출신이었기 때문에[32] 그녀와의 관계를 밝힐 결심을 끝내

---

31) '필라르(Pilar)'는 기둥, 축을 의미하고, '테르네라(Ternera)'는 암소를 의미한다. '테르네라(ternera)'와 '테르누라(ternura: 부드러움, 상냥함, 다정함)' 사이의 언어적 유희에 주목할 필요가 있다.

32) 필라르 테르네라와 그녀의 가족도 부엔디아 가문처럼 근친 결혼제도를

하지 못한 한 남자로부터 그녀를 떼어 놓고자 했던 가족들에 이끌려 마콘도의 건립과 더불어 마무리된 그 집단 이주 대열에 합류했었다. 그 남자는 나중에 자신들의 문제가 다 해결되면 지구 끝까지라도 그녀를 쫓아가겠다고 약속했고, 그녀는 카드 점을 쳤을 때 그가 사흘 안으로는, 석 달 안으로는, 삼년 안으로는 육지로 온다, 바다로 온다 하는 점괘가 나오고 있었기 때문에 남자만 보면 키가 크거나 작거나, 머리가 금발이거나 검거나 늘 그가 아닐까 생각하면서 기다리는 일에 지쳐 버리고 말았다. 그녀는 기다림의 세월 속에서 허벅지의 힘과 젖가슴의 탄력, 그리고 부드러운 성격을 잃어버렸지만 불타는 열정만은 고스란히 간직하고 있었다. 그 불가사의한 장난감에 혼을 빼앗겨 버린 호세 아르카디오는 매일 밤 그 방에 이르는 미로를 더듬어 그 장난감의 형적을 찾았다. 언젠가는 문에 빗장이 채워져 있었는데, 처음에 일단 과감하게 두들기게 되면 끝까지 두들기게 된다는 사실을 알고 있던 그는 여러 차례 문을 두들겼고, 끝없는 기다림 끝에 그녀가 문을 열어 준 적도 있었다. 낮 동안 그는 홀로 꿈결에 잠긴 듯 지난 밤의 기억을 더듬어 보았다. 그러나 그녀가 시치미를 뚝 뗀 채기분좋은 태도로 수다를 떨면서 그의 집으로 들어올 때면, 비둘기들마저 놀라게 만들 정도로 요란스럽게 웃는 그녀의 모습이 그에게 숨을 고르는 법과 두근거리는 가슴을 억누르는 법을 가르쳐 주고, 왜 남자들이 죽음을 두려워하는지 이해하도

따르고 있었다.

록 해 준 그녀의 보이지 않는 힘과는 완전히 거리가 있어 보였기 때문에 긴장감을 숨기기 위해 그 어떤 노력도 기울일 필요가 없었다. 그는 자신만의 비밀 속에 너무도 깊게 빠져 있었기 때문에 아버지와 동생이 금속 찌꺼기를 녹여 우르술라의 황금을 분리해 냈다는 소식을 듣고 온 집안이 흥분의 도가니가 되었을 때도 다들 왜 그렇게 즐거워하는지 전혀 이해하지 못했다.

사실 그들은 매일매일의 복잡하고 끈질긴 작업 끝에 그 황금을 찾아냈었다. 우르술라가 기쁜 나머지 연금술의 은혜를 내려 주신 하느님께 감사 기도까지 올리고 있는 사이에 마을 사람들은 실험실 안을 꽉 채우고 있었고, 식구들은 그 기적을 축하하기 위해 사람들에게 과자와 함께 구아야바[33]로 만든 사탕을 대접했으며, 호세 아르카디오 부엔디아는 되찾은 황금을 막 발명이나 해낸 듯 황금이 담겨 있는 도가니를 사람들에게 보여 주었다. 수많은 사람에게 보여 준 끝에, 맨 마지막으로 그 즈음 실험실에는 얼굴도 거의 비추지 않던 큰아들 차례가 되었다. 그는 아들 눈앞에 딱딱하고 노란 결정체를 내밀면서 물었다. "어떻니?" 호세 아르카디오가 진지하게 대답했다.

"개똥 같군요."

아버지가 손등으로 아들의 입 주둥이를 사정없이 후려갈겼고, 아들은 피를 쏟고 눈물을 흘렸다. 그날 밤 필라르 테르네라는 어둠 속에서 약병과 솜을 찾아 부어오른 부분에 아르니

---

33) 남아메리카 열대의 물레나무과 열매다.

카[34] 기름을 적신 거즈를 붙여 주고, 그의 상처를 악화시키지 않으면서 그와 사랑을 나누기 위해 최선을 다해 치료를 해 주었는데, 그는 고분고분하게 가만 있었다. 그렇게 친밀해진 그들은 이내 자신들도 모르는 사이에 소곤소곤 얘기를 나누고 있었다.

"당신과 단둘이서만 있고 싶소. 내 조만간 모든 사람에게 다 털어놓으면 이렇게 숨어서 만나는 일은 없을 거요." 그가 말했다.

"그러면 참 좋겠어. 만일 우리끼리만 있을 수 있다면 서로의 얼굴을 똑바로 볼 수 있게 불을 환히 켜 놓을 수도 있고, 누구의 간섭도 받지 않고 내 멋대로 소리를 지를 수 있고, 당신은 내 귀에 대고 하고 싶은 말을 맘대로 할 수도 있을 거야." 그녀가 맞장구를 쳤다.

이런 식의 대화에다, 아버지를 향한 씁쓸한 적개심, 또 금방이라도 그녀와 분방한 사랑을 나눌 수 있다는 가능성이 그에게 차분한 용기를 불어넣어 주었다. 그래서 그는 그다지 따져보지도 않은 채 즉흥적으로 동생에게 모든 걸 털어놓고 말았다.

처음에 어린 아우렐리아노는 위험, 즉 형이 저지르고 있는 모험이 내포하고 있는 그 위험이 끝없이 커질 수 있다는 사실은 깨달았으나 그 모험의 대상이 지닌 매력은 받아들이지 못했다. 동생은 점차 안달이 나기 시작했다. 그는 형에게 일어난

---

34) 약용 식물의 일종이다.

일들을 세세하게 들으면서 형이 겪은 고통과 쾌락을 함께 나누고, 놀라움과 짜릿함을 맛보았다. 그는 새벽녘까지 활활 타오르는 숯불 돗자리가 깔려 있는 것 같은 고독한 침대에서 뜬눈으로 형을 기다렸으며, 둘은 잠자리에서 일어나야 할 시각까지 자지 않고 얘기를 나누었다. 그래서 둘은 곧 똑같이 수면 부족에 시달렸고, 똑같이 아버지의 연금술이나 학식을 경원시한 채 고독 속으로 숨어 들어갔다. "이 애들이 비실비실 맹해졌네. 아무래도 회충이 있는 모양이야." 우르술라가 이렇게 말했다. 우르술라가 파이코[35]를 빻아 역겨운 물약을 만들어 두 아들에게 주자 그들은 뜻밖의 인내심을 발휘하면서 그것을 마셨고, 둘 다 그날 하루 동안 열한 번씩 요강에 앉더니 불그레한 회충들을 배설한 뒤, 자신들이 어리벙벙하고 축 늘어져 있었던 원인이 회충 때문이었다고 우르술라를 속일 수가 있을 것 같다는 생각에 신바람이 나서는 모든 사람들에게 회충을 구경시키고 다녔다. 아우렐리아노는 이제 형이 경험한 일을 이해할 수 있었을 뿐만 아니라 마치 자신의 일처럼 몸소 체험할 수 있게 되었다. 그 증거로 한번은 형이 사랑의 행위에 대해 아주 상세하게 설명하자 형의 말을 가로막고 이렇게 묻기까지 했다. "기분이 어땠어?" 호세 아르카디오가 즉각 대답했다.

"마치 지진이 일어나는 것 같아."

1월 어느 목요일 새벽 두 시에 아마란타[36]가 태어났다. 사

---

35) 산토닌의 원료인 차나무로 '파소테(pasote)'라고도 한다.

람들이 들어와 보기 전에 우르술라는 갓난 딸을 자세히 조사해 보았다. 아이는 마치 새끼 도마뱀처럼 가볍고 축축했지만 사람이 갖출 것은 다 갖추고 있었다. 아우렐리아노는 사람들이 집 안에 가득 차 있다는 것을 느끼기 전까지는 그 새로운 소식을 모르고 있었다. 그는 아기 때문에 혼란스러운 틈을 이용해 어젯밤 11시부터 침대에 있지 않았던 형을 찾아나섰다. 너무 얼떨결에 이루어진 결정이었기 때문에 필라르 테르네라의 방에서 형을 끄집어내려면 어떻게 해야 할 것인지 미처 자문해 볼 시간조차 없었다. 둘 사이에 암호로 정해 놓은 휘파람을 불어 대면서 몇 시간 동안 그녀 집 주변을 서성거렸으나 새벽이 다가오자 결국 집으로 돌아올 수밖에 없었다. 그는 어머니 방에서 아무 일도 없었다는 듯 태연한 얼굴로 갓 태어난 여동생과 놀고 있는 호세 아르카디오를 발견했다.

우르술라가 산후 조리차 집에서 휴식을 취한 지 약 사십 일째 되던 날 집시들이 마을로 돌아왔다. 지난번에 얼음을 가져왔던 그 곡예사들과 마술사들이었다. 그 당시 그들은 얼마 가지 않아 자신들이 멜키아데스 족속과는 달리 진보된 문명의 전파자가 아니라 단순히 여흥을 제공하고 물건을 파는 상인에 불과하다는 걸 보여 주었다. 얼음을 가져왔을 때도 그들

---

36) '아마란타(Amaranta)'라는 이름은 '아마르구라(amargura: 고통, 번뇌)', '아마라르(amarrar: 붙잡다)'와의 상호 연관성을 배제하지 않는다 할지라도 '아마란티나(amarantina: 천일홍)', '아마란토(amaranto: 색비름)'에서 왔다고 할 수도 있고, 출산의 여신이면서도 영원히 처녀로 존재했던 그리스의 대모신(大母神) 아르테미스와 연관이 있다고 할 수도 있다.

은 그것을 인간 생활에 유용하게 쓸 수 있는 방법에 대해서는 알려주지 않고 그저 서커스의 볼거리로 선전했을 뿐이다. 이번에 그들은 다른 발명품들과 함께 날아다니는 양탄자를 가져왔다. 그러나 그것을 교통 수단의 발전에 근본적으로 공헌할 물건이 아니라 하나의 오락 기구로 소개했다. 물론, 사람들은 마을 집 위를 살포시 날아 보고 싶은 욕망으로 마지막 남은 황금 쪼가리들을 파냈다. 마을이 온통 뒤죽박죽이 됨으로써 두 사람 사이가 세간에 잘 드러나지 않게 되는 그 달콤한 기회를 이용해 호세 아르카디오와 필라르는 둘만의 오붓한 시간을 보낼 수 있었다. 군중 속에서 행복을 느낀 연인이었던 두 사람은 사랑이란 자신들이 은밀한 밤에 맛보던 분방하지만 순간적인 행복보다 더 편안하고 깊은 감정이 될 수도 있다고 생각하기에 이르기까지 했다. 그러나 필라르가 그 즐거움을 깨 버리고 말았다. 호세 아르카디오가 자기와 함께 있으면서 몹시 즐거워하고 있다는 사실에 고무된 필라르는 적절치 않은 방법으로 적절치 않은 기회에 단 한 번으로 그에게 세상이 와르르 무너지도록 해 버렸던 것이다. "자긴 이제 진짜 어른이야." 그녀가 그에게 말했다. 호세 아르카디오가 말귀를 채 알아듣지 못하는 것 같자 구체적으로 설명했다.

"당신은 애기 아빠가 될 거야."

호세 아르카디오는 며칠 동안 감히 집 밖으로 나갈 수가 없었다. 부엌에서 필라르의 호들갑스러운 웃음소리가 들리기만 해도 그녀를 피하기 위해 우르술라의 축복을 받으며 다시 생기를 되찾던 연금술 기계들이 있는 실험실로 부리나케 달려

갔다. 호세 아르카디오 부엔디아는 방황하던 아들을 기쁘게 맞아들여 마침내 착수하기 시작한 '현자의 돌' 찾기 작업에 참여시켰다. 어느 날 오후 집시 비행사가 날아다니는 양탄자에서 즐겁게 손을 흔들어대는 아이들과 함께 실험실 창문 높이로 날아가는 것을 본 마을 아이들이 환호성을 질러댔지만 호세 아르카디오 부엔디아는 그 양탄자를 보려고 하지조차 않았다. "제멋대로 까불라고들 내버려 둬. 우린 저 누추한 침대 커버보다 훨씬 더 과학적인 기구를 타고 더 멋지게 날게 될 테니까." 그가 말했다. 겉으로야 흥미로워하는 척했지만 호세 아르카디오는 잘못 만들어진 플라스크로 보이는 '현자의 알'이 가진 신비한 능력을 절대 믿지 않았다. 사실, 그는 자신의 걱정거리에서 헤어나지 못하고 있었다. 마치 아버지가 자신의 사업들 가운데 어떤 것을 실패했을 때처럼 그는 식욕 부진과 불면으로 얼굴이 반쪽이 되어 있었는데, 그의 변화가 눈에 띨 정도로 심하자 아들이 연금술에 신경을 너무 많이 써서 그렇다고 생각한 호세 아르카디오 부엔디아는 그를 실험실 업무에서 해방시켜 주었다. 물론 아우렐리아노는 형의 고민이 '현자의 돌'을 찾는 문제 때문에 생겨난 게 아니라는 사실을 알고 있었지만 형으로 하여금 자기에게 속마음을 털어놓게 만들지는 못했다. 형은 예전과 달리 마음을 쉽게 열지 않았다. 공범처럼 서로간에 비밀도 없고, 모든 걸 다 얘기하던 형이 뭔가를 자꾸 숨기려 들고 동생을 적대시하기까지 했다. 혼자 있고 싶고, 세상에 대한 격렬한 증오심에 휩싸여 있던 호세 아르카디오는 어느 날 밤 전처럼 몰래 침대를 빠져나왔으나 필라르 테르네라의 집으로는 가지 않고 시장의 왁자지껄함 속으로 섞여 들어갔다. 온갖 신기한 기계들 사이를 어슬렁거렸지만 그 어떤 것에도 흥미를 느끼지 못했는데, 그 기계들과는 관련이 없는 무언가에 눈길이 쏠렸다. 그것은 몸에 매달린 유리 구슬들이 버거워 보이는, 아직 어린애라고 해도 좋을 집시 소녀로서, 호세 아르카디오가 그때까지 본 여자들 가운데 가장 아름다웠다. 그녀는 한 남자가 부모 말을 듣지 않아 살무사로 변신하게 되는 슬픈 광경을 구경하고 있던 군중 틈에 끼어 있었다.

호세 아르카디오는 그 광경에는 관심을 두지 않았다. 그는 뱀 인간이 슬픈 심문을 받고 있는 동안에 사람들 틈을 비집고 들어가 그 집시 소녀가 있는 맨 앞줄까지 가서 그녀 뒤에 멈춰 섰다. 그리고 소녀의 등에 몸을 바짝 붙였다. 소녀가 몸을 빼려고 했지만 호세 아르카디오는 그럴수록 더욱 힘을 가하면서 몸을 소녀의 등에 더욱 밀착시켰다. 그러자 소녀가 그의 감촉을 느꼈다. 소녀는 남자가 자신의 몸에 와 닿아 있는 것을 믿을 수 없다는 듯 놀라움과 두려움으로 벌벌 떨면서 그 앞에서 꼼짝도 하지 않고 있다가 마침내 고개를 돌려 파르르 미소를 지으며 그를 바라보았다. 그때 집시 둘이 뱀 인간을 우리에 가둬 천막 안으로 가지고 들어가 버렸다. 사회를 보던 집시가 소리쳤다.

"자, 신사 숙녀 여러분, 이번에는 보아서는 안 될 것을 본 죄로 150년 동안 매일 밤 이 시간이면 목이 잘리게 되는 여인의 참혹한 광경을 보여 드리겠습니다."

호세 아르카디오와 소녀는 목을 베는 장면을 보지 않고 자리를 폈다. 둘은 소녀의 천막으로 가 옷을 벗으면서 불안한 조바심에 휩싸인 채 키스를 해 댔다. 집시 소녀는 겹겹이 껴입은 조끼들과 풀 먹인 레이스로 만든 짧은 주름치마들, 별 필요도 없이 입었던 철망을 댄 코르셋, 몸에 두른 유리구슬들을 벗었고, 이내 실오라기 하나 걸치지 않은 알몸이 되었다. 막 부풀기 시작한 젖가슴과 호세 아르카디오의 팔뚝 굵기에도 못 미치는 아주 가느다란 다리 때문에 늘어진 개구리처럼 보였지만 자신의 연약함을 보상할 만한 단호함과 열정을 지니고 있었다. 그럼에도 불구하고, 호세 아르카디오는 자신들이 머물던 천막이 일종의 공용 천막 같은 것이어서 집시들이 서커스 도구를 들고서 왔다 갔다 하고, 업무 협의를 하고, 심지어 주사위 놀이를 하기 위해 침대에서 지체하는 사람들조차 있었기 때문에 그녀의 몸짓에 제대로 응해 줄 수가 없었다. 게다가, 천막 중앙 말뚝에 매달려 있는 등잔불이 텐트 안을 온통 훤히 비추고 있었다. 잠시 애무를 멈춘 호세 아르카디오가 어떻게 할 바를 몰라 벌거벗은 채로 침대에 누워 버리자 소녀가 그를 자극하려고 갖은 애를 썼다. 잠시 후 육덕이 있어 보이는 여자 집시가 서커스 단원도 아니고, 그렇다고 그 마을 사람도 아닌 남자를 데리고 들어왔고, 둘은 침대 앞에서 옷을 벗기 시작했다. 그 여자 집시는 무심결에 호세 아르카디오를 보았고, 일종의 연민을 담은 강력한 눈빛으로 축 늘어져 있는 그의 거대한 물건을 주시했다.

　"이봐요 청년, 하느님께서 당신 몸을 제대로 보전해 주시기를." 그녀가 소리쳤다.

호세 아르카디오와 함께 있던 소녀가 자신들을 가만 내버려 두라고 그 남녀에게 부탁하자, 그들은 침대 바로 옆 바닥에 누웠다. 그 남녀의 격렬한 정사가 호세 아르카디오의 몸에 다시 불을 지폈다. 몸이 결합되자마자 소녀의 뼈들은 도미노를 담은 상자가 흔들릴 때 나는 것처럼 요란스럽게 딸그닥거리는 소리를 내면서 부서지는 것 같았고, 살갗은 진땀으로 범벅이 되고, 눈에는 눈물이 흥건히 고이고, 온몸이 가녀린 신음과 은은한 진흙 냄새를 발산했다. 하지만 그녀는 강인한 성격과 감탄할 만한 용기로 그의 공격을 견뎌 냈다. 그때 호세 아르카디오는 온몸이 둥둥 떠올라 천국에 이른 듯한 황홀경에 빠진 상태에서 자신의 속마음을 담은 음란한 밀어를 소녀의 귀에 쏟아부었고, 소녀는 그와 똑같은 밀어를 자신의 언어로 뱉어 내고 있었다. 그날은 목요일이었다. 토요일 밤, 호세 아르카디오는 머리를 붉은 헝겊으로 동여매고 집시들과 함께 떠났다.

호세 아르카디오가 없어진 것을 안 우르술라는 온 마을을 다 뒤졌다. 집시들이 천막을 쳤던 자리에는 불은 꺼졌지만 여전히 연기가 피어오르던 모닥불 재 사이로 쓰레기만 남아 있었다. 쓰레기 속에서 구슬을 찾으려고 서성이던 사람이 지난밤 난리법석을 피우던 곡마단 일행에 섞여 뱀 인간을 가둔 우리를 실은 마차를 밀고 있던 아들을 보았다고 우르술라에게 일러 주었다. "그 녀석이 집시가 됐다니까요!" 우르술라가 남편에게 소리를 질렀지만, 남편은 아들이 사라진 것에 대해 놀라는 기색을 전혀 보이지 않았다.

"그게 사실이라면 좋겠군." 호세 아르카디오 부엔디아는

1000번은 빨고 불에 달궈 또 빨은 재료를 절구통에 다시 빨으면서 말했다. "그렇게 해서 어른이 되는 법을 배우는 거지, 뭐."

우르술라는 집시들이 어디로 갔는지 수소문해 보았다. 사람들이 가리켜준 길에서 아들에 대해 물으면서 계속 걸어갔고, 아직 그들을 따라잡을 시간이 있다고 믿고 계속 마을에서 멀어져 갔으며, 결국은 다시 돌아갈 엄두를 낼 수 없을 정도로 너무 멀어져 있다는 걸 깨닫게 되었다. 저녁 8시가 되어서야 아내가 없어졌다는 사실을 알게 된 호세 아르카디오 부엔디아는 퇴비장에서 가열시키고 있던 재료를 그대로 놔두고, 너무 울어 목이 쉬어 있는 어린 아마란타에게 무슨 일이 일어나고 있는지 보러 갔다. 몇 시간 만에 그는 준비를 단단히 한 남자들 한 무리를 모았고, 아이를 돌보겠다고 나선 여자 손에 아마란타를 맡기고 나서 우르술라를 찾아 앞이 잘 보이지도 않는 오솔길로 사라졌다. 아우렐리아노가 그들과 함께 따라나섰다. 동이 틀 무렵 처음 들어보는 말을 사용하는 원주민 어부들이 손짓 발짓을 해가면서 그곳을 지나간 사람을 본 적이 없다고 알려주었다. 일행은 헛고생을 하면서 사흘을 보낸 후 마을로 돌아왔다.

몇 주 동안 호세 아르카디오 부엔디아는 실의에 젖어 있었다. 그는 어린 아마란타를 어머니처럼 보살폈다. 아이를 목욕시키고, 옷을 갈아입히고, 하루에 네 번씩 젖을 얻어 먹이러 다니고, 밤이면 우르술라는 부를 줄도 모르던 자장가를 불러주기도 했다. 그러던 어느 날 필라르 테르네라가 우르술라가 돌아올 때까지 집안일을 보살펴주겠다고 나섰다. 불행을 잘 알아맞출 정도로 신비한 직관을 지니고 있던 아우렐리아노는 필라르 테르네라가 집에 들어서는 순간 문득 떠오르는 것이 있었다. 그리고 뭐라 설명할 수는 없지만, 형이 도망치고, 그 결과 어머니까지 행방불명이 된 원인이 필라르였다는 사실을 알게 된 그가 그녀에게 아무 말도 하지 않은 채 혹독한 적의를 드러내면서 그녀를 몰아세웠기 때문에, 그녀는 다시 집으로 찾아오지 않았다.

시간이 흐르면서 일들이 제자리를 찾았다. 호세 아르카디오 부엔디아와 그의 아들은 자신들이 언제 다시 실험실로 돌아가 먼지를 털고, 관형 로(管形 爐)에 불을 지펴 퇴비장에서 몇 달 전부터 잠자고 있던 재료를 참을성 있게 다루고 있었는지도 모르고 있었다. 어린 아마란타까지도 버들가지를 엮어 만든 작은 광주리 속에 누워 수은 연기 자욱한 골방에서 아버지와 오빠가 연구에 몰두해 있는 모습을 신기한 듯 구경했다. 우르술라가 떠난 지 몇 달 후, 언젠가부터 이상한 일들이 벌어지기 시작했다. 찬장에 넣어두고 오랫동안 잊고 있던 플라스크가 들어 옮길 수도 없을 정도로 무거워져 있었다. 작업대에 올려 놓은 물 냄비가 가열을 하지 않았는데도 반 시간씩이나 끓더니 마침내 물이 완전히 증발해 버렸다. 호세 아르카디오 부엔디아와 그의 아들은 납득은 할 수 없었지만 물질의 계시라고 해석하면서 놀라움과 기쁨에 젖어 그런 현상들을 관찰했다. 어느 날 아마란타가 들어 있는 광주리가 저절로 움직이기 시작하더니 겁에 질린 아우렐리아노의 면전에서 방 안을 한 바퀴 돌자 아우렐리아노가 서둘러 그 광주리를 잡으려 했다. 그러나 아버지는 당황하지 않았다. 그는 기다리던 일이 곧 벌어질 거라 확신한 채 광주리를 본래 위치에 갖다 놓고는 어느 책상 다리에 묶어 놓았다. 그때 아우렐리아노는 아버지가 이런 말을 하는 것을 들었다.

"하느님을 두려워하지 않는다 해도 쇠붙이는 두려워해야 하는 법이니라."

행방불명된 지 거의 다섯 달이 지났을 무렵 우르술라가 갑자기 돌아왔다. 그 마을에서는 볼 수 없는 새로운 스타일의 옷을 입어 더 젊고, 활달한 모습으로 도착했던 것이다. 호세 아르카디오 부엔디아는 그 충격을 가까스로 진정시킬 수 있었다. "그래, 바로 이거였어!" 그가 소리쳤다. "난 이렇게 될 줄 알았어." 그는 그렇게 되리라 진심으로 믿고 있었는데, 그 이유는 오랫동안 실험실에 틀어박혀 재료를 다루는 동안 마음속 깊이 고대하던 기적은 현자의 돌을 발견하는 것이나, 쇠붙이에 생명을 주는 영기를 불어넣는 것이나, 집에 있는 경첩과 자물쇠를 황금으로 바꾸는 권능이 아니라, 방금 전에 일어났던 바로 그 일이어야 한다고 기도했기 때문이었다. 그러나 우르술라는 남편만큼 기쁜 내색을 하지 않았다. 마치 한 시간쯤 자리를 비우기라도 한 것처럼 남편에게 의례적인 키스를 하고 나서 말했다.

"문 밖으로 나가 봐요."

당혹감을 떨쳐 버리고 제정신을 차리는 데 한참이나 걸린 호세 아르카디오 부엔디아가 길로 나가 보니 많은 사람이 보였다. 집시들이 아니었다. 황갈색 피부와 직모에, 자신들과 같은 말을 하고, 같은 고민으로 슬퍼하는, 자신들과 같은 남자 여자들이었다. 그들은 먹을 것을 실은 노새들, 가구와 가재도 구를 실은 달구지들을 끌고 와서는 보통 때 오는 장사꾼들처럼 호들갑을 떨지 않고서 일상 생활에 쓰는 소박하고 단순한 도구들을 팔려고 내놓았다. 그들은 매월 우편물을 받으며, 삶을 편리하게 해 주는 기계들을 사용하는 마을들이 있는 늪 건너편에서 단 이틀 만에 마을에 도착했었다. 우르술라는 집시들을 따라잡지 못했지만 위대한 문물을 찾으러 나섰다가 실패로 끝난 그 원정에서 남편이 발견하지 못한 길을 발견했던 것이다.

3장

필라르 테르네라의 아들은 태어난 지 이 주일째 되던 날 조부모의 집으로 옮겨졌다. 우르술라는 자기 피가 섞인 어린 것이 의지할 곳 없이 떠돌아다닌다는 생각은 참을 수가 없다는 남편의 고집에 한 번 더 꺾여 마지못해 아이를 받아들였지만, 아이에게는 자신의 출생에 관한 비밀을 숨겨야 된다는 조건을 내걸었다. 아이의 이름을 호세 아르카디오라고 지었지만, 혼동을 피하기 위해 그냥 아르카디오라고만 부르기로 했다. 그때는 마을에 일이 많았고, 집안일도 복잡했기 때문에 아이들 돌보는 일은 뒷전으로 미뤄지게 되었다. 그래서 아이는 몇 년 전부터 자기 부족을 괴롭히던 불면증 병을 피해 남동생과 함께 그 마을에 온 구아히라 출신 원주민 비시타시온에게 맡겼다. 그 남매는 워낙 순종적이고 부지런해서 우르술라는 둘 다

집에 두고서 자기를 도와 집안일을 하도록 했다. 그래서 아르카디오와 아마란타는 스페인어를 하기 전에 구아히라 말부터 했고, 우르술라가 전망이 좋은, 작은 동물 모양의 캐러멜 장사에 정신이 팔려 있는 사이에 우르술라 몰래 도마뱀 국물을 마시고 거미 알 먹는 법을 배웠다. 마콘도는 변해 있었다. 우르술라를 따라 그 마을에 왔던 사람들이 그곳 토질이 좋고, 늪지대 한가운데 위치한 지리적 조건이 뛰어나다는 말을 퍼뜨리고 다녔으므로 옛날에 아무것도 없었던 마콘도는 금방 가게들과 공예품 공장들에다, 슬리퍼를 신고 귀고리를 단 첫 번째 아라비아인들이 유리구슬 목걸이와 구아카마야를 맞바꾸러 왔던 항구적인 장삿길을 갖춘 활기찬 마을로 변했다. 호세 아르카디오 부엔디아는 잠시도 쉴 틈이 없었다. 자신이 상상하는 광활한 우주보다 그 당시 그에게 훨씬 더 멋지다고 생각되는 눈앞 현실에 매료된 그는 연금술 실험실에 대한 흥미를 완전히 잃은 채 여러 달에 걸친 작업으로 인해 지쳐 있을 재료를 쉬게 했고, 다른 모든 사람이 갖지 못한 그만의 특권을 그 누구도 향유하지 못하도록 자신이 직접 도로를 설계하고 새 집들의 위치를 정하던 초기의 열정적인 남자로 되돌아갔다. 그는 새로 이주해 오는 사람들로부터 절대적인 권위를 인정받아, 그에게 자문을 구하지 않고 기초 공사를 하거나 담을 쌓는 사람은 아무도 없었으며, 토지의 분배를 책임질 사람도 그로 결정되었다. 곡예사 집시들이 이제는 도박 기구를 갖춘 대규모 가게로 변모된 이동 판매 설비와 함께 돌아왔을 때, 사람들은 호세 아르카디오가 그들과 함께 돌아오리라는 기대감에서 반갑게 맞아들였다. 그러나 호세 아르카디오는 돌아오지 않았으며, 우르술라에 의하면, 자신들에게 아들의 행방에 대해 알려 줄 수 있는 유일한 사람인, 그 뱀 인간도 데려오지 않았기 때문에 집시에게 마을 안에 천막을 치지 못하게 하고, 앞으로는 마을에 발도 들여놓지 말게 하자는 결정이 내려졌는데, 이는 집시들이 색욕과 타락을 유포시키는 사람들이라는 표면적인 이유를 내걸어 내려진 조치였다. 그럼에도 불구하고, 호세 아르카디오 부엔디아는 수천 년 세월 동안 얻은 지혜와 놀라운 발명품들을 가져와 마을이 성장하는 데 크게 도움을 준 멜키아데스의 옛 족속은 언제 와도 대문을 활짝 열어 놓을 것이라는 사실을 분명히 밝혔다. 그러나, 유랑자들이 전하는 바에 따르면, 멜키아데스 족속은 인간 지혜의 한계를 초월해 버림으로써 결국 지구상에서 사라져 버렸다고 했다. 적어도 얼마 동안은 환상의 고통에서 해방된 호세 아르카디오 부엔디아는 이내 마콘도에서는 질서를 지키고 노동을 해야 한다는 의무를 부과했는데, 그 안에서 단 한 가지만은 허락되었다. 그것은 마을이 생겼을 때부터 자신들의 피리로 그들에게 즐거움을 주던 새들을 놓아주고 그 대신 모든 집에 음악 시계를 설치하는 것이었다. 아라비아인들이 구아카마야를 받고 내준 그 음악 시계는 나무로 만든 예쁜 시계 몇 개로, 호세 아르카디오 부엔디아가 아주 정확하게 시간을 맞추어 놓은 후, 마을 사람들은 반 시간마다 한 소절씩 울려 퍼지는 화음에 즐거워했는데, 마침내는 모든 시계가 일제히 한 곡의 완성된 왈츠를 연주하면서 정확히 정오를 가리키게 되었다. 그 몇 년 동안 마을 길가에 아카시아나무 대신 편도나무를 심게 했던 사람은 호세 아르카디오 부엔디아였고, 그 비결은 절대 알려주지 않았지만, 그 나무들을 영원히 살릴 수 있는 방법을 발견한 사람 또한 그였다. 수많은 세월이 흐른 뒤 마콘도가 양철 지붕을 씌운 목조 가옥이 즐비한 마을이 되었을 때, 비록 누가 심었는지 기억하는 사람은 없었을망정, 가장 오래된 거리에는 부러지고 먼지에 덮인 편도나무들이 남아 있었다. 아버지가 마을을 정리하고, 어머니가 병아리나 물고기 모양의 설탕 과자를 기막힌 솜씨로 만들어서는 발소나무[37] 막대기에 꿰어 하루에 두 번씩 팔러 나감으로써 가산을 확충하는 사이 아우렐리아노는 홀로 연구에 연구를 거듭해 은세공술을 배우면서 방치되어 있던 실험실을 단 한시도 떠나지 않고 있었다. 아우렐리아노는 키가 어찌나 빨리 자라는지 이내 형이 물려준 옷조차 작아서 입지를 못해 아버지 옷을 빌려 입기 시작했는데, 다른 가족들과는 달리 뚱뚱하지는 않았으므로 비시타시온은 그가 빌려 입은 셔츠와 바지의 품을 줄여 주어야 했다. 사춘기에 접어들자 그의 달콤했던 목소리는 변성을 했고 말수도 적어졌으며 결국은 고독한 남자로 변했지만, 태어날 때 지니고 있던 강력한 눈빛만은 다시 살아났다. 그는 은세공술 연구에 너무 열중해 있었으므로 밥 먹을 때나 겨우 실험실을 비울 정도였다. 아들이 한곳에만 지나치게 열중하는 게 걱정이 된 호세 아르카디오 부엔디아는 아마 여자가 그리워 그

---

37) 콜롬비아에 자생하는 나무이다.

러는 거라 생각하고 아들에게 집 열쇠와 약간의 돈을 주었다. 그러나 아우렐리아노는 그 돈으로 왕수(王水)[38]를 만들기 위해 필요한 염산을 샀고, 열쇠를 황금으로 도금해 아름답게 꾸며 버렸다. 그런 터무니없는 행동은 아르카디오나 아마란타의 행동에는 비할 정도가 아니었는데, 그 두 사람은 이미 이갈이를 시작했는데도 아직도 하루 종일 원주민 남매의 망토자락만 붙들고 다니더니, 고집스럽게도 스페인 말은 하지 않고 구아히라 말만 하려 들었다. "당신은 불평할 것도 없어요. 자식들은 제 부모의 미친 짓까지 죄다 닮으니까요." 우르술라가 남편에게 말했다. 아이들이 피우는 말썽이 돼지 꼬리와 마찬가지로 무시무시한 거라는 사실을 알고 있던 우르술라가 자신의 박복함에 대해 한탄하는 것을 본 아우렐리아노는 어머니가 당황해 어쩔 줄 몰라 할 때까지 어머니를 노려보았다.

"누가 올 거예요." 그가 어머니에게 말했다.

아들이 예언을 할 때면 으레 그랬듯이 우르술라는 가정주부다운 논리로 아들의 기를 꺾어 놓으려 했다. 사실, 누가 찾아온다는 것은 흔히 있는 일이었다. 수십 명의 외부인이 불안감을 조성한다거나 은밀하게 미리 알리는 일 없이 매일 마콘도를 드나들고 있었다. 하지만, 누가 뭐라 해도, 아우렐리아노는 자신의 예감에 대해 확신하고 있었다.

"오는 사람이 누군지는 모르겠어요. 하지만 어찌 됐든, 벌써

---

38) 농염산(濃鹽酸)과 농질산(濃窒酸)을 3:1의 비율로 혼합한 액체. 강(强)산화제로서 보통의 산으로 변화를 받지 않는 금이나 백금을 녹이는 데 사용한다.

이리로 오고 있는 중이에요." 그가 말했다.

　일요일이 되자 실제로 레베카[39]가 도착했다. 레베카는 그 때 막 열한 살이었다. 레베카는 호세 아르카디오 부엔디아 집에 편지 한 통을 들고 자신을 넘겨줄 임무를 맡은 피혁 상인 몇과 함께 마나우레를 떠나 고통스런 여행 끝에 그곳에 도착했는데, 그 피혁 상인들은 자신들에게 그런 부탁을 한 사람이 누구였는지 정확히 설명하지는 못했다. 레베카가 가져온 짐은 옷을 담은 작은 트렁크, 손으로 여러 가지 색깔의 작은 꽃들을 그려 넣은 작은 흔들의자, 그리고 부모의 뼈를 넣고 다녀서 딸가닥 딸가닥 딸가닥 소리가 나는, 천막용 천으로 만든 자루 뿐이었다. 호세 아르카디오 부엔디아 앞으로 보내진 그 편지는, 세월이 흘렀고 먼 곳에 떨어져 있어도 아직 호세 아르카디오 부엔디아를 깊이 사랑하고 있으며, 돌보아 줄 사람 없는 그 고아 소녀를 인간적인 도리에 의해 호세 아르카디오 부엔디아에게 보내는 자선을 행하지 않을 수 없다고 생각하는 누군가가 아주 애정어린 필체로 쓴 것이었는데, 소녀는 우르술라에게는 먼 조카 뻘이자, 호세 아르카디오 부엔디아의 잊을 수 없는 친구인 니카노르 우요아와 그의 정숙한 아내 레베카 몬티엘 사이에서 태어난 딸로, 비록 촌수는 더 멀지언정 호세 아르카디오 부엔디아의 친척이기 때문에, 하느님께서 자신의 성스러운 나라에 데리고 계실 니카노르 우요아와 레베카 몬티

---

39) '레베카'라는 이름은 아브라함의 아들 이삭과 결혼한 레베카와 연관이 있다.

엘의 유골을 가톨릭 식으로 장례를 치러 묻어 달라며 그 편지와 더불어 보내졌던 것이다. 편지에 적힌 이름들이나 편지를 쓴 사람의 서명은 분명히 읽을 수가 있었지만, 호세 아르카디오 부엔디아도 우르술라도 그런 이름들을 가진 친척이 있었는지 기억해 낼 수가 없었으며, 아는 사람들 가운데 발신인과 같은 이름을 가진 사람은 단 하나도 없었는데, 더군다나 아주 멀리 떨어진 마나우레 마을에 사는 사람이라면 더욱더 그랬다. 그 소녀를 통해 보충할 만한 정보를 얻는다는 것은 불가능했다. 레베카는 도착하자마자 흔들의자에 앉아 손가락을 빨면서 사람들이 물어보는 말을 알아들었다는 표시는 전혀 하지 않은 채 커다랗게 뜬 놀란 눈으로 주위를 둘러보았다. 레베카는 너무 오래 입어 낡아 빠진, 검게 물들인 빗살무늬 드레스를 입고, 에나멜 코팅이 벗겨진 반장화를 신고 있었다. 머리는 귀 뒤로 동그랗게 말아 올려 검은 리본으로 묶어 놓고 있었다. 목에는 땀에 절어 성상(聖像)이 지워진 스카풀라를 걸치고 있었고, 오른쪽 팔목에는 악마의 눈을 피하기 위한 부적으로, 육식동물의 송곳니 하나를 구리 바탕에 박아 차고 있었다. 레베카의 푸르스름한 피부, 북처럼 둥그렇고 팽팽한 배는 건강이 나쁘고, 살아온 시간보다 더 오랫동안 굶주렸다는 것을 나타내 주고 있었는데, 먹을 것을 주자 접시를 받아 무릎 위에 놓더니 입도 대지 않았다. 벙어리에 귀머거리가 아닌가 하는 생각을 하기에 이르렀지만, 원주민 남매가 구아히라 말로 물을 마시겠느냐고 묻자 마치 전부터 알았던 사람을 만났다는 듯 눈동자를 움직이더니 머리를 끄덕이며 그러겠다고 했다.

　그들은 달리 어떻게 해 볼 도리가 없어 소녀를 맡기로 했다. 아우렐리아노가 소녀 앞에서 성도열전에 나온 이름들을 끈기 있게 다 읽어 주었는데도 소녀가 그 어떤 이름에도 반응을 보이지 않았으므로 편지에 쓰여 있는 소녀의 어머니 이름을 따서 그냥 레베카라 부르기로 정했다. 그때까지 죽은 사람이 없던 마콘도에는 묘지가 없었기 때문에 매장할 적당한 장소를 찾을 때까지 뼈가 들어 있는 자루를 집에 보관하기로 했는데, 오랫동안 그 자루는 알을 품은 암탉이 꼬꼬꼭 꼬꼬꼭 하고 울듯 항상 뼈 부딪치는 소리를 내면서 사방에서 사람의 발길에 채이거나 생각지도 않던 곳에서 굴러 나오기 일쑤였다. 레베카가 가정 생활에 적응하기까지는 많은 세월이 흘렀다. 레베카는 집 안 가장 후미진 곳에서 작은 흔들의자에 앉아 손가락을 빨아 댔다. 시계에서 들리는 음악 외에 그 어떤 것도 레베카의 흥미를 유발시키지 못했는데, 레베카는 공중 어딘가에서 그 소리를 찾아낼 수 있다고 생각했는지 반 시간마다 놀란 눈으로 소리를 추적했다. 많은 노력을 기울였지만 여러 날 동안 레베카에게 밥을 먹이지는 못했다. 어떻게 해서 굶어 죽지 않는지 그 누구도 이해할 수 없었는데, 마침내 집 안 구석구석을 끊임없이 살금살금 돌아다니며 모든 사정을 훤히 꿰고 있던 원주민 남매는 레베카가 젖은 마당 흙과 손톱으로 벽에서 떼어낸 석회 판떼기만 먹고 싶어 한다는 사실을 알아냈다. 레베카가 보는 사람이 아무도 없을 때 먹으려고 몇 끼 분량을 포개 놓으려 애를 쓰면서, 죄를 짓듯 숨어서 먹는 것으로 판단해 보건대, 부모 또는 레베카를 길렀던 어느 누군가가 그런 버릇을 꾸짖었던 게 틀림없었다. 그때부터 레베카는 엄격한 감시하에 놓였다. 식구들은 흙에 소 담즙을 뿌리고, 벽에 고추를 짓이겨 바르면 레베카의 위험한 악습을 없앨 수 있지 않을까 생각하고서 실제로 그렇게 했지만, 그녀가 흙을 찾기 위해 교활하고 기발한 방법을 동원했기 때문에 우르술라는 좀 더 과감한 대책을 동원하지 않을 수 없었다. 우르술라는 오렌지 주스에 대황(大黃)을 섞어 냄비에 담아 하룻밤 동안 이슬을 맞힌 후, 다음 날 그 물약을 레베카에게 주어 빈속에 마시도록 했다. 그것이 흙을 먹는 악습을 고치는 데 특별한 요법이라고 아무도 우르술라에게 말한 적이 없지만 우르술라는 입에 쓴 것은 무엇이든 빈속에 먹으면 간장에 영향을 끼치지 않을까 생각하고 있었던 것이다. 레베카는 비타민 결핍증에 걸려 있으면서도 어찌나 심하게 반항하고 힘이 세던지 약을 삼키게 하려면 수송아지처럼 옴싹달싹 못하게 잡아야 했는데, 그녀의 발길질을 억누르는 것도 힘이 들었고, 그녀가 물어뜯고 침을 뱉어 가면서 쏟아내는 괴상한 말은 차마 견디기가 곤란할 정도였던 바, 그녀의 말을 듣고 기분이 나빠진 원주민 남매의 말에 따르면 레베카가 퍼부은 욕설은 자기들 말 가운데서도 가장 추잡한 것이었다. 그 사실을 안 우르술라는 채찍질을 덧붙였다. 효과를 발휘한 것이 대황이었는지, 매질이었는지, 아니면 그 둘을 합친 것이었는지는 전혀 알 길이 없으나 실제로 레베카는 몇 주일이 지나면서부터 건강이 회복되고 있다는 조짐을 보이기 시작했다. 레베카는 자기를 누나, 언니로 생각해 주는 아르카디오와 아마란타의 놀이에 참여했고, 식기들도 제대로 다루면서 밥도 맛있게 먹었다. 얼마 안 가서 레베카가 스페인 말을 원주민 말만큼이나 유창하게 하고, 손재주도 대단하며, 시계의 왈츠 음악에 스스로 작사한 아주 재미있는 가사를 붙여 노래를 부른다는 사실이 밝혀졌다. 그래서, 오래지 않아 그들은 레베카를 한 식구처럼 생각하게 되었다. 레베카는 우르술라에게 절대 그런 적이 없는 자식들보다 훨씬 더 다정하게 굴었으며, 아르카디오와 아마란타를 동생이라 불렀고, 아우렐리아노를 삼촌, 그리고 호세 아르카디오 부엔디아를 할아버지라 불렀다. 그리하여 결국 레베카도 이 집 식구들과 똑같은 성을 받아 레베카 부엔디아라는 이름을 갖게 되었는데, 그것은 그녀가 평생 지녔던 유일한 이름으로, 죽는 날까지 자랑스럽게 간직했다.

레베카가 흙을 먹는 고약한 병이 나아 다른 아이들 방에서 함께 자게 되었을 무렵의 어느 날 밤, 그들과 함께 자던 원주민 여자는 우연히 잠에서 깨어났다가 방 구석에서 간헐적으로 들리는 이상한 소리를 들었다. 방 안으로 짐승이 들어온 줄 알고 깜짝 놀라 몸을 일으켰을 때 구석에 있는 흔들의자에 앉아 손가락을 빨고 있는 레베카의 눈이 어둠 속에 있는 고양이 눈처럼 광채를 띠고 있었다. 순간 공포에 질리고, 자신의 불운한 운명으로 슬픔에 휩싸이게 된 비시타시온은 공주와 왕자였던 자기와 남동생이 천년 역사를 자랑하는 자신들의 왕국에서 영원히 추방당하도록 위협했던 병의 징후를 레베카의 두 눈에서 인지했다. 그것은 전염성 불면증이었다.

비시타시온의 남동생 카타우레는 날이 밝기 전에 호세 아르카디오 부엔디아의 집을 떠났다. 그러나 누나는 이 치명적인 병이 온갖 방법을 총동원해 자기를 지구 맨끝 구석까지라도 쫓아올 수밖에 없다는 숙명론적인 생각이 들었기 때문에 그곳에 그대로 눌러앉기로 했다. 비시타시온이 그렇게 놀랐던 이유를 알아챈 사람은 아무도 없었다. "우리가 다시 잠들지 않는다면, 더 좋지 뭐. 그럼 우리 인생이 더 길어질 테니까 말이야." 호세 아르카디오 부엔디아가 유쾌하게 말했다. 그러나 불면증에 걸렸을 때 육체적 피로 같은 건 느끼지 않았던 비시타시온은 불면증의 가장 무서운 점은 잠을 자지 못하는 것이 아니라 기억상실증이라는, 보다 위험한 증상으로 가차없이 진행되는 것이라고 그들에게 설명해 주었다. 그러니까 그녀의 말은 불면증 환자가 불면 상태에 익숙해지다 보면 자신의 어릴 적 추억에 대한 기억을, 그다음에는 사물의 이름과 관념을, 그리고 마지막에는 사람도 알아보지 못하게 되고, 심지어는 자기 자신까지도 잊게 되어 결국은 과거를 망각한 백치 상태가 되어 버린다는 것이었다. 숨이 넘어갈 듯이 마구 웃어 대던 호세 아르카디오 부엔디아는 불면증을 원주민들의 미신에 의해 조작된 많은 질병 가운데 하나라고 치부해 버렸다. 그러나 우르술라는 혹시나 해서 레베카를 다른 아이들로부터 떼어 놓는 예방 조치를 취했다.

여러 주일이 지났을 무렵, 비시타시온의 공포가 완화된 것처럼 보이던 어느 날 밤, 호세 아르카디오 부엔디아는 잠을 이룰 수 없어 침대에서 몸을 뒤척이고 있었다. 역시 잠을 이루지 못하고 있던 우르술라가 왜 그러느냐고 묻자 그가 대답했다. "프루덴시오 아길라르 생각을 또 하고 있었소." 그들은 단 일 분도 자지 못했지만, 다음 날 아침에 피로를 전혀 느끼지 않았기 때문에 그 지루하던 밤을 잊어버렸다. 점심 때 아우렐리아노는 신기해하며, 자신이 우르술라의 생일에 우르술라에게 선물할 브로치를 도금하느라 실험실에서 꼬박 밤을 새웠지만 조금도 피곤한 줄을 모르겠다고 말했다. 셋째 날, 잠잘 시각이 되었어도 졸음을 느끼지 않게 되자 비로소 깜짝 놀란 그들은 자신들이 오십 시간 이상 잠을 자지 않고 있었다는 사실을 깨닫게 되었다.

"아이들도 깨어 있어요. 이 질병이 일단 집 안으로 들어오면 아무도 피할 수 없지요." 원주민 여자가 예의 그 숙명론자적인 태도로 말했다.

그들은 정말로 불면증이라는 병에 걸려 있었다. 어머니에게서 식물의 의학적인 효과에 대해 배웠던 우르술라는 바꽃[40]으로 물약을 만들어 모두에게 먹였지만, 아무도 잠을 이루지 못하고 하루 종일 눈을 뜬 채 꿈을 꾸었다. 눈을 뜨고 꿈을 꾸는 그 혼미한 상태에서 그들은 자기 자신의 꿈속에 나타난 이미지들을 보았을 뿐만 아니라, 몇 사람은 다른 사람들의 꿈속에 나타난 이미지들까지 보았다. 그래서, 집 안이 손님들로 꽉차 있는 것 같았다. 식당 한구석에서 자신의 흔들의자에 앉

---

40) 미나리과 식물로 흔히들 정원에 관상용으로 재배하는데, 약용으로도 쓰인다.

아 있던 레베카는 흰 아마포로 만든 옷을 입고 셔츠의 목 깃을 황금 단추로 잠근, 자기와 영락없이 닮은 남자가 장미꽃 한 다발을 가져다주는 꿈을 꾸었다. 그 남자와 함께 있던, 손이 가냘픈 여자가 장미 한 송이를 따 레베카의 머리에 꽂아 주었다. 우르술라는 레베카의 꿈에 나타난 그 남녀가 레베카의 부모일 거라 생각은 했지만, 그들이 누군지 알아보려고 아무리 애를 써 보았어도, 그들을 한 번도 본 적이 없다는 확신을 굳혔을 뿐이었다. 한편으로, 호세 아르카디오 부엔디아가 특유의 무관심을 보이는 동안 집에서 만든 작은 동물 모양의 캐러멜은 마을에서 계속 팔리고 있었다. 어른 아이 할 것 없이 모두 불면증으로 푸른색이 된 달콤한 병아리들, 불면증으로 분홍색이 된 맛있는 생선들, 불면증으로 노란색이 된 보드라운 망아지들을 빨아 대고 있었고, 그러다 보니 급기야는 온 동네 사람들이 월요일 동틀 무렵까지 깨어 있게 되었다. 처음에는 아무도 놀라지 않았다. 당시에 할 일은 엄청나게 많은데 시간이 모자랐던 마콘도 사람들은 잠을 안 자게 되는 것을 오히려 즐거워했다. 어찌나 열심히 일들을 했던지 이내 할 일이 더 이상 없게 되었고, 새벽 3시에 시계에서 나오는 왈츠의 음표들을 세면서 팔짱을 끼고 앉아 있게 되었다. 피로 때문이 아니라 꿈이 그리워 잠을 자고 싶어 했던 사람들은 피곤해지기 위해 온갖 방법을 다 썼다. 함께 모여 앉아 끝없이 얘기를 주고받고, 똑같은 농담을 몇 시간씩이나 되풀이하고, 거세한 수탉 얘기를 신경질이 날 정도까지 비비 꼬아서 복잡하게 만들었는데, 얘기하는 사람이 그 얘기를 듣고 있던 사람들에게 거세한 수탉 얘기를 또 들려주기를 원하느냐고 물어, 얘기를 듣는 사람이 그러라고 대답하면, 얘기를 하는 사람은 듣고 싶다고 대답하라고 부탁한 적이 없으며 단지 거세한 수탉 얘기를 그들에게 해 주는 것을 원하는지만 물었다고 말하고, 얘기를 듣던 사람들이 아니라고 대답하면, 얘기를 하는 사람은 아니라고 대답하라 부탁한 적이 없으며 단지 거세한 수탉 얘기를 그들에게 해 주는 것을 원하는지만 물었다고 말하고, 얘기를 듣던 사람들이 입을 다물고 있으면, 얘기를 하는 사람은 입을 다물고 있으라고 부탁한 적이 없으며 단지 거세한 수탉 얘기를 그들에게 해 주는 것을 원하는지만 물었다고 말하고, 얘기를 듣던 사람들이 자리를 뜰라치면, 얘기를 하는 사람은 자리를 뜨라고 부탁한 적이 없고 단지 거세한 수탉 얘기를 그들에게 해 주는 것을 원하는지만 물었다고 말하는 등, 그런 식으로 며칠 밤이 새도록 지속되는 지독한 모임에서 밑도 끝도 없는 장난을 쳐 댔다.

호세 아르카디오 부엔디아는 불면증이라는 전염병이 마을에 침입했다는 것을 알게 되었을 때 불면증에 대해 자신이 알고 있던 사실을 설명하기 위해 마을의 가장들을 한자리에 모았고, 사람들은 그 재앙이 늪 지대의 다른 마을들로 전염되는 걸 막기 위한 대책을 모았다. 그 결과 아라비아인들이 구아카마야와 바꿔 주었던 방울들이 새끼 염소들의 목에서 떼어져 감시인들의 충고나 당부를 받아들이지 않고 마을로 들어오겠다고 우기는 사람들이 사용할 수 있도록 마을 어귀에 놓여졌다. 그 당시 방울을 울리는 사람은 건강하다는 사실을 불면증 환자들이 알 수 있도록 마콘도 거리를 다니는 모든 외부인은 자기가 들고 있던 방울을 울려야 했다. 불면증이 입으로만 전염된다는 사실은 의심의 여지가 없었던 바, 모든 먹거리와 마실거리가 불면증에 감염되어 있었기 때문에 불면증에 걸리지 않은 외부인은 마콘도에 머무는 동안 먹고 마시는 것이 금지되었다. 그렇게 해서 그 전염병은 그 마을 안으로 국한되었다. 그런 격리 조치가 아주 유효했기 때문에 마침내는 그 긴급 상황도 자연스러운 것으로 간주되는 날이 도래했는데, 생활이 정리되자 사람들이 일의 리듬을 되찾았으며, 그 누구도 다시는 수면이라는 무익한 습관을 되풀이하지 못한다는 사실에 대해 걱정하지 않았다.

몇 달 동안 잃어버린 기억력을 되찾는 방법을 고안해 낸 사람은 아우렐리아노였다. 그는 그것을 우연히 알아냈었다. 맨 처음에 불면증에 걸린 사람들 가운데 하나였기 때문에 숙달된 불면증 환자였던 그는 그 기간 동안 은세공 기술을 완벽하게 배웠다. 어느 날 그가 쇠붙이를 다듬을 때 사용하던 작은 모루를 찾고 있었는데 그 이름이 생각나지 않았다. 그때 아버지가 그에게 일러 주었다. "그건 모루야." 아우렐리아노는 종이에 '모루'라고 써서 모루 위에 고무풀로 붙여 놓았다. 그렇게 적어놓으면 앞으로 그 말을 잊지 않을 거라 믿었던 것이다. 모루라는 말이 워낙 어려운 단어였기 때문에 그게 기억상실증의 초기 증세라는 생각이 들지 않았다. 그러나 며칠이 지나지 않아 그는 실험실 안에 있는 거의 모든 물건의 이름을 기억하기가 어렵다는 사실을 깨달았다. 그래서 그는 물건들마다 각각의 이름을 적어 놓았고, 따라서 물건의 이름을 알기 위해서는 적어 놓은 것을 읽기만 하면 되었다. 아버지가 어릴 적에 가장 감명 깊었던 어떤 사건이 기억나지 않는다고 걱정스런 어조로 아우렐리아노에게 얘기했을 때 아우렐리아노는 자기가 사용한 방법에 대해 아버지에게 설명했고, 호세 아르카디오 부엔디아는 곧 집 안에 온통 이름들을 써 놓았으며, 나중에는 온 마을에 그 방법을 쓰도록 했다. 그는 먹을 찍은 붓으로 각각의 물건에 이름을 썼다. '책상, 의자, 시계, 문, 벽, 침대, 냄비' 그는 동물 우리로 가서 식물과 짐승의 이름도 표기했다. '암소, 새끼 염소, 수퇘지, 암탉, 유카, 말랑가, 기네오[41]' 기억 상실증의 무한한 가능성에 대해 조금씩 조금씩 알아가던 호세 아르카디오 부엔디아는 각각의 이름을 보고 물건을 알아볼 수는 있겠지만 그 용도는 기억하지 못할 날이 올 수도 있을 거라는 점을 깨달았다. 그 당시 기억상실증은 더욱 확실하게 나타나 있었다. 그가 암소의 목덜미에 걸어 놓은 표찰은 마콘도 주민들이 어떤 식으로 기억상실증에 대항해 싸울 준비를 하고 있었는지를 보여 주는 하나의 예시였다. '이것은 암소인데, 암소가 젖을 생산하게 하려면 매일 아침마다 암소의 젖을 짜 주어야 하고, 그 젖을 커피와 섞거나 밀크 커피를 만들기 위해서는 젖을 끓여야 한다.' 그렇게 사람들은 단어들을 이용해 잠시 붙잡아 두었지만, 자신들이 써 놓은 글자들의 의미

---

41) 기네오는 카리브 지역에 서식하는 폴라타노의 일종이다.(1장의 각주 7 참조.)

를 잊어버리게 되었을 때는 별수 없이 사라져 버릴 그런 허망한 현실 속에서 계속 살아가고 있었다.

늪 지대에서 뻗어나간 길 어귀에는 '마콘도'라 쓰인 푯말이, 중앙 도로에는 그 푯말보다 조금 더 큰, '신은 존재한다.'라고 쓰인 푯말이 서 있었다. 모든 집에는 물건의 이름과 사람의 감정을 기억하기 위한 메모가 적혀 있었다. 그러나 그 방식은 대단한 주의력과 정신력을 요구했기 때문에 많은 사람은 자신들에 의해 창조된 가상 현실이 지니는 매력에 푹 빠져들었는데, 그 가상 현실은 그들에게 덜 실제적이었지만 더 편안하게 여겨질 정도였다. 그런 자기 기만적인 경향을 보급시키는데 가장 크게 기여한 사람은 필라르 테르네라였는데, 그녀는 전에 카드로 미래를 점쳤듯이 과거에 무슨 일이 있었는지 점치는 방법을 고안해 냈다. 그 같은 수단을 통해, 불면증 환자들은 카드 점의 불확실한 취사 선택에 의해 세워진 어느 세계에서 살기 시작했는데, 그 세계에서는 아버지가 4월 초에 도착했던 거무접접한 남자로, 어머니가 왼손에 금반지를 끼었던 가무잡잡한 여자로밖에 기억되지 않았고, 자신의 생일날은 월계수 숲에서 종달새가 노래하던 마지막 화요일까지로 한정되었다. 자신들을 위로하기 위한 그런 연습에서 실패한 호세 아르카디오 부엔디아는 집시들의 희한한 발명품들을 모두 기억하기 위해 언젠가 갖고 싶어 한 적이 있던 그 기억 장치를 만들기로 결심했다. 그 기계는 삶에서 획득한 모든 지식을 매일 아침, 처음부터 끝까지 다시 한번 훑어볼 수 있다는 가능성에 원리를 두고 있었다. 그가 생각하고 있던 기계는 중심축에 위치한 어느 개인이 핸들 하나로 조작할 수 있는 회전식 사전 같은 것으로, 살아가는 데 가장 필요한 사항들을 단 몇 시간 이내에 살펴볼 수 있도록 되어 있는 것이었다. 그가 기록 카드를 약 1만 4000개가량 썼을 때 차림새가 누추한 노인이 불룩한 가방을 밧줄로 묶어 짊어지고 검은 천을 덮은 수레를 끌고서 자신은 불면증에 걸리지 않은 사람이라는 것을 알리는 종을 구슬프게 울리면서 늪 지대와 연결되어 있는 길을 따라 나타났다. 노인은 곧장 호세 아르카디오 부엔디아의 집으로 갔다.

대문을 열어 주면서도 그 사람이 누구인지 알아보지 못했던 비시타시온은 대책도 없는 지독한 기억상실증에 빠진 마을에서는 팔 물건이 하나도 없다는 사실을 모르고서 무언가를 팔 생각을 하고 있는 사람이려니 생각했다. 그는 노쇠한 남자였다. 목소리는 불안감으로 주눅이 들어 있었고 물건을 만지는 손놀림은 힘이 없고 굼떴지만 그래도 그는 아직 사람들이 잠을 잘 수 있고 기억력을 잃지 않은 곳으로부터 온 사람임에 틀림없었다. 호세 아르카디오 부엔디아가 거실로 들어섰을 때 노인은 벽마다 붙어 있는 메모 쪽지들을 동정어린 눈초리로 주의 깊게 읽는 동안 누덕누덕 기운 검은 모자로 부채질을 하면서 앉아 있었다. 그는 노인이 언젠가 만난 적은 있는 것 같은데 지금은 기억하지 못하는 게 마음에 걸려 두루뭉실하게 반가움을 표하면서 인사를 했다. 그러나 방문객은 그의 거짓 태도를 눈치챘다. 방문객은 주인이 지니고 있는 증세는 마음만 먹으면 고칠 수 있는 건망증이 아니라 자신이 아주 잘 알고 있던 것보다 훨씬 더 잔인하고 되돌이킬 수 없는 다른 기억상실증, 죽음과도 같은 기억상실증으로 인해 그 자신이 그로부터 잊혀져 있다고 느꼈다. 그리고 그는 어떻게 된 건지 이해할 수 있었다. 그는 뭔지 알 수 없는 물건들이 가득 들어 있는 가방을 열어 안에서 수많은 플라스크가 들어 있는 작은 가방 하나를 꺼냈다. 그가 희읍스름한 액체를 호세 아르카디오 부엔디아에게 마시게 하자 호세 아르카디오 부엔디아의 머릿속에 기억력이 되살아났다. 호세 아르카디오 부엔디아의 눈에 눈물이 핑 도는가 싶더니, 이윽고 이름표를 단 물건들이 있는 우스꽝스러운 응접실 안에 있는 자신을 바라보았고, 벽에 쓰여 있는 터무니없는 바보짓으로 인해 부끄러움을 느꼈으며, 무엇보다도 기쁨으로 충만된 눈부신 빛 속에서 그 방문객을 알아보았다. 그는 멜키아데스였다.

마콘도 사람들이 기억력이 회복된 것을 축하하는 사이 호세 아르카디오 부엔디아와 멜키아데스는 옛 우정의 먼지를 털어 내고 있었다. 집시는 마을에 머물 예정이었다. 그는 정말로 죽어 있는 몸이었지만 외로움을 참을 수 없어 돌아왔던 것이다. 삶에 충실했다는 벌로 모든 초자연적인 능력을 빼앗기고 같은 종족으로부터 따돌림을 당한 그는 아직 죽음의 손길이 미치지 않은 이 세계의 한쪽 구석에 몸을 숨긴 채 은판(銀板) 사진술 개발에 헌신하겠다고 결심했다. 호세 아르카디오 부엔디아는 은판 사진술에 관한 얘기는 들은 적이 없었다. 그러나 은빛 쇠붙이의 얇은 막 위에 박혀 있는 자기 자신과 모든 식구의 영원히 변치 않을 모습을 보고는 너무 놀라 할 말을 잃고 말았다. 곤두선 잿빛 머리카락, 구리 단추를 잠가 빳빳하게 세운 셔츠 깃, 그리고 뭔가에 놀란 듯하면서도 근엄한 표정을 짓고 있는 호세 아르카디오 부엔디아가 찍혀 있는 그 녹슨 은판 사진은 그 당시에 찍은 것이었는데, 사진을 본 우르술라는 우스워 죽겠다는 시늉을 하며 그를 '어느 겁먹은 장군' 같다고 평했다. 사실, 은판 사진을 찍은 12월의 어느 청명한 아침, 호세 아르카디오 부엔디아는 금속판에 자신의 얼굴이 박힘에 따라 몸이 점점 쇠잔해질 거라 생각했기 때문에 겁을 집어먹고 있었다. 우르술라는 (그녀가 한 말을 그대로 인용한다면) 손자들의 웃음거리가 되기 싫어 은판 사진 찍는 일만은 극구 사양하긴 했지만, 기묘하게도 입장이 바뀌어서, 과거에 멜키아데스에 대해 지니고 있던 불쾌감을 떨궈 버리고 멜키아데스에게 자기 집에서 머무르라고 결정한 사람 역시 우르술라였듯이 호세 아르카디오 부엔디아의 머리에서 두려움을 뽑아내 버린 사람도 바로 우르술라였다. 사진을 찍는 날 아침 우르술라는 아이들에게 가장 좋은 옷을 입히고 얼굴에 분을 발라 준 뒤 아이들이 멜키아데스의 현란한 카메라 앞에서 약 2분 동안 몸을 절대로 움직이지 않고 가만 있게 하려고 각자에게 뼛국물을 고아 만든 달콤한 시럽을 한 숟갈씩 먹였다. 꼭 한 번밖에 찍은 일이 없는 그 가족 사진에서 아우렐리아노는 검은 벨벳 옷을 입고 아마란타와 레베카 사이에 끼어 있었다. 몇 년 후 총살형 집행 대원들 앞에 섰을 때의 그 축 늘어진 모습과 뭔가를 꿰뚫어 보는 듯한 시선이 사진에도 드러나 있었다. 그러나 그때만 해도 그는 아직 자신의 운명을 예견하지 못했다. 그는 열심히 일한 덕분에 늪 지대 전체에서 존경받는 숙련된 은세공사가 되어 있었다. 멜키아데스의 터무니없는 실험 기구를 들여놓고 함께 나누어 쓰던 실험실에서 일하는 동안 그에게서는 숨소리만 들릴 뿐이었다. 아버지와 그 집시가 플라스크와 수은 통이 달그락거리고, 엎질러진 산(酸)과 매 순간 팔꿈치로 치고 뒷발질을 해 대서 못 쓰게 된 브로마이드 은판이 어지럽게 널려 있는 가운데 소리를 질러 대며 노스트라다무스의 이론을 해석하는 동안에도 그는 그 자리에 없는 것처럼 무신경하게 일만 했다. 일에 대한 헌신적인 태도와 재산을 관리하는 정확한 판단력으로 아우렐리아노는 불과 얼마 만에 우르술라가 달콤한 캐러멜 동물을 만들어 팔아 번 돈보다 더 많은 돈을 벌어들였는데, 사람들은 그가 그렇게 반듯하고 잘 자랐으면서도 아직도 여자를 모른다는 것을 이상하게 생각했다. 사실 그는 여자를 겪어 본 적이 없었다.

몇 달 뒤, 자신이 지은 노래를 부르면서 종종 마콘도를 지나가던 유랑자로, 나이가 거의 200살 정도 되는 프란시스코 엘 옴브레[42]가 돌아왔다. 프란시스코 엘 옴브레는 마나우레에서부터 늪 지대 경계까지 오면서 들른 마을들에서 일어난 사건에 관한 소식을 자신의 노래를 통해 아주 자세하게 들려주었기 때문에 누군가 전할 말이 있거나 세상에 알려야 할 사건이 있으면 그것들을 그의 레퍼토리에 포함시켜 달라고 그에게 2센타보씩 지불했다. 우르술라는 혹시 아들 호세 아르카디

---

42) 그의 이름은 '인간 프란시스코'라는 의미를 지니고 있는데, 여기서는 라틴 아메리카의 음유시인 또는 신화된 가수의 전형으로 나온다.

오에 관해 무슨 소식이라도 들을까 하는 기대감에서 그의 노래를 들었던 어느 날 밤, 아주 우연스럽게도 어머니가 죽었다는 사실을 그의 노래를 통해 알게 되었다. 즉흥적인 노래 시합으로 마귀를 물리쳤기 때문에 프란시스코 엘 옴브레라고 불렸을 뿐 그의 진짜 이름은 아무도 몰랐는데, 전염성 불면증이 퍼져 있을 때 마콘도에서 사라졌던 그가 어느 날 밤 아무런 예고도 없이 카타리노의 가게[43]에 다시 나타났던 것이다. 바깥 세상에서 그동안 무슨 일이 있었는지 알기 위해 온 마을 사람이 그의 노래를 들으러 갔다. 그날 어찌나 뚱뚱한지 원주민 남자 넷이 흔들의자에 앉혀서 운반해야 했던 여자와, 양산으로 그녀를 햇빛으로부터 가려 주는 일을 하던, 의지할 곳 없는 여자라는 인상을 지닌 물라타[44] 소녀가 그와 함께 왔었다. 그날 밤 아우렐리아노는 카타리노의 가게로 갔다. 그는 호기심 많은 사람들에 둘러싸여 돌로 만든 카멜레온처럼 앉아 있는 프란시스코 엘 옴브레를 보았다. 그는 소금기 때문에 쩍쩍 갈라 터진 커다란 발로 박자를 맞추면서 기아나에서 월터 렐리 경[45]으로부터 선물받은 낡은 아코디언 반주에 맞춰

---

43) 마콘도에 있는 원시적 매음굴로, 가르시아 마르케스의 『잃어버린 시간의 바다(El mar del tiempo perdido)』(1961년)에는 '카타리노의 가게는 마을에서 멀리 떨어진 바닷가에 있는 집이었다. 그 집에는 의자들과 작은 탁자들이 있는 커다란 응접실과, 구석에 방들이 있었다.'라고 되어 있다.

44) 흑인과 백인 사이에 태어난 혼혈아. 남자는 '물라토(mulato)', 여자는 '물라타'라고 한다.

45) 월터 렐리 경(1552~1618)은 영국 출신 항해가이자 정치가로 이사벨 1세의 총애를 받았고, 1616년 기아나를 식민지화했다. 프란시스코 엘 옴브레가

가락에도 맞지 않는 늙은이의 목소리로 소식을 전하고 있었다. 일부 남자들이 드나드는 뒷문 앞에는 흔들의자에 실려 왔던 뚱뚱한 여자가 앉아 조용히 부채질을 하고 있었다. 펠트로 만든 장미 한 송이를 귀에 꽂은 카타리노는 그곳에 모인 사람들에게 발효시킨 구아라포[46]를 대접으로 팔다가 기회만 나면 남자들에게 다가가 만지면 안 되는 부분을 만지기도 했다. 자정이 가까워 오자 더위는 참을 수 없을 정도가 되었다. 아우렐리아노는 프란시스코 델 옴브레가 전하는 소식을 끝까지 다 들었지만 집 식구들이 관심을 가질 만한 것은 하나도 없었다. 그가 집으로 돌아가려고 준비를 하고 있을 때 그 뚱뚱한 여자가 손짓을 했다.

"당신도 안으로 들어가 봐요. 20센타보밖에 안 해요." 그 여자가 아우렐리아노에게 말했다.

아우렐리아노는 그 뚱뚱한 여자가 무릎으로 받치고 있는 함에 동전을 넣고는 영문도 모르고 방으로 들어갔다. 낮에 본 물라타 소녀가 발가벗은 몸으로 암캐 같은 젖꼭지를 드러낸 채 침대 위에 있었다. 그날 밤 아우렐리아노보다 앞서 예순세 명의 사내가 그 방을 거쳐갔었다. 워낙 많이들 이용하고, 땀과 신음으로 뒤범벅이 되어 있던 그 방 공기는 진흙처럼 질퍽해지고 있었다. 소녀는 땀에 젖은 침대 시트를 벗기더니 아우렐리아노더러 한쪽 끝을 잡으라고 했다. 시트는 아마포처럼 무

약 200살 정도 되었다고 가정한다면 소설 속의 현재는 적어도 18세기 초가 되어야 하나 사실은 그렇지 않으므로 시간상으로는 의미가 없다.
46) 사탕수수 즙으로 빚은 술이다.

거웠다. 두 사람이 시트의 양쪽 끝을 잡고 비틀어 짜니 시트가 다시 제 무게를 회복했다. 그들이 매트리스를 뒤집었을 때는 밑으로 땀이 흘러나왔다. 아우렐리아노는 차라리 그런 작업이 끝없이 계속되기만을 간절히 바라고 있었다. 그는 사랑의 기술에 대해 이론적으로는 알고 있었지만, 무릎이 후들거려 제대로 서 있을 수도 없었고, 살갗에 소름이 끼치고 화끈거릴 만큼 흥분이 되었다고는 해도, 배 속에 든 것을 한시바삐 쏟아내 버리고 싶은 긴박감은 참을 수가 없었다. 소녀가 침대를 다 정리하고 나서 옷을 벗으라고 명령했을 때 그는 어벙벙하게 변명을 했다. "들어가라고 해서 들어왔어요. 함에 20센타보를 넣고 들어가되 너무 오래 머물진 말라고 했는데요." 소녀는 그가 당황해하는 이유를 이해했다. "나갈 때 20센타보를 더 낸다면 좀 더 오래 있을 수 있어요." 소녀가 부드러운 목소리로 말했다. 아우렐리아노는 자기 알몸이 형의 그것과는 비교할 수조차 없다는 생각에서 벗어날 수가 없었기 때문에 부끄러움을 느끼며 옷을 벗었다. 소녀가 애를 썼음에도 불구하고 그는 점점 더 무관심해졌고, 엄청나게 외롭다는 느낌이 들었다. "20센타보를 더 내겠어요." 그가 맥 풀린 목소리로 말했다. 소녀는 아무 말 없이 고맙다는 표정을 지었다. 소녀의 등은 살이 벗겨져 있었다. 피골이 상접해 갈비뼈가 드러나 있었고, 피로에 찌들어 호흡이 불안정했다. 이 년 전, 소녀는 그곳으로부터 아주 멀리 떨어진 곳에서 촛불을 켜 놓은 채 잠이 들었는데 나중에 깨어 보니 자신이 불 속에 갇혀 있었다. 소녀를 키워 준 할머니와 함께 살던 그 집은 재가 되어 버렸다. 그때부터 할머니는 소녀가 불타 버린 집값을 갚도록 20센타보에 소녀를 남자들 품에 넘겨 주면서 이 마을에서 저 마을로 데리고 다녔다. 소녀의 계산으로는, 집값 말고도 두 사람의 여행과 음식 경비에 흔들의자를 지고 다니는 원주민 남자들의 월급까지 지불해야 했기 때문에 하룻밤에 일흔 명의 남자를 받는다 해도 앞으로 십 년이 필요했다. 뚱뚱보 여자가 두 번째로 문을 두드렸을 때, 아우렐리아노는 아직 아무 일도 치르지 못하고는 그저 맘껏 울고 싶은 심정에 사로잡힌 채 방을 나섰다. 그날 밤 그는 욕망과 동정이 뒤섞인 감정으로 소녀를 생각하며 잠을 이루지 못했다. 소녀를 사랑하고 보호해야 한다는 필요성을 절실하게 느꼈다. 새벽녘에 불면증과 열 때문에 축 늘어져 있던 그는 소녀를 할머니의 횡포에서 해방시키고, 소녀가 일흔 명의 사내에게 주던 그 만족감을 매일 밤 즐기기 위해 조용히 그녀와 결혼해야겠다고 결심했다. 그러나 오전 10시에 카타리노의 가게에 도착해 보니 소녀는 이미 마을을 떠나고 없었다.

시간이 흐르면서 그의 경망스러운 의도가 사그라들었지만 좌절감은 더욱 깊어만 갔다. 그는 일에서 도피처를 찾았다. 자신이 남자 구실을 못 했다는 부끄러운 사실을 숨기기 위해 평생 여자 없이 살기로 결심했다. 그사이, 멜키아데스는 마콘도에서 사진에 담을 수 있는 것들을 모조리 은판에 옮기고 난 다음, 은판 사진 실험실을 흥분 상태에 빠져 있는 호세 아르카디오 부엔디아에게 넘겨 주었는데, 호세 아르카디오 부엔디아는 이미 그 실험실을 신의 존재에 대한 과학적 증거를 얻기 위해 사용해야겠다고 작정해 놓고 있었다. 그는 만약 신이 존재한다면, 집 안의 각기 다른 곳에서 찍은 필름을 겹쳐서 인화하는 복잡한 과정을 통해 조만간에 신의 모습을 은판 사진에 담을 수 있거나, 아니면 그 모든 사진을 통해 신의 존재에 대한 온갖 가설의 결과를 단번에 이끌어 내리라 확신하고 있었다. 멜키아데스는 노스트라다무스의 원리를 연구하는 데 몰입했다. 그는 색바랜 벨벳 조끼 속에서 숨을 헐떡거리며 지난 시대의 광택을 이미 잃어버린 반지를 낀 참새 발처럼 생긴 가느다란 손으로 아주 늦은 시각까지 종이에 무언가를 갈겨 쓰고 있었다. 그러던 어느 날 밤, 그는 마콘도의 미래에 관한 예언 하나를 발견했다고 확신하게 되었다. 마콘도가 부엔디아 가문의 흔적은 전혀 남아 있지 않은, 유리로 지은 거대한 집들로 이루어진 번쩍거리는 도시가 되리라는 것이었다. "그건 착오요! 내가 꿈꾸었던 것처럼, 유리로 지은 게 아니라 얼음으로 지은 집들일 거고, 부엔디아 자손은 세세토록 존재할 거란 말이오." 호세 아르카디오 부엔디아가 버럭 소리를 질렀다. 우르술라는 밤새도록 빵과 놀랄 만큼 다양한 푸딩과 메렝게[47]와 비스킷을 이 바구니 저 바구니 만들어 내는 화덕 덕택에 동물 모양의 캐러멜 장사를 확장해 가면서 그런 엉뚱한 생각이 가득 찬 집에서 상식을 지키기 위해 애를 쓰고 있었는데, 그 과자들은 몇 시간 안에 늪 지대로 뻗은 험한 길을 따라 사라졌다. 우르술라는 이미 편히 쉴 권리를 지닌 나이에 이르렀

---

47) 카스텔라 또는 머랭을 말한다.

지만 오히려 점점 더 활동적인 여자가 되어 갔다. 번창하던 사업으로 무척 바빴던 우르술라는, 어느 날 오후, 비시타시온이 밀가루 반죽을 달게 하는 일을 돕고 있는 사이 무심코 마당 쪽을 바라보았고, 낯이 설지만 아름다운 사춘기 소녀 둘이 석양빛을 받으며 수틀에 자수를 놓고 있는 것을 보았다. 레베카와 아마란타였다. 끝끝내 고집을 부려가며 삼 년 동안이나 입고 있던 할머니를 위한 상복을 막 벗고 화사한 옷으로 갈아입은 두 소녀는 완전히 딴사람처럼 보였다. 예상했던 것과는 달리 레베카가 더 예뻤다. 레베카는 투명한 살결과, 크고 차분한 눈을 지니고 있었고, 보이지 않는 실로 자수의 씨줄을 엮고 있는 것처럼 보일 정도로 손재주가 가히 신기에 가까웠다. 레베카보다 나이가 어린 아마란타는 좀 덜 우아했지만 돌아가신 할머니를 닮아 천성적으로 기품이 있고, 성품이 곧았다. 그녀들에 비해 아르카디오는 아버지를 닮아 벌써 육체적인 역동성이 드러나고 있었다고는 해도 아직은 어린애 같았다. 아르카디오는 아우렐리아노에게서 은세공 기술을 배우고 있었는데, 아우렐리아노는 그에게 글을 쓰고 읽는 법까지 가르쳐 주었다. 우르술라는 집 안이 식구들로 꽉 차 있고, 자식들이 결혼해서 자식을 볼 때가 되었으며, 집이 좁아 분가를 해야 할 것 같다는 사실을 갑작스럽게 깨닫게 되었다. 그래서 수년 동안 갖은 고생을 다 해 가며 모은 돈을 꺼냈고, 식구들의 동의를 구해 집을 증축하는 공사를 시작했다. 손님들을 위한 격식 있는 응접실과 일상 생활을 영위할 편안하고 쾌적한 거실, 가족이 손님들과 모두 함께 앉을 수 있도록 자리 열두 개가 딸린 식탁을 들여놓을 수 있는 식당, 마당 쪽으로 창문을 낸 침실 아홉 개, 그리고 양치류와 베고니아 화분을 놓을 선반이 달려 있고 장미 넝쿨로 대낮의 눈부신 햇빛을 막을 수 있는 길다란 복도를 지을 수 있도록 준비했다. 화덕 두 개를 설치하기 위해 부엌을 넓히고, 필라르 테르네라가 호세 아르카디오의 미래를 점쳐 주던 낡은 곡식 창고를 헐어 내고, 그 대신 집에 양식이 떨어지는 일이 절대로 없도록 그보다 두 배는 더 큰 곡식 창고를 지을 채비를 했다. 마당 밤나무 밑에는 여자들을 위한 변소 하나와 남자들을 위한 변소 하나, 마당 끝에는 커다란 마구간, 울타리를 친 닭장, 소젖을 짜는 축사, 그리고 정처 없이 날아다니는 새들이 마음대로 와서 살도록 사방이 터진 새 집도 만들 채비를 했다. 우르술라는 사람을 현혹시키는 남편의 열정을 물려받기라도 한 듯 수십 명의 목수와 석수장이들을 데리고 다니며 조명과 난방, 배관의 위치를 정하고, 마음껏 터를 넓혀 가며 공간을 분배하고 있었다. 마을 건설 당시에 지어진 촌스러운 집 안에는 연장과 건축 재료와 흐르는 땀에 지친 일꾼들이 가득했는데, 덜그렁덜그렁 둔탁한 방울 소리를 내며 사방에서 발에 채이는 유골 자루 때문에 신경질이 난 일꾼들은 방해를 하는 사람들이 바로 자신들이라는 사실은 생각하지 않은 채 모두에게 방해 좀 하지 말아 달라고 부탁했다. 석회 가루와 코르타르 냄새를 맡는 불편을 겪으면서도 그 마을에는 절대로 존재하지 못할 정도로 큰 집일 뿐 아니라 늪지대 전체에서도 결코 존재한 적이 없는 아늑하고 쾌적한 집이 지구 한가운데서 솟아오르고 있다는 사실을 그 누구도 썩 잘 이해하지 못했다. 집이 그렇게 변하고 있는 사이에 신의 섭리를 찾아내려 애쓰던 호세 아르카디오 부엔디아는 그 사실을 가장 이해하지 못한 사람이었다. 우르술라가 집 외벽을 자기들이 계획했던 흰색이 아니라 파란색으로 칠하라는 관청의 명령을 받았다는 사실을 알리기 위해 호세 아르카디오 부엔디아를 자신만의 공상의 세계에서 끌어냈을 때는 새집이 거의 다 완성되어 있었다. 우르술라는 종이에 적힌 관청의 지시 사항을 그에게 보여 주었다. 호세 아르카디오 부엔디아는 아내가 한 말을 잘 이해하지 못한 채 서류 끝에 적힌 서명을 유심히 들여다보았다.

"이 치가 누구지?" 그가 물었다.

"조정관[48]이에요. 정부에서 보낸 공무원이라고 하대요." 우르술라가 뜨악한 목소리로 말했다.

조정관 돈 아폴리나르 모스코테는 조용하게 마콘도에 도착했었다.[49] 그는 (잠동사니를 구아카마야와 바꾸러 마콘도에 처음으로 온 아라비아인들 가운데 몇몇에 의해 지어진) 하콥 호텔에 투숙했다가, 그다음 날 부엔디아 가문 집에서 두 블록 떨어진 곳에 길 쪽으로 문이 난 작은 방을 세냈다. 그는 하콥 호텔에

---

48) 원어는 '코레히도르(corregidor)'인데, 국왕이 임명한 도시 총독이나 왕권의 대리자로서 그 지역을 다스리고 세금을 징수했다. 군수, 시장 등과 유사한 기능을 지니고 있었으나 명칭은 각각 달랐다.

49) 조정관의 도착은 그때까지 부족 사회 형태를 지니고 있던 마콘도에 정부 시스템이 도래했음을 의미한다. '모스코테'는 '모스카(mosca: 파리)'를 연상시킨다. '아폴리나르'는 시인 아폴로의 반어적 의미를 지니고 있거나 이단자 아폴리나르를 암시하기도 한다.

서 산 책상과 의자를 놓고, 직접 가져온 국가의 문장을 벽에 걸고, 문에다 이렇게 써 붙였다. '조정관 집무실'. 그가 첫 번째로 취한 조치는 국가 독립 기념일을 축하하기 위해 모든 집을 파란색[50]으로 칠하라고 명령하는 것이었다. 호세 아르카디오 부엔디아는 명령서 사본을 손에 쥔 채 좁은 사무실에 걸어 놓은 해먹에서 낮잠을 자고 있던 조정관을 만났다. "당신이 이 종이를 썼소?" 호세 아르카디오 부엔디아가 돈 아폴리나르 모스코테에게 물었다. 불그레한 혈색에 나이가 들고 소심해 보이는 돈 아폴리나르 모스코테가 그랬노라고 대답했다. "무슨 권리로 그랬소?" 호세 아르카디오 부엔디아가 다시 물었다. 돈 아폴리나르 모스코테는 책상 서랍에서 종이 하나를 꺼내 그에게 보여 주었다. "나는 이 마을 조정관으로 임명받았소." 호세 아르카디오 부엔디아는 그 임명장을 거들떠보지도 않았다.

"우린 이 마을에서 종이를 가지고 명령을 내리지 않소. 단도직입적으로 알려주겠는데요, 이 마을에는 조정할 게 하나도 없기 때문에 우린 그 어떤 조정관도 필요없소." 그는 침착성을 잃지 않은 채 말했다.

그리고 돈 아폴리나르 모스코테의 뻔뻔스러운 태도 앞에서 시종일관 목소리를 높이지 않은 채 자기들이 마을을 어떻게 세웠으며, 땅을 어떻게 분배했으며, 그 어떤 정부도 귀찮게 하지 않고 어느 누구의 간섭도 받지 않고서, 어떻게 길을 닦았고, 필요한 것이 있을 때마다 어떻게 개선해 왔는지 모든 것을

---

50) 파란색은 아폴리나르 모스코테가 소속된 보수당의 상징색이다.

소상하게 들려주었다. "우리는 워낙 평화롭게 살아왔기 때문에 우리 가운데 자연사를 한 사람조차도 없소. 우리에겐 아직 묘지가 없다는 걸 이미 알고 있겠죠?" 사실, 마콘도 사람들은 정부에서 도와주지 않았다는 걸 섭섭하게 생각하지 않았다. 오히려, 그때까지 자신들을 평화롭게 성장하도록 내버려 두는 것만도 다행스럽게 여겼고, 외지 사람으로부터 이래라저래라 명령이나 받으려고 마을을 세운 것이 아니었기 때문에 자신들을 계속해서 그대로 내버려 두기를 기대하고 있었던 것이다. 바지와 똑같은 색깔의 흰 생면직 저고리를 입은 돈 아폴리나르 모스코테는 단 한순간도 몸가짐을 흐트러뜨리지 않았다.

"따라서 당신이 다른 보통 사람들과 마찬가지로 이곳에 정착하겠다면 대단한 환영을 받을 거요. 하지만 만일 당신이 사람들에게 집을 파랗게 칠하라고 강요하면서 무질서를 조장하기 위해 왔다면 당신이 가져온 그 잡동사니 세간들을 가지고 왔던 곳으로 돌아가는 게 좋을 거요. 우리 집은 비둘기처럼 하얀색으로 칠할 테니까 말이오." 호세 아르카디오 부엔디아가 결론을 내렸다.

돈 아폴리나르 모스코테의 얼굴이 창백해졌다. 그는 한 발짝 뒤로 물러서서는 약간 난감하다는 표정을 지으며 무슨 말인가를 꺼내기 위해 턱을 긴장시켰다.

"내가 지금 무기를 지니고 있다는 걸 알려 주고 싶군요."

호세 아르카디오 부엔디아의 손에는 맨손으로 말을 쓰러뜨리던 젊은 날의 기운이 자신도 모르는 사이에 불끈 솟아올랐다. 그가 돈 아폴리나르 모스코테의 멱살을 잡아 눈앞으로 치켜들었다.

"당신을 죽이고 싶지 않고, 또 내 평생 당신을 죽였다는 죄를 짊어지고 다니고 싶지 않아 지금 이 정도만 하는 거요." 호세 아르카디오 부엔디아가 말했다.

그렇게 그는 조정관의 멱살을 잡아 길 한가운데로 끌고 나와 늪으로 가는 길에서 자신의 발치에 부려 버렸다. 한 주일이 지난 다음 조정관은 맨발에 누더기를 걸치고 엽총으로 무장한 군인 여섯 명에 아내와 딸 일곱을 실은 우마차를 이끌고 돌아왔다. 나중에 가구와 트렁크를 비롯한 가재 도구를 실은 마차 두 대가 도착했다. 그는 집을 장만할 때까지 가족을 하콥 호텔에 투숙시키고는 군인들의 호위를 받으며 사무실을 다시 열었다. 침입자들을 내쫓기로 결정한 마콘도 마을 설립자들은 호세 아르카디오 부엔디아의 지시를 받으려고 각자 장성한 아들들과 함께 그를 찾아왔다. 그러나 호세 아르카디오 부엔디아는 그럴 수가 없다고 반대했는데, 그의 설명에 따르면, 돈 아폴리나르 모스코테가 부인과 딸들을 데리고 돌아왔기 때문이고, 또 누군가를 자기 가족 앞에서 모욕한다는 것은 대장부가 할 일이 아니라는 이유 때문이었다. 그래서 그는 좋은 방법으로 상황을 정리하기로 결정했다.

아우렐리아노가 아버지를 따라나섰다. 당시 거뭇한 팔자형 콧수염을 기르기 시작한 아우렐리아노는 나중에 전쟁터에서 그의 특성을 잘 드러내 주었던, 약간은 쩌렁쩌렁한 목소리를 지니고 있었다. 아무런 무기도 지니지 않은 두 사람은 경비병들은 거들떠보지도 않은 채 조정관 사무실로 들어갔다. 돈 아폴리나르 모스코테는 침착성을 잃지 않았다. 그는 딸들 가운데 우연히 그 자리에 함께 있던 두 딸을 그들에게 소개했다. 열여섯 살인 암파로는 어머니를 닮아 가무잡잡했고, 이제 겨우 아홉 살인 레메디오스는 살결이 백합처럼 희고 눈이 파란 예쁜 소녀였다. 딸들은 상냥하고 예의가 발랐다. 남자들이 들어오자마자 자신들을 소개하기 전에 그들이 앉을 수 있도록 의자부터 내놓았다. 그러나 부엔디아 부자는 그대로 서 있었다.

"자 좋소, 친구. 당신은 여기서 머물러도 좋소만, 문 밖에 나팔총을 들고 서 있는 저 산적 같은 자들 때문이 아니라, 당신 부인과 딸들을 고려해서 그렇게 해 주는 거요." 호세 아르카디오 부엔디아가 말했다.

돈 아폴리나르 모스코테가 당황스러워했지만, 호세 아르카디오 부엔디아는 그가 대꾸할 틈도 주지 않았다. "우린 다만 두 가지 조건을 당신에게 제시하겠소. 첫째는 각자 자기가 좋아하는 색깔로 집을 칠한다는 거요. 둘째는 군인들이 당장 철수한다는 거요. 질서 문제는 우리가 보증하겠소." 그가 덧붙였다. 조정관은 오른 손바닥을 쫙 펴 쳐들었다.

"명예를 걸고 약속하오?"

"당신의 적으로서 약속하오." 호세 아르카디오 부엔디아가 말했다. 그리고 그는 단호한 목소리로 덧붙였다. "당신에게 이것 한 마디는 해 둬야겠는데, 당신과 나는 계속해서 적이기 때문이오."

바로 그날 오후 군인들이 철수했다. 며칠 후 호세 아르카디오 부엔디아는 조정관의 가족이 기거할 집 한 채를 마련해 주었다. 아우렐리아노를 제외하고 모든 사람이 평화를 되찾았다. 비록 나이는 딸뻘이 되지만 조정관의 어린 딸 레메디오스의 이미지가 그의 몸 한 부분을 괴롭히고 있었던 것이다. 그고통은 육체적인 것으로서, 신발 속에 들어간 작은 돌멩이처럼 걷는 데도 지장을 초래할 정도였다.

4장

비둘기처럼 하얀 새집의 집들이는 춤 파티와 더불어 이루어졌다. 우르술라는 레베카와 아마란타가 처녀 티가 완연하다는 사실을 안 바로 그날 오후부터 춤 파티를 열 생각을 품었는데, 집을 증축하는 공사를 벌인 주요 동기도 두 처녀에게 손님을 맞을 만한 장소를 마련해 주려는 바람에 있었다. 우르술라는 자신의 그런 의도가 추호도 빛이 바래지 않도록 집 개조가 이루어지는 동안에 갤리선에서 노를 젓는 노예처럼 일했으며, 개조 공사가 다 끝나기 전에 집을 장식하고 접대를 하는 데 필요한 값비싼 용품들과 심지어는 온 마을 사람이 감탄하고, 젊은이들이 환호를 할 만한 경이로운 발명품을 주문했는데, 그것은 바로 자동 피아노였다. 그 자동 피아노는 분해된 상태로 여러 상자에 따로따로 포장되어, 비엔나 가구, 보헤미

아 크리스털 제품, 서인도 회사 홈 세트, 네덜란드 식탁보와 다양한 램프와 촛대, 그리고 꽃병, 벽걸이, 벽포(壁布)와 함께 배달되었다. 자동 피아노를 수입한 회사는 자동 피아노를 조립하고, 조율하고, 조작하는 법을 구매자들에게 알려 주고, 여섯 개의 종이 테이프에 담긴 최신 유행곡에 맞춰 춤을 추는 법을 가르쳐 주도록 이탈리아 출신 전문가 피에트로 크레스피[51]를 자사 부담으로 보내주었다.

피에트로 크레스피는 여태껏 마콘도에서는 본 적이 없을 만큼 미남인 데다 예절 바른 금발 청년이었는데, 숨이 막힐 정도의 더위에도 불구하고 금실로 수를 놓은 조끼와 두툼한 검은색 모직 저고리를 입은 채 일을 할 정도로 옷을 입는 데 너무나 세심하게 신경을 썼다. 그는 그 집 주인들에게 결례가 되지 않도록 일정 거리를 유지하면서 아우렐리아노가 은세공 작업실에서 들이는 것과 비슷한 정성을 들여가며 여러 주 동안 땀에 흠뻑 젖은 몸으로 응접실에 틀어박혀 있었다. 어느 날 아침, 그는 그 기적 같은 일에 대한 증인은 단 한 사람도 초대해 놓지 않은 채 문을 닫아 건 후 자동 피아노에 첫 번째 테이프를 끼웠고, 정연하고 선명한 음악 소리가 들리자 성가시게 구는 망치질 소리도, 끊임없이 삐걱거리는 널판지 소리도 감탄스럽다는 듯이 이내 조용해지고 말았다. 모두 부리나케 응접실로 모여들었다. 호세 아르카디오 부엔디아는 멜로디의

---

51) '크레스피'라는 성은 이탈리아어의 '크레스포(crespo: 곱슬곱슬한)'와 연관되는 것으로, 인물의 신체적 특징을 잘 나타내고 있다.

아름다움 때문이 아니라 자동 피아노 건반들이 자동으로 움직이는 것에 충격을 받은 것처럼 보였는데, 눈에 보이지 않는 연주자를 촬영해 낼 수 있으리라는 기대감으로 멜키아데스의 은판 사진기를 응접실에 설치했다. 그날 그 이탈리아 청년은 그들과 함께 점심 식사를 했다. 식탁을 차리던 레베카와 아마란타는 그 천사 같은 남자가 반지를 끼지 않은 새하얀 손으로 유연하게 식기를 다루는 모습을 보고는 넋을 잃고 말았다. 응접실 옆에 있는 거실에서 피에트로 크레스피는 레베카와 아마란타에게 춤을 가르쳐 주었다. 그는 딸들이 교습을 받는 동안 한순간도 거실에서 나가지 않은 우르술라의 부드러운 감시 아래 여자들에게 손 하나 대지 않고서 박절기(拍節器)로 박자를 맞추어 가며 스텝을 가르쳤다. 피에트로 크레스피는 그 며칠 동안 몸에 꼭 끼고 신축성 있는 특수한 바지를 입고 무도용 신발을 신고 있었다. "그렇게 걱정을 할 필요는 없소. 이 친구는 호모요." 호세 아르카디오 부엔디아가 우르술라에게 말했다. 그러나 우르술라는 춤 교습이 끝나고 그 이탈리아 남자가 마콘도를 떠날 때까지 감시를 게을리하지 않았다. 그러고 나서 우르술라는 춤 파티 준비를 시작했다. 우르술라는 초대 손님을 엄선해 명단을 작성했는데, 초대된 손님은 그동안 아버지가 누군지 알 수 없는 아이를 둘이나 더 낳은 필라르 테르네라의 가족을 제외하고는 모두가 마콘도를 설립한 사람들의 자손들뿐이었다. 실제로 그 명단은 그 집 식구들과의 우정만을 고려 대상으로 삼아 선정해 놓은 것이었는데, 초대를 받은 사람들은 마콘도 건설로 인해 끝난 집단 이주를 시작하기 전부터 호세 아르카디오 부엔디아 집안과 오랫동안 알고 지내던 사람들이었을 뿐만 아니라 그들의 아들들과 손자들도 아우렐리아노나 아르카디오가 어렸을 때부터 소꿉친구였고, 딸들도 레베카나 아마란타와 함께 자수를 하기 위해 집을 방문하던 유일한 친구들이었다. 하는 일이라고는 나무몽둥이를 든 순사 둘을 자신의 빈약한 수입으로 부양하는 것에 한정되어 있던 인정 많은 통치자 돈 아폴리나르 모스코테는 장식품과도 같은 관리였다. 가계에 도움을 주기 위해 그의 딸들은 양장점을 열어 펠트 조화를 만들고, 구아야바로 과자를 만들기도 했으며, 연애편지를 대필해 주기도 했다. 딸들은 얌전하고 부지런했을 뿐만 아니라, 마을에서 가장 아름답고, 새로 유행하는 춤을 가장 잘 추었지만 춤 파티의 초청 대상에 오르지는 못했다. 우르술라와 두 딸이 가구를 풀고, 홈 세트를 반질반질하게 닦고, 장미를 실은 배들에 탄 부인들이 그려진 그림을 걸어가며 석공들이 만들어 놓은 벌거숭이 공간에 새 삶의 기운을 불어넣는 사이, 호세 아르카디오 부엔디아는 신의 형상은 존재하지 않는다는 사실을 깨닫고는 신의 형상을 찾는 작업을 중단하고 나서 자동 피아노의 비밀스러운 마술을 알아내기 위해 자동 피아노를 분해해 버렸다. 파티가 열리기 이틀 전, 그는 다 끼워 맞췄는데도 남아도는 자동 피아노의 키와 해머 더미 속에서 어쩔 줄을 몰라 하고, 한쪽을 펼치면 다른 쪽이 다시 둘둘 말려 들어가는 줄들이 마구 엉키는 바람에 쩔쩔매면서 그 기계를 엉망으로 재조립했다. 그 며칠만큼 많은 소동이 일어나고 분주하게 일을 한 적이 단 한 번도 없었지만 어쨌든 파티가 열리는 날 예정된 시각에 새 역청 램프를 밝힐 수가 있었다. 아직도 송진 냄새와 축축한 석회 냄새를 풍기는 집 문이 열렸고, 마을을 세운 사람들의 자식들과 손자들은 양치류와 베고니아가 있는 복도와, 조용한 방들과, 장미 향기가 가득 찬 정원을 구경하고 나서 응접실로 들어가 하얀색 보를 씌워놓은 그 낯선 발명품 앞에 모여 있었다. 늪 지대의 다른 마을들에서 유행하던 보통 피아노에 대해 이미 알고 있던 사람들은 약간 실망했는데, 아마란타와 레베카로 하여금 춤을 추게 하려고 첫 번째 테이프를 끼웠을 때 그 기계가 작동하지 않자 우르술라의 실망은 이만저만이 아니었다. 노쇠로 인해 몸이 망가지면서 이제는 거의 장님이나 다름없었던 멜키아데스는 기계를 고치기 위해 아주 오래된 지식에 바탕을 둔 온갖 기술을 다 동원했다. 마침내 호세 아르카디오 부엔디아가 실수로 고장난 부분을 건드리자 처음에는 지글거리는 소리가 갑작스럽게 터져나오더니 잠시 후에는 뒤죽박죽 뒤섞인 소리들이 분수처럼 쏟아져 나왔다. 해머들이 순서도 틀리고 화음도 맞지 않게 엉터리로 조율된 줄들을 막 두드려 댔다. 그러나 서쪽에 있다는 바다를 찾아 산맥을 넘어온 스물한 명의 용감한 사람들의 집요한 후손들은 뒤죽박죽 흘러나오는 멜로디 사이에 숨어 있던 암초들을 피해 나갔고, 춤 파티는 새벽까지 계속되었다.

피에트로 크레스피가 자동 피아노를 고치러 다시 왔다. 레베카와 아마란타는 그를 도와 줄들을 순서에 따라 다시 연결했는데도 뒤죽박죽이 된 왈츠가 흘러나오면 다 함께 깔깔거리며 웃어 댔다. 피에트로 크레스피가 아주 정직한 성격에 대단히 착한 사람이라는 사실을 알게 된 우르술라는 감시를 그만 두었다. 그가 떠나기 전날 밤, 수리된 자동 피아노 소리에 맞춰 그를 환송하기 위한 즉석 춤 파티가 열렸는데 피에트로 크레스피는 레베카와 짝을 이뤄 현대식 춤 시범을 멋지게 보여 주었다. 아르카디오와 아마란타도 우아하고 멋지게 춤을 추었다. 그러나 춤 시범은 구경꾼들과 함께 문간에 있던 필라르 테르네라가 아르카디오의 엉덩이가 여자 엉덩이 같다고 말해 버린 어떤 여자와 서로 물어뜯고 머리채를 잡아당기며 싸우는 통에 중단되고 말았다. 자정 무렵 피에트로 크레스피는 감상적인 이별사와 금방 돌아오겠다는 약속을 남기고 떠났다. 레베카는 대문까지 그를 배웅하고 나서 대문을 잠그고 불을 끈 후 자기 방으로 돌아가 흐느껴 울었다. 아무리 달래 보아도 며칠 동안 계속해서 울어 댔는데, 그 이유는 아마란타조차도 몰랐다. 레베카의 자폐증은 이상할 것이 없었다. 고독한 성격을 지닌 레베카는, 비록 마음이 넓고 솔직한 것처럼 보였다고는 해도, 자신의 속마음을 아무에게도 내보이지 않았다. 레베카는 키가 훤칠하고 강단진 체격을 지닌 아름다운 처녀였지만 집에 왔을 때 가지고 와 여러 번 손질을 하고 팔걸이도 달아나버린 흔들의자를 아직도 계속해서 사용하기를 고집했다. 그녀가 그 나이에도 여전히 손가락을 빠는 버릇을 지니고 있다는 사실은 아무도 몰랐다. 그런 성격이었기 때문에 변소에 들어가면 꼭 문을 걸어 잠그고 벽에 얼굴을 기댄 채 잠을 자는 습관이 생겼다. 레베카는 비 내리는 오후에 친구들과 함께 베고니아가 있는 복도에서 수를 놓으며 나누던 얘기의 실마리를 놓쳤으며, 마당의 축축한 흙에서 지렁이들에 의해 생긴 줄무늬와 진흙 더미를 바라보고 향수에 젖어 흐르는 눈물에 혀끝을 짭짤하게 적셨다. 옛날에 오렌지를 대황과 함께 섞어 먹고 잊어버렸던 그 비밀스런 맛은 그녀가 울기 시작했을 때 억제할 수 없는 갈망과 더불어 되살아났다. 레베카는 다시 흙을 먹기 시작했다. 고약한 흙 맛이 오히려 흙을 먹고 싶다는 유혹을 물리칠 수 있는 가장 좋은 방책이 될 거라 믿고서 처음에는 거의 호기심에서 흙을 먹었다. 실제로 입 속에 넣은 흙 맛은 견딜 수가 없었다. 그러나 레베카는 증대해 가는 갈망을 이기지 못한 채 계속해서 흙을 먹어 댔으며, 차츰차츰 옛 입맛과, 흙이라는 원생 광물에 대한 기호와, 흙에 함유된 기초 영양분으로부터 얻을 수 있는 개운한 만족감을 회복했다. 레베카는 친구들에게 가장 복잡한 바늘땀에 대해 가르쳐 주기도 하고, 자신이 벽의 석회를 먹어야 하는 희생을 치르는 것과는 아무 관련이 없는 다른 남자들에 관한 얘기를 하는 사이에도 틈틈이 몇 줌의 흙을 여러 호주머니에 넣어 두었다가 남들이 보지 않는 곳에서 행복감과 분노가 뒤섞인 혼동스런 감정에 휩싸인 채 조금씩 먹었다. 레베카는, 마치 그 남자가 세상의 다른 곳에서 멋진 에나멜 가죽 구두로 밟고 있는 그 흙이 입 속에 톡 쏘는 텁텁한 맛을 남기고 마음속에 편안함을 남겨 주던 광물성 맛을 통해 그의 피의 무게와 온기를 자신에게 전달해 주기라도 하는 것처럼, 자신의 타락의 원인이 되고 있던 그 유일한 남자의 존재를 몇 줌의 흙을 통해 더 가까이,

더 확실하게 느꼈다. 어느 날 오후, 암파로 모스코테가 느닷없이 집을 구경시켜 달라고 부탁했다. 생각지도 않던 방문을 받아 당황한 아마란타와 레베카는 딱딱하게 격식을 차려가며 그녀를 맞아들였다. 그리고 암파로 모스코테에게 개축한 저택을 보여 주고, 자동 피아노의 음악을 들려주고, 오렌지 주스와 과자를 대접했다. 암파로는 품위와 인간적인 매력과 예의범절을 보여 주었는데, 그것이 잠깐 동안 손님을 접대했던 우르술라를 감동시켰다. 두 시간쯤 지나, 대화의 긴장이 풀리기 시작했을 때, 암파로는 아마란타가 잠깐 주의를 게을리하는 사이에 레베카에게 편지 한 통을 건넸다. 레베카는 자동 피아노의 조작법을 적은 것과 동일한 서체로, 동일한 초록색 잉크로, 그리고 그처럼 또박또박 가지런하게 쓰인 '경애하는 레베카 부엔디아 양'이라는 이름을 보고는 암파로 모스코테에게 눈으로 무한하고 조건 없는 감사를 표하고, 죽을 때까지 비밀을 함께 나누겠다는 무언의 약속을 하면서 손끝으로 편지를 접어 보디스[52] 앞섶 안에 감추었다.

암파로 모스코테와 레베카 부엔디아 사이에 갑작스레 이루어진 우정은 아우렐리아노에게 희망을 불어넣었다. 소녀 레메디오스에 대한 기억이 여전히 그를 괴롭히고 있었지만 그녀를 만나 볼 기회는 얻을 수 없었다. 가장 친한 친구인 마그니피코 비스발과 헤리넬도 마르케스(두 사람은 마콘도 설립자들의 아들로서, 각자 아버지들과 같은 이름을 지니고 있었다.)와 함께 마

52) 여성들이 입는 꽉 끼는 조끼 모양의 옷이다.

을 거리를 걷다가도 초조한 눈빛으로 양장점 안을 들여다보며 그녀를 찾았지만 언니들만 볼 수 있을 뿐이었다. 암파로 모스코테가 자기 집에 나타났다는 것은 좋은 징조나 다름없었다. "그 앨 데리고 와야 되는데." 아우렐리아노는 작은 목소리로 중얼거렸다. "반드시 올 거야." 그는 확고한 믿음을 가지고 그 말을 수도 없이 되풀이했는데, 그가 작업실에서 작은 황금 물고기를 세공하던 어느 날 오후, 그녀가 결국 자기 부름에 응답을 했다는 확신을 갖게 되었다. 잠시 후, 실제로 어린 여자아이의 목소리가 들렸고, 그가 놀라서 얼어붙은 가슴으로 시선을 들자 문간에 분홍색 모슬린 천으로 만든 옷을 입고, 작고 하얀 부츠를 신은 소녀가 보였다.

"그쪽으론 들어가지 마라, 레메디오스. 일들을 하고 계시잖니." 암파로 모스코테가 복도에서 말했다.

그러나 아우렐리아노는 소녀가 대답할 기회를 주지 않았다. 그가 입에 가느다란 쇠줄이 매달린 황금빛 작은 물고기를 들어올리면서 소녀에게 말했다.

"들어와."

레메디오스가 다가와 그 작은 물고기에 대해 이것저것 물었지만 아우렐리아노는 갑자기 기침이 나와 대답을 할 수가 없었다. 아우렐리아노는 백합 같은 피부와, 에메랄드 같은 눈동자, 질문할 때마다 마치 자기 아버지에게 말할 때처럼 존경심을 나타내며 아우렐리아노를 아저씨라고 부르는 그 목소리 아주 가까이에 영원히 머물러 있고 싶었다. 멜키아데스는 구석 자리 책상 앞에 앉아 해독할 수 없는 부호들을 끄적거리고 있었다. 아우렐리아노는 그가 미워졌다. 아우렐리아노는 그 작은 황금 물고기를 레메디오스에게 주겠다는 말 이외에는 아무것도 할 수가 없었는데, 그 말을 듣고 너무 놀란 레메디오스는 화들짝 작업실을 나가고 말았다. 그날 오후, 아우렐리아노는 레메디오스를 만나게 될 기회를 기다리며 감추고 있던 인내심을 잃어버리고 말았다. 그는 일에 신경을 쓰지 않게 되었다. 정신을 집중시키려 필사적인 노력을 기울이면서도 여러 차례 레메디오스를 불렀지만 그녀는 응답을 하지 않았다. 그는 언니들의 양장점에서, 그 집 창문 커튼 사이에서, 그리고 아버지의 사무실에서 그녀를 찾아보았지만 무시무시한 고독과 더불어 끊임없이 하던 상상 속에서나 그녀를 떠올릴 수 있을 뿐이었다. 아우렐리아노는 응접실에서 레베카와 함께 자동 피아노 왈츠를 들으며 여러 시간을 보냈다. 레베카는 그 음악들이 피에트로 크레스피가 자기에게 춤을 가르칠 때 사용하던 것이었기 때문에 듣고 있었다. 한편, 아우렐리아노는 모든 것이, 음악까지도 레메디오스를 생각나게 해주기 때문에 듣고 있었다.

집은 사랑으로 가득 찼다. 아우렐리아노는 레메디오스에 대한 사랑을 시작도 없고 끝도 없는 시로 표현했다. 그는 멜키아데스가 선물한 까칠까칠한 양피지에, 변소 벽에, 팔뚝에 시를 썼고, 모든 시 속에 레메디오스가 다양한 모습으로 나타났다. 나른한 오후 2시의 공기 속에 있는 레메디오스, 장미가 조용히 발산해 내는 향기 속에 있는 레메디오스, 나방들이 뒤덮고 있는 물시계 안에 있는 레메디오스, 아침 빵에서 솟아오르는 김 속에 있는 레메디오스, 어디에나 있는 레메디오스, 영원히 존재하는 레메디오스였다. 레베카는 창문 곁에서 수를 놓다가도 오후 4시가 되면 사랑하는 사람이 도착하기를 학수고대했다. 우편물을 실어 나르는 노새가 보름에 한 번밖에 오지 않는다는 사실을 알고 있으면서도, 노새가 착오를 일으켜 어느 날 갑자기 올지도 모른다고 생각하고서 날마다 기다렸다. 그러나 모든 게 기대와는 반대로 일어났다. 오히려 노새가 와야 할 날에 오지 않은 날도 있었다. 한번은 노새가 예정된 날짜에 도착하지 않았다. 절망감으로 정신이 돌아 버린 레베카는 한밤중에 일어나 고통과 분노에 휩싸여 흐느껴 우는 가운데 말랑말랑한 지렁이를 씹어 먹고 달팽이 껍질을 어금니로 아삭아삭 깨물어 대면서 죽어도 좋다는 듯이 게걸스럽게 마당 흙을 몇 주먹 퍼먹었다. 그리고 동이 틀 때까지 먹은 것을 토해냈다. 레베카는 열병에 걸려 의식을 잃었고, 부끄러움도 잊고서 헛소리를 하면서 마음속 비밀을 털어놓았다. 깜짝 놀란 우르술라는 레베카의 트렁크 자물쇠를 부쉈고, 트렁크 밑바닥에서 장밋빛 리본으로 묶어 놓은, 향수를 뿌린 편지 열여섯 통과 낡은 책갈피에 끼워둔 나뭇잎과 꽃잎들, 그리고 손을 대자마자 부서져 가루가 될 것처럼 바싹 마른 나비들을 찾아냈다.

레베카가 얼마나 비통해했는지는 아우렐리아노만이 이해할 수 있을 뿐이었다. 그날 오후 우르술라가 혼수 상태에 빠진 레베카의 정신을 차리게 하려고 애를 쓰고 있는 사이에 아우렐리아노는 마그니피코 비스발, 헤리넬도 마르케스와 함께 카타리노의 가게로 갔다. 그동안 가게 건물은 확장이 되어 회랑 하나에 나무로 지은 방들이 쭉 늘어서 있었는데, 그 방들에는 시든 꽃 냄새를 풍기는 여자들만이 살고 있었다. 아코디언과 드럼을 갖춘 악단이 몇 년 전에 마콘도에서 사라졌던 프란시스코 엘 옴브레가 만든 노래를 연주하고 있었다. 세 친구는 발효시킨 구아라포를 마셨다. 나이는 엇비슷하지만 세상물정에는 아우렐리아노보다 더 밝은 마그니피코와 헤리넬도는 여자들을 무릎 위에 앉혀놓고 익숙한 솜씨로 술을 마셔 댔다. 여자들 가운데 이를 금으로 씌우고 몸이 푹 삭은 여자가 아우렐리아노에게 애무를 해 댔는데 소름이 쫙쫙 끼칠 정도였다. 그는 그 여자를 물리쳤다. 술을 마시면 마실수록 레메디오스 생각이 더욱 간절해진다는 사실을 알았지만, 그녀를 기억하는 데서 오는 고통은 더 잘 참을 수 있었다. 어느 순간부터 몸이 공중으로 붕 뜨는 것 같은 느낌이 들었는지 몰랐다. 친구들과 여자들이 무슨 말인지 전혀 들리지 않는 말들을 하고, 무엇을 가리키는지 도무지 이해할 수 없는 묘한 손짓들을 하면서 무게도 부피도 없는 듯 번쩍거리는 빛무리 속을 둥둥 떠다니는 것이 보였다. 카타리노가 그의 어깨에 손을 얹으면서 말했다. "11시가 다 되어 가네." 아우렐리아노는 그를 향해 고개를 돌렸고, 귀에 펠트로 만든 조화를 꽂은, 형체가 일그러진 커다란 얼굴 하나를 본 그 순간 망각의 시대에 있는 것처럼 기억을 상실했으며 다음 날 새벽 완전히 낯선 어느 방에서 정신을 차렸는데, 맨발에 속옷만 걸치고 머리를 풀어 헤친 필라르 테르네라가 램프로 그를 비추면서 믿을 수 없다는 듯 어리벙벙한 표정을 지었다.

"아우렐리아노!"

아우렐리아노는 발에 힘을 준 채 버티고 서서 머리를 쳐들었다. 어떻게 그곳에 왔는지는 모르고 있었지만, 유년 시절부터 마음속에 남몰래 간직하고 있었기 때문에 그 목적이 무엇이었는지는 알고 있었다.

"당신과 자려고 왔어요." 그가 말했다.

그의 옷은 진흙과 토사물로 범벅이 되어 있었다. 그 당시 어린 두 아들하고만 살고 있던 필라르 테르네라는 아무것도 물어보지 않았다. 그리고 그를 침대로 데려갔다. 그의 얼굴을 물에 적신 수세미로 닦아 내고 옷을 벗긴 다음, 자기도 옷을 다 벗고는 아이들이 잠에서 깨어나더라도 자기를 보지 못하도록 모기장을 내렸다. 필라르 테르네라는 그녀 곁에 머물렀던 남자, 떠나 버린 남자, 카드 점괘로 인해 불안해졌기 때문에 정신이 아득해져 그녀 집에서 돌아가는 길을 제대로 찾지 못했던 무수한 남자를 기다리는 일로 이미 지쳐 있었다. 남자들을 기다리는 사이 필라르 테르네라의 피부는 거칠어졌고, 젖가슴은 텅 비어 버렸으며, 가슴속의 불꽃은 꺼져 버렸다. 필라르 테르네라는 어둠 속에서 아우렐리아노를 더듬어, 그의 가슴에 손을 얹고는 어머니처럼 부드럽게 목덜미에 키스했다. "아이고 불쌍한 내 아기." 필라르 테르네라가 중얼거렸다. 아우렐리아노가 부르르 몸을 떨었다. 그는 최소한의 곤란도 겪지 않은 채 차분하고 교묘한 솜씨로 고통의 낭떠러지를 타고 넘었고 동물들의 생고기 냄새와 막 다리미질을 끝낸 옷 냄새가 나는, 끝이 보이지 않는 늪지로 변해 있던 레메디오스를 만났다. 붕 떠서 그 늪지를 빠져나왔을 때 그는 울고 있었다. 처음에는 자기도 모르게 훌쩍훌쩍 흐느꼈다. 그러고 나서는 고통스러운 종기 같은 것이 몸속에서 터졌다고 느끼면서 콸콸 쏟아지는 샘물처럼 펑펑 울어 댔다. 필라르 테르네라는 손가락 끝으로 그의 머리를 살살 긁으면서 그가 제대로 살 수 없을 정도로 그를 괴롭히던 어두운 물질이 그의 몸에서 빠져나갈 때까지 기다렸다. 그러고 나서 그에게 물었다. "상대가 누구야?" 아우렐리아노는 모든 걸 다 얘기했다. 필라르 테르네라는, 예전에는 비둘기들이 놀라 달아날 정도로 웃어 댔지만 이제는 곁에서 자던 아이들이 깨지 않을 정도로 조용하게 웃었다. "자기가 그 애를 마저 다 키워야 할 거야." 필라르 테르네라가 놀려댔다. 그러나 아우렐리아노는 그 조롱 속에 깊은 이해심이 깔려 있다는 걸 깨달았다. 아우렐리아노가 남성으로서의 자기 능력에 대한 의구심뿐만 아니라 여러 달 동안 가슴속에 감추고 참아 왔던 괴로운 짐을 그곳에 놔두고 방을 나섰을 때 필라르 테르네라는 자발적으로 약속 하나를 했다.

"내가 그 여자애를 만나 얘기를 좀 해 볼게. 그 애를 쟁반에 고이 담아 대령할 테니 두고 봐." 필라르 테르네라가 아우렐리아노에게 말했다.

필라르 테르네라는 그 약속을 지켰다. 그러나 과거와는 달리 집안이 평화롭지 않은 순간에 약속을 지켜 버렸다. 레베카가 혼수상태에서 소리를 지르는 통에 비밀이 새 나감으로써 그녀의 연정이 알려졌을 때, 아마란타가 열병에 걸리고 말았었다. 아마란타 역시 짝사랑의 아픔에 시달리고 있었던 것이다. 레베카는 목욕탕에 틀어박혀, 나중에 트렁크 바닥에 숨기던 연애 편지들을 쓰면서 희망도 없는 사랑의 고통을 털어 버렸다. 우르술라는 병이 난 두 딸을 보살피기에도 벅찼다. 우르술라는 계속해서 꼬치꼬치 캐물었지만 아마란타가 그런 병에 걸린 이유가 무엇인지를 알아내지는 못했다. 마침내, 우르술라는 문득 집히는 게 있어 트렁크 자물쇠를 부수었고, 싱싱한 백합꽃을 두툼하게 끼워 넣고 장밋빛 리본으로 묶은, 수신자가 피에트로 크레스피로 되어 있지만 발송하지 않은 채 눈물에 젖어 있는 편지들을 찾아냈다. 너무 화가 난 나머지 자동 피아노를 사야겠다는 생각이 머리에 떠올랐던 그때를 눈물을 흘리면서 저주했고, 자수 모임을 중단시켰으며, 죽은 사람이 없었는데도 딸들이 희망을 포기할 때까지를 일종의 장례 기간으로 정했다. 이미 피에트로 크레스피에 대한 첫인상을 고쳤고, 음악 기계를 다루는 그의 솜씨에 탄복을 하고 있던 호세 아르카디오 부엔디아가 그 문제에 개입했어도 아무 소용이 없었다. 그래서 필라르 테르네라가 아우렐리아노에게 레메디오스가 그와 결혼하기로 결심했다는 얘기를 전했을 때 그는 그 소식이 도리어 부모 마음을 슬프게 할 거라고 판단했다. 그러나 그는 그 상황에 정면으로 도전했다. 정식으로 의논할 게 있다고 해서 응접실로 불려나온 호세 아르카디오 부엔디아와 우르술라는 아들의 선언을 대수롭지 않다는 표정으로 들었다. 그렇지만 아들이 결혼하기로 정한 여자의 이름을 밝히자 호세 아르카디오 부엔디아는 분노로 얼굴이 붉으락푸르락해졌다. "사랑도 전염병이군. 예쁘고 얌전한 아가씨들이 얼마든지 있는데, 생각한다는 게 고작 원수의 딸과 결혼하겠다는 거라니." 그가 소리를 버럭 질렀다. 그러나 우르술라는 아들의 선택에 동의했다. 우르술라는 모스코테 집안의 일곱 딸은 모두가 미인이고, 부지런하고, 신중하고, 예절이 바르기 때문에 사랑스럽다고 털어놓았으며, 아들이 제대로 판단했다고 칭찬했다. 아내의 열성에 한발 물러난 호세 아르카디오 부엔디아는 한 가지 조건을 내걸었다. 그것은 혼기가 찬 레베카를 피에트로 크레스피와 결혼시켜야 한다는 것이었다. 그리고 아마란타가 다른 사람들을 만나면서 실망을 이겨 내도록 우르술라가 틈이 날 때 아마란타를 주(州) 수도로 여행시켜야 한다는 것이었다. 그 약속에 대한 얘기를 듣자마자 레베카는 병이 나았고, 부모의 승낙을 받아냈다는 즐거운 내용의 편지를 당장 사랑하는 남자에게 써서 다른 사람을 통하지 않고 직접 우체통에 넣었다. 아마란타는 겉으로만 그 결정을 받아들이는 척해 열병에서 조금씩 조금씩 회복되어 갔지만, 속으로는 레베카가 자신의 시체를 넘어가기 전에는 결혼할 수 없을 거라고 앙심을 품었다.

그다음 주 토요일, 호세 아르카디오 부엔디아는 파티가 열린 날 저녁에 선보였던 셀룰로이드 칼라를 단 검은색 모직 양복을 입고, 양가죽 부츠를 신고 레메디오스 모스코테에게 청혼하러 갔다. 조정관과 아내는 그가 갑작스럽게 찾아온 이유를 모르고 있었기 때문에 기쁨과 당혹감이 뒤섞인 표정으로 그를 맞이했고, 그의 얘기를 다 듣고 나서는 그가 청혼할 아가씨의 이름을 혼동하고 있다고 생각했다. 어머니는 그의 실수를 깨우쳐 줄 생각으로 레메디오스를 깨워 팔에 안고 거실로 되돌아왔는데 레메디오스는 여전히 잠에 취해 있었다. 그들이 레메디오스에게 정말로 결혼하기로 작정했느냐고 묻자 레메디오스는 훌쩍훌쩍 울면서 그냥 잠이나 계속 자도록 내버려 두면 좋겠다고 말했다. 모스코테 집안에서는 합의가 이루어지지 않았다는 사실을 안 호세 아르카디오 부엔디아는 아우렐리아노를 만나서 내막을 확실히 알아보고 알려 주겠다며 돌아갔다. 호세 아르카디오 부엔디아가 다시 그 집을 찾아갔을 때 정장을 한 모스코테 부부는 가구도 다시 정리해 놓고 꽃병에 꽃도 꽂아 놓고는 성년이 된 딸들과 함께 그를 기다리고 있었다. 난처한 입장에다가 딱딱한 칼라가 불편해 짜증스러워진 호세 아르카디오 부엔디아는 이것저것 잴 것도 없이 실제로 레메디오스가 결혼 상대로 선택되었다고 단도직입적으로 말했다. "그건 말도 안 됩니다. 우리에겐 혼기가 찬 딸이 여섯이나 있어서 모두 당신 아들처럼 진지하고 근면한 신사들에게 걸맞는 훌륭한 부인이 되는 걸 기쁘게 생각할 건데, 아우렐리아노가 아직까지 침대에 오줌을 싸는 아이에게만 유독 관심을 두는군요." 낙심한 돈 아폴리나르 모스코테가 말했다. 그러자 인품이 아주 얌전한 조정관의 아내는 난감하다는 눈빛과 표정을 지으며 듣고 있다가 조정관의 무례한 언사를 꾸짖었다. 결국, 과일 셰이크를 다 마시고 난 다음, 그들은 아우렐리아노의 결정을 기꺼이 받아들였다. 모스코테 부인이 우르술라와 단둘이 얘기를 나누고 싶다고 부탁했을 뿐이었다. 우르술라는 남자들이 처리할 문제에 자기를 끼어들게 한다고 불평을 하면서 쩔쩔맸지만 사실은 흥분을 억누르지 못한 채 그 다음 날 모스코테 부인을 찾아갔다. 반 시간 후에 돌아온 우르술라는 레메디오스가 아직 생리도 시작하지 않았다는 소식을 전했다. 그러나 아우렐리아노는 그런 것을 심각한 장애로 생각하지 않았다. 여태까지 많이도 기다려 왔으니 레메디오스가 임신할 나이가 될 때까지 얼마든지 기다리겠다고 했다.

회복되었던 가족의 화합은 멜키아데스의 죽음만으로 깨져 버렸다. 그의 죽음은 예측하던 바였다 해도 그에게 일어난 현상들은 그렇지 않았다. 멜키아데스는 돌아온 지 채 몇 달이 지나지 않아 몸에 심각한 노쇠 현상이 급격하게 나타났는데, 그는 곧 지나간 호시절을 큰소리로 떠들어 대며 다리를 질질 끌면서 그림자처럼 침실들을 배회하다가 어느 날 아침 침대에서 시체로 발견될 때까지 아무도 거들떠보지 않고 기억하지 않았던 그 쓸모없는 증조할아버지들 가운데 하나처럼 취급받았다. 처음에 호세 아르카디오 부엔디아는 신기한 은판 사진술과 노스트라다무스의 예언에 고무되어 그가 하는 일을 도와주었다. 그러나 멜키아데스가 갈수록 의사소통이 어렵게 되자 점점 멜키아데스를 혼자 내버려 두게 되었다. 멜키아데스는 시력과 청력을 잃어 가고 있었기 때문에 함께 얘기를 나누는 사람을 먼 과거에 알았던 사람과 혼동하기도 하고, 뭐라도 물을라치면 알아듣지도 못할 여러 나라 말을 아무렇게나 뒤섞어 대답했다. 즉각적인 예감에 기초한 방향 감각을 소유하고 있기라도 한 듯이 뭐라 설명할 수 없을 정도로 유연하게 물건들 사이를 움직이긴 했지만, 걸을 때는 허공을 더듬거렸다. 밤이면 빼내서 침대 옆 물컵에 담가두던 틀니를 언젠가부터 잊어먹은 듯 끼우지 않더니 그 후 다시는 끼우지 않았다. 우르술라는 집을 확장할 때 소음과 집안의 법석거리는 소리로부터 멀리 떨어진 아우렐리아노의 작업실 옆에 멜키아데스를 위해 햇빛이 잘 드는 창문 하나를 달고, 선반 하나를 설치한 특별한 방을 만들도록 해서는, 그 선반에 우르술라 자신이 직접 좀먹고 먼지 낀 책들과 온통 해석할 수 없는 기호들로 가득 찬 너덜너덜한 종이들을 정리하고, 사람들이 자잘한 노란 꽃이 피어 있는 수초를 띄워 놓았던, 그 틀니 담긴 컵을 놓았다. 그 후 멜키아데스가 식당에조차도 모습을 나타내지 않았던 것으로 보아 그 새로운 방이 마음에 들었던 것 같았다. 멜키아데스가 다니는 곳이라곤 아우렐리아노의 작업실뿐이었는데, 거기에서 그는 자신이 가지고 왔던, 파이처럼 균열이 있는 딱딱한 재료로 만들어진 것처럼 보이는 양피지에 자신의 수수께끼 같은 문장들을 갈겨쓰면서 몇 시간을 보냈다. 그는 그곳에서 비시타시온이 하루에 두 번씩 가져다주는 음식을 먹었는데, 마지막에는 입맛을 잃어 채소만 먹었다. 그의 얼굴은 곧 채식주의자들처럼 기름기가 쏙 빠져 버렸다. 얼굴에는 그가 절대로 벗지 않았던 낡은 조끼가 덮고 있는 것처럼 얇은 이끼가 끼었고, 숨을 내쉴 때마다 잠자는 동물 입에서 풍기는 냄새가 났다. 아우렐리아노는 시를 짓는 일에 빠져 그에 대해서는 잊고 있었지만, 한번은 그가 혼자서 횡설수설 중얼거리는 말 가운데 무언가 이해되는 게 있을 것 같은 생각이 들어 그의 말에 귀를 기울였다. 실제로, 아우렐리아노가 그의 지리한 장광설 속에서 구분해 낼 수 있었던 것은 망치질 소리처럼 끝없이 반복되는 '분점(分點), 분점, 분점'[53]이라는 단어와 알렉산더 폰 훔볼트[54]라는 이름뿐이었다. 아르카디오는 아우렐리아노의 은세공 일을 도와주기 시작하면서부터 멜키아데스와 조금 더 가까워졌다. 멜키아데스는 대화를 하려는 아르카디오의 노력에 가끔씩은 현실성이 거의 없는 스페인어 문장들을 내뱉으며 응답했다. 그런데 어느 날 오후 멜키아데스가 갑자기 어떤 감흥에 휩싸여 표정이 환해지는 것 같았다. 몇 년 뒤 아르카디오는 멜키아데스가 이해하기도 어려운 자신의 글 여러 페이지를 읽어 주었을 때, 물론 이해하지는 못했지만, 큰 소리로 읽었기 때문에 로마 교황이 육성으로 칙서[55]를 읽는 것 같다는 느낌에 몸을 떨었던 일을 총살형 집행 대원들 앞에서 회고해야 했다. 아무튼, 멜키아데스는 오래간만에 처음으로 미소를 짓고는 스페인어로 말했다. "내가 죽거든 내 방에서 사흘 동안 수은을 태워 주면 좋겠어."[56] 아르카디오가

53) 춘분이나 추분을 가리킨다.

54) 독일의 여행가이며 지리학자, 박물학자(1769-1859). 열대 아메리카를 발견하고 널리 알린 그는 고대 지식의 비밀을 탐험했던 멜키아데스와 동질의 인간이다.

55) 실제로는 예언인 멜키아데스의 글은 교황의 칙서처럼 그 글을 듣는 사람(가톨릭 교인/부엔디아 가문 사람들/독자)의 믿음을 기억시키고 공고히 하기 위해 예정된 도덕적 권위자(교황/멜키아데스/서술자)의 문서라고 할 수 있다.

56) 수은은 연금술 과정에서 가장 기본이 되는 물질이다. 따라서 멜키아데스는 황금이나 불멸성으로 상징되는 자신의 '완성의 길'을 다했을 때 수은을 사용해 달라고 부탁한다.

그 얘기를 호세 아르카디오 부엔디아에게 전했을 때 호세 아르카디오 부엔디아는 그 말에 대해 더 확실히 알고자 했지만, 이런 대답만 들을 수 있을 뿐이었다. "나는 영생을 얻었소." 멜키아데스의 입에서 악취가 풍기기 시작하자 아르카디오는 목요일 아침마다 그를 강으로 데려가 목욕을 시켰다. 그랬더니 더 나아지는 것 같았다. 멜키아데스는 옷을 벗고 아이들과 함께 강물로 들어갔는데, 신비한 방향 감각을 소유하고 있었기 때문에 위험한 장소는 피할 수 있었다. "우리는 물에서 태어났지." 언젠가는 이렇게 말했었다. 그렇게, 멜키아데스는 고장난 자동 피아노를 고치기 위해 감동적인 노력을 기울였던 그날 밤과, 표주박과 야자 열매 기름으로 만든 둥그런 비누를 수건에 싸 겨드랑이에 끼고 아르카디오와 함께 강으로 갈 때를 제외하고는 오랫동안 집안에서 그 누구의 눈에도 띄지 않은 채 지냈다. 어느 목요일, 강으로 목욕하러 가려고 그를 막 부르려 했을 때 아우렐리아노는 그가 이렇게 말하는 걸 들었다. "나는 싱가포르의 모래톱에서 열병으로 죽었지." 그날 멜키아데스는 강물에 들어갔다가 위험한 장소에 잘못 발을 들여놓아 행방불명이 되었고, 이튿날 수킬로미터 떨어진 강 하류 모퉁이 모래 언덕에서 발견되었는데, 그의 배 위에 커다란 암탉 한 마리가 앉아 있었다. 호세 아르카디오 부엔디아는 친정 아버지가 죽었을 때보다도 더 요란스럽게 울어 대던 우르술라의 완강한 항의를 뿌리치면서까지 멜키아데스를 매장하지 않겠다고 했다. "멜키아데스는 불멸의 인간이야. 그는 스스로 부활하는 법을 발견했어." 그가 말했다. 그는 잊고 있었던 관형 로

(管形 爐)에 불을 붙여놓고 조금씩 조금씩 푸른색 물집이 번져 가고 있던 시체 옆에서 냄비에 든 수은을 끓이기 시작했다. 돈 아폴리나르 모스코테는 물에 빠져 죽은 사람을 묻지 않으면 다른 사람의 건강까지 위험하다는 사실을 호세 아르카디오 부엔디아에게 과감하게 상기시켰다. "멜키아데스는 살아 있으니까 그런 일은 절대 없을 것이오." 그렇게 대꾸를 한 호세 아르카디오 부엔디아가 시체에 칠십이 시간 동안 수은 냄새를 씌우고 났을 때 이미 시체는 거무죽죽한 꽃이 피듯 여기저기가 파열되기 시작했고, 희미한 파열음이 고약한 냄새가 나는 증기로 가득 찬 집 안에 울려 퍼졌다. 호세 아르카디오 부엔디아는 그렇게 절차를 끝마친 다음에야 멜키아데스를 매장하는 걸 허락했지만, 아무렇게나 매장하는 것이 아니라 마콘도의 가장 위대한 은인에게 걸맞는 예우를 하라고 했다. 마을에서 처음으로 치러진 장례식이었고, 마마 그란데[57]의 사육제 같은 장례식이 거행된 지 한 세기가 지난 다음, 그 장례식 때보다 조금 더 많은 조객이 모인 장례식이었다. 그들은 공동묘지로 쓰려고 잡아 둔 터 중앙에 묘를 파고 묻었으며, 묘에는 그에 대해 알려진 유일한 사실, 즉 '멜키아데스'라는 이름을 새긴 비석이 세워졌다. 마을 사람들은 멜키아데스를 위해 아흐레 동안의 철야제를 거행했다. 사람들이 마당에 모여 커피를 마시고 잡담을 하고 카드놀이를 하는 북새통 속에서 아마

---

57) 가르시아 마르케스의 소설 『마마 그란데의 장례식』에 나오는 주인공이다.

란타는 피에트로 크레스피에게 사랑을 고백할 기회를 잡았는데, 몇 주 전에 레베카와 정식으로 약혼을 한 그는 옛날에 구아카마야와 자신들이 가져온 잡동사니를 바꾸던 아라비아인들이 놀고 먹던, '터키인들의 거리'라고 알려진 곳에 악기와 태엽이 장치된 장난감들을 파는 가게를 열려고 설비 공사를 하고 있었다. 온 마을 여자들로 하여금 한숨을 짓게 만드는, 에나멜 코팅을 한 곱슬머리가 머리를 뒤덮고 있는 그 이탈리아 청년은 아마란타를 변덕스러운 여자아이로 생각해 아마란타의 얘기를 별로 심각하게 받아들이지 않았다.

"내겐 남동생이 하나 있어. 걔가 가게 일을 도우러 올 거야." 그가 아마란타에게 말했다.

그 말에 모욕감을 느낀 아마란타는 격분해서 자기 시체로 대문을 막아서라도 언니의 결혼을 방해할 준비가 되어 있다고 피에트로 크레스피에게 말했다. 협박하는 말투가 어찌나 실감나고 인상 깊게 들렸던지 이탈리아 청년은 그 얘기를 레베카에게 하고 싶은 유혹을 떨칠 수가 없었다. 상황이 그러했기 때문에, 우르술라가 바빠서 자꾸만 연기하던 아마란타의 여행은 결국 한 주일 내로 이루어지게 되었다. 아마란타는 여행을 거부하지 않았지만 레베카에게 작별을 고하는 키스를 하면서 레베카의 귀에 속삭였다.

"그렇게 신나 하지 마. 날 이 세상 끝으로 데려간다 해도 언니가 결혼하는 걸 막을 방도를 찾을 테니까. 언닐 죽이는 한이 있어도 말이야."

우르술라도 떠났고, 멜키아데스가 계속해서 이 방 저 방으로 은밀하게 돌아다녔지만 눈에 보이지 않았기 때문에 집이 엄청 커 보이고, 텅 비어 있는 것 같았다. 레베카가 집안일을 맡아 돌보는 한편 그 원주민 여자가 제빵소를 맡았다. 해질 무렵, 피에트로 크레스피가 상큼한 라벤더 향기를 풍기며 선물로 줄 장난감을 가지고 찾아오면 약혼녀 레베카는 털끝만큼의 의심도 받지 않으려고 응접실 문과 창문을 모두 활짝 열어 놓고 그를 맞았다. 이탈리아 청년 피에트로 크레스피는 일 년 안으로 자기 부인이 될 여자의 손을 잡는 일조차 없을 정도로 정중한 사람이라는 것을 보여 주었기 때문에 그것은 쓸데없는 조치였다. 그가 찾아오면서 집은 신기한 장난감들로 채워지고 있었다. 태엽으로 움직이는 발레리나, 노래가 나오는 상자, 재주를 부리는 원숭이, 걸어가는 말, 북을 두드리는 광대, 그리고 피에트로 크레스피가 가져온 훌륭하고 신기한 장난감은 멜키아데스의 죽음으로 인한 호세 아르카디오 부엔디아의 슬픔을 누그러뜨렸고, 그를 다시금 옛날 연금술에 몰두하던 과거로 되돌려 놓았다. 당시 그는 시계추의 원리에 기반을 두고 지속적인 동작 시스템을 갖춘 장난감들을 완성하려고 애쓰면서 창자가 삐져나온 동물들, 부서진 기계 장치들로 이루어진 천국에서 살고 있었다. 한편, 아우렐리아노는 어린 레메디오스에게 읽기와 쓰기를 가르치느라 작업실은 거들떠보지도 않게 되었다. 처음에 레메디오스는, 매일 오후에 찾아옴으로써 식구들이 자기를 장난감으로부터 떼어 내 목욕을 시키고 옷을 갈아입혀 손님을 맞이하도록 응접실에 앉히게 하는 일의 원인을 제공했던 아우렐리아노보다는 장난감을 더 좋아했다. 그러나 아우렐리아노의 인내와 헌신은 끝내 그녀를 유혹하고야 말았고, 마침내 레메디오스는 글 뜻을 공부하고, 우리에 암소들이 들어 있는 작은 집들과 노란 광선을 내뿜으며 언덕 너머로 사라지고 있는 해들을 공책에 색연필로 그리며 그와 함께 몇 시간씩을 보내기에 이르렀다.

그러나 레베카만은 아마란타의 협박 때문에 슬픔 속에서 지냈다. 레베카는 아마란타의 오만한 성격을 잘 알고 있었기에 아마란타가 표독스럽게 화를 내면 벌벌 떨었다. 그래서 레베카는 흙을 먹지 않으려고 필사적인 노력을 기울이면서 변소 안에서 손가락을 빨아 대며 몇 시간을 보냈다. 불안감을 떨굴 방법을 찾고 있던 레베카는 자신의 미래를 점쳐 달라고 부탁하기 위해 필라르 테르네라를 불렀다. 필라르 테르네라는 예의 그 애매모호한 말을 줄줄이 늘어놓은 다음 예언했다.

"네 부모 뼈가 땅에 묻히지 않고 있는 한 넌 불행할 거야."

레베카는 몸서리를 쳤다. 트렁크와 나무로 만든 작은 흔들의자와, 속에 무엇이 들어 있는지 전혀 알 수 없는 자루를 가지고 집으로 들어가던 아주 어린 자기 모습이 마치 꿈에서 본 장면처럼 떠올랐다. 레베카는 아마포로 만든 옷을 입고 황금 단추로 셔츠 목 깃을 잠근 대머리 신사를 떠올렸는데, 그는 트럼프의 킹과는 아무런 상관이 없는 사람이었다. 그리고 향수를 뿌린 따스한 손을 가진 아주 젊고 아주 아름다운 여자를 떠올렸는데, 그녀는 트럼프 잭의 류머티스에 걸린 손과는 공통점이 전혀 없는 손으로 오후에 레베카를 데리고 초록색 길들이 있는 마을을 산책하기 위해 레베카의 머리에 꽃을 꽂아

주었다.58)

"무슨 말인지 모르겠어요." 레베카가 말했다.

필라르 테르네라가 당황해하는 것 같았다.

"나도 잘 모르겠지만, 카드 점괘가 그렇게 나왔어."

레베카는 수수께끼 같은 그 말이 너무 마음에 걸려서, 그 얘기를 호세 아르카디오 부엔디아에게 했고, 그는 그까짓 카드 점 따위를 믿는다고 야단을 쳤지만, 뼈가 들어 있는 자루를 찾느라 은밀히 옷장과 트렁크를 뒤지고, 가구를 옮기고, 침대와 마루판지를 뒤집었다. 그리고 그는 집을 증축한 이후 그 자루를 한 번도 본 적이 없다는 사실을 기억해 냈다. 은밀히 석수장이들을 불러모았는데, 그들 가운데 하나가 일을 하는 데 걸리적거려 어느 침실 벽에 자루를 넣고 벽을 발라 버렸다고 밝혔다. 그들이 벽에 귀를 대고 며칠 동안 소리를 들어본 결과 깊은 곳에서 덜그럭덜그럭 하는 소리가 들린다는 것을 알 수 있었다. 벽을 뜯었더니 그 속에 뼈가 고스란히 들어 있는 자루가 있었다. 그날로 자루를 멜키아데스 무덤 곁에 급히 만든 무덤에 비석도 없이 묻었고, 호세 아르카디오 부엔디아는 한동안 프루덴시오 아길라르에 대한 기억만큼이나 그의 양심을 무겁게 짓누르던 짐을 벗어던지고 집으로 돌아갔다. 부엌을 지나치면서 그는 레베카의 이마에 키스를 했다.

"그런 나쁜 생각은 하지 말아라. 넌 행복해질 거야." 그가 레

---

58) 불면증이 마을을 휩쓸 때 레베카가 꿈속에서 보았던 것을 기억하고 있다. 초록색 길들이 있는 마을은 마나우레를 가리킨다.

베카에게 말했다.

아르카디오가 태어났을 때부터 유독 우르술라가 필라르 테르네라에게만은 굳게 닫아 걸었던 집 문이 필라르 테르네라가 레베카와 친해지게 됨으로써 다시 열렸다. 필라르 테르네라는 아무 때나 염소 떼처럼 떠들썩하게 들이닥쳐서는 가장 힘든 일에 열정적인 에너지를 쏟아냈다. 때때로 그녀는 작업실로 들어가서 은판 사진의 감광 작업을 하는 아르카디오를 능숙하고 부드럽게 도와주었는데, 그런 능숙함과 부드러움이 결국은 아르카디오를 혼란스럽게 했다. 그녀가 아르카디오의 정신을 멍하게 했던 것이다. 햇볕에 그을린 살갗과, 몸에서 풍기는 연기 냄새와, 암실에서 멋대로 웃어 대는 소리에 정신이 산만해진 아르카디오는 때때로 작업실 집기들에 몸을 부딪쳤다.

언젠가 아우렐리아노가 작업실에서 은세공을 하고 있을 때 필라르 테르네라는 그의 끈기 있는 근면성에 감복해 책상에 몸을 기댔다. 갑자기 일어난 일이었다. 아우렐리아노는 아르카디오가 그 어두운 작업실에 들어왔나 생각하고 눈길을 들었다가 필라르 테르네라의 눈과 마주쳤는데, 그녀가 무슨 생각을 하고 있는지 정오의 햇빛에 노출되어 있는 것처럼 환하게 꿰뚫어 볼 수 있었다.

"좋아요. 무슨 일인지 말해 봐요." 아우렐리아노가 말했다.

필라르 테르네라는 슬픈 미소를 지으면서 입술을 깨물었다.

"자기는 전쟁터에 가면 훌륭한 군인이 될 거야. 보는 건 뭐든지 다 꿰뚫어 버리잖아." 필라르 테르네라가 말했다.

아우렐리아노는 자신의 예감이 적중했기 때문에 마음이

차분해졌다. 그는 아무 일도 없었다는 듯이 다시 작업에 몰두했고, 목소리도 차분하고 확고해졌다.

"그래 알았어요. 아이에겐 내 이름을 붙여 주죠." 그가 말했다.

호세 아르카디오 부엔디아는 마침내 자신이 찾던 것을 구할 수 있었다. 그가 태엽으로 작동하는 발레리나 인형에 시계 부속을 연결했더니 그 장난감이 자기 몸에서 나오는 음악에 맞춰 사흘 동안 쉬지 않고 계속해서 춤을 추었던 것이다. 그 발견은 엉망이 되어 버렸던 그의 일들 가운데 그 어떤 것보다도 더 그를 흥분시켰다. 그는 다시는 밥을 먹지 않았다. 다시는 자지도 않았다. 우르술라의 감시와 보살핌이 없는 상태에서 몽상을 통해 다시는 회복할 수 없는 영원한 혼수 상태에 끌려가도록 자신을 내맡겼다. 방 안을 빙빙 돌기도 하고 자기 생각을 큰 소리로 떠들어 대기도 하면서 시계추의 원리를 우마차와 쟁기의 보습과 움직이는 모든 것에 장치해 유용하게 만들 방도를 찾으면서 밤을 새웠다. 그는 불면 때문에 생긴 열병에 너무 시달린 나머지 어느 날 새벽녘에 침실로 들어온, 백발에 행동이 굼뜬 노인을 알아보지도 못했다. 프루덴시오 아길라르였다. 마침내 그가 누구인지 알아냈을 때 죽은 사람들도 늙는다는 사실을 깨닫고 놀란 호세 아르카디오 부엔디아는 옛 생각에 자신의 마음이 흔들린다는 것을 느꼈다. "프루덴시오. 어떻게 그 먼 길을 찾아왔는가!" 호세 아르카디오 부엔디아가 외쳤다. 프루덴시오 아길라르는 죽은 지 수년이 지나자 살아 있는 사람들에 대한 그리움이 너무나 강해졌고, 말동무가 절실히 필요했으며, 죽음 속에 존재하는 또다른 죽음과 가까이 있는 것이 너무 무서워 결국 적들 가운데 가장 나쁜 적을 사랑하게 되었다고 했다. 그는 호세 아르카디오 부엔디아를 찾아 헤매면서 많은 세월을 보냈다고 했다. 리오아차의 사자(死者)들과 바예 데 우파르59)에서 온 사자들, 늪 지대의 사자들에게 호세 아르카디오 부엔디아에 대해 물었지만, 멜키아데스가 저승에 도착하기 전까지는 사자들이 마콘도에 대해 모르고 있었기 때문에 그 누구도 대답을 해 주지 않았는데, 멜키아데스가 와서는 저승의 칙칙한 지도에서 작고 검은 점 하나를 가리켰다고 했다. 호세 아르카디오 부엔디아는 프루덴시오 아길라르와 새벽까지 얘기를 나누었다. 몇 시간 후, 밤을 새우느라 지쳐버린 호세 아르카디오 부엔디아는 아우렐리아노의 작업실로 들어가 물었다. "오늘이 무슨 요일이니?" 아우렐리아노가 화요일이라고 대답했다. "나도 그렇게 생각했다. 그런데 갑자기 지금이 어제처럼 계속해서 월요일이라는 생각이 들더구나. 하늘을 보고, 벽을 보고, 베고니아들을 봐. 오늘도 역시 월요일이잖아." 호세 아르카디오 부엔디아가 말했다. 그의 별난 언행에 이골이 난 아우렐리아노는 그의 말에 주의를 기울이지 않았다. 수요일인 그다음 날 호세 아르카디오 부엔디아가 다시 작업실로 돌아왔다. "이건 재난이야. 저 하늘을 봐, 어제, 그제와 마찬가지로 태양이 윙윙거리는 소리를 들

59) 콜롬비아 북동쪽에 위치한 '바예두파르'를 말하는데, 그 부근에 시에나가와 리오아차가 있다.

어봐. 오늘도 역시 월요일이야." 그가 말했다. 그날 밤 피에트로 크레스피는 호세 아르카디오 부엔디아가 프루덴시오 아길라르, 멜키아데스, 레베카의 부모, 자기 아버지 어머니, 그리고 그 당시 저승에서 외롭게 지내고 있던 사람들 가운데 기억할 수 있는 모든 사람을 생각하며 노인 특유의 작은 눈물방울을 흘리면서 주책없이 복도에서 울고 있는 것을 보았다. 피에트로 크레스피가 뒷발로 서서 철사 줄타기를 하는 태엽 달린 곰을 호세 아르카디오 부엔디아에게 주었지만, 그의 번민을 해소시키지는 못했다. 피에트로 크레스피가 호세 아르카디오 부엔디아에게 그가 며칠 전에 사람을 날게 할 수 있는 시계추 형식의 기계를 발명하겠다고 자기에게 밝혔는데, 그 계획은 어떻게 되었느냐고 묻자, 호세 아르카디오 부엔디아는 시계추가 무엇이나 공중으로 들어올릴 수는 있어도 시계추 자신은 올라갈 수 없기 때문에 그 계획은 불가능했다고 대답했다. 목요일, 호세 아르카디오 부엔디아가 갈아엎은 땅처럼 일그러진 얼굴로 작업실에 다시 나타났다. "시간 기계가 고장나 버렸는데, 게다가 우르술라와 아마란타까지 그렇게 멀리 가 있구나!" 그는 거의 울먹거리다시피 말했다. 아우렐리아노가 아이를 다루듯 그를 나무라자 그는 다소곳한 태도를 취했다. 호세 아르카디오 부엔디아는 사물 안에서 시간의 흐름을 밝혀 줄 수 있는 어떤 변화를 발견하기 위해 물건들을 검사하고 그 외관이 전날과 어떤 차이가 있는지 찾으려고 애를 쓰면서 여섯 시간을 보냈다. 그는 프루덴시오 아길라르와 멜키아데스, 그리고 죽은 사람들이 모두 자기에게 와서 자신들의 슬픔을 나누도록 그들을 부르면서 침대에서 뜬눈으로 밤을 새웠다. 그러나 아무도 오지 않았다. 금요일, 그는 식구들이 아직 잠자리에서 일어나기 전에 밖으로 나가 다시금 자연의 모습을 지켜보고는 결국 월요일이 계속되고 있다는 사실을 추호도 의심하지 않았다. 그리고 그는 어느 문에 걸린 빗장을 움켜쥐고는 귀신 들린 사람처럼 낭랑하고 유창하지만 전혀 이해할 수 없는 말로 소리를 지르면서 가공할 만한 힘이 실린 야만적인 폭력을 휘둘러 연금술 기기들과 은판 사진실과 은세공 작업실을 가루로 만들어 버리기까지 했다. 그가 집에 남아 있는 것들을 마저 부수려 했을 때 아우렐리아노가 이웃사람들에게 도움을 청했다. 이상한 소리를 내며 입으로 초록빛 거품을 뿜어 대던 그를 그 밤나무에 묶어 놓았는데, 그를 쓰러뜨리는 데 남자 열이, 묶는 데 열넷이, 마당에 있는 밤나무까지 끌고 가는 데 스물이 필요했다. 우르술라와 아마란타가 여행에서 돌아왔을 때 여전히 손발이 밤나무에 묶여 있던 그는 비에 흠뻑 젖은 채 완전히 순진무구한 상태에 있었다. 우르술라와 아마란타가 호세 아르카디오 부엔디아에게 말을 걸었지만 그는 두 사람을 알아보지 못하고 뭔가 이해할 수 없는 말을 했다. 우르술라가 밧줄에 짓눌려 상처를 입은 그의 손목과 발목을 풀어 주고 허리만 그대로 나무에 묶어 두었다. 나중에 식구들은 그를 햇빛과 비로부터 보호하려고 야자나무로 지붕 하나를 만들어 주었다.

5장

아우렐리아노 부엔디아와 레메디오스 모스코테는 3월 어느 일요일에 니카노르 레이나 신부가 응접실에 설치하게 한 제단 앞에서 결혼식을 올렸다. 그 결혼식은 레메디오스가 아직 아이 티도 채 벗기 전에 생리를 시작했기 때문에 모스코테 집안에서 사 주 동안 소동이 벌어진 끝에 치러졌다. 어머니가 사춘기의 신체적 변화에 관해 레메디오스에게 교육을 시켰는데도 불구하고, 2월 어느 날 오후 언니들이 아우렐리아노와 얘기를 나누던 응접실로 비명을 지르며 뛰어들어서는 초콜릿색 반점이 묻어 있는 속곳을 보여 주었던 것이다. 그래서 한 달 후에 결혼을 시키기로 했다. 레메디오스에게 혼자서 몸을 씻고 옷 입는 법을 가르치고, 한 가정의 기본적인 사안들에 대해 이해시킬 시간이 겨우 있을 뿐이었다. 식구들은 레메디오스가 침대를 적시는 버릇을 고쳐 주기 위해 레메디오스더러 뜨겁게 불에 달군 벽돌 위에서 소변을 보게 했다. 레메디오스에게 부부간의 신성한 비밀에 대해 깨우쳐 주는 것이 무척 힘들었던 이유는 레메디오스가 그 얘기를 듣고는 너무나 놀라고 동시에 너무나 신기해했기 때문인데, 레메디오스는 첫날밤에 치르는 세세한 일들에 대해 누구에게나 물어보고 싶어 했다. 아주 진을 빼는 노력을 기울이긴 했지만, 아무튼 결혼식을 치르기로 한 날에는 언니들처럼 세상 물정을 아주 훤히 꿰고 있었다. 돈 아폴리나르 모스코테는 폭죽이 터지고 여러 악단이 음악을 연주하는 가운데 딸의 팔짱을 낀 채 꽃과 화환으로 장식된 거리를 따라 걸어갔고, 레메디오스는 창가에서 행복을 빌어 주는 사람들에게 손을 흔들어 답례를 하고 미소로서 감사의 뜻을 표했다. 검은 모직옷을 입고, 몇 년 후 총살형 집행 대원들 앞에 섰을 때도 신었던 그 쇠고리 달린 에나멜 코팅 반장화를 신은 아우렐리아노는 집 문간에서 신부를 맞아 제단으로 데려갔을 때 얼굴이 창백해지고 목에 단단한 구슬이 걸린 듯한 기분을 느꼈다. 레메디오스는 너무나 자연스럽고 침착하게 행동했는데, 아우렐리아노가 손가락에 반지를 끼워 주려다 떨어뜨렸을 때도 자세를 전혀 흐트리지 않았다. 한참을 웅성거리던 손님들이 막 당황해하는 가운데 레메디오스는 반지가 문 쪽으로 계속 굴러가지 않도록 신랑이 발로 막을 때까지 손가락 없는 레이스 장갑을 낀 팔을 들어올린 채 약지를 펴 반지 낄 준비를 하고 있었다. 신부의 부모와 언니들은 신부가 결혼식 도중에 실수나 하지 않을까 내내 잔뜩 조바심을 내고 있었는데, 정작 결혼식이 끝나자 레메디오스에게 키스를 하려고 레메디오스를 껴안아 들어 올리는 무례를 범한 사람들은 바로 그들이었다. 레메디오스는 결혼 후 온갖 역경 속에서도 항상 지녀야 했던 책임감, 자연스런 우아함, 침착한 행동을 바로 결혼식 날부터 보여 주기 시작했다. 누가 시키지도 않았건만 결혼식 케이크를 잘라 가장 맛있는 부분을 포크와 함께 접시에 담아 호세 아르카디오 부엔디아에게 가져다준 사람도 레메디오스였다. 밤나무에 몸이 묶인 채 야자나무로 만든 지붕 밑 나무의자에 쭈그리고 앉아 있던, 햇볕을 쐬고 비를 맞아 퇴락해 버린 거구의 노인은 고맙다는 표시로 희미하게 미소를 짓고, 알아듣지도 못할 말로 뭐라 주문을 외우며 손가락으로 케이크를 집어 먹었다. 월요일 새벽까지 계속된 요란한 잔치에서도 행복을 느끼지 못했던 사람은 레베카 부엔디아뿐이었다. 레베카에게는 불만스러운 잔치였다. 우르술라가 동의를 해 줘서 자기 결혼식도 같은 날 하기로 되어 있었는데 금요일에 피에트로 크레스피가 어머니가 위독하다는 내용의 편지를 받았던 것이다. 결혼식은 연기되었다. 편지를 받은 지 한 시간 뒤에 피에트로 크레스피는 주 수도를 향해 떠남으로써 결혼식에 오고 있던 어머니와 도중에 길이 엇갈렸는데, 토요일 저녁에 정확히 도착한 어머니는 아들의 결혼식에서 부르려고 준비해 온 아리아를 아우렐리아노의 결혼식에서 구슬프게 불렀다. 피에트로 크레스피는 자기 결혼식 시간에 맞추기 위해 길에서 말 다섯 마리를 기진맥진하게 만든 끝에 일요일 자정에 도착해서는 잔치가 끝나고 남은 쓰레기를 치워야 했다. 그 편지를 누가 썼는지는 끝내 밝혀지지 않았다. 우르술라가 닦달을 하자 아마란타는 분해서 눈물까지 흘리면서 목수들이 아직 헐어 내지 않은 결혼식 제단 앞에서 결백을 맹세했다.

　결혼식 주례를 맡기려고 돈 아폴리나르 모스코테가 늪 지대에서 데려온 니카노르 레이나 신부는 별 보람도 없는 직무에 단련이 된 노인이었다. 뼈가 앙상하게 드러난 살갗은 쭈글쭈글했고, 둥그런 배가 볼록 튀어나왔으며, 인자하다기보다는 천진난만한 늙은 천사의 표정을 지니고 있었다. 니카노르 레이나 신부는 결혼식이 끝나면 교구로 돌아갈 계획이었지만, 아이들로 하여금 영세를 받게 하지도 않고, 축일도 지키지 않으면서 본래의 성정(性情)에 의지한 채 파렴치하게들 잘 살아가고 있는 마콘도 주민들의 황폐함을 보고 놀랐다. 하느님의 씨앗이 그 어느 곳에서보다 더 절실하다고 느낀 그는 할례를 한 사람과 이교도를 기독교화시키고, 내연의 관계에 있는 남녀를 정식 부부로 만들어 주고, 죽어 가는 사람들에게 종부성사를 베풀기 위해 일주일 동안 더 머무르기로 작정했다. 그러나 그의 말에 귀를 기울이는 사람은 아무도 없었다. 그들은 신부가 없어도 영혼에 관한 협상을 하느님과 직접 하면서 여러 해 동안 잘 살아왔으며, 원죄로 인한 악은 떨구어 버렸다고 대답했다. 그 황량한 곳에서 설교를 하기에 지친 니카노르 신부는, 불경(不敬)의 중심지라고 할 수 있는 그곳에 하느님을 경배하기 위해 로마에서 사람들이 올 수 있도록 실물 크기의 석고상들을 세우고, 벽에 스테인드글라스를 부착한 세상에서 가장 큰 성당 건축을 시작하기로 작정했다. 그는 구리접시 하나를 들고 헌금을 청하면서 사방으로 돌아다녔다. 사람들이 많은 돈을 냈지만, 성당에는 물에 빠져 죽은 사람도 떠오를 만큼 소리가 우렁찬 종 하나가 있어야 했기에 돈을 더 원했다. 그는 너무 열렬하게 헌금을 청하느라 목이 잠기고 말았다. 뼈마디에서는 삐걱거리는 소리가 진동했다. 어느 토요일에는 문짝을 마련할 만한 돈도 모아지지 않자 절망감으로 어찌할 바를 몰라 했다. 광장에 제단을 급조해 놓고, 일요일이 되자 불면증이 마을을 휩쓸었을 때 그랬던 것처럼 조그만 종을 울려 사람들을 옥외 미사에 불러들이면서 마을을 돌아다녔다. 많은 사람이 호기심 때문에 모여들었다. 일부는 옛날이 그리워 참석했다. 일부는 자신들이 하느님의 대리자를 무시하는 것을 하느님이 당신 자신을 개인적으로 모욕하는 것으로 여길까 봐 미사에 참석했다. 그러다 보니 아침 8시에는 마을 사람 절반이 광장에 모였고, 니카노르 신부는 헌금을 거두느라 쉬어 버린 목소리로 하느님의 복음을 전했다. 미사가 끝날 무렵, 참석했던 사람들이 흩어지기 시작했을 때 신부가 주목을 하라는 표시로 팔을 쳐들었다.

"잠깐만요. 이제 우리는 하느님의 무한한 능력에 대한 명확한 증거 하나를 보게 될 겁니다." 신부가 말했다.

미사를 돕던 소년이 김이 무럭무럭 나는 걸쭉한 초콜릿 한 컵을 신부에게 갖다주자 신부는 숨도 쉬지 않고 들이켰다. 소매에서 손수건을 꺼내 입술을 훔치더니 팔을 벌리고 눈을 감았다. 그러자 신부가 땅 위 12센티미터 높이로 떠올랐다. 그것은 설득력 있는 방법이었다. 그는 초콜릿의 힘을 빌려 공중 부양 시범을 되풀이하면서 여러 날에 걸쳐 집집마다 찾아다녔고, 그동안 복사 소년은 자루에 엄청난 헌금을 모았으며, 한 달이 채 못 되어 성당 신축 공사를 시작했다. 호세 아르카디오 부엔디아를 제외하고는 그 누구도 공중 부양이 하느님의 도움으로 가능했다는 사실을 의심하지 않았는데, 호세 아르카디오는 어느 날 아침 공중부양을 다시 한번 더 구경하려고 밤나무 주변에 모인 마을 사람들을 얼굴 표정 하나 바꾸지 않고 주시했다. 신부가 의자에서 몸을 조금 펴고 어깨를 움츠렸는가 싶더니 앉아 있던 의자와 함께 공중으로 떠오르기 시작했다.

"Hoc est simplicissimus. Homo iste statum quartum materiae invenit.(그거야 아주 간단한 일이지. 저 사람은 물질의 4차원 세계를 발견했으니까.)" 호세 아르카디오 부엔디아가 말했다.

니카노르 신부가 손을 들자 의자의 다리 넷이 동시에 땅에 닿았다.

"Nego. Factum hoc existentiam Dei probat sine dubio.(아니. 이건 하느님이 틀림없이 존재한다는 것을 증명하는 것이오.)" 신부가 말했다.

그렇게 해서, 호세 아르카디오 부엔디아가 귀신에 홀린 듯 지껄여 대던 알아듣지 못할 말이 라틴어였다는 게 알려졌다. 니카노르 신부는 그와 말이 통할 수 있는 사람은 자신뿐이라는 상황을 이용해 돌아 버린 그의 머리에 신앙을 심어 주려 애썼다. 신부가 매일 오후 라틴어로 설교를 하면서 밤나무 옆에 앉아 있었지만, 호세 아르카디오 부엔디아는 까다로운 설교도 초콜릿의 힘을 빌려 재주를 피우는 일도 받아들이려 하지 않았고, 유일한 증거로 신의 은판 사진을 요구했다. 그러자 니카노르 신부는 메달들과 판화들과 성녀 베로니카의 수건[60] 복제품까지 호세 아르카디오 부엔디아에게 가져갔지만 호세 아르카디오 부엔디아는 그것들이 과학적인 근거가 없는 공예품이라는 이유로 거절했다. 그가 너무나 완고했기 때문에 니카노르 신부는 복음을 전하려는 의도를 포기했고 다만 인도주의적인 동정심 때문에 계속해서 그를 찾아갔다. 그러자 호세 아르카디오 부엔디아는 주도권을 잡고 합리주의적 궤변으로 신부의 신앙을 깨려 했다. 한번은 니카노르 신부가 장기판과 장기가 들어 있는 상자를 밤나무가 있는 곳으로 가져와 호세 아르카디오 부엔디아에게 장기를 두자고 청했는데, 호세 아르카디오 부엔디아는 쌍방이 합의한 원칙에 따라 벌이는 시합에는 의미를 전혀 부여할 수 없다는 이유로 거절했다. 호세 아르카디오 부엔디아가 정한, 단 한 번도 본 적이 없는 방식으로 장기를 두고 난 니카노르 신부는 다시는 장기를 두려 하지 않았다. 호세 아르카디오 부엔디아의 명민함에 갈수록 놀라워하던 니카노르 신부는 어떻게 해서 사람들이 그를 밤나무에 묶어놓게 되었는지 물었다.

"Hoc est simplicisimum.(그 이유는 간단해요.) 내가 미쳤기

---

60) 예수가 십자가를 지고 가던 중 성녀 베로니카가 예수 얼굴에 흐르던 땀을 수건으로 닦아 주자 수건에 예수의 얼굴이 찍혔다.

때문이오." 그가 대답했다. 그 다음부터 신부는 자신의 신앙 생활이 흔들릴까 염려되어 다시는 그를 찾아가지 않았고, 성당을 빨리 짓는 데 전력을 기울였다. 레베카는 희망이 되살아나는 것을 느꼈다. 니카노르 신부가 집에서 점심 식사를 했을 때 식탁에 둘러앉은 모든 식구가 성당이 다 지어졌을 때 종교 의식이 엄숙하고 성대하게 치러질 거라는 말들을 했던 어느 일요일 이후 레베카의 장래는 성당 신축 공사의 완료에 달려 있었다. "가장 운좋은 여자는 레베카일 거예요." 아마란타가 말했다. 아마란타는 자기가 하고자 하는 말의 뜻을 레베카가 이해하지 못하자 천연덕스럽게 미소를 지으며 설명해 주었다.

"성당 축성 미사가 곧 언니 결혼식이 될 거라니까."

레베카는 그에 대해 누가 무슨 말을 꺼내기도 전에 짐짓 선수를 치려고 했다. 그런 식으로 공사가 진척된다면 성당이 십년 이내에 완공되기는 글렀다는 것이었다. 니카노르 신부는 그렇지 않다고 했다. 신자들이 점점 더 많은 돈을 헌금하기 때문에 성당 신축 공사가 긍정적으로 진행되리라는 것이었다. 화가 나 점심 식사도 다 끝내지 못한 채 입을 다물고 있던 레베카와는 달리 우르술라는 아마란타의 생각을 칭찬하며 공사를 빨리 끝내도록 상당한 액수를 헌금했다. 니카노르 신부는 그만한 도움이 한 번만 더 있으면 삼 년 안에 성당이 다 지어질 거라 생각했다. 레베카는 아마란타의 제안이 겉으로 드러난 것보다는 순수하지 않다는 것을 안 이후부터 다시는 아마란타에게 말을 걸지 않았다. 그날 밤 레베카와 아마란타가 심한 말싸움을 벌였을 때 아마란타가 레베카에게 대구했다. "그건 내가 할 수 있었던 말 가운데 가장 가벼운 거였어. 그렇게 되면 앞으로 삼 년 동안은 언닐 죽일 필요가 없을 테니까 말이야." 레베카는 그 도전을 받아들였다.

피에트로 크레스피는 결혼식이 다시 연기되었다는 사실을 알고 심하게 실망했으나, 레베카는 자신의 마음이 추호도 변함이 없다는 확실한 증거를 그에게 주었다. "당신만 좋다면 우리 언제라도 함께 도망쳐 버려요." 레베카가 말했다. 그러나 피에트로 크레스피는 모험을 좋아하는 남자가 아니었다. 그는 약혼녀가 지니고 있는 그런 충동적인 성격을 지니고 있지 않았고, 언약은 낭비되어서는 안 될 자산처럼 존중해야 한다고 생각하고 있었다. 그러자 레베카는 더 과감한 방법에 의지했다. 어디서 불어왔는지 알 수 없는 바람에 응접실의 촛불이 꺼졌을 때 우르술라는 어둠 속에서 키스를 하고 있던 두 연인과 맞닥뜨렸다. 당황한 피에트로 크레스피는 요즘 역청 등(燈)은 품질이 좋지 않다고 우르술라에게 궁색한 변명을 늘어놓았으며, 응접실 안에 더 안전한 조명 시설을 설치하는 걸 도와주기까지 했다. 그러나 다시 기름이 떨어지거나 심지가 막혔으며, 그럴 때마다 우르술라는 약혼자의 무릎에 올라앉아 있는 레베카를 발견했다. 결국 우르술라는 그 어떤 해명도 수용하지 않았다. 우르술라는 제빵소의 책임을 원주민 여자에게 맡겨 놓고는, 과거 젊었을 때 자기가 써먹던 낡은 수법 같은 것에는 넘어가지 않겠다고 준비를 하고서 피에트로 크레스피가 찾아옴으로써 두 사람이 만나는 것을 감시하기 위해 흔들의

자에 앉았다. "불쌍한 엄마. 엄만 돌아가실 때도 저 흔들의자에 앉아 임종의 고통을 받으실 거예요." 피에트로 크레스피가 찾아와서 두 사람이 만나는 것을 감시하는 것이 지루한지 하품을 하고 있던 우르술라를 본 레베카가 짜증을 내며 조롱하듯 말했다. 그렇게 감시를 받는 사랑을 한 지 석 달이 지났을 때, 매일같이 가서 상황을 점검하던 성당 신축 공사가 더디게 진행되자 짜증이 난 피에트로 크레스피는 공사를 끝내는 데 필요한 돈을 니카노르 신부에게 주기로 작정했다. 아마란타는 초조해하지 않았다. 매일 오후 수를 놓거나 뜨개질을 하러 복도에 모이는 친구들과 더불어 얘기를 나누는 동안에도 아마란타는 새로운 계책을 짰다. 그런데 장고 끝에 악수로 인해 가장 효과적이라 생각했던 계책은 실패로 끝나고 말았다. 그 계책이란 레베카가 침실 장롱에 웨딩드레스를 보관하기 전에 넣어 두었던 나프탈린 알맹이들을 빼내 버리는 것이었다. 아마란타는 성당 공사가 끝나려면 두 달이 채 못 남은 시점에서 그 계책을 실행에 옮겼다. 그러나 결혼식이 가까이 다가오자 몹시 초조해진 레베카는 아마란타가 예상했던 것보다 더 일찍 드레스를 손질하려고 했다. 옷장을 열고, 먼저 겉에 싼 종이를 벗기고 나서 드레스를 보호하기 위해 싸 놓았던 아마포를 펼쳐본 레베카는 드레스의 공단 부분과 베일의 레이스와 심지어는 오렌지 꽃으로 장식한 화관까지 좀이 슬어 잘게 부서져 있다는 것을 알게 되었다. 포장지 안에 자신이 직접 나프탈렌 알갱이를 두 주먹이나 넣어 둔 게 틀림없었지만 그 사고가 너무 우연스럽게 보였기 때문에 레베카는 섣불리 아마란타를 탓할 수만도 없었다. 결혼식 날까지는 채 한 달도 안 남았으나 암파로 모스코테가 새 드레스 한 벌을 일주일 이내로 만들어 주겠다고 약속했다. 어느 비오는 날 정오, 암파로가 마지막 가봉을 하려고 비단 레이스 다발에 둘러싸여 집으로 들어섰을 때 아마란타는 절망감으로 기절할 지경이었다. 말문이 막히고, 한 줄기 식은땀이 등줄기를 따라 흘러내렸다. 아마란타는 만일 레베카의 결혼식을 막을 결정적인 방법을 고안해 내지 못한다면, 자신이 생각해 낸 모든 방법이 실패로 돌아갔을 때인 마지막 순간에 레베카를 독살하고 싶은 충동이 일 것이 확실했기 때문에 몇 달 동안 그 시각을 기다리면서 겁에 질려 몸을 떨었다. 그날 오후, 레베카가 암파로 모스코테가 무한한 인내력을 발휘하면서 수천 개의 핀으로 몸에 맞추고 있던 레이스 갑옷 속에서 더위로 헐떡거리는 동안, 아마란타는 자수 땀을 여러 번 잘못 뜨는 바람에 바늘에 손가락을 찔렸으나, 결국 레베카를 죽이는 날은 결혼식 전 마지막 금요일이며, 방법은 커피에 아편으로 만든 독약을 한 방울 섞는 것이 될 거라고 놀랄 정도로 냉정하게 결정했다.

그러나 예상하기 어려웠던 만큼이나 극복하기도 어려운 커다란 장애가 발생해 결혼은 다시 무기한 연기되었다. 결혼식 날을 일주일 앞둔 시점에서 어린 레메디오스가 자정 무렵에 배가 찢어지는 듯한 구역질과 더불어 뱃속에서 솟구쳐 나온 뜨거운 액체를 토하면서 잠에서 깨어났고, 그로부터 삼 일 후 독이 피를 타고 몸에 퍼져 배 안에 쌍둥이를 간직한 채 죽고 말았던 것이다. 아마란타는 양심의 가책으로 고통받았다.

레베카를 독살하지 않고서도 결혼식이 이루어지지 않도록 어떤 무서운 사고가 일어나게 해 달라고 하느님께 정말 간절히 빌었기 때문에 레메디오스의 죽음에 대한 책임을 느꼈던 것이다. 하지만 레메디오스가 죽는 것 같은 일이 결혼식의 장애가 되게 해 달라고 그토록 간절히 기도한 것은 아니었다. 사실, 레메디오스는 집에 한 줄기 즐거움의 바람을 불러일으켰었다. 작업실 근처에 있는 방에 남편과 함께 신방을 차린 레메디오스는 얼마 전 어린 시절에 가지고 놀던 인형과 장난감으로 방을 꾸몄는데, 그녀의 즐거움 넘치는 활력은 방의 네 벽을 넘쳐 흘러 베고니아가 있는 복도를 상쾌한 바람처럼 지나갔다. 레메디오스는 새벽부터 노래를 했다. 레베카와 아마란타가 말다툼을 할 때 감히 중재를 하고 나섰던 사람은 레메디오스뿐이었다. 그 외에도 그녀는 호세 아르카디오 부엔디아의 시중을 들어주는 힘든 숙제를 떠맡고 나섰다. 그에게 음식을 가져다주고, 날마다 용변 보는 것을 도와주고, 비누와 수세미로 몸을 닦아 주고, 머리카락과 수염의 이와 서캐를 잡아 몸을 청결하게 유지시켜 주고, 야자나무로 만든 지붕도 좋은 상태로 유지시켰으며, 우기철에는 방수 천막을 씌워 지붕을 보강하기도 했다. 죽기 전 몇 달 동안은 서툰 라틴어로 호세 아르카디오 부엔디아와 이야기도 나누었다. 아우렐리아노와 필라르 테르네라 사이에서 태어난 아들을 집으로 데려와 가족끼리 치른 세례식에서 아우렐리아노 호세라는 이름을 지어 주었을 때 레메디오스는 그 아이를 집안의 장자로 대우해 주리라 작정했다. 레메디오스의 모성 본능은 우르술라를 놀라게 했다. 한편으로, 아우렐리아노는 자신의 존재 이유를 레메디오스에게서 찾았다. 그는 하루 종일 작업실에서 일했으며, 레메디오스는 그에게 오전 새참으로 설탕을 타지 않은 커피를 한 대접 가져다주었다. 두 사람은 매일 밤 모스코테 부부를 방문했다. 아우렐리아노가 장인과 함께 끝없이 계속되는 도미노 게임을 하는 동안, 레메디오스는 언니들과 이야기를 나누거나 어머니와 어른들 문제에 관한 얘기를 나누었다. 돈 아폴리나르 모스코테는 부엔디아 집안과 사돈 관계를 맺음으로써 마을에서 권위를 확고히 다졌다. 그는 할아버지로부터 교육에 대한 열정을 이어받은 아르카디오에게 학교를 맡기려고 주 수도를 여러 번 찾아가 정부에서 마콘도에 학교 하나를 세워 주도록 했다. 주민들을 설득해 대부분의 집들이 독립 기념일까지 파란색을 칠하도록 했다. 니카노르 신부의 제의에 따라 카타리노의 가게를 변두리로 옮기도록 조치했고, 마을 중심지에서 번창하던 많은 퇴폐 업소를 폐쇄해 버렸다. 언젠가는 장총으로 무장한 경찰관 여섯과 더불어 마을로 되돌아와 그들에게 마을의 치안 유지를 맡겼는데, 마을에서는 그 누구도 무장을 할 수 없다는 옛날의 약속을 기억한 사람은 단 하나도 없었다. 아우렐리아노는 장인의 능률적인 일처리에 만족하고 있었다. "자네가 장인을 맘에 들어 하는 걸 보니 자네도 장인처럼 대단한 뚱뚱보가 될 걸세." 친구들이 그를 놀려댔다. 그러나 항상 자리에 앉아 일을 했기 때문에 광대뼈가 튀어나오고 눈빛이 더욱 날카로워졌지만 몸무게가 늘거나 진득한 성격이 변하기는커녕 한일자로 꽉 다문 입술은 그가 항상 고독한 명상을 하고, 불굴의 의지를 지니고 있음을 암시하고 있었다. 아우렐리아노와 아내 사이의 애정이 어찌나 돈독했던지 양가 가족들에게 큰 영향을 미쳤는데, 레메디오스가 아이를 가졌다고 발표했을 때는 레베카와 아마란타까지도 태어난 아기가 남자일 경우를 생각해 푸른 털실로, 여자일 경우를 생각해 분홍색 털실로 뜨개질을 하려고 휴전을 했었다. 몇 년 후, 총살형 집행 대원들 앞에 선 아르카디오가 마지막으로 생각한 사람도 바로 레메디오스였다.

우르술라는 레메디오스의 죽음을 애도하는 뜻에서 문과 창문을 모두 닫아걸고는 불가피한 일이 아니라면 아무도 드나들지 못하게 했다. 일 년 동안은 큰 소리로 얘기도 하지 못하게 했으며, 검은 리본을 두른 레메디오스의 은판 사진을 시체가 안치되었던 자리에 놓고 기름 램프를 계속해서 밝혀 놓았다. 램프 불을 꺼뜨리지 않았던 후손들은 주름치마에 흰 반장화를 신고, 머리에 모슬린 천으로 만든 띠를 두른, 그 은판 사진의 소녀가 흔히들 생각하는 증조할머니라는 이미지와는 일치하지 않아 어리둥절해할 것임에 틀림없었다. 아우렐리아노 호세는 아마란타가 맡았다. 아마란타는 자신의 분별없는 욕망으로 레메디오스의 커피에 본의 아니게 아편 독약을 넣은 것 때문에 느끼던 양심의 가책을 완화시켜 주고 함께 고독을 나눌 수 있게 해 주는 그 아이를 양자로 삼았다. 피에트로 크레스피는 날이 어두워지면 검은 띠를 두른 모자를 쓰고 살금살금 집 안으로 들어가 소매가 주먹까지 내려오는 검은 옷 속에서 점점 핏기를 잃어 가는 것처럼 보이던 레베카를 몰래 만났다. 그런 상황에서 다시 결혼식 날짜를 잡는다는 생각을 하는 것만도 너무나 불경스러운 일이었을 것인 바, 그들의 약혼 상태는 영원히 그렇게 지지부진하게 지속되는 관계, 즉 이제는 아무도 관심을 두지 않은 지친 사랑으로 변해 버려, 전에는 키스를 하려고 램프 불을 끄던 연인들이 지금은 죽음을 기다리는 것과 같은 꼴이 되어 버렸다. 제 갈 길을 잃고 완전히 타락해 버린 레베카는 다시 흙을 먹기 시작했다.

갑자기(애도 기간이 한참 진행되어 이제는 자수 모임이 재개되었을 때) 더위로 질식할 듯한 적막감이 감도는 오후 2시에 누군가 집 대문을 확 밀어젖히는 바람에 집 기둥들이 주춧돌 위에서 벌벌 떨었는데, 그때 복도에서 자수를 하던 아마란타와 친구들, 침실에서 손가락을 빨고 있던 레베카, 부엌에 있던 우르술라, 작업실에 있던 아우렐리아노와 밤나무 아래 외롭게 묶여 있던 호세 아르카디오 부엔디아조차 지진으로 집이 무너지는 것 같은 느낌을 받았다. 거대한 사내 하나가 나타났다. 딱 벌어진 어깨는 겨우 문들을 통과할 수 있을 정도였다. 들소 같은 목에는 성모 마리아의 상이 새겨진 작은 메달을 걸었고, 팔뚝과 가슴에는 섬뜩한 문신들이 가득했으며, 오른쪽 팔목에는 '십자가 형상을 이루어 서 있는 아이들'[61]이 새겨진 납작한 구리 팔찌를 차고 있었다. 몸은 바닷바람에 검게 그을려 있었고, 머리카락은 노새 갈기처럼 짧고 뻣뻣했으며, 턱

---

61) '십자가 형상을 이루어 서 있는 아이들(Niños en cruz)'이 새겨진 팔찌는 전통적으로 악을 물리치는 호신용 부적으로 알려져 있다. 따라서 이 부적을 찬 사람은 힘이 장사라고 할 수 있다.

은 무쇠처럼 단단해 보였고, 애조 띤 시선을 지니고 있었다. 말의 뱃대끈보다 두 배나 두꺼운 허리띠를 차고, 각반과 박차가 달리고 뒷축이 쇠로 된 구두를 신은 그가 나타나자 지진으로 지축이 흔들리는 듯한 기분을 느낄 정도였다. 그가 반쯤해진 여행용 부대 자루를 들고 응접실과 거실을 지나 천둥 소리를 내면서 베고니아가 있는 복도로 들어섰을 때 아마란타와 친구들은 자수 바늘을 허공에 든 채 꼼짝도 하지 않고 있었다. "안녕." 그는 피곤한 목소리로 아가씨들에게 말하고는 작업대 위에 부대 자루를 털썩 내던지더니, 그 자리를 지나쳐 집 안쪽으로 멀어져 갔다. "안녕." 그가 침실 문 앞으로 지나가는 것을 보고 놀란 레베카에게 그가 말했다. "안녕." 은세공실 작업대에서 온갖 신경을 곤두세우고 있던 아우렐리아노에게 말했다. 그는 그 누구와도 얘기를 나누지 않았다. 곧장 부엌으로 갔고, 세상 반대쪽으로부터 시작했던 여행의 종점에서 처음으로 멈추었다. "안녕하세요." 그가 말했다. 우르술라는 순간 입을 벌린 채 멍하게 있다가 그의 눈을 들여다보고는 외마디 소리를 질렀고, 기쁨에 넘쳐 소리를 지르고 울면서 와락 그의 목을 껴안았다. 호세 아르카디오였던 것이다. 그는 떠날 때처럼 빈털터리로 돌아왔는데, 빌려 타고 온 말 값 2페소를 우르술라가 대신 내 주어야 했을 정도로 돈이 없었다. 그는 뱃사람들의 은어가 섞인 스페인어를 썼다. 식구들이 그동안 어디에 있었는지 묻자 이렇게 대답했다. "저기요." 그는 정해 준 방에 해먹을 걸고는 사흘 동안 내리 잠만 잤다. 잠에서 깨어나 생달걀 열여섯 개를 먹어치우고는 곧장 카타리노의 가게로 갔는데, 그의 어마어마한 체구는 여자들에게 호기심과 놀라움을 불러일으켰다. 그는 음악을 신청하고, 모든 사람에게 아구아르디엔테[62]를 샀다. 그는 한꺼번에 다섯 남자를 상대로 팔씨름을 하겠다고 나섰다. "이긴다는 건 불가능해. 십자가를 들고 있는 아이들이 새겨진 부적을 지니고 있잖아." 사람들은 그의 팔을 감당할 수 없다는 사실을 깨닫고 그렇게들 말했다. 속임수로 힘을 쓰고 있다고 생각한 카타리노는 그가 카운터를 움직이면 12페소를 주겠다고 했다. 호세 아르카디오는 카운터를 뽑아 머리 위로 추켜들어서는 길바닥에 내놓아 버렸다. 카운터를 다시 제자리에 놓는 데는 열한 사람이 필요했다. 파티의 열기가 고조되었을 때, 그는 여러 나라 글귀들을 새긴 울긋불긋한 문신이 꽉 들어차 있는 어마어마하게 커다란 남근을 카운터 위에 전시했다. 그리고 욕망에 불타 자기를 에워싼 여자들에게 누가 돈을 가장 많이 내겠느냐고 물었다. 돈을 가장 많이 가지고 있던 여자가 20페소를 제의했다. 그러나 그는 모든 여자가 10페소씩 내서 그 가운데 하나를 뽑자고 제의했다. 가장 인기 있는 여자가 하룻밤에 버는 돈이 8페소였기에 터무니없는 값이기는 했지만 다들 그 제의에 응했다. 여자들은 열네 장의 쪽지에 각자 자기 이름을 써서 모자에 넣고 하나씩 뽑았다. 뽑을 쪽지가 둘만 남았을 때 그 두 사람이 누구

---

62) 아니스 향이 첨가된 소주의 일종으로 돗수가 상당히 높다. 콜롬비아 각 주마다 특색 있는 아구아르디엔테가 생산되어 애주가들의 사랑을 받고 있는데, 맥주보다 더 비싼 술이기 때문에 술집에서 아구아르디엔테를 산다는 것은 그런 대로 괜찮은 접대일 수 있다.

인지 알 수 있게 되었다.

"각자 5페소씩만 더 내. 그럼 두 여잘 한꺼번에 상대해 줄 테니까." 호세 아르카디오가 제안했다.

그는 그런 식으로 살아왔었다. 국적 없는 선원들로 이루어진 선원단에 이름을 올리고 세계를 예순다섯 바퀴나 돌았다. 그날 밤 카타리노의 가게에서 그와 함께 잤던 여자들은 앞과 뒤, 목에서부터 발가락까지 단 1밀리미터도 남기지 않고 온통 문신이 뒤덮인 그의 몸을 다른 사람들에게 보여 주려고 그를 발가벗겨 댄스 홀로 데리고 나왔다. 그는 가족들과 어울릴 수가 없었다. 낮에는 종일 자고, 사창가에서 힘 내기를 하면서 밤을 보냈다. 아주 가끔씩 우르술라가 채근해 그를 식탁에 앉혀 놓게 되는 경우, 그는 가족들에게 호감을 주었는데, 특히 먼 객지에서 겪은 재미있는 얘기를 할 때는 더욱더 그랬다. 한번은 배가 파선되어 일본의 바다에서 두 주일 동안 표류하면서 일사병으로 죽은 동료의 시체를 먹고 살았는데, 소금기에 절고 또 절고, 햇볕에 익은 그 살이 쫄깃쫄깃하고 달콤하더라는 얘기도 했다. 햇볕이 쨍쨍한 어느 대낮에는 타고 가던 배의 선원들이 바다 용을 잡았는데, 용의 배 속에서 십자군 병정의 투구와 허리띠, 무기들이 나왔다고도 했다. 카리브해에서는 빅토르 우게스[63]의 해적선으로 사용되던 배가 죽음의 바람에 돛이 갈기갈기 찢기고 바다 바퀴벌레에 돛대가 갉아먹

---

63) 쿠바 소설가 알레호 카르펜티에르의 소설 『빛의 세기』에 나오는 주인공이다.

힌 유령선이 되어 여전히 구아달루페로 가는 뱃길을 찾아 헤매는 것을 보았다고도 했다. 그런 얘기를 들을 때마다, 우르술라는 호세 아르카디오가 자신이 겪은 무용담과 고생담을 적어 집으로 보냈지만 단 한 번도 도착한 적이 없던 편지를 읽고 있는 것처럼 훌쩍훌쩍 울었다. "내 아들아, 여기 이렇게 좋은 집이 있어. 그리고 음식이 남아 그 많은 걸 돼지들에게 던져 주잖니!" 우르술라가 흐느꼈다. 그러나 우르술라는 집시들이 데려간 소년이 점심으로 돼지 반 마리를 먹어치우고, 그가 뀐 방귀로 꽃들이 시들어 버리는 얼뜨기 장사(壯士)가 되었다는 사실을 내심 받아들일 수가 없었다. 나머지 식구들도 유사한 입장이었다. 아마란타는 식탁에서 호세 아르카디오가 동물처럼 트림을 해 댈 때마다 싫은 표정을 지었다. 자신의 출생 비밀을 전혀 알지 못하고 있던 아르카디오는 호세 아르카디오가 그의 호감을 얻어 보려는 명백한 의도를 지닌 채 이것저것 물어보았지만 대꾸도 제대로 하지 않았다. 아우렐리아노는 같은 방에서 호세 아르카디오와 함께 잠을 자던 옛 시절을 되살리려 애썼고, 유년 시절 공유하던 비밀을 재생하려 노력했지만 호세 아르카디오는 바다 생활에서 겪은 너무 많은 일로 기억 용량이 다 채워졌기 때문에 그런 옛일 따위는 잊고 있었다. 처음에 호세 아르카디오로부터 받았던 충격을 매력으로 받아들인 사람은 레베카뿐이었다. 침실 앞을 지나가는 그를 본 그날 오후, 레베카는 화산 폭발과도 같은 숨결을 온 집 안에 퍼뜨리고 다니는 사나이의 전형인 호세 아르카디오에 비한다면 피에트로 크레스피는 유행만을 좇는 멋쟁이에 불과하다고 생

각했다. 레베카는 무슨 핑계거리를 만들어서라도 그에게 접근
할 방도를 찾았다. 한번은 호세 아르카디오가 레베카의 육체
를 뻔뻔스러운 눈길로 훑어보더니 이렇게 말했다. "얘, 너 썩
괜찮은 여자구나." 레베카는 자제력을 잃고 말았다. 옛날처럼
탐욕스럽게 흙과 벽의 석회를 다시 먹기 시작했으며, 어찌나
초조하게 손가락을 빨아 댔는지 엄지손가락에 군살이 박히고
말았다. 그리고 죽은 거머리들이 뒤섞인 푸른 액체를 토해 냈
다. 열병에 떨고, 혼수 상태와 싸우면서 새벽녘에 호세 아르카
디오가 돌아옴으로써 집이 흔들릴 때까지 기다리느라 밤들을
꼬박 새웠다. 어느 날 오후 모든 사람이 낮잠을 자는 사이, 더
이상 참을 수 없었던 레베카는 그의 침실로 갔다. 그는 배를
묶는 데 쓰는 밧줄로 대들보에 매달아 둔 해먹에 팬티 바람으
로 누워 있었다. 레베카는 울긋불긋한 문신으로 뒤덮인 거대
한 나체를 보자 도망가고 싶은 충동이 일었다. "실례했어요. 여
기 있는 줄 몰랐어요." 레베카가 사과했다. 그러나 그는 아무
도 잠에서 깨어나지 않도록 목소리를 죽여 말했다. "이리 와."
레베카는 순순히 그의 말에 따랐다. 레베카는 호세 아르카디
오가, "아, 내 귀여운 여동생. 아, 내 귀여운 여동생." 하고 중얼
거리면서 손가락 끝으로 발목을, 종아리를, 다리를, 그다음으
로 허벅지를 쓰다듬는 동안 식은땀을 흘리고, 숨이 콱 막히는
듯한 기분을 느끼며 해먹 옆에 서 있었다. 레베카는 그가 폭
풍 같은 힘으로 놀랄 만큼 정확하게 허리를 덥석 껴안아 들어
올려서는 세 번의 손길로 은밀한 부분까지 다 벗겨 놓고, 작
은 새처럼 으스러뜨렸을 때는 죽지 않으려고 초인적인 노력을

기울여야 했다. 레베카는 자신의 몸에서 쏟아져 나오는 피를 압지(壓紙)처럼 흡수해 축축한 늪처럼 변해 버린 해먹 안에서 철버덕거리면서 그 참을 수 없는 고통으로부터 느꼈던 무한한 쾌락 속에서 의식을 잃기 전에 다시 태어났음을 하느님께 감사드리기에 이르렀다. 사흘 후, 그들은 새벽 5시 미사에서 결혼식을 올렸다.[64] 그 전날 호세 아르카디오는 피에트로 크레스피의 가게로 찾아갔다.

그는 치터[65]를 가르치고 있는 피에트로 크레스피를 발견하고는 학생들 앞에서 단도직입적으로 말했다.

"난 레베카와 결혼할 거요." 피에트로 크레스피는 얼굴이 창백해지더니 치터를 어느 학생에게 넘겨주고 수업을 끝내 버렸다. 악기들과 태엽 달린 인형들이 가득 찬 큰 방에 단둘이 있게 되자 피에트로 크레스피가 말했다.

"레베카는 당신 여동생이잖아요."

"그런 건 상관없소." 호세 아르카디오가 대꾸했다.

피에트로 크레스피는 라벤더 향수를 뿌린 손수건으로 이마에 흐르는 땀을 닦았다.

"그건 자연의 법도에 반하는 일이에요. 게다가 법이 그걸 금지하잖아요." 피에트로 크레스피가 설명했다. 호세 아르카디오는 피에트로 크레스피의 창백한 안색에 비하면 그 말은 그다

---

64) 요즘에는 그렇지 않지만, 전통적으로 자유주의자들은 새벽 5시에 거행되는 첫 미사에 참석하고, 보수주의자들은 아침 8시 미사에 참석했다. 물론, 여기서는 그들이 서둘러 결혼식을 했다는 의미로도 해석할 수 있다.
65) 현이 삼사십 개 정도 있는 기타와 비슷한 악기이다.

지 짜증스럽지 않았다.

"자연의 법도에 내 똥을 처발라 버리겠소. 난 당신이 레베카를 찾아가 뭘 따지고 하는 수고를 하지 말라는 말을 하려고 찾아온 거요." 호세 아르카디오가 말했다. 그러나 피에트로 크레스피의 눈이 젖어드는 것을 본 순간 그의 야만적인 행동이 누그러졌다.

"좋소, 당신이 좋아하는 게 우리 가족이라면, 그래 아마란타를 차지하시오." 호세 아르카디오가 목소리를 바꿔 말했다.

니카노르 신부는 일요일 강론에서 호세 아르카디오와 레베카가 오누이 사이가 아니라고 밝혔다. 도리에 어긋난다고 생각하는 것은 절대 용서하지 않았던 우르술라는 신혼부부가 성당에서 집으로 돌아왔을 때 다시는 집에 발을 들여놓지 못하도록 명령했다. 우르술라에게 그 두 사람은 죽어 없어진 것이나 마찬가지였다. 그래서 그들은 공동묘지 앞에 있는 작은 집 하나를 세냈고, 호세 아르카디오의 해먹 외에 가구라고는 아무것도 없는 그 집에 자리를 틀었다. 그들이 결혼한 날 밤 레베카의 슬리퍼 속에 들어가 있던 전갈이 레베카의 발을 물었다. 레베카는 혀가 마비되었지만, 그렇다고 해서 그들이 요란스러운 첫날밤을 보내지 못한 것은 아니었다. 온 동네 잠을 깨우던 비명이 하룻밤 새 여덟 번, 낮잠 시간에 세 번까지 들려와 놀란 이웃 사람들은 신혼부부의 격렬한 욕정이 죽은 주민들의 평화를 깨뜨리지 않도록 해 달라고 기도했다.

두 사람을 걱정해 준 사람은 아우렐리아노뿐이었다. 그가 그들에게 가구를 마련해 주고 돈을 주자 마침내 호세 아르카디오는 현실감을 회복해 집 마당에 붙어 있는 임자 없는 땅을 경작하기 시작했다. 한편으로, 아마란타는 삶에서 기대하지도 않았던 만족감을 얻기는 했어도, 그러니까, 그 수치스런 일을 어떻게 원상으로 복구해야 할지 모르고 있던 우르술라의 제의에 따라 피에트로 크레스피가 자신의 패배를 차분한 품위로 감싼 채 화요일마다 집에서 점심 식사를 했지만, 레베카에 대한 악감정을 결코 떨궈 버릴 수는 없었다. 피에트로 크레스피는 그 집 식구들에 대한 존경의 표시로 여전히 모자에 검은 띠 상장(喪章)을 두르고 다녔으며, 우르술라에게 포르투갈산 정어리라든가, 터키산 장미 마멀레이드, 그리고 어떤 때는 아주 예쁜 마닐라 솔 같은 이국적인 선물을 가져다주면서 애정을 보여 줌으로써 스스로 즐거워했다. 아마란타는 애정 어린 정성으로 그를 접대했다. 그의 기호를 미리 눈치채고 그의 셔츠 소매에서 풀어진 올들을 뽑아 주었고, 그의 생일을 위해 그의 이름 첫 자를 수놓은 손수건 한 타를 짰다. 화요일이면, 점심 식사 후, 아마란타가 복도에서 자수를 놓는 동안 그는 아마란타의 즐거운 말동무가 되어 주었다. 피에트로 크레스피는 항상 어린애라 생각했고, 또 그렇게 다루어 왔던 그녀를 새롭게 발견했다. 아마란타는, 썩 우아하지 않은 여자였다고는 해도 세상 것을 받아들이는 특이한 감수성과 은밀한 부드러움을 지니고 있었다. 어느 화요일, 그러니까 조만간에 그런 일이 일어나리라고는 그 누구도 의심하지 않았을 때, 피에트로 크레스피가 아마란타에게 청혼했다. 아마란타는 그 얘기를 듣고도 하던 일을 멈추지 않았다. 그녀는 귀밑을 달구는 부끄러움이 가시기를 기다렸다가 목소리를 어른스럽고 침착한 어조로 바꾸었다.

"물론 좋지요, 크레스피. 하지만 서로 더 잘 알게 된 다음이 좋을 것 같아요. 서둘러서 잘 되는 일은 절대 없으니까요." 아마란타가 말했다.

우르술라는 당황스러워했다. 아마란타가 피에트로 크레스피에게 호감을 갖고 있다 하더라도, 레베카와 오랫동안 떠들썩하게 약혼 관계를 유지하고 나서 내린 그의 결정이 도덕적인 관점에서 볼 때 올바른 것인지 아닌지를 가늠할 수 없었던 것이다. 그러나 다른 사람들은 아무도 그런 의구심을 갖고 있지 않았기 때문에 그녀는 청혼에 대해 가타부타하지 않고 기정사실로 받아들이기로 했다. 집안의 가장 노릇을 하던 아우렐리아노의 수수께끼 같으면서도 결정적인 의견이 우르술라를 약간 혼란스럽게 했다.

"지금은 결혼 같은 걸 생각하면서 있을 시간이 아닌데요."

몇 달이 지난 다음에야 우르술라가 겨우 이해하게 된 그 예언 같은 말은 아우렐리아노가 결혼뿐만 아니라, 전쟁을 제외한 그 어떤 것에 관해 그 순간에 유일하게 밝힐 수 있었던 진지한 의견이었다. 하지만 총살형 집행 대원들 앞에 섰을 때, 아우렐리아노 자신은 자기를 그런 처지로 몰아왔던 그 오묘하고 돌이킬 수 없는 일련의 우연이 어떻게 연계되어 갔는지를 썩 잘 이해하지 못했음에 틀림없었다. 레메디오스의 죽음은 그가 예상했던 것만큼의 마음의 동요를 유발하지는 않았다. 오히려 여자 없이 살기로 체념하고 있을 때 경험한 것과 유사한 분노, 즉 고독하고 수동적인 좌절 속에서 서서히 해소되었던 막연한 분노의 감정이 생겼다. 그는 다시 일에 몰두했지만, 장인과의 도미노 게임을 하는 습관만은 유지했다. 상을 당해 말을 아끼는 집 식구로서 그들이 나누었던 밤의 대화는 두 남자 사이의 우정을 돈독하게 했다. "재혼을 하게나, 아우렐리토.66) 내겐 자네가 선택할 만한 딸이 여섯이나 있잖은가." 장인이 그에게 말했다. 선거를 며칠 앞두고, 언젠가 돈 아폴리나르 모스코테는 평소 자주 하던 여행에서 돌아와 국내정세에 대해 우려를 표명했다. 자유파들이 전쟁에 뛰어들 작정을 하고 있다는 것이었다. 그 당시 아우렐리아노는 자유파와 보수파 사이의 차이점에 대해 아주 혼동스런 인식을 지니고 있었기 때문에 장인이 그에게 체계적인 강의를 해 주었다. 돈 아폴리나르 모스코테는 자유파들은 공제 비밀 결사 회원들이며, 신부들을 처형하고, 민사(民事) 결혼67)과 이혼 제도를 도입하고, 서자도 적자와 동등한 권리를 인정하고, 중앙 정부로부터 권한을 박탈하는 연방 제도 안에서 나라를 분열시키는 것에 찬성하는 악질적인 사람들이라고 아우렐리아노에게 설명했다. 반면에 보수파들은 신에게서 직접 권리를 부여받아 공공 질서를 확립하고 가정 윤리를 지키려는 사람들이며, 그리스도의 신앙과 권위의 원칙을 수호하는 사람들이며, 나라가 지방자치제 형태로 분열되는 것을 허용하려 하지 않는

---

66) 아우렐리아노의 애칭이다.
67) 가톨릭 의식에 따르지 않은 결혼을 말한다.

사람들이라고 말했다. 인도주의적인 감정을 지니고 있던 아우렐리아노는 서자의 권리를 인정하려는 자유파의 입장에 공감했지만, 아무튼 사람들이 손으로 만져 볼 수도 없는 이념들을 가지고 어쩌다 전쟁이라는 극한 상황에 도달하게 되었는지 납득하지 못하고 있었다. 장인이 선거를 위해 상사가 지휘하는 무장 군인 여섯 명을 정치적인 열정도 없는 한 마을에 보내도록 조치한 것은 지나친 일이라 생각했다. 그 군인들은 단순히 마을에 진주한 것이 아니라, 스물한 살이 넘은 남자들에게 보수파 후보자들의 이름이 적힌 파란 투표용지와 자유파 후보자들의 이름이 적힌 빨간 투표용지를 나누어 주기 전에 집집마다 찾아다니며 사냥총과 마체테와 심지어는 부엌칼까지 모두 압수했다. 선거 전날 밤, 돈 아폴리나르 모스코테는 토요일 자정부터 사십팔 시간 동안 주류 판매를 금지하고, 가족이 아닌 세 사람 이상의 집회를 금지한다는 포고문을 공포했다. 투표는 아무런 사고도 없이 진행되었다. 일요일 아침 8시부터 나무 투표함이 군인 여섯 명의 호위를 받아 광장으로 옮겨졌다. 그 누구도 중복 투표는 하지 못하도록 감시하면서 거의 하루 종일 장인과 함께 있었던 아우렐리아노가 직접 확인한 바와 같이, 투표는 완전히 자유로운 분위기 속에서 실시되었다. 오후 4시에 광장에서 연타로 울린 북소리가 투표 종료를 알렸고, 돈 아폴리나르 모스코테는 자신이 서명한 봉인지로 투표함을 봉했다. 그날 밤 아우렐리아노와 도미노 게임을 하던 돈 아폴리나르 모스코테는 개표를 할 거라며 투표함의 봉인지를 뜯으라고 상사에게 명령했다. 투표함 속에는 빨간 투표용지가 파란 투표용지만큼 들어 있었지만, 상사는 빨간 투표용지 열 장만 남겨 두고 없애 버린 빨간 투표용지 수만큼 파란 투표용지를 채웠다. 그러고 나서 투표함을 새 봉인지로 봉하고 다음 날 주 수도로 보냈다. "자유파들은 전쟁터로 나갈 겁니다." 아우렐리아노가 말했다. 돈 아폴리나르 모스코테는 도미노 패에서 눈을 떼지 않았다. "투표용지를 바꿔치기 했다고 그런 소리를 하는 모양인데, 가지들 않을 걸세. 불평들을 하지 않도록 빨간 것 몇 장은 남겨두는 법이거든." 돈 아폴리나르 모스코테가 말했다. 아우렐리아노는 야당의 약점이 무엇인지를 깨달았다. "제가 만일 자유파라면, 전 이 투표용지 건으로 전쟁을 하러 나가겠습니다." 그가 말했다. 장인은 안경 너머로 아우렐리아노를 빤히 쳐다보았다.

"어이, 아우렐리토. 자네가 자유파였더라면, 내 사위라고 할지라도, 투표용지 바꿔치기 하는 걸 보진 못했을 거야." 장인이 말했다.

실제로 마을 사람들의 분노를 유발시킨 것은 선거 결과가 아니라 군인들이 무기를 되돌려 주지 않은 것이었다. 한 무리의 여자가 아우렐리아노를 찾아가서는 그의 장인에게 말해 부엌칼을 되돌려 주게 해 달라고 부탁했다. 돈 아폴리나르 모스코테는 비밀을 철저히 지킬 것을 당부하면서 압수한 무기들은 자유파들이 전쟁을 준비하고 있다는 증거물로 군인들이 가져갔다고 아우렐리아노에게 설명했다. 그 어처구니없는 말에 아우렐리아노는 놀랐다. 아우렐리아노는 그 얘기를 발설하지 않았으나, 헤리넬도 마르케스와 마그니피코 비스발이 다른 친구들과 함께 칼 사건 얘기를 하던 어느 날 밤, 그들이 그에게 자유파인지 보수파인지 물었다. 아우렐리아노는 주저하지 않았다.

"만일 내가 어느 편엔가 가담해야 한다면, 난 자유파가 될 걸세. 보수파는 사기꾼들이기 때문이지." 그가 말했다.

그다음 날 아우렐리아노는 친구들의 권고에 따라 간을 치료하러 간다는 핑계를 대고 알리리오 노게라[68] 박사를 찾아갔다. 사실 아우렐리아노는 속임수가 무엇을 의미하는지 전혀 모르고 있었다. 알리리오 노게라 박사는 불과 몇 해 전에, 아무 맛도 없는 알약이 든 작은 상자 하나와 무슨 말인지 도무지 이해할 수 없는 '못은 못으로 뽑는다.'[69]라는 의학적 표제 하나를 들고 마콘도에 왔었다. 실제로 그는 거짓 가면을 쓴 사람이었다. 별 권위도 없는 의사라는 순진한 얼굴 뒤에는 오 년 동안 족쇄를 차고 있어서 복숭아뼈에 생긴 흉터를 무릎까지 올라오는 각반으로 감추고 있던 테러리스트 하나가 숨어 있었다. 연방주의자들이 일으킨 첫 번째 반란에서 포로로 잡힌 그는 이 세상에서 가장 싫어하는 신부 복장으로 변장하고 쿠라샤오에서 도망칠 수 있었다. 오랜 망명 생활 끝에 카리브해 전 지역의 망명객들이 쿠라샤오로 가져왔던 흥분된 소식에 잔뜩 부풀어 오른 그는 밀수꾼들의 스쿠너[70]를 얻어 탔

---

68) 역사적으로 아주 유명한 사람의 실명인 것처럼 생각되나, 누구인지 정확히 알 수는 없고, 단지 '알리리오'라는 이름이 '델리리오(delirio: 일시적인 정신착란, 헛소리, 섬망 상태)'를 연상케 한다.

69) 동종 요법을 확실하게 정의한 말이라 할 수 있다.

고, 알고 보면 설탕 덩어리에 불과한 알약이 든 작은 유리병들과 직접 위조한 라이프치히 대학 졸업장을 들고 리오아차에 나타났다. 그러나 그는 실망한 나머지 울음을 터뜨리고 말았다. 망명자들이 금방이라도 터질 것 같은 화약고라 규정했던 연방주의자들의 열정은 선거를 통해 목적을 달성할 수 있다는 허망한 환상 속에서 녹아 없어져 버렸던 것이다. 그 가짜 동종 요법 의사는 실패의 쓴맛을 보고 나서 노년을 보낼 확실한 장소를 물색하던 중 마콘도에 몸을 숨겼다. 그는 광장 한쪽에 비좁은 방 하나를 세내 빈 약병들을 가득 채워 놓고는, 모든 약을 다 써 본 끝에 결국 그의 설탕 덩어리 알약으로 위안을 삼는 희망 없는 병자들 덕택으로 여러 해를 살아갔다. 돈 아폴리나르 모스코테가 장식품 같은 당국자였던 동안 알리리오 노게라 박사의 선동자로서의 본능은 휴식을 취하고 있었다. 그는 지나간 일들을 회상하고, 해수병과 싸우면서 세월을 보냈다. 선거가 가까워진다는 사실은 그에게 다시 반역이라는 실타래를 찾을 수 있도록 해 주는 하나의 실이었다. 그는 정치적 훈련이 부족한 젊은이들을 접촉하고, 은밀하게 선동하는 캠페인에 열중했다. 투표함 속에서 나와, 돈 아폴리나르 모스코테가 젊은이들의 치기 탓이라고 치부해 버린 그 많은 수의 빨간 투표용지도 그의 계획의 일부였다. 선거가 속임수라는 사실을 자기가 가르친 젊은이들에게 납득시키기 위해 그들에게 빨간 투표용지를 넣으라고 사주했던 것이다. "가장

---

70) 돛이 두세 개 달린 범선이다.

효과적인 방법은 폭력이지." 그가 말했다. 아우렐리아노의 친구들 대부분은 보수파 체제를 타파한다는 생각에 고무되어 있었지만, 아우렐리아노의 조정관과의 관계뿐만이 아니라 그의 고독하고 도피적인 성격 때문에 그 누구도 감히 그를 자신들의 계획에 끼워 주려 하지 않았다. 게다가 그가 장인의 지시에 따라 파란 투표용지를 투표함에 넣었다고 알려져 있었다. 사정이 그랬기 때문에 그가 자신의 정치적 소감을 밝힌 것은 아주 우연스런 일이었고, 아프지도 않은데 병을 치료한답시고 별안간 의사를 만나러 가기로 생각한 것도 순전히 강한 호기심 때문이었다. 그는 거미줄에 이르기까지 장뇌 냄새가 배인 지저분한 방에서 숨쉴 때마다 허파에서 쉭쉭 소리를 내는 먼지투성이 이구아나처럼 생긴 사람과 마주 앉았다. 그가 뭐라 묻기도 전에 박사는 그를 창문 가로 끌고 가서는 아래 눈꺼풀을 까뒤집어 검사를 했다. "거기가 아니에요." 아우렐리아노는 친구들이 가르쳐 준 대로 말했다. 그리고 손가락으로 간이 있는 부분을 꾹 누르면서 덧붙였다. "여기가 아파서 잠을 잘 수가 없다니까요." 그러자 노게라 박사는 햇빛이 너무 많이 든다는 핑계를 대며 창문을 닫더니 보수파들을 암살하는 일이 왜 애국적인 임무인지 쉬운 말로 그에게 설명했다. 며칠 동안 아우렐리아노는 저고리 주머니에 작은 약병을 넣고 다녔다. 두 시간마다 약병을 꺼내 손바닥에 알약을 세 개씩 놓고는 한 입에 털어넣고 혀로 천천히 녹였다. 돈 아폴리나르 모스코테는 아우렐리아노의 동종 요법에 대한 믿음을 비웃었지만 음모에 가담한 사람들은 아우렐리아노를 보고 새로운 동지가 또 하나 생겼다고 인식했다. 마을 설립자들의 아들들은, 자신들이 획책하는 행위가 무엇인지 확실히 알았던 사람은 아무도 없었다 해도, 거의 모두 그 음모에 연루되어 있었다. 그러나 박사가 아우렐리아노에게 비밀을 털어놓던 날 아우렐리아노는 그 음모에 대해 알게 되었다. 당시, 보수파 정권을 타도하는 게 시급하다는 것을 인식하고는 있었지만, 그 계획은 겁나는 것이었다. 노게라 박사는 개인 테러 비법을 터득한 사람이었다. 그의 방법은 전국적으로 일련의 개별적인 행동을 통해 보수파 관료들과 그들의 가족을, 무엇보다도 보수파의 씨를 제거하기 위해 아이들을 일거에 없애 버리는 것이었다. 돈 아폴리나르 모스코테와 그의 아내, 그리고 물론 여섯 딸도 그 리스트에 올라 있었다.

"당신은 자유파도 아니고 아무것도 아니에요. 그저 백정일 뿐이죠." 아우렐리아노가 차분하게 말했다.

"그렇게 생각한다면 그 병은 되돌려 주게. 자네에겐 이제 필요 없네." 박사도 마찬가지로 조용한 목소리로 말했다.

단 여섯 달이 지난 뒤, 아우렐리아노는 박사가 자기를 수동적인 성격에다 아주 고독한 기질을 지닌, 미래가 없는 감상적인 사람이라서 행동가로 받아들이는 걸 단념했다는 사실을 알게 되었다. 그들은 아우렐리아노가 자신들의 음모를 폭로할까 두려워 그의 주위를 맴돌았다. 아우렐리아노는 단 한 마디도 발설하지 않겠다고 그들을 안심시켰으나, 그들이 모스코테 집안 식구들을 암살하러 가는 날 밤에는 자신이 직접 그 집 대문을 지키고 있겠다고 했다. 아우렐리아노가 워낙 굳은 결심을 내보이자 그들의 계획은 무기한 연기되었다. 우르술라가 피에트로 크레스피와 아마란타의 결혼에 대한 그의 의견을 구했을 때 그런 것을 생각할 시기가 아니라고 대답했던 것도 바로 그 즈음 일이었다. 한 주일 전부터 그는 구식 권총 한 정을 셔츠 속에 숨겨 가지고 다녔다. 그리고 친구들을 감시했다. 오후가 되면 집을 정리하기 시작하던 호세 아르카디오와 레베카를 찾아가 커피를 마셨고, 7시부터는 장인과 도미노 게임을 했다. 점심 시간에는 이미 거구의 사춘기 소년이 되어 있는 아르카디오와 대화를 했는데, 아르카디오는 임박한 전쟁 때문에 점점 더 흥분해 가고 있는 것 같았다. 아르카디오보다 나이가 많은 학생들과 이제 겨우 말을 하는 아이들이 뒤섞여 있는 학교에도 벌써 자유파 열기가 퍼져 있었다. 니카노르 신부를 쏘아 죽이고, 성당을 학교로 만들고, 자유 연애를 정착시키자는 얘기들이 나돌았다. 아우렐리아노는 아르카디오의 충동을 진정시키려고 애썼다. 분별력 있고 신중하게 처신하라고 아르카디오에게 권고했다. 아르카디오는 아우렐리아노의 냉철한 이론과 현실에 대한 의식에는 귀도 기울이지 않은 채 그의 나약한 성격을 사람들 앞에서 비난했다. 아우렐리아노는 기다렸다. 결국, 12월 초 우르술라가 기겁을 하며 작업실로 뛰어들었다.

"전쟁이 터졌다!"

사실, 전쟁은 이미 석 달 전에 터졌다. 전국에 계엄령이 선포되었다. 그 사실을 제때에 알았던 사람은 돈 아폴리나르 모스코테뿐이었지만, 그는 군대가 마콘도를 기습 점령하러 오고 있을 때도 그 얘기를 아내에게조차도 하지 않았다. 군인들은 동이 트기 전 노새가 끄는 대포 두 문을 이끌고 소리 없이 마을로 들어와서 학교에 진을 쳤다. 오후 6시부터 통금이 실시되었다. 전보다 더 심한 가택 수색이 집집마다 행해졌는데, 이번에는 농기구까지 압수해 갔다. 그들은 노게라 박사를 질질 끌어내 광장에 있는 나무에 묶어 놓고는 아무런 법적 절차도 없이 총살해 버렸다. 니카노르 신부는 공중 부양의 기적을 행해 군 당국자들을 감동시키려 했다가 어떤 병사의 총 개머리판에 맞아 머리가 깨져 버렸다. 자유파들의 흥분은 소리 없는 공포 속으로 사그라들었다. 창백한 얼굴에 속마음을 드러내지 않는 아우렐리아노는 계속해서 장인과 도미노 게임을 했다. 그는 돈 아폴리나르 모스코테가 그 지역 민·군 총책임자라는 실제 직함에도 불구하고 또다시 꼭두각시가 되어 있음을 알고 있었다. 공공 질서를 지키기 위해서라며 아침마다 특별 공출을 하던 주둔군 대위 하나가 실제 결정권을 쥐고 있었다. 그가 지휘하던 병사 넷이 광견에게 물린 어떤 여자를 집에서 연행해 거리 한복판에서 개머리판으로 때려 죽였다. 군대가 마을을 점령한 지 두 주일이 지난 어느 일요일, 아우렐리아노는 헤리넬도 마르케스의 집을 찾아가 예의 그 느긋한 태도로 설탕 타지 않은 커피 한 대접을 청했다. 단둘만이 부엌에 남게 되자 아우렐리아노는 자신의 목소리에 여태까지 단 한 번도 들려준 적이 없는 위엄을 깔았다. "애들을 준비시켜. 우린 전쟁터로 갈 거야." 그가 말했다. 헤리넬도 마르케스는 그 말을 믿을 수가 없었다.

"무기는 어떡하고?" 그가 말했다.

"놈들 것을 사용하지." 아우렐리아노가 대답했다.

화요일 자정, 서른 살이 채 안 된 장정 스물한 명[71]은 식칼과 날을 세운 쇠붙이로 무장한 채 아우렐리아노 부엔디아의 지휘를 받아 엉성한 작전을 펼치며 기습적으로 수비대를 점령해 무기를 빼앗고, 마당에서 대위와, 여자를 죽인 병사 넷을 총살시켰다.

그날 밤, 총살형 집행 대원들의 총성이 울려 퍼지는 가운데 아르카디오는 그 지역의 민·군 총책임자로 임명되었다. 아내에게 작별 인사를 할 시간조차 제대로 갖지 못한 기혼자 반군(叛軍)들은 자신들의 일을 모두 아내에게 떠맡겼다. 그들은, 최신 소식에 따르면 당시 마나우레로 진군 중이라던 빅토리오 메디나 장군의 혁명군 부대에 합류하기 위해 군대의 테러로부터 해방된 마을 사람들의 박수갈채를 받으며 새벽에 떠났다. 떠나기 전에 아우렐리아노는 돈 아폴리나르 모스코테를 옷장에서 나오게 했다. "차분하게 계십시오, 장인. 새 정부는 명예를 걸고 장인과 가족의 안전을 보장할 겁니다." 그가 말했다. 돈 아폴리나르 모스코테로서는 긴 부츠를 신고 등에 비스듬하게 총을 걸어 멘 그 반역자가 저녁 9시까지 함께 도미노 게임을 한 사람이라는 걸 인정하는 데 어려움이 많았다.

"이건 터무니없는 짓이야, 아우렐리토." 그가 외쳤다.

---

71) 장정 스물 한 명은 호세 아르카디오 부엔디아가 마콘도를 찾아왔을 때 함께 따라왔던 남자들의 숫자와 동일하다. 어떤 의미로 보면, 아우렐리아노는 아버지가 했던 모험을 되풀이하고 있는 것이다.

"전혀 터무니없는 짓이 아닙니다." 아우렐리아노가 말했다. "이건 전쟁입니다. 그리고 다시는 저를 아우렐리토라 부르지 마십시오. 이제 저는 아우렐리아노 부엔디아 대령이니까요."

6장

아우렐리아노 부엔디아 대령은 서른두 차례 무력 봉기를 일으켰고, 모두 실패했다. 열일곱 명의 여자에게서 각각 열일곱 명의 아들을 두었으나, 큰아들이 서른다섯 살이 되기 전에 그들은 단 하룻밤에 하나씩 하나씩 모두 살해되었다. 아우렐리아노 부엔디아 대령은 열네 번의 암살 기도와 일흔세 번의 매복 공격과 한 번의 총살형으로부터 빠져나왔다. 말 한 마리를 죽일 만한 분량의 마전(馬錢) 독을 탄 커피를 마시고도 살아났다. 공화국 대통령이 수여한 훈장을 거절했다. 전국의 관할권과 지휘권을 지닌 혁명군 총사령관의 직위에 오르게 되었고, 정부가 가장 두려워하는 인물이 되었지만, 절대로 남들이 자기 사진을 찍게 내버려 두지 않았다. 전쟁이 끝난 다음 나라에서 주는 종신 연금을 거절했으며, 늙을 때까지 마콘도에 있는 작업실에서 조그만 황금 물고기를 만들며 살아갔다. 늘 부하들 전면에 나서서 싸웠건만, 그가 입은 상처라고는 거의 이십 년 동안의 내전에 종지부를 찍는 네에를란디아[72] 협정에 서명하고 난 다음 자기 스스로 입힌 것뿐이었다. 권총으로 가슴을 한 방 쏘았는데, 총알이 급소를 하나도 다치지 않은 채 관통해 등을 뚫고 나왔다. 그 모든 것들 가운데서 그에게 남은 것이라고는 마콘도에 있는 그의 이름을 딴 어느 거리뿐이었다. 그럼에도 불구하고 그가 늙어 죽기 불과 몇 년 전에 밝힌 바에 따르면, 그가 빅토리오 메디나 장군의 군대에 합류하려고 장정 스물하나를 데리고 떠났던 날 새벽에도 그렇게 되리라고는 기대조차 하지 않았다.

"우린 마콘도를 네게 맡기겠다. 좋은 상태로 맡기노니, 우리가 돌아왔을 때는 더 좋은 마콘도가 되어 있도록 애써 주라."

떠나기 전에 그가 아르카디오에게 한 말은 그것이 전부였다. 아르카디오는 그의 권고를 주관적으로 해석했다. 멜키아데스의 책에 있는 삽화들을 보고 원수의 수장(袖章)과 견장을 단 제복을 만들고, 허리에는 총살당한 대위가 차던, 황금빛 술이 달린 군도를 찼다. 마을 입구에 대포 두 문을 설치하고, 외지인들에게 마콘도는 난공불락의 요새라는 인상을 주기 위해 그의 선동적인 연설을 듣고 격앙되어 있던 옛 제자들에게 유니폼을 입히고 무장을 시켜 거리를 돌아다니게 했다.

---

72) 1902년 10월 24일, 자유파의 우리베 우리베 장군과 보수파 후안 B. 또바르 장군 사이에 휴전 협정이 체결되었던 농장의 이름이다.

이것은, 정부가 열 달 동안이나 감히 마콘도를 공격하지 못했지만, 막상 공격을 했을 때는 저항을 반 시간 만에 격파할 정도로 어마어마한 병력을 마을에 투입하게 만들었던 아주 위험한 책략이었다. 지휘권을 잡은 첫날부터 아르카디오는 포고령에 대한 자신의 기호를 드러냈다. 머리를 스치고 지나가는 것은 뭐든지 명령하거나 조치하기 위해 하루에 네 번까지 포고문을 읽어 댔다. 열여덟 살이 넘는 남자는 모두 병역 의무를 져야 한다는 원칙을 세우고, 오후 6시 이후에 길거리를 돌아다니는 가축은 공공 소유물이 된다고 선포했으며, 성인 남자는 의무적으로 붉은 완장을 차고 다니도록 했다. 니카노르 신부에게 총살형을 시키겠다고 위협해 사제관에 연금시키고, 자유파의 승리를 축하하기 위한 것이 아니라면 미사를 드리거나 종을 울리는 것을 금지해 버렸다. 자기의 목적이 엄정하다는 것을 어느 누구도 의심하지 않게 하려고 총살형 집행 대원들로 하여금 광장에서 허수아비 하나를 총살하는 연습을 하라고 명령했다. 처음에는 그 누구도 그의 그런 행동을 심각하게 생각하지 않았다. 그저 학교에 다니는 소년들이 어른들에게 장난을 치는 것이라 여겼다. 그러나 어느 날 밤, 아르카디오가 카타리노의 가게에 들어서는 것을 본 악단의 트럼펫 주자가 팡파르를 울려 그에게 인사를 했다가 손님들의 웃음을 유발했는데, 아르카디오는 권위를 존중하지 않았다는 이유로 연주자를 총살하게 해 버렸다. 항의를 하는 사람들에게는 학교 교실에 달아놓은 족쇄를 채우고 밥을 아주 적게 주었다. "넌 살인자야! 네가 저지른 짓들을 아우렐리아노가 알게 되면 널 당장 총살시킬 거고, 그렇게 되면 내가 제일 먼저 기뻐할 거다!" 우르술라는 그가 새롭게 엉뚱한 일을 저지를 때마다 그에게 소리를 질러 댔다. 그러나 아무리 그래 보아도 소용이 없었다. 그는 사람들을 필요 이상으로 엄격하게 쥐어짰으며 결국에는 마콘도에서 그 유래를 볼 수 없을 정도로 잔혹한 통치자로 변했다. "옛날과 지금이 어떤 차이가 나는지 맛들을 보겠군. 이게 바로 자유파들이 말하는 그 천국인 거야." 언젠가 돈 아폴리나르 모스코테가 말했다. 아르카디오는 돈 아폴리나르 모스코테가 그런 말을 했다는 사실을 알고 있었다. 아르카디오는 순찰대를 이끌고 모스코테의 집을 공격해 가구를 부수고, 딸들에게 매질을 하고, 돈 아폴리나르 모스코테를 질질 끌고 갔다. 우르술라가 수치심 때문에 악을 바락바락 써 대고 격분해서 역청 바른 채찍을 휘두르며 마을을 가로질러 병영 마당으로 뛰어든 순간, 아르카디오는 직접 총살형 집행 대원들에게 발사 명령을 내릴 준비를 하고 있었다.

"어디 한번 해 봐, 이 후레자식아!" 우르술라가 악을 써 댔다.

아르카디오가 미처 손을 쓸 새도 없이 우르술라가 아르카디오에게 첫 번째 채찍질을 가했다. "어디 한번 해 봐, 이 살인자 놈아. 그리고 나도 죽여라, 이 근본도 모르는 어미에게서 태어난 놈아.[73] 그래야 내가 아주 희한한 놈 하날 키웠다는 수치심 때문에 울 일이 없을 게 아니냐." 우르술라가 악을 써

---

73) 우르술라는 아르카디오의 잔인성이 부엔디아 가문의 속성은 아니라고 생각한다. 그래서 그를 가문에서 배제시키고, 그의 어머니 탓으로 돌리고 있는 것이다.

댔다. 우르술라는 채찍으로 인정사정 없이 아르카디오를 때리면서 마당 끝까지 쫓아갔고, 아르카디오는 달팽이처럼 몸을 웅크렸다. 돈 아폴리나르 모스코테는 전에 총살형 연습을 하느라 쏘아 대던 총알을 맞아 갈기갈기 찢어진 허수아비가 서 있던 자리의 기둥에 묶인 채 의식을 잃고 있었다. 부대에 있던 소년들은 우르술라가 결국은 자신들에게 분풀이를 할까 봐 겁이 나서 뿔뿔이 달아나 버렸다. 그러나 우르술라는 그들을 거들떠보지도 않았다. 그녀는 고통과 분노로 고래고래 소리를 지르면서 처참한 몰골이 된 제복을 입은 아르카디오는 놔둔 채 돈 아폴리나르 모스코테를 풀어 집으로 데려갔다. 병영을 떠나기 전에는 족쇄를 차고 있던 사람들을 모두 풀어 주었다.

그때부터 마을을 다스린 사람은 우르술라였다. 그녀는 일요 미사를 부활시키고, 빨간색 완장 착용을 중지시켰으며, 그 울화통이 터지는 포고문을 폐지시켰다. 그러나 우르술라는, 강인한 성격을 지녔다고는 해도, 계속해서 자신의 불운한 운명을 한탄했다. 깊은 외로움이 밀려올 때면 사람들의 기억 속에서 사라진 남편을 찾아 하릴없이 밤나무 아래로 갔다. "우리 꼴이 어떻게 됐는지 좀 봐요." 7월의 빗발이 야자나무로 만든 지붕을 무너뜨릴 듯 퍼부어 대는 가운데 우르술라가 남편에게 말했다. "집은 텅 비어 있고, 우리 아이들은 세상으로 흩어졌고, 우린 이제 옛날처럼 다시 둘만 남게 되었단 말이에요." 무의식의 심연에 빠져 있던 호세 아르카디오 부엔디아에게는 우르술라의 한탄이 들리지 않았다. 그래도 정신 이상 초기에는 일상의 다급한 용건을 라틴어 나부랭이로 다급하게 늘어놓았다. 아마란타가 그에게 먹을 것을 가져왔을 때, 순간적으로 제정신이 돌아오면 자신을 가장 괴롭히는 슬픔에 대해 그녀에게 얘기했으며, 얌전히 음료수를 빨고 겨자 친 음식을 먹었다. 그러나 우르술라가 그의 곁에서 신세 타령을 하기 위해 찾아갔을 당시에는 이미 현실과 완전히 단절된 상태에 있었다. 우르술라는 의자에 앉은 그의 몸을 이곳저곳 씻겨 주면서 가족들에 관한 소식을 전했다. "아우렐리아노가 전쟁터로 간 지가 벌써 넉 달이 넘었는데, 그 후 우린 그 애에 대해 아는 게 하나도 없어요." 우르술라는 비누칠을 한 수세미로 그의 등을 문지르면서 말했다. "호세 아르카디오가 당신보다 키가 더 큰 어른이 되어 온몸에 자수를 해 놓은 듯 문신을 하고 돌아왔지만, 우리 집안 망신을 시키려고 온 것일 뿐이에요." 그런데, 얼핏 보니, 남편이 좋지 않은 소식들을 듣고 슬퍼하고 있는 것 같았다. 그래서 남편에게 거짓말을 하기로 했다. "내가 당신에게 하고 있는 말을 그대로 믿진 말아요." 우르술라는 남편의 배설물을 삽으로 떠내기 위해 재로 덮으면서 말했다. "하느님 뜻대로 호세 아르카디오와 레베카가 결혼을 해, 지금 아주 행복하게 살고 있어요." 우르술라는 진짜로 거짓말을 하기에 이르렀고, 결국 그녀 자신도 자신이 한 거짓말로 위로를 받고 말았다. "아르카디오가 제복을 입고 군도를 차더니 이제 아주 진지하고, 아주 용감하고, 아주 좋은 청년이 되어 있어요." 우르술라가 말했다. 호세 아르카디오 부엔디아는 이미 모든 걱정으로부터 벗어나 있는 상태였기 때문에 마치 죽은 사람에게 이야기하는 것 같았다. 그러나 얘기를 계속했다. 그리고 남편이 무척 온화하고, 모든 일에 아주 무관심하다는 것을 알고서 남편을 풀어 주기로 결심했다. 그는 의자에서 꿈쩍도 하지 않았다. 눈에 보이는 그 어떤 결박보다 더 센 힘이 그를 밤나무 몸통에 묶어 놓고 있었기 때문에, 밧줄이 불필요하다는 듯 햇볕과 비에 노출된 채 그 자리에 머물러 있었다. 8월경, 긴 겨울[74]이 시작되었을 때, 우르술라는 결국 진짜인 것 같은 소식 하나를 남편에게 전할 수 있었다.

"행운이 끈덕지게 우리를 쫓아다닌다니까요. 아마란타와 자동 피아노 기술자인 그 이탈리아 청년이 곧 결혼할 거예요." 우르술라가 그에게 말했다.

사실 아마란타와 피에트로 크레스피는, 이제는 그가 찾아올 때마다 감시할 필요가 없다고 믿게 된 우르술라의 신뢰로 보호를 받으며 우정을 심화시켰었다. 그들은 무르익는 연인 사이였다. 피에트로 크레스피는 해 질 녘이면 단춧구멍에 치자나무꽃을 꽂고 찾아와 아마란타에게 페트라르카의 소네트를 번역해 읊어 주었다. 그들은 오레가노와 장미 향기에 질식할 것 같은 복도에서 머물렀는데, 전쟁의 급박한 정황과 나쁜 소식에는 무관심한 채, 그는 시를 읽고 그녀는 레이스 뜨개질을 하다가 마침내는 모기떼를 피해 응접실로 쫓겨갔다. 아마란타의 섬세함과 은근하지만 사람을 감싸 안는 부드러움이 애인의 둘레에 보이지 않는 거미줄을 치고 있었기 때문에 그

---

74) 고도에 따라 만년설로 뒤덮여 있는 지역이 있기도 하지만, 특별히 겨울이라는 계절이 존재하지 않은 콜롬비아에서는 일반적으로 날씨가 우중충하고 기온이 떨어지는 우기를 겨울이라고 한다.

는 저녁 8시가 되면 그 집을 나서기 위해 반지를 끼지 않은 창백한 손으로 마지못해 거미줄을 헤쳐야 했다. 그들은 이탈리아에서 피에트로 크레스피에게 보내온 그림 엽서들로 예쁜 앨범 하나를 만들었다. 엽서들은 화살에 꿰뚫린 하트가 바탕무늬로 깔리고, 비둘기가 물고 있는 황금빛 띠가 테두리 역할을 하는 것으로, 호젓한 공원에 있는 연인들을 그려 놓은 것이었다. "플로렌스에 있는 이 공원에 가 본 적이 있어요." 피에트로 크레스피는 엽서들을 훑어보면서 말했다. "손을 내밀면 비둘기들이 내려와 모이를 쪼아 먹지요." 가끔씩 베니스를 그린 수채화를 보고 있노라면 향수(鄉愁)가 운하의 진흙 냄새와 썩은 갑각류 냄새를 꽃 향기로 바꾸었다. 아마란타는 한숨을 짓거나 미소를 지으면서, 천진스럽게 말을 하는 미남들과 아름다운 미녀들이 있고, 과거의 영광이 지나간 뒤에 남은 돌부스러기들 사이에서 고양이들만이 노니는, 고도(古都)들이 있는 제 2의 조국을 상상했다. 이렇듯, 피에트로 크레스피는 원하던 것들을 찾아 대양을 건너고, 레베카의 열렬한 손길에 담겨 있던 열정으로 인해 혼란을 겪은 뒤에야 비로소 사랑을 찾았던 것이다. 행복은 번영을 가져왔다. 당시 그의 가게는 거의 한 블록을 다 차지하다시피 했고, 여러 가지 아름다운 종소리로 시각을 알리는 플로렌스의 종탑 복제품들과, 소렌토산 노래 상자들과, 뚜껑을 열면 5음조 가락이 흘러나오는 중국산 화장 콤팩트들과, 사람이 생각해 낼 수 있는 모든 악기들과, 태엽으로 움직이는 온갖 발명품이 있는 환상의 온실이었다. 피에트로 크레스피는 음악 학교 일을 보느라 시간이 부족했기 때문에 동생 부에노 크레스피가 가게를 맡았다. 피에트로 크레스피 덕택에 온갖 잡동사니를 눈이 빙빙 돌 만큼 진열해 놓은 터키인들의 거리는 아르카디오의 전횡과 멀리서 벌어지고 있던 전쟁에 대한 악몽을 잊게 해 주는 멜로디의 오아시스가 되었다. 우르술라가 일요 미사를 부활시키는 조치를 취했을 때, 피에트로 크레스피는 독일산 오르간을 성당에 기증하고, 어린이 성가대를 조직하고, 니카노르 신부가 거행하는 딱딱한 예식을 더욱 화려하게 해 주는 그레고리안 성가 레퍼토리를 준비했다. 아마란타가 행복한 부인이 되리라는 것을 의심하는 사람은 아무도 없었다. 성급하게 마음을 정하려 하지 않고 마음의 자연스러운 움직임에 내맡기다 보니, 두 사람은 결혼식 날짜를 정하는 문제만 남겨 놓은 단계에 이르게 되었다. 그들에게는 아무런 장애물도 없을 것 같았다. 우르술라는 결혼식을 자꾸 연기해서 레베카의 운명을 왜곡시켰던 것을 내심 후회하고 있었기 때문에 후회할 짓은 더 이상 하지 않겠다고 마음 먹고 있었다. 레메디오스의 죽음을 엄격하게 애도하려고 했지만, 전쟁으로 인한 고통이 뒤따르고, 아우렐리아노가 집을 떠나 있고, 아르카디오가 난폭해지고, 호세 아르카디오와 레베카를 쫓아낸 일로 인해 뒷전으로 밀려나고 말았다. 결혼식이 임박해졌을 무렵 피에트로 크레스피는 거의 아버지나 다름없는 애정을 베풀었던 아우렐리아노 호세를 큰아들로 여기겠다는 뜻을 넌지시 비쳤다. 그 모든 것을 고려해 볼 때 아마란타가 아무런 걸림돌도 없는 행복을 향해 나아가고 있다고 생각하지 않을 수 없는 상황이었다. 그러나 레베카와는 달리 아마란타는 조급해하는 기색을 전혀 내비치지 않았다. 식탁보에 여러 가지 무늬를 넣고, 장식끈을 정교하게 뜨고, 십자수로 공작을 수놓을 때의 인내심을 지닌 채, 피에트로 크레스피가 다급한 마음을 더 이상 참지 못하게 되기만을 기다렸다. 그 시각은 10월의 음산한 장마와 더불어 도래했다. 피에트로 크레스피는 아마란타의 무릎에 놓인 바느질 바구니를 밀어내고 그녀의 손을 두 손으로 꽉 쥐었다. "더 이상 이렇게 기다릴 수가 없소. 우리 다음 달에 결혼식을 올립시다." 아마란타는 얼음장처럼 차가운 그의 손길에도 떨지 않았다. 그리고 미끈미끈한 작은 동물처럼 손을 빼내더니 하던 일을 계속했다.

"그렇게 순진하게 생각하지 말아요, 크레스피." 아마란타가 미소를 지었다. "난 죽어도 당신과 결혼하지 않을 거예요."

피에트로 크레스피는 자제력을 잃고 말았다. 그는 절망한 나머지 손가락을 거의 부러뜨릴 듯이 쥐어짜며 체면도 아랑곳하지 않고 울음으로 호소했으나 그녀의 마음을 움직일 수는 없었다. "시간 허비하지 말아요. 당신이 정말로 나를 그토록 사랑한다면, 다시는 집 안에 발을 들여놓지 말아요." 아마란타가 한 말은 그것뿐이었다. 우르술라는 창피해서 미쳐 버릴 것만 같았다. 피에트로 크레스피는 온갖 방법을 다 동원해 가며 애원했다. 믿을 수 없을 정도로 극히 비굴해졌다. 우르술라의 무릎에 얼굴을 대고 오후 내내 울었는데, 우르술라는 그를 위로할 수만 있다면 영혼이라도 팔아 버리고 싶은 심정이었다. 그는 비오는 밤이면 아마란타의 침실에 불이 켜지기를 기다리면서 비단 우산을 받치고 집 주위를 서성거렸다. 당시 그는 그 어느 때보다도 좋은 옷을 입고 있었다. 고뇌에 찬 황제의 얼굴처럼 엄숙한 그의 얼굴에서는 기묘한 위엄마저 풍기고 있었다. 그는 복도에서 뜨개질을 하러 다니던 아마란타의 친구들에게 아마란타를 설득해 달라고 졸랐다. 사업도 게을리했다. 분별없이 편지를 쓰느라 가게 뒷방에서 하루를 보내곤 했는데, 그 편지를 말린 꽃잎과 나비를 곁들여 아마란타에게 보내면, 아마란타는 뜯어 보지도 않고 되돌려 보냈다. 그는 몇 시간이고 틀어박혀 치터를 튕겨댔다. 어느 날 밤에는 노래를 불렀다. 마콘도는, 이 세상 것이라 여겨지지 않는 치터 소리와 지상에 그렇게 진한 사랑이 담긴 목소리가 또 있을 거라고는 생각되지 않는 한 목소리에 감동되어 일종의 황홀경 속에서 잠을 깼다. 그때 피에트로 크레스피는 아마란타의 방 창문을 제외하고는 마을의 모든 창문에 불이 밝혀져 있는 것을 보았다. 11월 2일 만령절(萬靈節)에 피에트로 크레스피의 동생이 가게 문을 열고 보니 모든 램프가 다 켜져 있고, 모든 음악 상자의 뚜껑이 열려 있었으며, 모든 시계가 다 같은 시각을 가리킨 채 멈춰 있었는데, 피에트로 크레스피는 그 불협화음을 이루는 음악회 한가운데서 면도날로 팔 동맥을 끊은 후 두 손을 안식향 대야에 담근 채 가게 뒷방 책상 위에 엎드려 있었다.

우르술라는 집에서 장례 치를 준비를 했다. 니카노르 신부는 가톨릭식으로 장례식을 집전하거나 신성한 땅에 그를 묻는 걸 거부했다. 우르술라가 신부에게 반박했다. "신부님이나 저나 이해할 수 없는 문젠데요, 어찌 보면 그는 성인이었어요. 그래서 전 신부님이 반대하실지라도 그를 멜키아데스 무덤 곁에 묻겠어요." 우르술라가 말했다. 우르술라는 마을 전체의 지원을 받아 훌륭한 장례식을 거행함으로써 자기가 했던 말을 실행에 옮겼다. 아마란타는 침실 밖으로 나오지 않았다. 침대에서 우르술라의 울음소리, 집으로 몰려온 수많은 사람의 발자국 소리와 수군거리는 소리, 초상집에서 직업으로 곡을 하는 여자들의 곡 소리, 그리고 짓밟힌 꽃 향기가 실어오는 깊은 정적을 들었다. 오랫동안, 날이 저물 무렵이면 아마란타는 피에트로 크레스피가 풍기던 라벤더 향기를 계속해서 느꼈지만, 정신 착란에 빠질 정도로 나약하지는 않았다. 우르술라는 아마란타를 방치했다. 어느 날 오후 아마란타가 부엌으로 들어가 화덕의 숯불에 손을 갖다 대 아프다 못해 감각이 없어지고 살이 타는 고약한 냄새만 맡을 수 있을 정도가 되었을 때도 우르술라는 아마란타에게 동정하는 눈길조차 주지 않았다. 숯불에 손을 갖다 댄 것은 회한을 달래기 위한 우직한 치료법이었다. 아마란타는 불에 탄 손을 계란 흰자위를 담은 대접에 담근 채 며칠을 보냈는데, 화상이 다 나았을 때는 마치 계란 흰자위가 아마란타의 마음속 상처까지 다 치료한 것 같았다. 그 비극이 그녀에게 남긴 유일한 외부 흔적은 화상 입은 손에 죽을 때까지 감고 있던 검은 붕대뿐이었다.

아르카디오는 피에트로 크레스피에 대해 공식적인 애도를 표한다는 포고문을 발표함으로써 보기 드문 관용을 베풀었다. 우르술라는 아르카디오의 그런 행동을 보고 길 잃은 양이 돌아온 것처럼 생각했다. 그러나 그것은 오산이었다. 우르술라에게 아르카디오는 그가 군사 제복을 입은 날부터가 아니라 처음부터 잃어버린 아이였다. 우르술라는 아르카디오를, 레베카를 키울 때도 그랬던 것처럼, 특혜를 베풀거나 차별을 하지 않고 다른 아이들과 동일하게 키웠었다. 그럼에도 불구하고, 불면증이 마콘도를 휩쓸던 시절, 우르술라가 돈벌이에 열중해 있고, 호세 아르카디오 부엔디아가 정신착란에 빠져 있고, 아우렐리아노가 자기 세계에 빠져 있고, 아마란타와 레베카 사이에 숙명적인 라이벌 관계가 형성되어 있는 가운데 아르카디오는 외롭고 겁에 질려 있던 아이였다. 아우렐리아노는 마치 낯선 사람이나 되는 것처럼, 다른 일을 생각하면서 아르카디오에게 건성으로 글을 읽고 쓰는 법을 가르쳐 주었다. 그는 자기가 입던 옷을 버릴 정도가 되면 비시타시온에게 줄여 달라고 해서 아르카디오에게 주었다. 아르카디오는 너무 큰 구두와 기워 댄 바지, 그리고 여자 같은 엉덩이 때문에 늘 괴로워했다. 원주민 언어로 대화를 하던 비시타시온과 카타우레보다 대화가 더 잘 통하는 사람은 아무도 없었다. 실제로 아르카디오를 맡았던 사람은 멜키아데스뿐이었는데, 그는 아르카디오에게 이해하기 어려운 자신의 책을 읽어 주고, 은판 사진술에 대한 강의를 했다. 아르카디오가 멜키아데스의 죽음에 대해 남몰래 얼마나 슬퍼했는지, 또 쓸모없기는 했지만, 종이에 적어 놓은 것들을 연구해 멜키아데스를 소생시키려고 얼마나 간절하게 애를 썼는지는 그 누구도 상상하지 못했다. 학생들이 그에게 관심을 보여 주고 존경하던 그 학교와, 그 후의 단호한 포고령과 영광스러운 제복이 수반하는 권력은 그를 과거의 고통에서 해방시켜 주었다. 그러던 어느 날 밤, 카타리노의 가게에서 어떤 사람이 감히 그에게 이런 말을 해 버리고 말았다. "당신은 부엔디아라는 성씨를 지닐 자격이 없소." 하지만 모두가 예상하던 바와는 달리 아르카디오는 그를 총살하지 않았다.

"아주 영광스럽게도 난 부엔디아 집안 사람이 아니오." 그가 말했다.

아르카디오의 가계에 대해 알고 있던 사람들은 그 얘기를 듣고 아르카디오도 자신의 탄생 비밀을 알고 있다고 생각했지만, 사실은 전혀 모르고 있었다. 은판 사진실에서 그의 피를 끓어오르게 했던 그의 어머니 필라르 테르네라는 처음에 호세 아르카디오에게, 그리고 그다음에는 아우렐리아노에게 그랬듯이, 아르카디오에게도 정말 거부할 수 없는 강박 관념이었다. 비록 그녀가 이미 매력과 밝은 웃음을 잃기는 했지만 아르카디오는 그녀를 찾아다녔고, 연기 냄새가 나는 곳에서는 그녀를 발견했다. 전쟁이 시작되기 조금 전 어느 날 정오, 필라르 테르네라가 보통 때보다 조금 늦게 어린 아들을 데리러 학교로 갔을 때, 그는 자주 낮잠을 자고, 나중에는 족쇄를 설치했던 그 방에서 그녀를 기다리고 있었다. 아이가 학교 마당에서 놀고 있는 동안 필라르 테르네라가 그 방으로 올 거라는 사실을 알고서 초조한 마음으로 몸서리를 치면서 해먹에서 그녀를 기다렸던 것이다. 그녀가 도착했다. 아르카디오는 그녀의 손목을 잡아 해먹 안으로 끌어넣으려고 했다. "안 돼, 안 돼." 필라르 테르네라가 질겁을 하면서 말했다. "내가 얼마나 아르카디오를 즐겁게 해 주고 싶어 하는진 잘 모를 거야. 하지만 내가 그럴 수 없다는 걸 하느님께선 아셔." 그는 아버지에게서 물려받은 엄청난 힘으로 그녀의 허리를 낚아챘고, 그녀의 살갗이 손에 닿는 순간 세상이 사라지고 있는 듯한 기분을 느꼈다. "성녀인 체하지 말아요. 당신이 갈보라는 걸 모든 사람이 다 알고 있어요." 아르카디오가 말했다. 필라르 테르네라는 자신의 불운한 운명 때문에 솟구치고 있던 역겨움을 참아 냈다.

"아이들이 알게 돼. 이러는 것보단 오늘 밤 문에 빗장을 채우지 않고 있는 게 더 나아." 필라르 테르네라가 속삭였다.

그날 밤, 아르카디오는 해먹에서 열병에라도 걸린 듯 몸을 떨면서 그녀를 기다렸다. 시간이 지날수록 속았다는 생각을 하면서 끊임없이 요란스럽게 울어 대는 새벽녘의 귀뚜라미 소리와 가차 없이 시각을 알려 주는 물떼새 소리에 귀를 기울이며 뜬눈으로 기다렸다. 초조함이 분노로 바뀌었을 무렵 갑자기 문이 열렸다. 몇 달 후, 아르카디오는 교실에서 주춤주춤 더듬거리는 발자국 소리와, 의자에 몸이 부딪히던 소리, 그리고 마침내 교실 어둠 속으로 드러난 짙은 몸의 윤곽과 자기 것이 아닌 다른 사람의 심장 박동으로 유발된 공기의 진동을 총살형 집행 대원들 앞에서 되살려 내야 했다. 그는 손을 뻗었고, 어둠 속으로 막 빠져들고 있는 것처럼 허우적거리고 있는 손, 한 손가락에 반지 두 개를 끼고 있는 다른 사람의 손을 붙잡았다. 그는 그 손에서 핏줄들과 불행을 예고하는 맥박을 느꼈고, 생명선이 죽음의 사신에 의해 할켜 엄지손가락 밑에서 끊겨 있는 축축한 손바닥을 느꼈다. 그때 그는 그 여자가 연기 냄새 대신 꽃 향기 그윽한 머릿기름 냄새를 풍겼고, 남자처럼 조그만 젖꼭지가 달린 밋밋한 젖가슴과 호도처럼 단단하고 동그스름한 음부에, 경험 없는 여자가 흥분했을 때의 어설픈 교태를 드러냈기 때문에, 기다리던 여자가 아니라는 사실을 깨달았다. 그 여자는 처녀였으며, 산타 소피아 델 라 피에닷[75]이라는 믿기지 않는 이름을 지니고 있었다. 필라르 테르네라는 그녀에게 그 일을 시키기 위해 평생 저축한 돈의 절반인 50페소를 지불했다. 아르카디오는 부모가 경영하는 조그만 식료품 가게에서 일하던 그녀를 여러 번 보았지만, 필요한 순간이 아니면 자신의 모습을 드러내지 않을 정도로 특이한 기질을 지닌 여자였기 때문에 단 한 번도 눈여겨보지 않았다. 그러나 그날 이후 아르카디오는 그녀의 따뜻한 겨드랑이 속으로 고양이처럼 파고들었다. 그녀는 부모의 허락을 받아 낮잠 시간이 되면 학교로 찾아왔는데, 필라르 테르네라가 저축한 돈의 나머지 반을 이미 그녀 부모에게 주었던 것이다. 나중에 정부군이 그 두 사람을 그곳에서 쫓아내자, 그들은 가게 뒷방의 버터 깡통들과 옥수수 자루들 사이에서 사랑을 나누었다. 아르카디오가 민·군 총책임자로 임명되었던 시기에 그들 사이에서 딸 하나가 태어났다.

　가족 가운데 그 사실을 안 사람은 한 핏줄일 뿐만 아니라 공모자적인 입장에 있었기 때문에 당시 아르카디오와 친밀한 관계를 유지하던 호세 아르카디오와 레베카뿐이었다. 호세 아르카디오는 이미 결혼이라는 멍에를 목에 걸고 있었다. 레베

---

75) '자비의 소피아 성녀'라는 의미를 지니고 있다.

카가 강인한 성격과, 아랫배의 탐욕과, 고집스러운 기질로 남편의 엄청난 에너지를 흡수해 버렸기 때문에 남편은 여자나 밝히는 게으름뱅이에서 거대한 일 동물로 변했다. 그들은 깨끗하고 잘 정리된 집 한 채를 갖고 있었다. 동이 트면 레베카가 집 문을 모두 활짝 열어 놓았기 때문에 무덤 쪽에서 창문으로 불어 들어온 바람이 마당 쪽 문을 통해 빠져나갔고, 죽은 사람의 뼛가루로 인해 벽이 하얗게 되고 가구의 빛이 바랬다. 흙을 먹고 싶은 욕망과 부모의 뼈가 내던 덜그럭덜그럭거리는 소리와 피에트로 크레스피의 수동적인 태도 때문에 피가 끓어오르는 것 같았던 그 조바심은 어느덧 기억의 다락방 속으로 쫓겨나 있었다. 레베카는 전쟁의 불안감은 남의 일인 양 하루 종일 창가에 앉아 자수를 하다가 마침내 찬장 속에 든 세라믹 그릇들이 진동하기 시작하면, 각반과 박차를 차고 쌍발 엽총을 둘러멘 거대한 남편이 지저분한 사냥개들을 앞세우고 나타나기 훨씬 전에 음식을 데우기 위해 자리에서 일어났는데, 남편은 가끔씩 어깨에 사슴 한 마리를 지고 왔으며, 거의 항상 토끼나 야생 오리 한 꾸러미를 꿰차고 나타났다. 아르카디오는 마을을 통치하기 시작하던 무렵, 어느 날 오후, 갑자기 두 사람을 찾아갔다. 두 사람은 집을 나온 후로 여태까지 아르카디오를 만난 일이 없었지만, 그가 두 사람에게 다정하고 가족적인 태도를 보여 주었기 때문에 그에게 스튜를 함께 먹자고 권했다.

커피를 마실 시각이 되어서야 비로소 아르카디오는 자기가 찾아온 이유를 밝혔다. 호세 아르카디오를 상대로 한 고발장을 접수했다는 것이다. 호세 아르카디오가 집 텃밭을 일구기 시작해서 황소들을 이용해 울타리를 쓰러뜨리고, 다른 오두막들을 부수면서 인접한 땅으로 계속 밀고 들어가 마침내는 주변에서 가장 좋은 땅을 점유해 버렸다는 얘기였다. 땅이 별로 신통치 않아 빼앗지 않고 그대로 둔 농부들에게는 소작료를 설정해 놓고 토요일마다 사냥개들을 끌고 가 쌍발 엽총으로 위협하면서 소작료를 징발했다는 것이다. 그는 고발장의 내용을 부인하지는 않았다. 하지만 자신이 점유한 그 땅은 마을을 설립할 당시 호세 아르카디오 부엔디아에 의해 분배되었기 때문에 마땅히 차지할 권리가 있다고 주장했고, 아버지가 사실상 가족 소유로 되어 있던 재산의 일부를 마음대로 나눠 주었는데, 나눠 줄 당시부터 아버지가 정신 이상 상태에 있었다는 것을 증명할 수 있으리라 믿고 있었다. 아르카디오가 그 문제를 따지러 온 것이 아니었기 때문에 그것은 불필요한 반론이었다. 아르카디오는 단지 호세 아르카디오가 소작료 징수권을 지방 정부에 넘긴다면 그가 점유한 땅에 대한 소유권을 합법화시킬 수 있도록 소유권 등기 사무소를 설립하겠다고 제안했을 뿐이었다. 그들은 그 제안에 합의했다. 몇 년이 지난 다음 아우렐리아노 부엔디아 대령은 부동산 소유권에 관한 사항을 검토하다가, 자기 집 마당 언덕에서부터 공동 묘지를 포함하여 지평선 끝까지, 눈에 보이는 모든 땅이 형 호세 아르카디오 명의로 되어 있으며, 아르카디오가 마콘도를 통치하던 열한 달 동안 소작료뿐만 아니라 호세 아르카디오 소유지에 죽은 사람을 매장하는 요금까지도 징수해 착복했다는 사실을 알게 되었다.

주민들이 우르술라의 고통을 더 키워 주지 않으려고 숨겼기 때문에 우르술라가 남들이 다 알고 있던 그 사실을 알게 되기까지는 몇 달이 걸렸다. 우르술라는 사람들이 자기에게 뭔가를 숨기고 있다고 의심하기 시작했다. "아르카디오가 집 한 채를 짓고 있어요." 우르술라는 호리병박 시럽 한 숟갈을 남편 입에 집어넣으려 애를 쓰면서, 겉으로는 자랑스러운 척 남편에게 말했다. 그러나 우르술라는 자기도 모르게 한숨을 내쉬었다. "왜 이 모든 게 불길한 냄새가 나는지 모르겠어요." 나중에 아르카디오가 집을 다 짓고 비엔나제 가구까지 주문했다는 사실을 알게 된 우르술라는 아르카디오가 공금을 착복하고 있다는 의심을 굳혔다. "넌 우리 가문의 수치야!" 어느 일요일 미사가 끝난 다음, 새로 지은 집에서 장교들과 카드놀이를 하고 있던 아르카디오를 보고 우르술라가 고함을 쳤다. 아르카디오는 우르술라를 거들떠보지도 않았다. 우르술라가 그에게 태어난 지 여섯 달 된 딸이 있고, 결혼도 하지 않고 동거하는 산타 소피아 델 라 피에닷이 다시 임신을 했다는 사실을 안 것도 바로 그때였다. 우르술라는 부엔디아 대령이 어디에 있든지 간에 편지를 써 그런 상황을 알려 주어야겠다고 작정했다. 그러나 그 당시에 촉발된 사건들 때문에 우르술라는 그런 계획들을 실현시키지 못했을 뿐만 아니라 그런 생각을 했다는 걸 후회하기까지 했다. 그때까지만 해도 멀리서 일어나고 있던 어떤 막연한 상황을 지칭하기 위한 용어에 불과한 전쟁이 극적인 현실로서 구체적인 모습을 드러낸 것이다. 2

월 말경, 백발이 성성한 노파 하나가 빗자루를 실은 노새를 타고 마콘도에 도착했다. 그 노파가 너무나 악의가 없어보였기 때문에 경비를 맡고 있던 순찰 대원들은 늪 지대 마을들에서 찾아오는 장사꾼들 가운데 하나려니 생각하고는 검문도 하지 않고 통과시켰다. 노파는 곧장 병영으로 갔다. 아르카디오는, 옛날에는 교실로 쓰다가 당시에는 둘둘 말아 놓은 해먹이 고리에 걸려 있고, 돗자리가 구석에 쌓여 있고, 소총과 카빈 소총, 그리고 사냥용 엽총까지 바닥에 너저분하게 흩어져 있는, 일종의 후방 부대 막사로 바뀐 방에서 노파를 맞았다. 그 노파는 부동 자세로 군대식 경례를 한 다음 신분을 밝혔다.

"나는 그레고리오 스티븐슨[76] 대령이오."

노파로 변장한 그는 나쁜 소식을 가져왔었다. 그에 의하면, 자유파 혁명군의 마지막 저항 거점들이 궤멸되어 가는 중이었다. 그는 리오아차 부근에서 후퇴하면서 전투를 벌이고 있는 아우렐리아노 부엔디아 대령을 놔두고 떠나왔는데, 대령으로부터 아르카디오를 만나 지령을 전하라는 임무를 부여받았다고 했다. 아르카디오가 명예를 걸고 자유파 사람들의 생명과 재산을 보장한다는 조건으로 아무 저항 없이 마을을 넘겨주어야 한다는 것이었다. 아르카디오는, 피난길에 오른 노파와 혼동될 수도 있을 것 같은 그 이상한 전령을 동정 어린 눈길로 뜯어보았다.

---

76) 콜롬비아에서 발생한 '천 일 전쟁'에 참가했던 맥 알리스터 장군 또는 『보물섬』의 작가 로버트 스티븐슨(1850~1894)을 연상케 한다.

"물론 당신은 지령서 같은 걸 가져왔겠죠?" 아르카디오가 물었다.

"물론 가져오지 않았소. 현재와 같은 상황에서 그런 위험한 것을 쓸데없이 몸에 지니고 다니지 않아야 한다는 건 누구나 다 아는 사실이잖소." 전령이 대답했다.

그는 그렇게 말하면서 조끼 주머니에서 황금으로 만든 작은 물고기를 꺼내 탁자 위에 놓았다. "이 정도면 충분하리라 생각되오." 전령이 말했다. 아르카디오는 그 황금 물고기가 실제로 아우렐리아노 부엔디아 대령이 만든 것들 가운데 하나라는 걸 인정했다. 그러나 전쟁이 발발하기 전에 누구든 황금 물고기를 사거나 훔쳐갔을 수 있었고, 따라서 그것은 전혀 보증이 될 수 없었다. 그러자 전령은 자신의 신분을 보증하기 위해 결국은 전쟁 비밀 한 가지를 털어놓기에 이르렀다. 그는 지금 임무를 띠고 쿠라샤오로 가고 있는 중인데, 연말에 본토 상륙 작전을 하기 위해 그곳으로 카리브해 전 지역에서 오는 망명객들을 모으고, 충분한 무기와 군수품을 마련하고자 한다고 했다. 아우렐리아노 부엔디아 대령은 그 계획이 성공할 거라 믿고 있기 때문에 현재 자신들이 무모하게 희생당하는 것에 찬성하지 않는다는 것이었다. 그러나 아르카디오는 끄떡도 하지 않았다. 그는 전령의 신분이 밝혀질 때까지 감옥에 가두도록 했고, 죽을 때까지 마을을 사수하겠다고 결심했다.

결과를 오래 기다릴 필요도 없었다. 자유파의 패배 소식은 갈수록 구체화되었다. 3월 말경, 철이른 비가 내리는 이른 새벽, 몇 주일 동안 계속되던 조용한 긴장은 절망적인 나팔 소리에 뒤이어 성당의 종탑을 부숴 버린 대포 한 방과 더불어 갑자기 깨졌다. 사실 아르카디오의 저항 의지는 하나의 광기였다. 아르카디오가 활용할 수 있는 인원이라고는 각각 최대 스무 발의 총알을 보급받아 엉성하게 무장한 부하 쉰 명밖에 없었다. 하지만 부하들 가운데 과거 아르카디오의 제자였던 이들은 아르카디오의 허풍스런 연설을 듣고 흥분해 승산 없는 싸움에 목숨을 바치리라 결심했다. 요란한 군화발 소리와 이치에 맞지 않는 명령과 땅을 뒤흔드는 포성과 아무 데나 마구 쏘아 대는 총성과 의미없는 나팔소리 속에서 자칭 스티븐슨 대령은 가까스로 아르카디오와 말할 기회를 얻을 수 있었다. "이런 여자 옷을 입고 족쇄에 묶인 채 죽음을 당하는 모욕을 겪지 않도록 해 주시오." 그가 아르카디오에게 애원했다. "만일 내가 죽어야 한다면, 싸우다가 죽고 싶소." 그 말이 아르카디오를 설득시키고 말았다. 아르카디오는 스티븐슨 대령에게 무기와 탄환 스무 발을 주라고 명령하고 병영을 사수하도록 부하 다섯과 함께 그를 남겨 두고는 저지선을 확보하기 위해 주력 부대와 함께 진군하고 있었다. 그는 늪 지대로 연결된 도로에도 채 다다르지 못했다. 바리케이드는 이미 무너졌고, 수비대원들은 몸을 노출시킨 채 길거리에서 싸우고 있었는데, 처음에는 분배받은 탄환이 다 떨어질 때까지 싸웠고, 나중에는 권총으로 소총에 대항해 싸웠으며, 마지막으로는 육박전에 돌입했다. 패색이 역력해지자 여자 몇이 몽둥이와 부엌칼을 들고 길로 뛰어들었다. 그런 혼란 속에서 아르카디오는 잠옷 바람으로 호세 아르카디오 부엔디아가 쓰던 낡은 권총 두 자루를 들고 미친 여자처럼 자기를 찾아 헤매던 아마란타를 발견했다. 그는 자기 총을 전투 중에 무기를 잃어버린 어느 장교에게 넘겨주고는 아마란타를 집에 데려다주려고 함께 골목길로 피했다. 우르술라는 옆집 담벼락에 구멍을 뚫어놓았던 포탄들에도 아랑곳하지 않은 채 그녀를 기다리며 대문간에 서 있었다. 비는 걷히고 있었지만 거리가 녹아내린 비누처럼 미끄럽고 질퍽거렸는데, 더욱이 어둠 속에서 거리를 측정해야만 했다. 아르카디오는 아마란타를 우르술라에게 맡기고 어두운 길모퉁이에서 마구 총을 쏘아 대던 병사 둘과 맞붙어 보려고 했다. 하지만 몇 년 동안이나 장롱 속에 넣어 두었던 낡은 권총은 작동이 되지 않았다. 우르술라는 아르카디오를 자기 몸으로 보호하면서 그를 집까지 끌고 가려 했다.

"제발 이리 와. 미친 짓은 이제 그만 됐어!" 우르술라가 그에게 소리쳤다.

병사들이 그에게 총을 겨누었다.

"부인, 그 남자를 놓아주세요. 그렇지 않으면 우린 책임 못 집니다!" 그들 가운데 하나가 소리쳤다.

아르카디오는 우르술라를 집 쪽으로 밀어내고 항복했다. 잠시 후 총성이 멎었고, 종들이 울리기 시작했다. 저항은 채 반시간도 못 되어 제압되었다. 아르카디오의 부하들 가운데 그 기습 공격으로부터 살아남은 사람은 단 하나도 없었지만, 그래도 그들은 죽기 전에 군인 300명을 죽였다. 그들의 마지막 보루는 병영이었다. 적의 공격을 받기 전에 자칭 그레고리오 스티븐슨 대령은 죄수들을 풀어 주고, 자기와 함께 남아 있던 장정들에게 길거리로 나가 싸우라고 명령했다. 그리고 그는 비호처럼 민첩하게 각기 다른 창문으로 이동해 가면서 정확한 사격술로 탄환 스무 발을 발사했는데, 그것은 공격군에게 병영이 철저한 방어 태세를 갖추고 있다는 인상을 갖게 했기 때문에 공격군은 대포를 발사해 병영을 산산조각 내 버렸다. 기습 작전을 지휘했던 공격군 대위는 황량한 폐허 더미와, 완전히 떨어져 나가 버린 팔에 탄환 없는 빈 총을 여전히 쥔 채 팬티 바람으로 죽어 있는 남자 하나만을 발견하고는 놀라움을 금치 못했다.

죽은 남자는 목덜미까지 말아 올려 머리핀으로 고정시켜 놓은 숱 많은 여자 가발을 쓰고 있었고, 목에는 작은 황금 물고기가 달린 목걸이가 걸려 있었다. 시체를 군화 끝으로 뒤집어 그의 얼굴을 본 대위는 깜짝 놀랐다. "이런, 씨팔!" 대위가 외쳤다. 다른 장교들이 다가왔다.

"이 친구 도대체 어디서 나타났던 거야. 봐, 이 자가 바로 그 레고리오 스티븐슨이야." 대위가 다른 장교들에게 말했다.

약식 군법 회의가 열린 후, 동이 틀 무렵, 아르카디오는 공동 묘지 담벼락 앞에서 총살당했다. 그는 생애의 마지막 두 시간 동안에는 왜 유년 시절부터 그를 괴롭히던 공포감이 사라져 버렸는지 도무지 이해할 수 없었다. 그는 방금 전까지 지니고 있던 용맹성을 내보일 생각은 전혀 하지 않은 채 끝없이 선고되는 죄목을 무감각하게 들었다. 그사이 그는 그 시각에 밤나무 아래서 호세 아르카디오 부엔디아와 커피를 마시고 있을 우르술라를 생각하고 있었다. 아직도 이름을 지어 주지 못한 여덟 달 된 딸과 8월에 태어나게 될 아이를 생각하고 있었다. 전날 밤 집을 떠날 때 토요일 점심에 먹을 사슴 고기에 소금을 뿌리고 있던 산타 소피아 델 라 피에닷을 생각했고, 어깨 위로 치렁거리는 그녀의 머리카락과, 가짜처럼 보일 만큼 긴 그녀의 속눈썹을 그리워하고 있었다. 자신이 가장 미워했던 사람들을 사실은 너무나도 사랑했다는 사실을 깨닫기 시작하면서 아무런 감정에도 얽매이지 않은 채 집안 식구들을 생각했고, 자기 삶을 냉정하게 결산해 보고 있었다. 아르카디오가 이미 두 시간이 지났다는 것을 채 알아차리기도 전에 군사재판의 재판장은 마지막 논고를 시작하고 있었다. "비록 확정된 죄목에 대한 증거가 충분치 않다 할지라도." 재판장이 말을 이어 갔다. "피고가 자신의 부하들을 무익한 죽음으로 밀어넣은 그 무책임하고 범죄적인 무모함은 피고에게 사형을 선고하는 데 충분하리라 사료되는 바이다." 아르카디오는 사랑 때문에 생기는 불안감이 무엇이라는 것을 알았던 방에서 불과 몇 미터 떨어져 있는, 처음으로 권력의 확실함을 경험했던, 한쪽이 부서져 버린 그 학교에서 형식을 갖춰 죽는다는 게 우스꽝스럽다고 생각했다. 실제로 그에게 중요한 것은 죽음이 아니라 삶이었고, 그랬기 때문에 사형이 선고되었을 때 그가 느낀 감정은 두려움이 아니라 삶에 대한 향수였다. 마지막 소원이 무엇이냐고 물었을 때까지 그는 아무 말도 하지 않았다.

"딸 이름을 우르술라라 지으라고 내 아내에게 전해 주시오." 그는 아주 낭랑한 목소리로 말했다. 그리고 잠시 쉬었다가 확실히 말했다. "우르술라, 할머니 이름이오. 그리고 만일 태어나는 아이가 아들이라면, 이름을 호세 아르카디오라 지으라고 전해 주되, 백부의 이름이 아니라 할아버지의 이름으로 하라고 하시오."

그를 담벼락으로 끌고 가기 전 니카노르 신부가 종부 성사를 거행하려고 했다. "난 회개할 게 하나도 없소." 아르카디오는 이렇게 말하고 블랙 커피 한 잔을 마신 다음 총살형 집행 명령에 따랐다. 총살형 집행 대장은 약식 사형 집행 전문가였는데, 이름이 우연이라고 하기에는 너무 지나칠 정도였다. 그의 이름은 로케 카르니세로[77] 대위였다. 추적추적 내리는 보슬비를 맞으며 공동 묘지로 가는 길목에서 아르카디오는 지평선에서 싹터 오르는 수요일 햇빛을 보았다. 향수는 안개와 더불어 사라지고 그 자리에는 무한한 호기심이 자리 잡았다. 담에 등을 대고 서라는 명령을 받았을 때야 비로소 젖은 머리에 분홍색 꽃무늬 옷을 입은 레베카가 문을 활짝 열고 있는 모습을 보았다. 그는 레베카가 자기를 알아보게 하려고 애썼다. 실제로, 레베카는 무심코 벽 쪽으로 눈길을 돌렸다가 너무 놀란 나머지 몸이 마비된 듯 꿈쩍도 하지 않았고, 아르카디오에게 손으로 작별 인사를 뜻하는 표시를 하려는 듯 겨우 몸을 움찔거리고 있을 뿐이었다. 아르카디오도 같은 식으로 레베카에게 작별 인사를 했다. 그 순간에 포연에 그을린 총구들이 그를 겨누었고, 그는 멜키아데스가 읊어 대던 교황의 칙서 같은 글을 한 마디 한 마디 들었으며, 교실 안 어둠 속에서 더

---

77) '카르니세로(Carnicero)'는 '백정'이라는 의미를 지니고 있다.

듣거리던 처녀 산타 소피아 델 라 피에닷의 발자국 소리를 느꼈고, 죽은 레메디오스의 콧구멍에서 느낀 것과 동일한 얼음처럼 차가운 느낌을 자기 콧구멍에서도 느꼈다. "이런 제기랄! 딸을 낳게 되면 이름을 레메디오스라 지으라고 할 걸 그랬군." 다른 생각이 들었다. 그때 그는 날카로운 발톱에 몸이 찢길 찰나에 처해 있는 것처럼 평생 자신을 괴롭히던 온갖 공포감에 다시 사로잡혔다. 대위가 발포 명령을 내렸다. 아르카디오는 허벅지를 지지는 것 같은 뜨거운 액체가 어디에서 흘러내리고 있는지도 알지 못한 채 겨우 가슴을 내밀고 머리를 들 시간만 있을 뿐이었다.

"씨팔 자식들!" 그가 소리쳤다. "자유파 만세!"

7장

5월에 전쟁이 끝났다. 정부가 반역을 획책하고 반란을 일으킨 자들은 반드시 엄벌에 처하겠다는 허풍스런 선언을 통해 공식 입장을 발표하기 두 주일 전, 아우렐리아노 부엔디아 대령은 원주민 주술사로 변장한 채 서쪽 국경에 도달할 시점에서 포로가 되었다. 그를 따라 전쟁터로 떠났던 장정 스물한 명 가운데 열넷은 전투에서 목숨을 잃었고, 여섯은 부상을 당해, 마지막 패배의 순간에 그와 함께 있었던 사람은 단 하나뿐이었다. 그는 헤리넬도 마르케스 대령이었다. 아우렐리아노 부엔디아 대령이 체포되었다는 소식은 특별 포고를 통해 마콘도에 알려졌다. "그 애가 살아 있어요." 우르술라가 남편에게 알려주었다. "적들이 그 애에게 자비를 베풀어 주도록 우리 하느님께 기도해요." 사흘 동안 울고 난 다음, 부엌에서 우유 사탕을 잘게 부수고 있던 어느 오후, 우르술라는 귓전에 들려오는 아들의 목소리를 분명하게 들었다. "아우렐리아노였어요." 남편에게 그 사실을 전하려고 밤나무 쪽으로 뛰어가면서 외쳤다. "어떻게 그런 기적이 이루어졌는지 모르겠지만, 하여튼 개가 아직 살아 있고요, 이제 곧 만나게 될 거예요." 우르술라는 실제로 그렇게 되기라도 한 것처럼 생각했다. 우르술라는 집안 바닥을 깨끗이 닦고 가구들을 옮겨 다시 정돈했다. 일주일후, 포고령에서 나온 것 같지는 않은 근거 없는 소문 하나가 그녀의 예감이 맞았다는 사실을 극적으로 확인시켰다. 아우렐리아노 부엔디아 대령이 사형 선고를 받았는데, 사형은 주민들에게 본보기를 보여 주기 위해 마콘도에서 집행한다는 것이었다. 어느 월요일 아침 10시 20분에 아우렐리아노 호세에게 옷을 입히던 아마란타가 멀리서 들려오는 웅성거리는 소리와 나팔 소리를 채 다 듣기도 전에 우르술라가 소리를 지르며 방 안으로 뛰어들었다. "지금 그 앨 데려오고 있어!" 군인들은 넘치는 군중을 밀어내느라 총 개머리판을 휘둘러댔다. 우르술라와 아마란타는 길모퉁이로 달려가 사람들을 밀어젖히고 안으로 들어가 그를 보았다. 그는 거지 꼴을 하고 있었다. 옷은 갈기갈기 찢어지고 머리와 수염은 헝클어졌으며, 신발도 신지 않고 있었다. 장교가 탄 말머리에 연결된 밧줄에 손을 허리 뒤로 묶인 그는 타오르는 듯한 먼지도 아랑곳하지 않은 채 걷고 있었다. 옆에는 역시 구질구질하고, 넝마 차림을 한 헤리넬도 마르케스 대령이 함께 끌려가고 있었다. 그러나 그들은 슬픈 기색이 없었다. 오히려 군인들에게 온갖 욕설을 퍼붓는 군중을 보고 당황스러워하는 것 같았다.

"내 아들아!" 우르술라가 그 난리법석 속에서 소리쳤고, 저지하려는 어느 병사를 손으로 쳤다. 장교가 타고 있던 말이 앞발을 번쩍 치켜들었다. 그러자 아우렐리아노 부엔디아 대령이 몸을 흠칫 떨며 걸음을 멈추었고, 어머니가 내민 손길을 피하면서 차가운 눈빛으로 바라보았다.

"집으로 가세요, 어머니. 정식으로 허가를 받은 다음 감옥으로 면회를 오세요." 아우렐리아노 부엔디아 대령이 말했다.

그는 우르술라 뒤에 두어 걸음 떨어져서 안절부절못하고 있던 아마란타를 보고 미소를 지으면서 물었다. "손은 어떻게 된 거니?" 아마란타는 검은 붕대를 감은 손을 들어 보였다. "화상을 입었어요." 아마란타는 대답을 하면서 우르술라가 말에 채이지 않도록 옆으로 끌어당겼다. 군인들이 발포를 했다. 특수 호위병들은 포로들을 에워싸고 총총히 병영으로 끌고 갔다.

해질 무렵, 우르술라는 감옥으로 아우렐리아노 부엔디아 대령을 면회하러 갔다. 돈 아폴리나르 모스코테를 통해 면회 허가를 받으려고 애써 보았지만, 군대의 절대적인 권력 앞에서 그는 이미 모든 권위를 잃어버린 후였다. 니카노르 신부는 간장염 때문에 열이 있어 자리에 누워 있었다. 사형 선고만은 받지 않은 헤리넬도 마르케스 대령의 부모가 아들을 만나려 했으나 병사들이 휘두르는 개머리판에 의해 거부당하고 말았다. 이처럼 면회를 주선해 줄 사람을 구할 수 없는 상황에서 우르술라는 새벽녘에 아들이 총살당할 거라 믿고 아들에게 가져다줄 물건을 꾸려 혼자서 병영으로 갔다.

"난 아우렐리아노 부엔디아 대령의 어미 되는 사람이오." 우르술라가 밝혔다.

보초들이 우르술라의 앞길을 가로막았다. "아무리 그래도 난 들어갈 거요." 우르술라가 경고했다. "쏘라는 명령을 받았다면, 당장 쏴요." 우르술라가 보초 하나를 밀어젖히고 예전에 교실로 쓰던 방으로 들어가자 옷을 다 벗은 병사들이 무기에 기름칠을 하고 있었다. 불그스레한 얼굴에 아주 도수 높은 안경을 쓰고 태도가 점잖은 야전복 차림의 장교가 보초들더러 자리를 비키라는 시늉을 했다.

"나는 아우렐리아노 부엔디아 대령의 어미 되는 사람이오." 우르술라가 다시 말했다.

"그러니까, 아우렐리아노 부엔디아 씨의 어머님이시라는 말씀이군요." 장교가 미소를 지으며 우르술라가 했던 말을 점잖게 바로잡았다. 우르술라는 장교의 말투에서 고원 지대에 사는 사람들인 카차코[78]들의 느릿느릿한 억양을 가려낼 수 있었다.

"아들만 만나게 된다면야 뭐라고 부르든 상관없어요." 우르술라는 토를 달지 않았다.

사형 선고를 받은 죄수들에게는 면회를 허락하면 안 된다는 상부의 지시가 있었지만 장교는 자신의 책임하에 15분 동안 면회를 할 수 있게 해 주었다. 우르술라는 가져온 보퉁이

---

78) 고원 지대, 즉 콜롬비아 수도인 보고타 지역 출신 사람들을 비하시켜 부르는 말로, '카차코'는 남자, '카차카'는 여자를 의미한다.

안에 들어 있는 것들을 장교에게 보여 주었다. 갈아입을 깨끗한 옷 한 벌, 아들이 결혼식 날 신은 반장화, 그리고 아들이 돌아오리라는 예감을 갖게 된 날부터 간직해 둔 우유 사탕이었다. 우르술라는 감옥으로 쓰이는 방에서 겨드랑이 임파선이 부어 팔을 벌린 채 야전 침대에 누워 있는 아우렐리아노 부엔디아 대령을 만났다. 아우렐리아노 부엔디아 대령은 허락을 받아 면도는 한 상태였다. 양 끝을 꼬부려 말아올린 짙은 팔자형 콧수염은 불거진 광대뼈를 더욱 두드러져 보이게 했다. 아들은 떠날 때보다 안색이 더 창백하고, 키는 좀 더 자랐으며, 그 어느 때보다도 외로워 보였다. 그는 그동안 집안에서 일어난 일들, 즉, 피에트로 크레스피의 자살, 아르카디오의 전횡과 총살형, 밤나무 밑에 묶여 있는 호세 아르카디오 부엔디아의 태연자약한 태도에 대해 다 알고 있었다. 처녀로 과부가 된 아마란타가 아우렐리아노 호세를 기르는 데 일생을 바치기로 했고, 아우렐리아노 호세가 아주 뛰어난 판단력을 지니고 있다는 것을 보여 주기 시작해, 말을 배우면서 동시에 글을 읽고 쓸 줄 안다는 사실도 알고 있었다. 감방 안으로 들어선 순간부터 우르술라는 아들의 의젓한 태도와 압도하는 듯한 기력과 피부가 내뿜는 눈부신 위엄에 주눅이 들었다. 그리고 아들이 그처럼 자세하게 집안 소식을 알고 있는 데 대해 놀랐다. "제가 앞일을 잘 알아맞춘다는 걸 알고 계시잖아요?" 그가 농담을 했다. 그리고 진지하게 덧붙였다. "오늘 아침 저를 이 방으로 데려왔을 때, 제가 이미 이 모든 것을 직접 겪었다는 느낌이 들더군요." 그가 지나갈 때 군중이 요란법석을 떠는 사이 사실 그는 마을이 채 일 년도 되지 않아 많이 퇴락해 버린 것에 놀라워하면서 깊은 생각에 잠겨 있었다. 편도나무의 잎들은 갈기갈기 찢겨져 있었다. 파란색 칠을 했다가 다시 붉은색 칠을 하고 또다시 파란색 칠을 한 집들은 이제 무슨 색깔인지 알아보지도 못할 정도로 변해 있었다.

"무얼 바랐었니?" 우르술라가 한숨을 내쉬었다. "세월이란 흐르게 마련이다."

"그래요." 아우렐리아노가 수긍했다. "하지만 그리 빨리 흐르진 않죠."

이렇듯, 두 사람이 질문할 것을 준비하고, 대답까지 미리 준비한 채 그 많은 시간을 기다려 왔던 면회는 또다시 보통 때 나누던 일상적인 대화가 되고 말았다. 보초가 면회 시간이 끝났음을 알렸을 때, 아우렐리아노는 야전 침대의 매트리스 밑에서 땀에 절은 종이 두루마리를 꺼냈다. 자신의 시를 적어놓은 것이었다. 레메디오스에게서 영감을 받아 쓴 것으로, 떠날 때 지니고 갔던 것들과 나중에 위태위태한 전쟁터에서 썼던 것들이었다. "이걸 아무에게도 보여 주지 않겠다고 약속해주세요. 바로 오늘 밤에 화덕에 태워 버리세요." 그가 말했다. 우르술라는 그러마고 약속하고 아들에게 작별 키스를 하려고 자리에서 일어섰다.

"권총 한 자루 가져왔다." 우르술라가 속삭였다.

아우렐리아노 부엔디아 대령은 보초가 보지 못했음을 확인했다. "저에겐 아무 도움도 되지 않아요." 그는 낮은 목소리로 대꾸했다. "하지만 가지고 나가시다 발각될지 모르니 제게 주세요." 우르술라는 가슴에서 권총을 꺼내 야전 침대 매트리스 밑에 넣었다. "그리고 작별 인사 같은 건 하지 마세요. 그 누구에게도 애원하지 말고 굽실거리지도 마세요. 오래전에 제가 총살당했다고 여기세요." 그는 침착성을 잃지 않은 채 말했다. 우르술라는 울음을 참으려고 입술을 깨물었다.

"임파선에 불에 달군 돌멩이들을 갖다 대거라." 우르술라가 말했다.

그리고 우르술라는 몸을 돌려 감방을 나갔다. 아우렐리아노 부엔디아 대령은 문이 닫힐 때까지 생각에 잠긴 채 그대로 서 있었다. 그러다가 다시 팔을 벌리고 침대 위에 드러누웠다. 자신에게 앞일을 미리 내다보는 능력이 있다는 사실을 깨닫기 시작한 사춘기 초부터 그는 자신의 죽음은 반드시 확실하고, 명료하고, 변경할 수도 없는 어떤 징표와 더불어 예고될 거라 생각해 왔는데, 죽을 시각이 채 몇 시간 안 남았는데도 그 징표가 보이지 않고 있었다. 언젠가 한번은 무척 아름다운 여자 하나가 두쿠린카에 있는 그의 야영지로 들어와 보초들에게 그를 만나게 해 달라고 요청했었다. 보초들은, 혈통을 개량하기 위해서 딸을 가장 뛰어난 전사의 침실로 들여보내야 한다고들 말하고, 또 실제로 그렇게 하던 일부 어머니들의 광신을 알고 있던 터라 그 여자를 그냥 통과시켰다. 아우렐리아노 부엔디아 대령이 빗속에서 길을 잃고 헤맨 어느 남자에 대한 시를 마무리짓고 있을 때 그 소녀가 방 안으로 들어왔다. 그는 시를 써 놓은 종이 꾸러미를 보관하는 열쇠 달린 서랍에 마무리지은 시가 담긴 종이를 넣으려고 여자에게 등을 돌리고 섰다. 그 순간 걸리는 게 있었다. 그는 얼굴을 돌리지 않은 채 서랍 속에 있는 권총을 움켜 쥐었다.

"쏘지 말아요, 아가씨." 그가 말했다.

그가 권총을 겨눈 채 돌아서자 소녀는 권총을 내리며 안절부절못했다. 그렇게 그는 열한 번의 암살 위험 가운데 네 번을 벗어날 수 있었다. 어느 날 밤 마나우레에 설치된 혁명군 병영으로 괴한 하나가 들어와 열병에 걸려 땀을 빼려고 아우렐리아노 부엔디아 대령의 야전 침대를 빌려 누워 있던 그의 친한 친구 마그니피코 비스발 대령을 그로 오인해 칼로 찔러 죽인 일도 있었는데 괴한은 영영 체포되지 않았다. 같은 방 안에서 불과 몇 미터 떨어진 해먹에서 잠을 자던 그는 아무것도 모르고 있었다. 그는 자신의 예감을 체계화시키려고 애를 썼지만 소용이 없었다. 그 예감은 절대적이며 순간적인, 그러나 구체화시킬 수 없는 어떤 믿음처럼 초자연적인 섬광 안에서 갑자기 나타났다. 어떤 때는 예감이 너무나 자연스러워서, 실제로 이루어지고 나서야 그것이 예감이었음을 알 수 있을 정도였다. 또 어떤 때는 예감이 명확했지만 실제로 이루어지지 않기도 했다. 그러나 사형 선고를 받고 마지막 소원을 말하라고 했을 때, 그는 자신의 예감이 어떻게 이루어질 것인지 쉽사리 알아내고서 서슴지 않고 대답했다.

"사형 집행은 마콘도에서 해 주길 바라오."

군사재판의 재판관은 기분이 상했다.

"잔꾀 부리지 마라, 부엔디아. 그건 시간을 벌기 위한 수작이야." 재판관이 말했다.

"당신들이 그렇게 하지 않는다면, 그건 당신들 맘이오. 하지만 그게 내 마지막 소원이오." 대령이 말했다.

그러나 그 이후 다시는 예감이 떠오르지 않았다. 우르술라가 감옥으로 면회를 왔던 날, 많은 생각을 한 끝에, 그는 죽음이 우연에 의해 이루어지는 것이 아니라 죽음을 집행하는 사람의 의지에 달려 있기 때문에 미리 알려지지 않을 수도 있다는 결론에 도달했다. 그는 임파선염으로 인한 고통 때문에 뜬눈으로 밤을 세웠다. 동이 트기 조금 전 복도에서 발자국 소리가 들려왔다. "드디어 오고들 있군." 아우렐리아노 부엔디아 대령은 혼자 중얼거리면서 불현듯 호세 아르카디오 부엔디아를 생각했는데, 그 순간 호세 아르카디오 부엔디아는 음산한 새벽녘의 밤나무 아래서 아우렐리아노 부엔디아 대령을 생각하고 있었다. 아우렐리아노 부엔디아 대령은 두려움도 향수도 느끼지 않았으나 인위적인 힘에 의해 죽는다면 여태까지 마무리짓지 못한 그 많은 일의 결말을 보지 못할 거라는 생각에 부글부글 끓어오르는 분노를 느꼈다. 문이 열리고, 커피 한 대접을 든 간수가 들어왔다. 그다음 날, 같은 시각에 그는 전날처럼 겨드랑이 통증 때문에 짜증이 나 있었는데, 또 전날과 똑같은 일이 벌어졌다. 목요일에 우유 사탕을 간수들과 나눠 먹고, 몸에 꼭 끼는 깨끗한 옷으로 갈아입고, 에나멜 코팅 반장화를 신었다. 금요일이 되었어도 그들은 그를 처형하지 않았다.

사실 그들은 감히 사형을 집행하지 못하고 있었다. 주민들이 반발하자 군인들은 아우렐리아노 부엔디아 대령을 처형하는 것이 마콘도에서뿐만 아니라 늪 지대 전역에서 정치적으로 심각한 결과를 야기할 것이라 생각할 수밖에 없었고, 그래서 주 정부 당국자들에게 의견을 구했다. 그들이 회신을 기다리고 있던 토요일 밤, 로케 카르니세로 대위는 장교들과 더불어 카타리노의 가게로 갔다. 여자 하나만이 협박에 가까운 요청에 못 이겨 그를 방으로 안내했다. "다들 죽게 될 거라 알고 있는 남자와 자고 싶겠어요. 어떻게 될 건진 그 누구도 모르는 일이지만, 다들 아우렐리아노 부엔디아 대령을 총살시키는 장교와 총살형 집행 대원은 모두, 지구 끝에 숨는다 해도, 조만간에 하나씩 하나씩 도리없이 죽음을 당할 거라고들 말하고 다닌다니까." 그녀가 그에게 고백했다. 로케 카르니세로 대위는 그 얘기를 다른 장교들에게 했고, 그들은 각자의 상관들에게 보고했다. 일요일에는, 비록 그 누구도 그 사실을 솔직하게 밝히지 않았고 그 며칠간의 긴장된 고요를 교란시키는 군사적 행위도 전혀 없었다고는 해도, 모든 주민은 장교들이 온갖 핑계를 대 가면서 사형 집행 임무를 회피할 준비를 하고 있다고 알고 있었다. 월요일에 공식 명령이 우편으로 도착했다. 사형을 24시간 이내에 집행하라는 것이었다. 그날 밤 장교들은 각자의 이름을 적은 종이쪽지 일곱 장을 모자에 넣었는데, 로케 카르니세로 대위의 가혹한 운명은 당첨자 종이쪽지로 그를 지명해 버렸다. "불운은 빈틈도 없다니까. 개좆같이 태어나서 개좆같이 죽는군." 로케 카르니세로 대위가 아주 고통스럽게 말했다. 새벽 5시에 그는 제비뽑기로 총살형을 집행할 병사들을 뽑아 마당에 정열시켜 놓고, 암시적인 말로 사형수를 깨웠다.

"갑시다, 부엔디아. 이제 시간이 되었소." 그가 사형수에게
말했다.

"바로 이런 일이 있으려고 그랬구먼. 임파선이 터지는 꿈을
꾸었거든." 대령이 대꾸했다.

레베카 부엔디아는 아우렐리아노가 총살될 거라는 사실을
알고 나서부터 새벽 3시면 일어났다. 호세 아르카디오가 코를
고는 소리에 흔들거리는 침대에 걸터앉아 반쯤 열린 창문으로
공동묘지 담벼락을 주시하면서 어두운 침실에 머물고 있었다.
과거에 피에트로 크레스피의 편지를 기다릴 때처럼 드러나지
않게 고집을 피우며 한 주일을 기다렸다. "여기서 총살시키진
않을 거라니까. 누가 총살시켰는지 아무도 모르게 하려고 한
밤중에 병영 안에서 집행하고, 시체도 거기다 묻을 거야." 호
세 아르카디오가 레베카에게 말했다. 그러나 레베카는 계속
기다렸다. "그들은 너무 잔인하기 때문에 여기서 총살시킬 거
예요." 레베카가 반박했다. 그렇게 믿고 있던 레베카는 아우렐
리아노 부엔디아 대령에게 손짓으로나마 작별인사를 할 수 있
도록 문을 열어야 한다는 것도 미리 예견하고 있었다. "주민들
이 무슨 일이든 저지를 준비가 되어 있다는 걸 알고 겁에 질
려 있는 병사 여섯만으로는 큰길로 데려오진 않을 거야." 호세
아르카디오는 이렇게 주장했다. 레베카는 남편의 논리는 무시
하고 계속 창가에서 기다렸다.

"그 사람들이 정말 잔인하다는 걸 당신도 알게 될 거예요."
레베카가 말했다.

화요일 새벽 5시에 호세 아르카디오가 커피를 마시고 나서 개를 풀어 놓았을 때, 레베카는 창문을 닫았고, 넘어지려는 몸을 의지하기 위해 침대 머리판을 잡았다. "저기 데려오고들 있어요." 레베카가 한숨을 내쉬었다. "참 멋져졌네요." 호세 아르카디오는 창문 밖으로, 젊었을 때 입던 바지를 입은 채 여명 속에서 아른거리는 그의 모습을 보았다. 그는 벌써 담벼락 앞에 서서는 겨드랑이 혹 때문에 팔을 내릴 수 없어 손을 허리춤에 대고 있었다. "정말 분하군. 아무것도 할 줄 모르는 저런 계집애 같은 여섯 놈에게 죽음을 당하다니, 정말 분해." 아우렐리아노 부엔디아 대령이 중얼거렸다. 그는 분개하며 그 말을 되풀이했는데, 어찌나 열정적으로 했던지 로케 카르니세로 대위는 그가 기도를 하고 있는 것으로 믿고 감동을 받았다. 총살형 집행 대원들이 그에게 총을 겨누었을 때 그의 분노는 끈적끈적하고 쓰디쓴 물질로 변해 그의 혀를 마비시키고, 그의 눈을 감겨 버렸다. 그때 새벽녘의 희붐한 광휘가 사라졌고, 그는 다시 짧은 바지를 입고 목에 타이를 두르고 있는 아주 어린 자기 모습을 보았고, 어느 아름다운 오후 자기를 천막 안으로 데리고 들어가 얼음 구경을 시켜주던 아버지를 보았다. 고함을 들었을 때, 그것이 총살형 집행 대원들에게 내리는 마지막 명령이라 생각했다. 달아오른 총탄이 날아와 자기를 맞출 거라는 예상으로 오싹한 호기심이 일어 눈을 떴을 때, 두 팔을 번쩍 쳐들고 서 있는 로케 카르니세로 대위와 당장에라도 쏘아 버릴 것 같은 무시무시한 엽총을 겨누고 길을 건너오는 호세 아르카디오만 눈에 들어왔다.

"쏘지 마세요." 대위가 호세 아르카디오에게 말했다. "당신은 하느님의 뜻을 받고 오신 분이군요."[79]

바로 그 자리에서 다른 전쟁이 시작되었다. 로케 카르니세로 대위와 그의 부하 여섯은 리오아차에서 사형을 선고받은 혁명군의 빅토리오 메디나 장군을 구하기 위해 아우렐리아노 부엔디아 대령과 함께 떠났다. 그들은 호세 아르카디오 부엔디아가 마콘도를 세우려고 온 길을 따라 산맥을 넘으리라 생각했지만 일주일도 채 못 되어 그것이 불가능한 일임을 깨달았다. 그래서 총살형 집행 대원들이 가져왔던 군수품만 지닌 채 산기슭을 따라가는 위험한 행군을 해야만 했다. 마을 근처에서 야영을 하면서, 그들 가운데 하나가 변장을 한 채 손에 작은 황금 물고기를 들고 대낮에 마을로 들어가 휴식 중인 자유파 사람들과 접선했는데, 접선한 사람들은 이튿날 아침이면 사냥을 하러 간다고 집을 떠나 다시는 돌아오지 않았다. 일행이 산맥 등성이에서 리오아차를 내려다보았을 때는 빅토리오 메디나 장군이 총살당하고 난 뒤였다. 아우렐리아노 부엔디아의 부하들은 아우렐리아노 부엔디아가 카리브해 연안 지역 혁명군 사령관이며 그의 계급이 장군이 되었다고 공포했다. 그는 그 직책을 받아들였지만, 장군으로 승진하는 것은 거부했고, 보수파 정권을 타도할 때까지는 장군으로 승진하지 않겠다는 조건을 스스로 내걸었다. 석 달이 지났을 무렵,

---

79) 이 말과 더불어 아우렐리아노 부엔디아 대령은 완전히 바뀐 모습으로 다시 태어나는데, 새로운 전쟁을 시작했던 그 순간부터 죽을 때까지 정상적인 인간의 감정은 단 한 번도 느끼지 못한 채 살았다.

그들은 1000명의 무장군을 규합할 수 있었지만, 거의 섬멸되고 말았다. 그들 가운데 살아남은 사람들은 동부 국경 지대[80]까지 갔다. 그들에 관한 다음 소식은 그들이 안티야스 제도로부터 카보 델 라 벨라[81]에 상륙했다는 것이었고, 전보를 통해 전국 방방곡곡으로 퍼져 즐거움 넘치는 포고문으로 인쇄된 정부의 발표는 아우렐리아노 부엔디아 대령이 전사했다고 알렸다. 그러나 그 이틀 후, 먼저 발송된 전보를 거의 따라잡을 정도로 급박하게 전송된 여러 장의 전보는 남부 평원 지방에서 또다른 반란이 일어났다는 소식을 알리고 있었다. 그렇게 해서 신출귀몰하는 아우렐리아노 부엔디아 대령의 전설이 시작되었다. 저마다 엇갈리는 소식들이 동시에 아우렐리아노 부엔디아 대령이 비야 누에바에서 승리를 거두었고, 구아카마알에서 패배당했고, 모틸론[82] 원주민들에게 잡아 먹혔고, 늪지대의 어느 마을에서 죽었고, 우루미타에서 다시 반란을 일으켰다고 전했다. 그 당시 의회에 참여하려고 교섭 중이던 자유파 지도자들은 아우렐리아노 부엔디아 대령을 자유파를 대변하지 않는 단순한 모험가로 낙인찍어 버렸다. 정부는 그를 산적들 가운데 하나라 규정하고, 그의 목에 현상금 5000페소를 내걸었다. 열여섯 차례의 패배 끝에, 구아히라에서 회생한 아우렐리아노 부엔디아 대령이 중무장한 원주민 2000명을 거느리고 리오아차를 기습하자 잠결에 공격을 받은 수비대가 리

---

80) 구아히라의 동쪽을 말한다.
81) 콜롬비아 대서양 연안에 있는 곶(岬)이다.
82) 콜롬비아와 베네수엘라 지역에 거주하는 식인 원주민이다.

오아차를 포기해 버렸다. 그는 그곳에 사령부를 설치하고 정부에 전면전을 선언했다. 그가 정부로부터 받은 최초 통보는 혁명군을 이끌고 동부 국경 지대로 철수하지 않으면 헤리넬도 마르케스 대령을 48시간 이내에 총살하겠다는 위협이었다. 당시 그의 총참모장이던 로케 카르니세로 대령은 실망한 표정으로 그에게 전보를 넘겨 주었지만, 그는 오히려 뜻밖으로 기뻐하며 전보를 읽었다.

"참 잘됐구먼!" 그가 소리쳤다. "이젠 마콘도에서도 전보를 받을 수 있어."

그의 회답은 단호했다. 그는 석 달 안에 마콘도에다 사령부를 설치할 계획이라고 정부에 통보했다. 그리고 마콘도에 입성할 때 만일 헤리넬도 마르케스가 살아 있지 않으면, 그때까지 포로로 잡게 될 정부군 장교들은 정식 재판을 거치지 않고 장군들로부터 시작해 모조리 총살시킬 것이며, 부하들에게 전쟁이 끝날 때까지 계속해서 같은 조치를 취하도록 명령하겠다고 했다. 석 달 후, 그가 승리를 거두고 마콘도로 진주했을 때 늪 지대로 통하는 길에서 처음으로 받은 포옹은 헤리넬도 마르케스 대령에게 받은 것이었다.

집안에는 아이들이 우글거렸다. 우르술라는 산타 소피아 델 라 피에닷과 그녀의 첫딸, 그리고 아르카디오가 총살을 당한 지 다섯 달 만에 낳은 쌍둥이를 집으로 불러들였다. 우르술라는 총살당한 아르카디오의 마지막 소원을 어기고 딸의 이름을 레메디오스라고 지었다. "아르카디오가 부르고 싶었던 이름은 바로 레메디오스였다는 걸 난 확신해." 그녀가 주장했다. "우르술라라는 이름을 지어 주면 고생을 많이 할 테니까, 그렇게 하진 않겠어." 쌍둥이는 호세 아르카디오 세군도와 아우렐리아노 세군도라고 이름지었다. 아이들은 모두 아마란타가 돌보았다. 아마란타는 거실에 작은 나무의자들을 가져다 놓고 탁아소를 차려 이웃집 아이들까지 데려다 보살폈다. 아우렐리아노 부엔디아 대령이 폭죽 터지는 소리와 울려 대는 종소리에 휩싸여 마콘도로 돌아왔을 때, 집에서는 어린이 합창단이 그를 환영했다. 할아버지를 닮아 키가 큰 아우렐리아노 호세는 혁명군 장교 제복을 입고 그에게 군대식으로 경례를 했다.

그러나 모든 소식이 다 좋았던 것만은 아니었다. 아우렐리아노 부엔디아 대령이 총살형을 피해 마을에서 도망친 지 일 년 후, 호세 아르카디오와 레베카는 아르카디오가 지어 놓은 집으로 이사를 했었다. 호세 아르카디오가 아우렐리아노 부엔디아 대령의 총살형을 중단시키려고 개입했다는 사실을 아는 사람은 아무도 없었다. 호세 아르카디오와 레베카는 광장에서 가장 좋은 곳에 위치하고, 더욱이 방울새 둥지가 세 개나 있는 편도나무 그늘에 지은 그 새집에 단란한 가정을 꾸렸는데, 손님이 드나드는 커다란 문이 있고, 채광을 위한 창문도 네 개나 있었다. 아직도 결혼을 하지 못한 모스코테 집안의 네 딸을 포함한 레베카의 오랜 친구들은 베고니아가 있는 복도에서 몇 년 전에 중단된 자수 모임을 다시 시작했다. 호세 아르카디오는 몰수한 땅의 소유권을 보수파 정부로부터 인정받아 계속해서 수입을 올리고 있었다. 매일 오후가 되면 쌍발 엽총을 메고 안장에 토끼 한 꾸러미를 매단 채 사냥개들을 데리고 말을 타고 돌아오는 그의 모습을 볼 수 있었다. 9월 어느날 오후, 폭풍우가 쏟아질 기세가 보였을 때 그는 여느 때보다 일찍 집으로 돌아왔다. 그는 식당에서 레베카에게 돌아왔다는 말을 전하고, 마당에 사냥개들을 묶어 놓은 후, 나중에 소금에 절이기 위해 토끼 꾸러미를 부엌에 걸어 놓고는 옷을 갈아입으려고 침실로 들어갔다. 나중에 레베카는, 남편이 침실로 들어갔을 때 자기는 화장실에 있었기 때문에 아무것도 몰랐다고 했다. 그 말은 믿기가 힘들었지만, 달리 믿을 만한 말도 없었고, 또 레베카가 자기를 행복하게 해 준 남자를 살해할 만한 동기를 그 누구도 밝혀 낼 수 없었다. 그것은 아마도 마콘도에서 끝까지 풀리지 않은 유일한 미스터리였을 것이다. 호세 아르카디오가 침실문을 닫자마자 권총 소리가 집 안을 진동했다. 한 줄기 피가 문 밑으로 새어 나와, 거실을 가로질러 거리로 나가, 울퉁불퉁한 보도를 통해 계속해서 똑바로 가서, 계단을 내려가고, 난간으로 올라가, 터키인들의 거리를 통해 뻗어 나가다, 어느 길모퉁이에서 오른쪽으로 돌았다가, 다른 길모퉁이에서 왼쪽으로 돌아, 부엔디아 가문의 집 앞에서 직각으로 방향을 틀어 닫힌 문 밑으로 들어가서는 양탄자를 적시지 않으려고 벽을 타고 응접실을 건너, 계속해서 다른 거실을 건너고, 식당에 있던 식탁을 피하기 위해 넓게 우회해서 베고니아가 있는 복도를 통과해 나아가다, 아우렐리아노 호세에게 산수를 가르치고 있던 아마란타의 의자 밑을 들키지 않고 지나, 곡식 창고 안으로 들어갔다가 우르술라가 빵을 만들려고 달걀 서른여섯 개를 깨뜨릴 준비를 하고 있던 부엌에 나타났다.

"하느님 맙소사!" 우르술라가 소리쳤다.

우르술라는 어디서부터 피가 흘러나왔는지 알아내려고 핏자국을 되짚어가기 시작해 곡식 창고를 지나 아우렐리아노 호세가 셋 더하기 셋은 여섯이고, 여섯 더하기 셋은 아홉이라고 종알거리고 있는, 베고니아가 있는 복도를 지나, 식당과 거실들을 건너, 거리를 통해 곧장 따라가다가 오른쪽으로 돌고 나서 왼쪽으로 돌아, 빵을 구울 때 착용하는 앞치마를 두르고 집 안에서 신는 슬리퍼를 신고 있다는 것도 잊은 채 터키인들의 거리로 가서, 광장으로 나와, 여태까지 한 번도 들어가본 적이 없는 어느 집 대문 안으로 들어가 침실문을 밀어젖혔을 때 폭발한 화약 냄새로 거의 질식할 것만 같은 상태에서 막 벗어 놓은 각반 위에 엎어져 있는 호세 아르카디오를 발견했고, 마침내 핏줄기의 출처를 보았는데, 그 피는 호세 아르카디오의 오른쪽 귀에서 흘러나온 것이었다. 사람들은 그의 몸에서 상처 하나 찾을 수 없었고, 무기도 발견할 수 없었다. 시체에서 나는 코를 찌르는 듯한 화약 냄새 역시 지울 수 없었다. 처음에 시체를 비누와 수세미로 세 번이나 씻어 냈고, 다음에는 소금과 식초로 문지르고 나서 재와 레몬으로 문질렀으며, 마지막으로 잿물을 풀어 넣은 나무 통에 넣고 여섯 시간 동안 담가 두었다. 어찌나 빡빡 문질러 댔던지 문신의 기묘한 무늬들이 지워지기 시작했다. 사람들이 시체에 후추와 카민과 월계수 잎으로 양념을 하고 약한 불로 하루 종일 끓이겠다는 무모한 방법을 생각해 냈을 때, 시체가 이미 부패하기 시작했기 때문에 서둘러 매장해야만 했다. 안에 철판을 대고 강철 나사못으로 조인, 길이 2미터 30센티미터에 폭 1미터 10센티미터짜리 특수 관에 시체를 넣어 밀봉했지만 시체가 운구되었던 거리에는 아직도 냄새가 감지되었다. 간이 부어서 북처럼 팽팽해진 니카노르 신부는 침상에 누워 그의 명복을 빌어 주었다. 주민들이 시체를 묻은 후 몇 달에 걸쳐 무덤 둘레에 여러 겹으로 담을 쌓고, 담벼락 사이 사이에 뭉친 재와 톱밥과 생석회를 다져 넣긴 했지만 바나나 회사 기사들이 콘크리트로 무덤을 덮었던 몇 년 후까지도 묘지에서는 화약 냄새가 가시지 않았다. 주민들이 시체를 방에서 끌어내자마자 레베카는 집 문을 모두 닫아 걸고, 세상의 그 어떤 유혹도 깨뜨릴 수 없는 두꺼운 절망의 껍질에 둘러싸여, 산 채로 집 안에 파묻혀 버렸다. '방황하는 유태인'[83]이 마을을 지나가면서 숨막히는 더위를 몰고와 새들이 방 안에서 죽기 위해 창문 철망을 뚫었던 당시, 이미 아주 늙어 버린 레베카가 언젠가 녹슨 은빛 신발을 신고, 작은 꽃으로 엮은 모자를 쓰고 길거리로 나왔다. 누군가 레베카가 살아 있는 모습을 마지막으로 본 것은 집 문을 부수고 들어오려는 도둑을 그녀가 정확히 단 한 발로 쏘아 죽였을 때였다. 그 후로 하녀이자 심복이었던 아르헤니다

---

83) 숫염소와 이교도 여자 사이에 태어난 잡종으로서, 끔찍한 형상을 하고 있는 짐승이다. 그가 내쉬는 숨은 공기를 뜨겁게 달구고, 그가 나타나면 갓 결혼한 부인이 기형아를 임신하게 될 거라는 말이 있다. 방황하는 유태인 때문에 빚어진 소동이 뒷부분에 구체적으로 나온다.

를 제외하고는 그 누구도 다시는 그녀와 접촉할 수 없었다. 언젠가 한번은 레베카가 사촌 오빠라고 여기는 어느 주교에게 편지를 썼다는 소문이 있었지만 편지의 답장이 왔는지는 전혀 알려지지 않았다. 주민들은 그녀를 잊어버렸다.

비록 승리자로 개선하기는 했지만, 아우렐리아노 부엔디아 대령은 겉으로 드러난 일들 때문에 그다지 신이 나지 않았다. 정부군은 아무런 저항도 하지 않은 채 주둔지를 내주고 있었고, 그런 사실은 자유파 마을에 저버리기 어려운 승리의 환상을 야기했으나, 혁명군들, 특히 그 누구보다도 아우렐리아노 부엔디아 대령만은 그 진실을 알고 있었다. 그가 당시 5000명 이상을 헤아리는 부하를 지휘하고 해안의 두 주를 장악하고 있었다 해도, 자신이 바다에 가로막혀 있고, 아주 혼란스러운 정치적 상황에 처해 있다는 걸 인식하고 있었는데, 그가 정부군의 포격으로 파괴된 교회 탑을 복구하라고 명령했을 때 니카노르 신부가 병상에서 말했다. "이거 참 우스운 일이구먼. 그리스도 신앙을 옹호하는 사람들은 성당을 파괴하고, 공제비밀 결사회원들은 복구를 하다니."[84] 그는 사태를 수습할 구멍을 찾으려고 다른 주둔지 책임자들과 의견을 주고받느라 몇 시간이고 전신국 사무실에 틀어박혀 있었지만, 그때마다 매번 전쟁이 고착 상태에 빠져 있다는 확신을 굳히면서 사무실

---

84) '그리스도 신앙을 옹호하는 사람들'은 보수파를 의미하고, '공제비밀 결사회원들'은 자유파를 의미한다. 보수파 정부군이 마콘도를 탈환할 때 성당 종탑을 파괴했는데, 아우렐리아노 부엔디아 대령이 성당을 보수하겠다고 나서자 신부가 비꼬듯이 이렇게 말한 것이다.

을 나섰다. 자유파가 승리를 거두었다는 새로운 소식이 전해질 때마다 신나게 포고문을 발표하고 환호들을 했지만, 그는 지도에서 자신의 진정한 세력권을 재 보고는 자기 군대가 현실과는 반대 방향으로 나아가면서 말라리아와 모기와 싸움을 벌이며 밀림 속으로 들어가고 있다는 사실을 깨닫고 있었다. "우린 시간을 낭비하고 있는 거야. 당의 염치 없는 자들이 의회의 자리 하날 구걸하고 있는 한 우린 시간만 낭비하고 있단 말이야." 그는 부하 장교들 앞에서 불평을 했다. 잠이 오지 않는 밤이면, 그는 사형 선고를 받았던 바로 그 방에 걸린 해먹에 누워, 부하들에게 바다에 몽땅 다 빠져 죽으라는 명령을 내려야 할 것 같은 두려운 새벽이 밝아오고 있음을 느끼며 섭씨 35도의 더위 속에서 모기를 쫓으면서, 얼어붙는 것 같은 새벽에 외투 깃을 귀까지 세워 올린 채 대통령궁에서 나와 대통령이 그렇다고 했을 때 무슨 말을 하려고 그랬는지, 또는 그렇지 않다고 했을 때 무슨 말을 하려고 그랬는지 따져 보고, 대통령이 전혀 다른 말을 했을 때 대통령이 생각하고 있던 것이 무엇인지까지 가늠해 보려고 손을 비벼 대고, 귀엣말을 주고받으며 동틀 무렵의 음산한 작은 카페로 숨어드는 검은 옷을 입은 변호사들의 모습을 떠올렸다.

불안하게 지내던 어느 날 밤, 그는 마당에서 병사들과 함께 노래를 부르고 있던 필라르 테르네라에게 카드 점을 쳐서 자기 미래를 알아봐 달라고 부탁했다. "입을 조심해야 되겠는걸. 그게 무슨 뜻인지는 모르겠지만, 점괘가 분명히 그렇게 나왔어. 입을 조심하라고 말이야." 카드를 세 번이나 펼쳐 놓았다가 모은 다음에 필라르 테르네라가 명확하게 한 말은 그것뿐이었다. 이틀 후, 어떤 사람이 설탕을 타지 않은 커피 한 대접을 당번병에게 주었고, 당번병은 커피를 다른 당번병에게 건네주었고, 그 당번병은 또다른 당번병에게 건네주었고, 결국 커피는 손에 손을 거쳐서 아우렐리아노 부엔디아 대령의 사무실에까지 다다랐다. 대령은 커피를 가져오라고 부탁하지 않았지만, 그곳에 있던 것이라 다 마셔 버렸다. 그 커피에는 말 한 마리를 죽일 수 있는 분량의 마전 독이 들어 있었다. 사람들이 그를 집으로 옮겨갔을 때는 몸이 뻣뻣하게 굳어 활처럼 휘어져 버렸고, 혀가 이 사이로 삐져나와 있었다. 우르술라는 그를 살리기 위해 죽을 힘을 다했다. 토사제로 뱃속을 깨끗하게 한 다음 따뜻한 모포로 감싸고, 이틀 동안 달걀 흰자위를 먹였더니 마침내 황폐해졌던 몸이 정상 체온을 되찾았다. 나흘째 되던 날 그는 위험한 상태에서 벗어났다. 그러고 싶은 생각은 없었지만 우르술라와 장교들이 만류하는 바람에 일주일을 더 침대에 누워 있었다. 자신이 썼던 시들을 태워 버리지 않았음을 알게 된 것은 바로 그때였다. "서두르고 싶은 마음이 안 들더구나. 그날 밤, 시를 적은 종이를 화덕에서 태우려고 했을 때 난 네 시체를 가져올 때까지 기다리는 게 더 나을 거라고 스스로에게 다짐했었다." 우르술라가 그에게 말했다. 건강이 회복되어 가느라 머릿속이 아른아른할 때, 아우렐리아노 부엔디아 대령은 레메디오스의 먼지 낀 인형들에 둘러싸여 그 시들을 읽음으로써 삶의 결정적인 순간들을 회고했다. 그는 다시 시를 쓰기 시작했다. 장래성 없는 전쟁의 두려움에서 벗어나 죽음의 언저리에까지 이르렀던 자신의 경험을 여러 시간에 걸쳐 운문 속에 녹여 냈다. 그러면 그의 생각은 아주 명쾌해졌고, 생각을 여러 가지 각도에서 검증할 수 있었다. 어느 날 밤, 그가 헤리넬도 마르케스 대령에게 물었다.

"친구, 한 가지만 얘기해 주게, 자넨 왜 전쟁을 하고 있는가?"

"왜라니, 친구. 위대한 자유당을 위해서지." 헤리넬도 마르케스 대령이 대답했다.

"그걸 알다니 자넨 행복한 사람이군. 난 말이야, 자존심 때문에 싸우고 있다는 걸 이제야 겨우 깨닫게 되었네." 그가 말했다.

"그것 참 안됐군." 헤리넬도 마르케스 대령이 말했다.

아우렐리아노 부엔디아 대령은 친구의 놀란 표정이 재미있었다. "그래. 하지만 어찌 됐든, 왜 싸우는지도 모르는 것보다야 더 낫지." 아우렐리아노 부엔디아 대령이 말했다. 그는 친구를 쳐다보다가 미소를 머금으며 덧붙였다.

"또 말이야, 자네처럼 그 누구에게도 아무런 의미가 없는 그 무엇을 위해 싸우는 것보단 더 낫지."

자존심 강한 그는 자유당 지도자들이 자기를 산적이라고 규정했던 것을 공개적으로 철회하지 않는 한 국내의 어떤 군사 집단과도 접촉하지 않기로 했다. 그럼에도 불구하고, 그는 자신이 그런 꺼림칙한 감정을 버리는 순간 전쟁의 악순환을 깨뜨릴 수 있게 될 거라는 사실을 알고는 있었다. 몸이 회복되어 가는 동안 그는 그런 점들을 숙고할 수 있었던 것이다. 그리고 우르술라를 설득해 숨겨 둔 상속 재산과 여태까지 저축한 많은 돈을 받아 낼 수 있었다. 그는 헤리넬도 마르케스 대령을 마콘도의 민·군 총책임자로 임명해 놓고 국내의 반군들을 접촉하기 위해 떠났다.

헤리넬도 마르케스 대령은 아우렐리아노 부엔디아 대령이 가장 신뢰하는 사람이었을 뿐만 아니라, 우르술라도 그를 한 집안 식구처럼 받아들였다. 그는 나약하고, 소심하고, 천성이 착한 사람이었지만 정부 일보다는 전쟁에 더 적합했다. 그의 정치 고문들은 미로와 같은 이론으로 쉽사리 그를 휘감아 버렸다. 그러나 그는 아우렐리아노 부엔디아 대령이 작은 황금 물고기를 만들다가 늙어 죽기 위해 꿈꾸던 전원의 평화를 마콘도에 정착시킬 수 있었다. 그는 부모 집에서 살고 있었다 해도 한 주일에 두세 번씩은 우르술라 집에서 점심 식사를 했다. 아우렐리아노 호세에게 무기 다루는 법을 가르치고, 초보적인 군사 교육을 시켰으며, 남자로 성장시키기 위해 우르술라의 허락을 받아 그를 몇 달 동안 병영에서 생활하도록 데려갔다. 여러 해 전, 아직은 거의 어린애나 다름없던 헤리넬도 마르케스가 아마란타에게 사랑을 고백한 적이 있었다. 그녀는 당시 피에트로 크레스피를 짝사랑하면서 환상에 젖어 있었기 때문에 그의 고백을 비웃어 버렸다. 헤리넬도 마르케스는 기다렸다. 한번은 아마란타에게 자기 아버지의 이름 첫 글자를 수놓은 삼베 손수건 한 타를 만들어 달라고 요청하는 쪽지를 감옥에서 보낸 적이 있었다. 돈도 보냈다. 한 주일이 지났을 무렵 아마란타는 손수건을 돈과 함께 감옥으로 가져왔고, 두 사람은 몇 시간 동안 지나간 얘기를 나누었다. "감옥에서 나가면 당신과 결혼하겠소." 헤어질 무렵 헤리넬도 마르케스가 그녀에게 말했다. 아마란타는 웃어 버렸지만, 아이들에게 읽기를 가르치는 동안에도 계속 그를 생각했고, 피에트로 크레스피에 대해 느끼던 젊음의 열정을 그를 위해 되살려 보려고도 했다. 포로들의 면회 날인 토요일이면 아마란타는 헤리넬도 마르케스의 부모 집에 들러 그들을 감옥으로 모셔갔다. 그러던 어느 토요일 오후, 부엌으로 들어간 우르술라는 아마란타가 화덕에서 비스킷이 나오기를 기다렸다가 가장 잘 구워진 것들을 모아서는 기회가 되면 쓰려고 수를 놓아 간직해 두었던 냅킨에 싸는 것을 보고 깜짝 놀랐다.

"그와 결혼하거라. 그만한 사람을 구하기도 쉬운 일이 아니란다." 우르술라가 아마란타에게 말했다.

아마란타는 겉으로는 싫다고 했다.

"남자들을 잡으러 다닐 생각은 없어요. 조만간 총살을 당하게 될 헤리넬도 마르케스가 안쓰러워 이 비스킷을 가져다주는 거라고요." 아마란타가 대꾸했다.

별생각 없이 그런 말을 했지만, 반군이 리오아차를 내놓지 않는다면 헤리넬도 마르케스 대령을 총살하겠다고 정부가 공공연히 위협했던 것도 바로 그때였다. 면회는 중단되었다. 아마란타는 마치 생각 없이 내던진 말이 다시 또다른 죽음을 유발하기라도 한 듯, 레메디오스가 죽었을 때 자기를 괴롭히던 것과 유사한 죄의식으로 괴로워하면서 방 안에 틀어박혀 울기만 했다. 어머니가 아마란타를 위로했다. 어머니는 아우렐리아노 부엔디아 대령이 그의 총살 집행을 막을 무슨 방도를 취할 거라는 확신을 주고, 전쟁이 끝나면 자신이 직접 헤리넬도 마르케스의 마음을 끌어 보겠노라고 약속했다. 우르술라는 예정보다 빨리 약속을 지켰다. 헤리넬도 마르케스가 민·군 총책임자의 새로운 권위를 부여받고 다시 집에 찾아왔을 때, 그를 아들처럼 맞아 주고, 그를 붙잡아 두려고 더할 나위 없이 상냥하고 다정하게 대했으며, 그가 아마란타와 결혼하고 싶다는 마음을 되살리도록 전심전력을 기울여 기원했다. 우르술라의 바람은 적중한 듯싶었다. 헤리넬도 마르케스 대령은 점심을 먹으러 집으로 오는 날이면 베고니아가 있는 복도에서 아마란타와 중국 장기를 두며 오후를 보냈다. 우르술라는 그들에게 밀크 커피와 비스킷을 갖다주고, 방해가 되지 않도록 아이들을 떠맡았다. 아마란타는 실제로 젊은 열정의 잊혀진 불씨를 마음속에서 되살려 보려고 애를 쓰고 있었다. 주체할 수 없이 초조한 마음으로 그와 점심을 먹을 날을, 중국 장기를 둘 오후를 기다렸고, 장기의 말을 옮길 때마다 파르르 손가락을 떠는, 과거를 회고하게 만드는 이름[85]을 지닌 그 전사와 함께 있노라면 시간은 날아가듯 빨리 지나갔다. 그러나 헤리넬도 마르케스 대령이 다시 청혼을 하던 날 아마란타는 청혼을 거절했다.

"난 아무하고도 결혼하지 않겠지만, 당신하고는 더욱더 안 해요. 당신은 아우렐리아노를 정말 사랑하지만 그와 결혼할

---

85) 아마도 아마란타가 15세기경에 스페인에서 유행하기 시작했던 장르인 로만세에 나오는, 대담하고 무모한 연인의 전형인 헤리넬도를 기억하고 있는 것 같다.

수 없으니까 나와 결혼하려는 거예요." 아마란타가 그에게 말했다.

헤리넬도 마르케스는 참을성 있는 남자였다. "난 다시 청혼할 거요. 조만간 당신을 설득시키고 말 거요." 그가 말했다. 그는 계속해서 집으로 찾아왔다. 아마란타는 침실에 처박혀 몰래 눈물을 삼켜 가며 우르술라에게 전쟁에 대한 최근 소식들을 알려 주는 구혼자의 목소리를 듣지 않으려고 귓속에 손가락을 집어넣었고, 그를 보고 싶어 죽을 지경이었지만 그를 만나러 나가지 않도록 스스로를 억제하고 있었다.

그 즈음 아우렐리아노 부엔디아 대령은 자세한 보고서를 두 주일에 한 번씩 마콘도에 보낼 만큼 시간 여유가 있었다. 그러나 그는 마콘도를 떠난 지 거의 여덟 달이 지나서야 딱 한번 우르술라에게 편지를 썼을 뿐이었다. 특별 전령이 밀봉한 봉투를 집으로 가져다주었는데, 봉투 안에는 대령의 근사한 필체로 쓴 편지가 들어 있었다. '아버지가 돌아가실 것이니, 잘 보살펴 주시기 바랍니다.' 우르술라는 놀라워했다. "아우렐리아노가 이런 말을 하는 건, 그 애가 그걸 알고 있다는 얘기야." 우르술라가 말했다. 우르술라는 호세 아르카디오 부엔디아를 그의 침실로 옮기기 위해 도움을 청했다. 본래 엄청나게 무겁기도 했지만, 밤나무 밑에서 오랜 세월을 보내는 동안 뜻대로 체중을 불리는 법을 터득했기 때문에 남자 일곱이 달라붙었어도 꼼짝하지 않아 질질 끌어서 침대로 옮겨야 했다. 태양과 비바람에 절은 거구의 노인이 숨을 내쉬기 시작했을 때, 부드러운 버섯 냄새와 말뚝에 핀 꽃 냄새와 오랜 세월

모아 놓은 들판 냄새가 침실 공기를 가득 채웠다. 다음 날 아침이 되었을 때 그는 침대에서 사라지고 없었다. 우르술라는 방이란 방은 다 뒤진 끝에 다시 밤나무 아래로 가 있는 그를 발견했다. 사람들이 그를 침대에 묶어 놓았다. 그는 여전히 예전의 힘을 지니고 있었음에도 불구하고 저항할 처지는 아니었다. 그에게는 모든 것이 똑같았다. 그가 밤나무로 되돌아갔다면, 그것은 자신의 의지 때문이 아니라 몸에 밴 습관 때문이었다. 우르술라는 그를 보살피고, 먹여 주고, 아우렐리아노에 대한 소식을 전해 주었다. 그러나 실제로 그가 아주 오래전부터 접촉할 수 있었던 사람은 프루덴시오 아길라르뿐이었다. 프루덴시오 아길라르는 죽음의 세계에서도 진행되는 심각한 노쇠 현상으로 이미 거의 가루가 되어 있었다.[86] 프루덴시오 아길라르는 그와 얘기를 나누기 위해 하루에 두 번씩 그를 찾아왔다. 그들은 싸움닭 얘기를 나누었다. 그리고 이제는 소용이 없게 된 승리의 쾌감을 맛보기 위해서라기보다는 죽음의 세계에서 맞는 지루한 일요일이면 심심풀이를 할 만한 무언가를 갖기 위해 멋진 닭들을 키우는 양계장을 만들기로 약속했다. 그를 닦아 주고, 먹여 주었으며, 또 대령으로 전쟁을 수행 중인, 이름이 아우렐리아노라는 어느 낯선 남자에 대한 멋진 소식을 알려 주던 사람은 프루덴시오 아길라르였다. 혼자 있는 동안, 호세 아르카디오 부엔디아는 끝없이 연결되어

---

86) 프루덴시오 아길라르는 죽음 안에서 진행된 두 번째 죽음에 차츰차츰 가까이 다가가고 있다.

있는 방들에 대한 꿈을 꾸며 즐겼다. 그는 침대에서 일어나 문을 열고 침대 머리판을 쇠붙이를 다듬어 만든 똑같은 침대와 똑같은 등나무 소파가 놓여 있고, 안쪽 벽에 똑같은 성모 마리아의 작은 초상화가 걸려 있는 다른 방으로 건너가는 꿈을 꾸었다. 그는 그 방에서 똑같이 생긴 옆 방으로 건너갔고, 그 방문을 열고 똑같이 생긴 옆 방으로 건너갔으며, 그러고 나서 또 똑같이 생긴 옆 방으로 건너가는 식으로 끝없이 돌아다녔다. 그가 사방에 거울을 세워 놓은 회랑 안에서처럼 이 방에서 저 방으로 드나드는 걸 즐기고 있을 때, 마침내 프루덴시오 아길라르가 그의 어깨를 톡톡 건드렸다. 그러면 그는 꿈에서 현실로 깨어나면서, 건너갔던 방들을 반대 방향으로 되건너 와서 현실의 방에 있는 프루덴시오 아길라르를 만났다. 사람들이 호세 아르카디오 부엔디아를 침실로 옮겨온 지 두 주일이 지난 어느 날 밤, 그가 여느 때처럼 중간에 있는 어느 방을 지나고 있을 때 프루덴시오 아길라르가 그의 어깨를 쳤는데, 그는 그곳이 현실의 방이라 믿고 영원히 그곳에 머물렀다. 다음 날 아침, 그에게 아침 식사를 가져가던 우르술라는 복도를 통해 다가오고 있는 한 남자를 보았다. 키가 작달막하고 몸이 단단한 사람으로, 검은 모직 옷을 입고, 쓸쓸해 보이는 눈까지 눌러쓴, 역시 검은색인 어마어마하게 큰 모자를 쓰고 있었다. "하느님 맙소사. 까딱했으면 멜키아데스로 착각할 뻔했어." 우르술라가 생각했다. 그는 불면증을 피해 집을 떠나 여태까지 감감 무소식이었던, 비시타시온의 동생 카타우레였다. 비시타시온이 무엇하러 갑자기 돌아왔느냐고 묻자 그가 엄숙한 목소리로 대답했다.

"왕의 장례식에 참석하려고 왔지."

그들은 호세 아르카디오 부엔디아의 방으로 가서 그를 온 힘을 다해 흔들어 보고 귀에 대고 소리를 지르고, 콧구멍 앞에 거울을 갖다 댔지만, 그를 깨울 수가 없었다. 잠시 후 목수가 관을 만들기 위해 그의 몸 치수를 재고 있을 때, 그들은 창밖으로 작은 노란 꽃이 보슬비처럼 떨어지는 것을 보았다. 그 꽃비는 조용한 폭풍우처럼 밤새도록 내려 지붕들을 덮고 문들을 막아 버렸으며 밖에서 잠을 자던 짐승들을 질식시켜 버렸다. 너무나 많은 꽃이 하늘에서 쏟아졌기 때문에 아침이 되자 거리가 폭신폭신한 요를 깔아 놓은 것처럼 되어버려서 장례 행렬이 지나갈 수 있도록 삽과 갈퀴로 치워야 했다.[87]

---

87) 여기서는 '호세 아르카디오 부엔디아 = 예수 그리스도 = 왕 ; 노란 꽃 = 신성과 구원'으로 병치되고 있다.

8장

아마란타는 등나무 흔들의자에 앉아 놓고 있던 자수를 무릎 위에 올려놓고서 처음으로 면도를 하려고 턱에 거품을 칠한 채 가죽 채찍에 면도날을 갈고 있던 아우렐리아노 호세를 바라보고 있었다. 그가 여드름에서 피가 배어나오고, 아직은 솜털 같은 황금색 콧수염을 다듬으려다 윗입술을 베는 등, 온갖 노력을 다 기울여 보았지만 모습은 이전과 똑같았는데, 아마란타는 그 지난한 과정을 지켜보면서 그 순간 자신이 이미 늙기 시작했다는 느낌을 받았다.

"네 나이 때의 아우렐리아노와 똑같구나. 이젠 너도 어른이 다 되었어." 아마란타가 말했다.

그는 아주 오래전부터, 그러니까 아마란타가 그를 아직은 어린애라고 생각하고서 그를 데리고 목욕탕에 들어가서는, 필라르 테르네라가 그 아이를 마저 키워 달라고 넘겼을 때부터 그러는 습관이 생겨, 늘 하던 식으로, 그 앞에서 계속 옷을 벗었던 그 옛날 이후부터 어른이 되어 있었다. 그가 아마란타의 알몸을 처음으로 보았을 때, 그의 관심을 끈 것은 깊숙이 파인 젖가슴뿐이었다. 당시 그는 너무나 순진했기 때문에 젖가슴이 왜 그렇게 되었는지 물었고, 그녀는 손가락 끝으로 가슴을 파내는 시늉을 하면서 대답했다. "살을 잘라내고, 잘라내고, 또 잘라냈단다." 세월이 흐른 후, 피에트로 크레스피의 자살에 대한 충격에서 회복된 아마란타가 다시 아우렐리아노 호세와 목욕을 하게 되었을 때, 이제 패인 곳에는 별 흥미를 못 느끼던 그는 갈색 젖꼭지가 달린 그 멋진 유방을 보고 알 수 없는 전율을 경험했다. 그는 아마란타의 몸에 있는 은밀한 기적을 하나씩 하나씩 발견해 가면서 계속해서 뜯어보았으며, 아마란타의 살갗이 찬물에 닿을 때 팽팽하게 긴장하듯 자기 살갗도 긴장을 한다고 느꼈다. 그는 아마란타와 살을 맞대고 자면 어둠에 대한 두려움이 사라지는 효력이 있었기 때문에 아침까지 아마란타와 함께 자기 위해 자기 해먹을 벗어나는 습관을 아주 어렸을 때부터 지니고 있었다. 그러나, 아마란타의 알몸에 대해 알기 시작한 그날부터 그가 아마란타의 모기장 안으로 들어가도록 그를 충동질한 것은 어둠에 대한 두려움이 아니라 동틀 무렵 아마란타의 따스한 입김을 느끼고자 하는 갈망이었다. 아마란타가 헤리넬도 마르케스의 청혼을 거절했던 무렵의 어느 새벽, 아우렐리아노 호세는 숨이 막히는 듯한 기분을 느끼며 잠에서 깨어났다. 그는 뜨겁고 탐욕스러운 애벌레 같은 아마란타의 손가락이 자기 아랫배를 더듬고 있다는 걸 느꼈다. 아마란타가 만지는 데 아무 어려움이 없도록 잠결에 뒤채는 척하면서 자세를 바꿔 주고 나서는 검은 붕대를 풀어 버린 아마란타의 손이 눈먼 연체동물처럼 욕망의 해초 사이를 잠수하고 있다는 걸 느꼈다. 비록 두 사람이 각자 알고 있는 것이 무엇인지, 그리고 상대방이 알고 있는 것이 무엇인지 서로 알고 있다는 사실을 겉으로는 모른 척하고 있었다고는 해도, 그날 밤부터 두 사람은 침해할 수 없는 공범 의식으로 연대했다. 아우렐리아노 호세는 거실 시계가 자정을 알리는 왈츠를 듣지 못하면 잠을 이룰 수가 없었고, 피부가 시들해져 가기 시작하던 그 무렵은 여인은 나중에 자신의 고독을 풀어 줄 남자가 될 거라는 생각 같은 것도 없이 키웠던 그 몽유병자가 모기장 안으로 미끄러져 들어오는 것을 느끼지 않으면 잠시도 마음이 놓이지 않았다. 그 당시 두 사람은 벌거벗은 채 상대를 탈진시킬 정도의 애무를 교환하면서 함께 잤을 뿐 아니라, 시간을 가리지 않고 집 구석구석을 뒤지며 서로를 찾아다녔고, 어느 침실에나 처박혀 그칠 줄 모르는 영원한 흥분 상태에 빠져 있었다. 어느 오후, 곡식 창고로 들어가 키스를 하려는 순간 하마터면 우르술라에게 들킬 뻔했다. "넌 고모가 그렇게 좋니?" 아무것도 모르는 우르술라가 아우렐리아노 호세에게 물었다. 그는 그렇다고 대답했다. "그래, 잘하는 일이야." 우르술라는 그렇게 결론짓고 나서 빵 만들 밀가루를 적당 분량 퍼담아 부엌으로 돌아갔다. 그 사건으로 인해 아마란타는 제정신을 차렸다. 자신이 벌써 너무 멀리까지가 있었고, 한 어린애와 키스 놀이를 하고 있는 것이 아니라 위험하고도 미래가 없는, 초로의 욕정 안에서 철벅거리고 있다는 사실을 깨닫고는 그 욕정을 단번에 잘라 내 버렸다. 아우렐리아노 호세는, 당시 군사 훈련을 다 끝내 가고 있었는데도 현실을 수용하고는 병영으로 잠을 자러 가 버렸다. 토요일이 되면 다른 군인들과 어울려 카타리노의 가게를 찾았다. 시든 꽃 냄새를 풍기는 여자들을 어둠 속에서 이상적인 여자라고 생각하면서 그녀들과 더불어 자신의 갑작스런 고독과 설익은 사춘기를 달랬으며, 그녀들을 아마란타라고 여기기 위해 온갖 상상을 다해 가며 간절하게 애를 썼다.

얼마 되지 않아 전쟁에 대한 엇갈린 소식들이 전해지기 시작했다. 정부가 반란이 격화되어 가고 있다고 인정했던 반면에 마콘도의 장교들은 평화협정이 임박했다는 비밀 보고서들을 받아놓고 있었다. 4월 초, 특별 전령 하나가 헤리넬도 마르케스 대령을 찾아와 자기 신분을 밝혔다. 전령은 자유당 지도자들이 실제로 국내 반군 지휘관들과 접촉한 결과, 자유파들에게 각료 자리 셋을 내주고, 의회에 소수파로 등원시키고, 무기를 버리는 반군들에게는 총 사면을 단행하겠다는 조건으로 정전 협정을 체결하기 일보 직전에 와 있다고 확인시켜 주었다. 전령은 정전 협정 조건에 찬성하지 않고 있던 아우렐리아노 부엔디아 대령의 극비 명령을 지니고 있었다. 헤리넬도 마르케스 대령은 가장 유능한 부하 다섯을 골라 함께 나라를 떠날 준비를 해야 했다. 명령은 극도로 비밀리에 수행되었다. 정전 협정이 발표되기 일주일 전, 엇갈리는 소문들이 파다

하게 떠도는 가운데 아우렐리아노 부엔디아 대령은 로케 카르니세로 대령을 포함한 심복 장교 열과 함께 자정이 넘은 시각에 은밀히 마콘도로 잠입해 경비대를 해산시키고, 무기를 땅에 묻고, 서류를 소각했다. 그들은 새벽녘에 헤리넬도 마르케스 대령과 그의 부하 다섯을 데리고 마을을 떠났다. 아주 민첩하고 은밀한 작전이었기 때문에 우르술라는 누군가 침실 창문을 조용히 두드려 작은 목소리로 그 작전에 대해 알려 준 마지막 시각까지 까마득히 모르고 있었다. "아우렐리아노 부엔디아 대령을 보고 싶으시면 지금 당장 대문간으로 나오세요." 우르술라는 침대를 박차고 일어나 잠옷 차림으로 대문간으로 나갔지만 자욱한 흙먼지 사이로 마콘도를 떠나고 있던 말발굽 소리만 겨우 들을 수 있을 뿐이었다. 그다음 날에서야 비로소 우르술라는 아우렐리아노 호세가 아버지를 따라 떠났다는 사실을 알게 되었다.

정부와 야당이 전쟁이 끝났음을 알리는 공동 선언을 발표한 지 열흘 후, 아우렐리아노 부엔디아 대령이 서쪽 국경 지대에서 첫 번째 무력 봉기를 일으켰다는 소식이 전해졌다. 숫자도 얼마 안 되고 무기도 변변히 갖추지 못한 그의 부대는 일주일도 채 못 되어 뿔뿔이 흩어지고 말았다. 그러나 그 해를 통틀어, 자유파와 보수파가 타협에 성공했음을 국민들이 믿도록 애를 쓰고 있는 사이, 아우렐리아노 부엔디아 대령은 또다른 일곱 번의 봉기를 시도했다. 어느 날 밤, 그가 스쿠너 한 척을 타고 가서 리오아차에 포격을 가하자 리오아차 경비대는 리오아차에서 가장 유명한 자유파 열넷을 침대에서 끌어내 총살해 버렸다. 그는 국경에 있는 세관 하나를 보름 이상 점령했고, 그곳에서 소위 전면전을 전국에 지시했다. 여러 번의 원정 가운데 한번은, 수도 외곽 지역에서 선전 포고를 하기 위해 1500킬로미터 이상 되는 미개척지를 횡단하겠다는 무모한 유혹에 빠져 석 달을 밀림 속에서 헤매기도 했다. 언젠가는, 마콘도에서 채 20킬로미터도 떨어지지 않은 곳에 있다가 정부군 정찰대에 쫓겨, 수년 전 아버지가 시꺼먼 뼈대만 남은 스페인 범선 한 척을 발견한 그 마법에 걸린 지역에서 아주 가까운 숲속에 은신해야만 했다.

그 무렵 비시타시온이 죽었다. 비시타시온은 불면증이 두려워 왕위까지 포기한 덕택에 제 명까지 살다 죽을 수 있었는데, 그녀의 마지막 소원은 이십 년이 넘도록 저축한 봉급을 침대 밑에서 파내 아우렐리아노 부엔디아 대령이 전쟁을 계속할 수 있도록 대령에게 보내 달라는 것이었다. 그러나 당시는 아우렐리아노 부엔디아 대령이 주 수도 부근에서 상륙작전을 펼치다 전사했다는 소문이 파다하던 때였기 때문에 우르술라는 비시타시온의 돈을 파내려 하지 않았다. 이 년이 채 되지 않은 기간 동안 네 번째로 발표된 아우렐리아노 부엔디아 대령의 사망에 관한 공식 발표는, 그 후로는 대령에 관해 알려진 것이 전혀 없었기 때문에, 여섯 달 동안 사실로 믿어졌다. 우르술라와 아마란타가 그동안 치르고 있던 여러 사람의 겹상(喪)에 비시타시온의 상까지 새롭게 치르고 있을 때 갑자기 특이한 소식 하나가 전해졌다. 아우렐리아노 부엔디아 대령이 아직 살아 있지만, 이제 표면적으로는 자국 정부를 괴롭힐 생각을 단념했고, 카리브해의 다른 공화국들에서 세력을 얻고 있던 연방주의자들 편에 가담했다는 얘기였다. 그가 고향에서 멀어질수록 각기 다른 이름으로 그에 대한 소문이 전해졌다. 나중에 알려진 바에 따르면, 그 당시 그는 알래스카에서 파타고니아에 이르는 모든 지역에서 보수파 체제를 쓸어버리기 위해 중앙 아메리카의 연방주의자들을 규합하겠다는 이상에 고무되어 있었다고 한다. 그가 고향을 떠난 지 여러 해가 지난 다음 우르술라가 직접 받은 첫 소식은 쿠바의 산티아고로부터 손에 손을 거쳐 그녀에게 도착한, 구겨지고 색 바랜 편지 한 통이었다.

"우린 그 앨 영영 잃어버렸어. 이런 식으로 가다간 그 애가 크리스마스를 지구 끝에서 지내게 될 거야." 우르술라가 편지를 읽으며 한탄했다.

우르술라가 그 소식을 전하면서 맨 먼저 편지를 보여 준 사람은 전쟁이 종결된 후부터 마콘도 시장이 된 보수파 장군 호세 라켈 몬카다였다. "아우렐리아노 이 친구, 보수파가 아니라는 게 참 애석하군요." 그가 편지를 보고 한 마디 했다. 그는 진실로 아우렐리아노 부엔디아 대령을 존경하고 있었다. 많은 보수파 민간인처럼 호세 라켈 몬카다는 자기 당을 수호하기 위해 전쟁에 참여했으며, 비록 군인의 자질은 부족했건만, 전쟁터에서 장군이라는 칭호까지 획득했었다. 그렇지만, 그는 자기 당의 대다수 동지처럼 반전주의자였다. 그는 무기를 든 사람들을 원칙 없는 게으름뱅이들, 모사꾼, 야심적인 사람들, 혼란 속에서 번영을 누리기 위해 민간인에 대항하는 자 들이라고 생각했다. 지성적이고, 사근사근하고, 혈기 왕성하고, 식성 좋고, 투계를 좋아하는 그는 한때는 아우렐리아노 부엔디아 대령의 가장 위협적인 적수였다. 그는 그 광범위한 연안 지역의 여러 직업군인에게 자신의 권위를 강요할 수 있는 사람이었다. 언젠가는 전략상의 필요에 의해 어쩔 수 없이 아우렐리아노 부엔디아 대령의 군대에게 자신의 주둔지 하나를 내줄 수밖에 없었는데, 그때 그는 아우렐리아노 부엔디아 대령에게 두 통의 편지를 남겨두고 철수했다. 그중에서 내용이 무척 길었던 편지 한 통은 전쟁을 좀 더 인간적으로 수행하겠다는 공동 캠페인을 전개하자고 아우렐리아노 부엔디아 대령에게 제안하는 것이었다. 다른 한 통은 자유파가 장악한 지역에 살던 아내에게 보내는 것이었는데, 아내에게 꼭 전해지도록 해 달라는 부탁과 함께 그 편지를 두고 갔었다. 그다음부터는 아무리 살벌한 전투가 진행되는 동안에라도 두 사령관은 포로 교환을 위한 휴전에 의견의 일치를 보였다. 휴전기는 약간의 축제 분위기까지 가세된 일종의 휴식기였는데, 몬카다 장군은 휴전기를 이용해 아우렐리아노 부엔디아 대령에게 체스 두는 법을 가르쳐 주기도 했다. 두 사람은 아주 좋은 친구가 되었다. 심지어는 군부 인물들과 직업 정치인들의 영향력을 일소하고 양당의 가장 훌륭한 이념을 이용할 수 있는 인도주의적인 체제를 수립하기 위해 양당의 대중적인 요소들을 절충해 볼 가능성을 검토하기도 했다. 전쟁이 끝나고 아우렐리아노 부엔디아 대령이 끝없는 반란의 험로를 슬그머니 지나가고 있을 동안 몬카다 장군은 마콘도의 조정관으로 임명되었다. 민간인 옷을 입은 그는 군인들을 비무장 경찰로 대체시키고, 사면법을 존중하도록 했으며, 전쟁 중에 목숨을 잃은 자유파의 일부 가족을 지원해 주었다. 마콘도가 시로 승격되도록 했고, 그래서 자연히 마콘도의 첫 시장이 되어 시민들에게 신뢰 분위기를 조성함으로써 전쟁이란 지난날의 악몽에 지나지 않는다고 생각하도록 했다. 간장염으로 쇠잔해진 니카노르 신부 후임으로는 연방주의자들의 첫 번째 전쟁에서 역전의 용사로 활약한 바 있던 '강아지'라는 별명을 지닌 코로넬 신부가 왔다. 부르노 크레스피는 암파로 모스코테와 결혼했고, 그의 장난감과 악기를 파는 가게는 지칠 줄 모르고 번창했으며, 극장 하나를 세웠는데, 스페인 극단들이 공연 일정에 그 극장을 포함시킬 정도였다. 극장은 나무 벤치들, 그리스 가면을 수놓은 벨벳 장막, 쫙 벌린 사자 입 속에서 표를 파는 것처럼 꾸민 사자 머리 형태의 매표소 세 개가 설치된 넓은 노천 극장이었다. 학교 건물이 보수된 것도 바로 그 무렵이었다. 학교의 책임은 늪 지대에서 보내온 늙은 선생 돈 멜초르 에스칼로나가 맡았는데, 그는 게으름을 피우는 학생들은 자갈이 깔린 마당을 무릎으로 걷게 하고, 입이 거친 학생들에게는 매운 고추를 먹게 해 학부모들의 마음을 흡족하게 했다. 산타 소피아 델 라 피에닷의 고집 센 쌍둥이 아들 호세 아르카디오 세군도와 아우렐리아노 세군도는 각자의 칠판과 분필, 그리고 각자의 이름을 새긴 알루미늄 통을 들고 교실에 앉았던 첫 학생이었다. 어머니의 청초한 아름다움을 물려받은 레메디오스는 '미녀' 레메디오스로 알려지기 시작했다. 겹쳐서 상을 당하고, 근심거리가 쌓이는 세월이 흘러갔건만 우르술라는 늙음을 거부하고 있었다. 산타 소피아 델 라 피에닷의 도움을 받으며 제과를 만들어 내는 일에 새롭게 매진해, 아들이 전쟁에서 축냈던 재산을 몇 년 사이에 다시 모았을 뿐만 아니라, 침실에 묻어 놓은 호리병들을 다시 황금으로 채울 수 있었다. "하느님께서 내 목숨을 부지시켜 주는 한 이 미치광이들의 집에 돈이 부족하진 않을 거야." 우르술라는 자주 그런 말을 했다. 아우렐리아노 호세가 니카라과 연방군 부대에서 탈주해 독일 배의 선원으로 일자리를 얻었다가 몸이 말처럼 단단해지고 원주민처럼 검붉은 얼굴에 머리카락을 덥수룩하게 기른 모습으로 아마란타와 결혼해야겠다는 은밀한 결심을 품은 채 집 부엌에 나타났을 때는 바로 그런 상황이었다.

부엌으로 들어서는 그의 모습을 본 아마란타는 그가 채 입도 벙긋하기 전에 왜 돌아왔는지 그 이유를 단박에 알아차렸다. 식탁에서 두 사람은 감히 서로의 얼굴을 쳐다볼 수가 없었다. 그러나 그가 돌아오고 두 주일이 지난 뒤 우르술라가 함께 있는 자리에서 그는 아마란타의 눈을 뚫어져라 쳐다보면서 아마란타에게 말했다. "난 항상 고모를 생각했어요." 아마란타는 그를 피해 다녔다. 우연히라도 만나지 않으려고 경계를 했다. 그리고 미녀 레메디오스의 곁을 떠나지 않으려고 애썼다. 언제까지 검은 붕대를 손에 감고 다닐 거냐고 조카가 물었던 그날, 언제까지 처녀성을 간직할 거냐고 묻는 것 같은 생각이 들어 볼이 화끈 달아올랐던 것에 대해 스스로 화가 치밀었다. 그가 돌아오자 아마란타는 침실에 빗장을 걸었지만,

여러 날 밤에 걸쳐 옆 방에서 그가 평화롭게 코를 고는 소리를 듣고는 그 예방 조치를 등한시하고 말았다. 그가 돌아온 지 거의 두 달이 지난 어느 날 새벽, 그가 침실로 들어오는 기척을 느꼈다. 그때 그녀는 처음에 마음먹었던 것과는 달리, 도망을 치거나 소리를 지르는 대신, 휴식의 부드러운 느낌에 몸을 내맡기고 말았다. 그가 어린애였을 때 그랬듯이, 또 그 이후로도 늘 그랬듯이, 모기장 안으로 미끄러져 들어오는 것을 느꼈는데, 완전히 발가벗은 몸이라는 것을 알았을 때는, 흘러내리는 식은땀과, 캐스터네츠처럼 부딪치는 이빨을 제어할 수가 없었다. "저리 가. 저리 가지 않으면 소리를 지를 테야." 아마란타는 호기심 때문에 조마조마하면서도 이렇게 속삭였다. 그러나 그때 아우렐리아노 호세는 이제 어둠을 무서워하는 어린애가 아니라 야영 생활에서 산전수전 다 겪은 짐승 같은 사내였기 때문에 자신이 해야 될 일이 무엇인지를 알고 있었다. 그날 밤부터 결론 없는 막연한 싸움이 다시 시작되어 새벽까지 지속되었다. "난 네 고모란 말이야. 나이도 네 엄마 뻘이 될 뿐 아니라, 젖만 먹이지 않았을 뿐 네 엄마와 마찬가지야." 기운이 빠진 아마란타가 중얼거렸다. 아우렐리아노 호세는 동틀 녘이 되면 빠져나갔다가 다음 날 새벽에 다시 돌아왔는데, 그녀가 빗장을 걸어 놓지 않은 것을 알고는 갈수록 더 흥분했다. 그는 아마란타에 대한 욕망을 단 한순간도 버린 적이 없었다. 점령당한 마을의 컴컴한 침실 안에서, 가장 누추한 침실 안에서까지 아마란타를 그리워했으며, 부상병들의 붕대에 말라붙은 핏자국에서, 죽음의 위험에 처했을 때 느끼던 순간적인 공포 속에서, 언제 어느 곳에 있든지 아마란타의 모습을 떠올렸다. 그는 그녀로부터 멀리 떠남으로써뿐만 아니라, 전우들이 무모하다고 규정했을 정도로 터무니없이 잔인하게 행동하며 아마란타에 대한 기억을 지워 버리려 애를 쓰면서 그녀로부터 도망쳤지만, 그녀의 이미지를 전쟁의 추악함 속에 떨궈 버릴수록 전쟁 자체가 더욱더 아마란타를 닮아 가고 있었다. 그녀를 잊는 방법은 죽는 것밖에 없다고 믿고서 국외로 떠나기로 결심했는데, 그러던 어느 날, 어느 남자가 자기 고모이면서 사촌인 여자와 결혼해, 그들 사이에 태어난 아들은 결국 자신의 할아버지가 되었다는 옛날 이야기[88]를 누군가로부터 듣게 되었다.

"아니 자기 고모와 결혼할 수가 있단 말인가?" 그가 깜짝 놀라 물었다.

"고모하고뿐만 아니라, 자기 어머니하고도 결혼할 수 있는 세상을 만들려고 우리가 이렇게 신부들과 전쟁을 하고 있지 않는가." 한 병사가 대꾸했다.

보름 후 그는 탈영하고 말았다. 그가 기억하는 것보다 아마란타는 더 시들었고, 더 외로움을 타고, 더 얌전했으며, 이제 실제로 성숙의 마지막 구비를 돌고 있었지만 침실 어둠 속에서는 그 어느 때보다 더 거셌고, 저항을 하기 위한 공세에 있어서도 그 어느 때보다 더 도전적이었다. "넌 짐승 같은 놈이야. 교황님의 특전도 없이 불쌍한 고모에게 이런 짓을 한다는

---

88) 오이디푸스 신화를 민화적으로 익살스럽게 재구성해 놓은 것이다.

건 말도 안 돼." 자신의 사냥개에게 오히려 추적당하고 있는 꼴이 된 아마란타가 그에게 말했다. 아우렐리아노 호세는 아마란타의 마음을 열기 위해서라면 로마에도 가고, 온 유럽을 무릎으로 걸어도 다니고, 교황님의 샌들에 입이라도 맞추겠다고 약속했다.

"그렇다고 다 되는 게 아냐." 아마란타가 재반론을 하고 나섰다. "돼지 꼬리가 달린 애들이 태어날 거란 말이야."

아우렐리아노 호세는 어떤 얘기에도 귀를 기울이지 않고 있었다.

"아르마딜로[89]들이 태어난다 해도 상관없다니까요." 아우렐리아노 호세가 간청했다.

어느 날 새벽, 아우렐리아노 호세는 욕정을 억누름으로써 생긴 고통을 견디지 못하고 카타리노의 가게로 갔다. 그곳에서 젖가슴은 축 늘어졌지만, 애교 있고, 값이 싼 여자 하나를 만났고, 그녀는 얼마 동안 그의 굶주림을 달래 주었다. 그는 애써 아마란타를 경멸하려 노력했다. 아주 놀랄 만한 솜씨로 다룰 줄 알게 된 손재봉틀로 바느질을 하고 있는 아마란타를 보고도 말 한 마디 건네지 않았다. 아마란타는 이제 무거운 짐으로부터 해방된 듯한 기분을 느꼈는데, 왜 그때 하필이면 헤리넬도 마르케스 대령을 다시 생각하고, 중국 장기를 두던 오후들을 그토록 그리워하며 기억해 내고, 심지어는 왜 그와 잠자리를 함께하고 싶다는 욕망에까지 이르렀는지는 자신

---

89) 남미산 '갑옷쥐'를 말한다.

도 이해할 수 없었다. 일부러 상대를 무시하는 엉터리 연극을 더 이상 계속할 수 없었던 아우렐리아노 호세는 그사이 자신의 입장이 얼마나 불리해졌는지를 파악하지 못한 채 어느 날 밤 다시 아마란타의 방으로 갔다. 아마란타는 단호하고 명확한 결단으로 그를 거절했고, 침실에 영원히 빗장을 걸었다.

아우렐리아노 호세가 돌아온 지 몇 달이 지났을 무렵, 재스민 향수 냄새를 풍기는 원기 왕성한 여자가 다섯 살쯤 된 아들 하나를 데리고 집에 나타났다. 여자는 그 아이가 아우렐리아노 부엔디아 대령의 아들이므로 우르술라더러 이름을 지어 달라고 하기 위해 데려왔다는 것이었다. 그 이름 없는 아이의 아버지가 누구인지를 의심하는 사람은 아무도 없었다. 아이는 처음으로 얼음 구경을 시켜 주려고 데려갔던 당시의 대령과 생김새가 똑같았다. 여자는 아이가 두 눈을 똑바로 뜨고 주위에 둘러선 사람들을 어른스러운 눈초리로 쳐다보면서 태어났는데, 눈 한번 깜빡거리지 않고 사물을 응시하는 눈초리 때문에 놀랐다는 얘기를 했다. "제 애비하고 똑같지만, 단 한 가지 다른 점은 제 애비는 의자를 바라보기만 해도 의자가 저절로 움직인다는 점이야." 우르술라가 말했다. 아이의 이름은 아우렐리아노라 지었는데, 아버지가 아이를 자식으로 인정하기 전에는 아버지의 성을 따를 수 없다는 법 때문에 어머니의 성을 붙여 주었다. 몬카다 장군이 아이의 대부가 되었다. 아마란타가 아이를 맡아서 기르겠다고 했지만, 아이 어머니가 반대했다.

그때만 해도 우르술라는 씨앗 좋은 수탉 우리에 암탉들을 풀어 놓듯 젊은 처녀들을 전사의 침실로 들여보내는 풍습을 모르고 있었지만, 그 해를 지내면서 이해하게 되었다. 그 후로도 아우렐리아노 부엔디아 대령의 아들이라는 아이들 아홉이 이름을 지어 받으려고 집으로 데려와졌던 것이다. 가장 큰 아이는 아버지 집안과는 조금도 닮지 않아, 특이하게도 초록색 눈동자에 피부가 가무잡잡했는데, 나이는 열 살을 넘고 있었다. 찾아오는 아이들은 나이와 피부 색깔이 저마다 달랐지만 모두 사내아이였으며, 부계 혈통을 의심할 여지가 없는 고독한 분위기를 풍겼다. 그 많은 아이들 가운데 특히 두 아이만은 유별났다. 제 나이에 비해 몸집이 지나치게 큰 아이는 손에 닿는 것은 모조리 부숴 버리는 기질을 타고나기라도 했다는 듯이 꽃병들과 수많은 사기그릇을 산산조각 내 버렸다. 또한 아이는 어머니처럼 파란 눈에 금발머리였는데, 곱슬머리를 여자처럼 길게 기르고 있었다. 그 아이는 마치 그 집에서 자랐다는 듯 아주 익숙한 태도로 집 안으로 들어가, 곧바로 우르술라의 침실에 있는 장롱 앞으로 가서 졸라 댔다. "태엽 달린 발레리나 인형 주세요." 우르술라는 깜짝 놀랐다. 장롱을 열고 멜키아데스가 생전에 쓰던 골동품들과 먼지를 뒤집어쓴 물건들 사이를 헤집은 끝에, 언젠가 피에트로 크레스피가 선물로 가져왔으나 모두들 잊고 지냈던 그 태엽 달린 발레리나 인형을 찾아냈는데, 인형은 양말 한 켤레에 둘러싸여 있었다. 십이년이 채 되지 않는 기간 동안 가족들은 아우렐리아노 부엔디아 대령이 전투지를 사방 팔방으로 이동하면서 씨 뿌려 태어난 아이들에게 모두 아우렐리아노라고 이름 짓고 성은 각자의 어머니 것을 따르게 했다. 아이들은 모두 열일곱 명이었다. 처음에 우르술라는 아이들의 주머니에 돈을 채워 주었고, 아마란타는 그들과 함께 살고자 했다. 그러나 결국 아이들에게 선물이나 하고 대모 노릇들이나 하기로 자신들의 역할을 한정시켰다. "이름을 지어 준 것으로 우린 할 일을 다한 게야." 우르술라는 수첩에 어머니들의 이름과 주소, 그리고 아이들의 출생지와 출생일을 기입하면서 말했다. "이렇게 기록해 두면 아우렐리아노가 잘 헤아릴 수 있겠지. 돌아와서 결정을 할 사람도 그 애잖니." 우르술라는 점심 식사를 하는 도중 몬카다 장군과 그 어지러운 번식에 관해 얘기하면서 언젠가는 아우렐리아노 부엔디아 대령이 돌아와 사방에 흩어져 있는 자식들을 전부 집에 모으면 좋겠다는 희망을 피력했다.

"염려하지 마세요, 대모님. 생각하시는 것보다는 더 빨리 돌아올 겁니다." 몬카다 장군이 수수께끼 같은 말을 했다.

몬카다 장군이 알고 있었으면서도 점심 식사 때 털어놓으려 하지 않았던 사실은 아우렐리아노 부엔디아 대령이 당시까지 시도된 반란들 가운데서 가장 장기적이고, 과격하고, 유혈이 낭자한 반란을 지휘하기 위해 이미 이동 중이라는 것이었다.

상황은 첫 전쟁이 일어나기 전 몇 달 동안에 그랬던 것처럼 다시 아주 긴박해졌다. 시장 자신이 앞장서서 시작했던 닭싸움은 중단되었다. 경비대장인 아킬레스 리카르도 대위가 사실상 시의 실권을 장악했다. 자유파 사람들은 그를 도발적인 사람이라 지칭했다. "무시무시한 일이 벌어질 것 같구나. 오후

6시가 넘으면 집 밖으로 나가지 말아라." 우르술라가 아우렐리아노 호세에게 당부했다. 그런 당부는 하나 마나였다. 예전에 아르카디오가 그랬듯이, 아우렐리아노 호세는 이미 우르술라의 손아귀를 벗어나 있었다. 집에 돌아와 있는 데다가 일상의 급박한 일에 신경쓰지 않고 살아갈 수 있다는 가능성이 그에게 삼촌 호세 아르카디오가 지녔던 호색적이고 게으른 천성을 일깨워 주기라도 하는 듯싶었다. 아마란타에 대한 그의 열정은 아무 상처도 남기지 않은 채 수그러들었다. 그는 당구를 치고, 우연히 만나는 여자들과 더불어 고독을 달래고, 우르술라가 옮겨 놓고 잊고 있던 돈을 구석구석에서 훔쳐 내면서 그렇게 정처없이 배회하고 다녔다. 결국 그는 옷을 갈아입기 위해서나 집을 찾아올 정도가 되어 버렸다. "모두 다 똑같아. 처음에는 잘들 자라고, 말 잘 듣고, 예의 바르고, 파리 한 마리도 못 죽일 것 같던 애들이 그저 수염만 나기 시작하면 못된 짓을 한단 말이야." 우르술라가 한탄을 했다. 자신의 출생 비밀을 끝까지 모르고 살았던 아르카디오와는 달리 아우렐리아노 호세는 자신이 필라르 테르네라의 아들이라는 사실을 알았는데, 필라르 테르네라는 아들이 낮잠을 잘 수 있도록 자기 집에 해먹을 걸어 두었다. 그들은 어머니와 아들 사이였을 뿐 아니라 고독을 함께 나누는 사이였다. 필라르 테르네라는 이미 희망이라고는 조금도 남지 않은 상태에 이르러 있었다. 웃음소리는 이미 풍금소리처럼 변했고, 젖가슴은 가뭄에 콩 나듯 한 번씩 받는 애무로 인해 이미 축 늘어져 있었으며, 아랫배와 사타구니는 여러 남자가 공동으로 소유하는 여자라면 그 누구도 거부할 수 없는 운명의 희생물이 되어 있었지만, 마음만은 괴로움 없이 늙어 갔다. 살이 찌고, 수다스러워진 필라르 테르네라는 자신이 박복한 뚜쟁이임을 자처하면서 카드 점의 무익한 환상 따위는 잊은 채 남들의 연애를 주선해 주는 데서 위안을 얻는 처지가 되었다. 아우렐리아노 호세가 낮잠을 자고 가는 그 집에서는 이웃에 사는 아가씨들이 연인을 맞아들였다. "방 좀 빌려주세요, 필라르." 아가씨들은 이미 집 안으로 들어와서는 불쑥 필라르 테르네라에게 이렇게 말했다. 그러면 필라르 테르네라는 거침없이 대답했다. "물론 빌려주지." 그렇게 해서, 누군가 이미 방을 차지하고 있을 때면 아우렐리아노 호세에게 이렇게 설명했다.

"사람들이 침대에서 즐거워하는 걸 보면 나까지 덩달아 기분이 좋단다."

필라르 테르네라는 방을 빌려주고도 돈은 절대 받지 않았다. 그녀에게 돈도, 사랑도 주지 않고, 가끔씩 쾌락만을 주면서 그녀의 육체가 황혼기에 접어들었을 때까지 그녀를 찾았던 셀 수도 없이 많은 사내들을 거부하지 않았듯이 그들의 부탁을 거절하지 않았던 것이다. 그녀에게서 뜨거운 씨앗을 물려받은 다섯 딸은 사춘기에 접어들면서부터 인생의 험로에서 길을 잃고 말았다. 필라르 테르네라가 손수 키운 두 아들 가운데 하나는 아우렐리아노 부엔디아 대령의 부대에서 싸우다가 목숨을 잃었으며, 다른 하나는 열네 살 나던 해에 늪 지대의 어느 마을에서 암탉들이 들어 있는 망태기를 훔치려 했다가 부상을 입고 붙잡혔다. 어떤 의미에서, 아우렐리아노 호세는 트럼프의 킹이 반 세기 동안 계속해서 그녀에게 예고해 주었던 바로 그 키 크고 얼굴 거무스름한 남자였는데, 카드 점괘에서 죽음이 예견되었던 모든 남자들이 그랬듯이, 자신에게 이미 죽음의 표시가 새겨져 있는 상태에서 그녀의 가슴으로 찾아왔었다. 필라르 테르네라는 카드 점괘를 통해 그가 죽을 거라 믿고 있었다.

"카르멜리타 몬티엘[90]이 네 침실에 좀 들여보내 달라고 끈덕지게 졸라 댔으니 오늘 밤에는 나가지 말고 여기서 자도록 해라." 필라르 테르네라가 아우렐리아노 호세에게 말했다.

아우렐리아노 호세는 그녀의 간곡한 간청이 지니고 있는 깊은 의미를 눈치채지 못했다.

"자정에 기다리라고 하세요." 그가 말했다.

그는 어느 스페인 극단이 「여우의 단검」이라는 연극을 공연하고 있는 극장으로 갔는데, 사실 그 연극은 자유파들이 보수파들을 '고트족'[91]이라고 불렀기 때문에 아킬레스 리카르도 대위의 명령에 의해 제목이 바뀐 소리야[92]의 「고트족의 단검」이었던 것이다. 아우렐리아노 호세는 극장 입구에서 표를 낸 순간에야 비로소 아킬레스 리카르도 대위가 무장한 병사

---

90) 이 여자는 레베카의 어머니가 몬티엘이라는 성을 지니고 있으므로 레베카의 친척이 될 수 있으며, 또 레베카의 어머니가 호세 아르카디오 부엔디아와 친척이 되므로 아우렐리아노 호세의 친척이 될 수도 있다.
91) 로마에 침입하여 이탈리아, 프랑스, 스페인을 건설한 튜튼 족의 한 무리이다.
92) 스페인의 시인이자 극작가다.

둘과 함께 관객들의 몸수색을 하고 있다는 사실을 알 수 있었다. "함부로 행동하지 마시오, 대위. 지금까지 내 몸에 손을 댄 사람은 단 하나도 없었소." 아우렐리아노 호세가 경고했다. 대위는 강제로 아우렐리아노 호세의 몸을 수색하려 했고, 무기를 지니고 있지 않은 아우렐리아노 호세는 도망을 치기 시작했다. 병사들은 발사 명령에 복종하지 않았다. "저 사람은 부엔디아 집안 사람입니다." 병사 하나가 설명했다. 분노에 눈이 먼 대위는 그 병사에게서 총을 빼앗아 들고 길 한복판으로 뛰어나가 그를 겨냥했다.

"비열한 자식!" 대위가 소리쳤다. "아우렐리아노 부엔디아 대령이라면 더 좋았을 텐데."

스무 살 난 처녀, 카르멜리타 몬티엘이 오렌지 꽃을 달인 물로 막 목욕을 끝내고 필라르 테르네라의 침대에 로즈메리 잎을 뿌리고 있을 때 총소리가 울렸다. 원래 아우렐리아노 호세는 아마란타가 거절했던 행복을 카르멜리타 몬티엘에게서 찾아, 아이 일곱을 낳고 살다가 그녀의 품에서 늙어 죽기로 운명 지어져 있었지만, 그의 운명을 잘못 해석한 카드 점에 이끌린 총탄이 그의 등을 뚫고 들어가 가슴을 찢어놓고 말았다. 그날 밤에 죽을 운명이었던 아킬레스 리카르도 대위는 실제로 아우렐리아노 호세가 죽기 네 시간 전에 죽었다. 대위가 쏜 총성이 울리자마자, 어디서 날아왔는지는 끝내 밝혀지지 않았던 두 발의 탄환을 동시에 맞은 대위가 쓰러졌고, 수많은 사람의 외침 소리가 밤하늘을 뒤흔들었다.

"자유당 만세! 아우렐리아노 부엔디아 대령 만세!"

아우렐리아노 호세가 피를 다 쏟고, 카르멜리타 몬티엘이 자신의 미래에 대한 카드 점괘가 비어 있다는 사실을 알게 된 12시쯤, 400명도 넘는 남자들이 줄을 지어 극장 앞으로 지나가면서 버려진 아킬레스 리카르도 대위의 시체에 권총을 쏘아 댔다. 납탄들이 빈틈없이 박혀, 물에 불린 빵처럼 너덜해진 시체를 손수레에 싣기 위해서는 일개 순찰대가 필요했다.

정규군의 횡포에 화가 난 호세 라켈 몬카다 장군은 정치적인 영향력을 동원하기 시작했고, 다시 군복을 입고 마콘도의 민·군 지휘권을 맡았다. 그럼에도 불구하고, 자신의 유화 정책이 불가피한 사태까지 막을 수 있으리라는 기대 같은 건 하지 않고 있었다. 9월에 들려온 소식은 서로 상반되는 것들이었다. 정부가 전국적으로 통제권을 유지하고 있다고 공포하는 동안, 자유파들은 국내에서 무장봉기가 일어나고 있다는 비밀 보고서들을 받고 있었다. 정부는 전쟁 상태를 인정하지 않고 있다가, 나중에 아우렐리아노 부엔디아 대령이 참석하지 않은 군법 회의가 열리고, 아우렐리아노 부엔디아 대령에게 사형이 구형되고 난 후에 발표한 포고령을 통해 알렸다. 아우렐리아노 부엔디아 대령을 맨 먼저 체포하는 경비대는 즉시 사형을 집행해야 한다는 명령이 떨어졌다. "이건 아우렐리아노가 돌아왔다는 뜻이에요." 우르술라가 몬카다 장군 앞에서 기뻐했다. 그러나 장군 자신도 그 진위는 알지 못하고 있었다.

사실, 아우렐리아노 부엔디아 대령은 한 달 하고도 며칠 전부터 국내에 있었다. 그가 돌아오기 전에는 상반되는 소문들이 퍼져 있었고, 동시에 그가 아주 먼 곳에 있다고들 생각했는데, 몬카다 장군까지도 그가 해안 지역의 두 개 주를 점령했다는 공식 발표가 나오기 전에는 그의 귀국을 믿으려들지 않았다. "축하합니다, 대모님!" 그가 전보를 우르술라에게 보여 주면서 말했다. "곧 여기서 아드님을 보시게 될 겁니다." 그때 우르술라는 처음으로 걱정이 되었다. "그럼 대부님은 어떻게 하시려고요?" 우르술라가 물었다. 몬카다 장군은 자신에게 벌써 여러 번 그 질문을 던져 보았었다.

"그 사람과 똑같은 행동을 취할 겁니다, 대모님. 그게 제 임무를 완수하는 거니까요." 그가 대답했다.

10월 초하루, 동틀 무렵, 아우렐리아노 부엔디아 대령은 중무장한 부하 1000명을 거느리고 마콘도를 공격했고, 경비대는 끝까지 저항하라는 명령을 받았다. 정오 무렵, 몬카다 장군이 우르술라와 점심 식사를 하고 있는 사이에 마을을 뒤흔들었던 반군의 대포 한 방이 시 재무국 정면을 가루로 만들어 버렸다. "그들도 우리만큼 중무장을 하고 있지만 전의는 우리보다 더 높군요." 몬카다 장군이 한숨을 내쉬었다. 오후 2시, 양측에서 쏘아 대는 포화에 지축이 흔들리고 있을 때 몬카다 장군은 승산 없는 전투를 하고 있다는 확신을 지닌 채 우르술라와 작별했다.

"오늘 밤에 아우렐리아노 부엔디아 대령을 집 안에 들여놓지 않으시기를 신께 기도드리겠습니다. 만일 그렇게 된다면, 전 더 이상 그 사람을 보지 않을 생각이니까, 제 대신 포옹이나 해 주십시오." 몬카다 장군이 말했다.

그날 밤, 몬카다 장군은 아우렐리아노 부엔디아 대령에게 전쟁을 인간적으로 수행하자는 공동 목표를 상기시키고, 아우렐리아노 부엔디아 대령이 군사 지도자들의 부패와 양당 정치인들의 야망에 대항해 결정적인 승리를 거두기를 바란다는 장문의 편지를 쓰고 난 후 마콘도를 빠져나가려다 붙잡히고 말았다. 다음 날 아우렐리아노 부엔디아 대령은 몬카다 장군과 우르술라의 집에서 점심 식사를 했는데, 몬카다 장군은 혁명군의 군법회의에서 그의 운명이 결정되기까지 그곳에 억류되어 있었다. 점심 식사는 가족 모임 같았다. 그러나 두 적수가 지난 일을 회고하기 위해 전쟁 따위는 잊고 있는 동안 우르술라는 아들이 침략자라는 우울한 기분이 들었다. 아들이 요란한 전쟁 장비의 보호를 받으며 집 안으로 들어와서 위험 요소가 없음을 확인할 때까지 침실들을 온통 다 뒤집어 놓는 것을 본 순간부터 그런 느낌을 지녔었다. 아우렐리아노 부엔디아 대령은 위험 요소를 탐색하기 위해 집을 수색하는 것을 허용했을 뿐만 아니라, 오히려 더 엄격히 하라는 단호한 명령을 시달했고, 그의 경호대원들이 집 둘레에 경비병들의 배치를 완료할 때까지는 그 누구도, 심지어는 우르술라조차도, 자기로부터 3미터 이내에는 접근하지 못하도록 했다. 그는 계급장을 달지 않은 평범한 생면직 제복을 입고, 진흙과 마른 피가 더덕더덕 달라붙은 박차가 달린 긴 부츠를 신고 있었다. 허리춤에는 자동 권총 한 정을 차고 다녔는데, 케이스 단추는 풀어놓은 채 항상 권총 손잡이를 잡고 있는 손에는 자신의 시선에 드러난 단호하고 경계심이 밴 긴장감이 서려 있었다. 이미 양쪽이 깊숙이 벗겨져 있는 이마는 은근한 불에 구워 낸 것처럼 보였다. 카리브해의 소금기에 단련된 그의 얼굴은 쇠붙이처럼 단단해져 있었다. 임박해 있는 노쇠 현상을 자신의 냉정한 성격과 어느 정도 연관성이 있는 활력으로 막아 내고 있었다. 그곳을 떠날 때보다 키가 더 커지고, 더 창백하고, 더 말라 있던 그는 과거의 추억을 거부할 때 나타나는 초기 증세들을 보여 주었다. "오, 하느님. 이젠 무슨 짓이라도 다 저지를 사람 같아 보이는군." 우르술라가 겁에 질려 중얼거렸다. 사실 그랬다. 그가 지난 시기에 보여 주던 인간미는 아마란타에게 준 아스테카 숄, 점심을 먹으면서 기억해 낸 옛일들, 그가 들려준 흥미로운 얘기들에서 그저 조금 비칠 뿐이었다. 묘 구덩이 하나에 죽은 사람을 모두 파묻으라는 명령이 대충 실행되자, 아우렐리아노 부엔디아 대령은 로케 카르니세로 대령에게 군사 재판을 서두르라는 임무를 부여했고, 자신은 보수파 정권하에서 원상태로 돌아갔던 체제를 송두리째 갈아엎는 과격한 개혁을 단행하기 위한 진을 빼는 과업에 매진했다. "우리는 당의 정치인들보다 앞서가야 하네. 그들이 현실에 눈을 떴을 때 우리가 과연 무엇을 이루어놓았는지 보게 될 테니까 말이야." 그가 참모들에게 말했다. 지난 백 년 동안의 토지 소유권에 관한 것을 재조사하기로 결정했던 것도 바로 그때였는데, 철저하게 검토해 가던 그가 형 호세 아르카디오의 합법화된 범죄 행위를 발견하고 말았다. 그는 단 한 번의 펜 놀림으로 호세 아르카디오의 소유권을 말소시켜 버렸다. 그리고 자신이 한 일에 대해 마지막 예의를 표하려는 듯 업무를 한 시간 동안 미뤄 둔 채 자신의 결정을 알리기 위해 레베카를 찾아갔다. 한때 그가 억누르고 있던 사랑에 대해 속마음을 털어놓던 은밀한 친구이자, 자신의 고집으로 그의 생명까지 구해 주었던, 집안의 어둠 속에서 살고 있는 그 외로운 미망인은 과거에 대한 하나의 스펙트럼이었다. 손까지 검은 옷으로 뒤덮은 채 재가 되어 버린 가슴을 부여안고 사는 그녀는 전쟁에 대해 아는 바가 거의 없었다. 아우렐리아노 부엔디아 대령은 레베카의 뼈에서 발산되는 인광이 살갗을 뚫고 나오고 있으며, 레베카가 여전히 희미한 화약 냄새를 풍기는 정체된 공기 속을 도깨비불이 둥둥 떠다니는 것 같은 분위기에서 움직이고 있다는 느낌을 받았다. 그는 먼저 레베카에게 엄격하게 치르고 있던 애도의 예(禮)를 조금 완화시키고, 집 안의 공기를 환기시키고, 호세 아르카디오에게 죽음을 가져온 세상 사람들을 용서해 주라고 충고했다. 그러나 레베카는 이미 모든 허영심을 초월한 상태였다. 그녀는 흙 맛에서, 피에트로 크레스피가 보낸 향수 뿌린 편지에서, 남편과 함께 지낸 폭풍 같은 침대 속에서 모든 허영심을 맛보고 난 후, 추억이 꺾을 수 없는 회상의 힘에 의해 현실화되어 외부와 단절된 방들을 살아 있는 사람처럼 돌아다니는 그 집 안에서 평화를 찾았었다. 레베카는 등나무 흔들의자에 기대 앉은 채, 마치 과거의 스펙트럼처럼 보이는 것은 아우렐리아노 부엔디아 대령이라는 듯이 그를 바라보면서 호세 아르카디오에 의해 몰수당한 땅이 정당한 주인들에게 반환될 거라는 소식을 듣고도 전혀 놀라지 않았다.

"당신이 처리하는 대로 되겠죠, 아우렐리아노." 레베카가 한숨을 쉬었다. "난 항상 그렇게 믿었고, 지금도 확신하고 있는

데, 당신은 냉정한 사람이잖아요."

토지 소유권 재조사 작업이 끝남과 동시에 헤리넬도 마르케스 대령 주관하에 이루어진 약식 재판도 끝나, 혁명군에게 포로로 잡힌 모든 정규군 장교는 총살형을 선고받기로 결론이 났다. 마지막 군법회의는 호세 라켈 몬카다 장군에 관한 것이었다. 우르술라가 재판에 관여하고 나섰다. "그는 마콘도에서 우리가 겪은 통치자들 가운데 가장 훌륭한 사람이다. 그 사람에 대해서는 네가 그 누구보다도 잘 알기 때문에, 난 그의 훌륭한 마음과 그가 우리에게 지니고 있는 애정에 대해서는 할 말이 전혀 없다." 우르술라가 아우렐리아노 부엔디아 대령에게 말했다. 아우렐리아노 부엔디아 대령은 책망하는 듯한 눈초리로 우르술라를 바라보았다.

"재판권은 제 맘대로 할 수가 없어요. 하시고 싶은 말씀이 있으면 군법회의에서 하세요." 아우렐리아노 부엔디아 대령이 대꾸했다.

우르술라는 그의 말대로 했을 뿐만 아니라, 마콘도에 사는 혁명군 장교들의 어머니들을 전부 데리고 가 몬카다 장군을 위해 증언하도록 했다. 마콘도를 설립했던 늙은 여인들이 차례차례 몬카다 장군의 덕망에 대해 열성적으로 칭찬했는데, 그 가운데 몇은 산맥을 넘는 그 무시무시한 행렬에 참여해 마콘도로 왔던 여인들이었다. 가장 늦게 증언한 사람은 우르술라였다. 우르술라의 비감이 서린 위엄과 이름이 풍기는 무게와 설득력 있는 열변은 잠시 동안 재판의 공정성을 뒤흔들었다. "여러분은 여러분의 임무를 수행하고 있기 때문에 이 무시무시한 놀이에 정말 진지한 자세로 임해 왔으며, 잘 진행시켰습니다. 하지만 하느님께서 우리의 목숨을 지탱시켜 주시는 한 우리는 여러분의 어머니이므로, 여러분이 제아무리 혁명적으로 행동한다 해도, 부모에 대한 존경심이 조금이라도 부족하다면, 우린 여러분의 바지를 벗겨 매질을 할 권리가 있다는 것을 잊지 말기 바랍니다." 우르술라가 재판관들에게 말했다. 우르술라가 한 말이 군대 병영으로 개조된 교실을 여전히 울리고 있는 가운데 판사들이 합의를 위해 퇴정했다. 자정 무렵 호세 라켈 몬카다 장군은 사형을 선고받았다. 아우렐리아노 부엔디아 대령은 우르술라의 맹렬한 항변에도 불구하고 판결의 번복을 거절했다. 동이 트기 조금 전, 그는 감옥으로 쓰이던 방에 있는 사형수를 찾아갔다.

"이건 알아 두게, 친구. 자네를 총살시키는 건 내가 아니네. 혁명이 자넬 총살시키는 걸세." 그가 사형수에게 말했다.

몬카다 장군은 방으로 들어오는 그를 보고서도 야전 침대에서 일어나지조차 않았다.

"그런 똥 같은 소린 집어치우게, 친구." 몬카다 장군이 대꾸했다.

아우렐리아노 부엔디아 대령은 마콘도로 돌아온 뒤 그 순간까지 몬카다 장군과 만나 속마음을 털어놓을 기회가 없었다. 그는 몬카다 장군의 너무 많이 늙어 버린 모습과, 수전증에 걸린 손, 그리고 죽음을 기다리는 사람이 지니게 마련인 약간은 상투적인 체념을 보고 놀라워했는데, 그때 동정심으로 인해 마음이 동요되는 자신에 대해 깊은 경멸감을 느꼈다.

"모든 군법회의란 본디 우스꽝스러운 연극인 바, 이번에 우린 어떤 대가를 치르더라도 전쟁에 이길 것이기 때문에 사실 자네가 남의 죄값을 대신 치러야 한다는 것쯤은 자네가 나보다 더 잘 알고 있을 거야. 자네가 내 입장이었다면, 자네도 나처럼 하지 않았겠는가?" 아우렐리아노 부엔디아 대령이 말했다.

몬카다 장군은 셔츠 자락으로 도수 높은 거북껍질테 안경을 닦기 위해 일어섰다. "그랬을 테지. 하지만 결국 우리 같은 사람들에게 총살형은 자연사나 마찬가지이므로 내가 걱정하는 건 자네가 날 쏘아 죽인다는 문제가 아닐세." 그가 말했다. 그는 안경을 침대 위에 놓고 줄 달린 시계를 몸에서 떼어 냈다. 그가 말을 계속했다. "내가 걱정하는 건 말이야, 자네가 군인들을 너무나도 미워하고, 그들과 전투를 너무 많이 하고, 그들에 대한 생각을 너무 깊이 했기 때문에 결국 자네도 그들과 같은 사람이 되고 말았다는 것일세. 그토록 비참한 경우를 겪으면서까지 추구할 만큼 고귀한 이상은 이 세상에 없는 법이네." 그는 결혼 반지를 빼고, 성모 마리아 상이 달린 목걸이를 풀어 안경과 시계 옆에 나란히 놓았다.

"이렇게 나가다간 자네는 마콘도 역사상 가장 포악하고 잔혹한 독재자가 될 것이고, 결국 자네의 양심의 가책을 완화시키기 위해 애쓰고 계시는 우르술라 대모님까지 총살시키게 될 거네." 몬카다 장군이 결론을 내렸다.

아우렐리아노 부엔디아 대령은 무감각하게 있었다. 몬카다 장군은 그에게 안경과, 목걸이, 시계와 반지를 넘겨주고는 목소리를 바꾸었다.

"하지만 자네를 책망하려고 오라 한 건 아닐세. 이것들을 내 아내에게 전해 달라는 부탁을 하고 싶었네." 그가 말했다.

아우렐리아노 부엔디아 대령은 그것들을 주머니에 넣었다.

"자네 부인은 아직도 마나우레에서 사시겠지?"

"그래, 아직 마나우레에 살아. 자네가 지난번에 편지를 전해 주었던, 교회 뒤에 있는 그 집에서 말이야." 몬카다 장군이 대답했다.

"이 물건들을 자네 부인에게 기꺼이 전해 주겠네, 호세 라켈." 아우렐리아노 부엔디아 대령이 말했다.

아우렐리아노 부엔디아 대령이 안개가 끼어 있는 푸른 공기 속으로 나왔을 때 그 옛날 어느 동틀 녘처럼[93] 얼굴이 축축하게 젖어 오는데, 그때서야 비로소 왜 자신이 사형 집행을 공동묘지가 아니라 학교 마당에서 하라고 조치했는지를 이해했다.

문 앞에 있던 총살형 집행 대원들이 그에게 국가 원수에게나 할 만한 경례를 했다.

"이제 그를 데려와라." 아우렐리아노 부엔디아 대령이 명령했다.

---

93) 자신이 총살형을 받으려다 살아난 그날 동틀 녘을 말한다.

9장

　헤리넬도 마르케스 대령은 전쟁의 허망함을 최초로 인식한
사람이었다. 그는 마콘도의 민·군 총책임자 자격으로 아우렐
리아노 부엔디아 대령과 일주일에 두 번씩 전신을 통해 대화
를 나누고 있었다. 초기에는 그런 식의 협의를 통해 실제 전
투의 방침을 결정했는데, 전쟁의 윤곽을 완벽하게 파악함으로
써 전쟁이 어떤 상태에 있는가를 언제든지 확인할 수 있었으
며, 앞으로 어떻게 진행될 것인지도 예측할 수 있었다. 아우렐
리아노 부엔디아 대령이 제아무리 가까운 친구 사이라 해도
결코 속마음을 털어놓는 일이 없는 사람이었다고는 하지만,
그 당시 그의 말투에는 발신자가 바로 그라는 사실을 수신자
가 알아볼 수 있을 만큼 친밀함이 배어 있었다. 그들 사이의
대화는 자주 예정된 시간을 훨씬 넘겼는데, 아우렐리아노 부

엔디아 대령은 자신의 가정사에 관한 것까지도 언급할 정도였다. 하지만 차츰차츰, 그리고 전쟁이 격해지고 확대되어 감에 따라, 그의 이미지는 비현실의 세계 안으로 빨려들어 가고 있었다. 그의 목소리가 부호화된 점과 선들은 점차 희미해지고 부정확해져 갔으며, 그 점과 선들이 단어들을 만들어 내기 위해 서로 모여 조합되었지만, 그 단어들은 점차 모든 의미를 상실해 가고 있었다. 그때, 자신이 전신기 키 소리를 통해 다른 세계의 낯선 사람과 접촉하고 있다는 생각에 당혹감을 느끼던 헤리넬도 마르케스 대령은 전신이 들어오면 받기만 하기로 마음먹었다.

"알았다, 아우렐리아노. 자유당 만세." 그는 전송을 마치면서 전송기에 이렇게 타전했다.

헤리넬도 마르케스 대령은 결국 전쟁에는 전혀 관여하지 않게 되었다. 과거에는 실제적인 행동이었고, 젊음의 거부할 수 없는 열정이었던 전쟁이 이제는 막연한 개념, 다시 말하면, 공허한 그 무엇으로 변모되어 버렸던 것이다. 그의 유일한 도피처는 아마란타의 뜨개질 방뿐이었다. 그는 매일 오후 아마란타를 찾아갔다. 미녀 레메디오스가 돌리는 손재봉틀로 주름치마에 거품처럼 부풀어 오르는 주름을 잡고 있는 그녀의 손을 지켜보는 게 좋았다. 그들은 서로 함께 있다는 사실에 만족을 느끼며 아무 말도 하지 않은 채 몇 시간을 보냈는데, 아마란타는 그가 자기에 대한 사랑의 불을 살려 놓고 있는 것을 은근히 기뻐하고 있었던 반면에, 그는 그녀의 불가해한 마음속에 어떤 은밀한 계획이 숨어 있는지를 깨닫지 못했다. 그가 돌아온다는 소식이 전해졌을 때 아마란타는 조바심으로 숨이 막힐 지경이었다. 하지만 아우렐리아노 부엔디아 대령의 요란스러운 호위병들에 뒤섞여 집 안에 들어선 그를 보았을 때는, 가혹한 망명 생활로 초췌해지고, 나이와 망각으로 늙고, 땀과 먼지로 더러워지고, 짐승 냄새를 풍기고, 왼팔에 붕대를 감은 추한 꼴에 실망해 기운이 쭉 빠져 버렸다. "하느님 맙소사. 내가 기다리던 남자는 이런 사람이 아니었어." 아마란타는 생각했다. 그러나 다음 날 그는 면도를 한 뒤 콧수염에 라벤더 향수를 뿌리고, 피묻은 붕대는 벗어 버린 깨끗한 모습으로 다시 집에 나타났다. 그는 표지에 자개를 박은 기도서를 아마란타에게 선물로 주었다.

"남자들이란 참 이상해요. 신부들을 상대로 전쟁을 하면서 살아가는데도 기도서를 선물로 갖다준다니까요." 별다른 할 얘기가 없었던 아마란타가 이렇게 말했다.

그때부터 그는 전쟁이 가장 위급한 상황에 달했을 때라도 매일 오후 아마란타를 찾아왔다. 종종 미녀 레메디오스가 없을 때마다 손재봉틀 바퀴를 돌린 사람도 바로 그였다. 아마란타는 그토록 대단한 권력을 쥐고 있으면서도 무기를 응접실에 남겨두고서 아무 방비도 없이 재봉실로 들어서는 그 남자의 끈질김과 충실함과 온순함에 당황스러워했다. 아무튼, 그는 사 년에 걸쳐 계속해서 사랑을 고백했고, 아마란타는 그를 사랑하게 되지는 못했다 해도 이제 그 없이는 살 수 없었기 때문에 항상 그에게 상처를 주지 않고 교묘하게 거절하는 방법을 알고 있었다. 어떤 일에도 흥미를 느끼지 못하는 것 같고, 지능이 뒤떨어진 아이라고 여겨지던 미녀 레메디오스조차 헤리넬도 마르케스 대령의 지극히 헌신적인 태도에 무감각할 수 없어 그의 편을 들었다. 아마란타는 자신이 키운 그 여자 아이가 이제 막 사춘기로 접어들면서 이미 마콘도에서는 일찍이 볼 수 없었던 미인이 되어 있다는 사실을 불현듯 깨달았다. 그러자 지난날 레베카에 대해 지녔던 증오가 마음속에 되살아나는 걸 느꼈고, 그 증오 때문에 미녀 레메디오스의 죽음을 바라게 되는 극한 상황에 이르지 않게 해 달라고 하느님께 빌면서 그녀를 재봉실에서 쫓아냈다. 헤리넬도 마르케스 대령이 전쟁에 대해 혐오감을 느끼기 시작한 때는 그 무렵이었다. 그는 가장 좋은 시절을 다 희생시켜 가며 얻은 영광을 아마란타에게 돌릴 준비를 한 채 사람을 잘 설득시키는 자신의 능력과 여태까지 억눌러 왔던 아마란타에 대한 무한한 사랑에 의지했다. 그러나 아마란타를 설득시킬 수는 없었다. 어느 8월 오후, 지탱할 수 없는 아집의 무게를 이기지 못한 아마란타는 죽는 날까지 울면서 고독하게 지내기 위해 침실에 칩거하기에 앞서 그의 끈질긴 구애에 대해 결정적인 대답을 하고 말았다.

"우린 이제 서로 영원히 잊기로 해요. 이런 짓을 하기에는 이미 너무 늦어 버렸어요." 아마란타가 그에게 말했다.

그날 오후 헤리넬도 마르케스 대령은 아우렐리아노 부엔디아 대령의 전신 호출을 받았다. 소강 상태에 빠져 있는 전쟁에 새로운 돌파구를 전혀 열어 주지 못할 일상적인 대화였다. 대화가 다 끝나갈 무렵 헤리넬도 마르케스 대령은 인적이 드문 거리와 편도나무 잎에 맺힌 수정 같은 물방울을 보았고, 자신이 고독 속에 잠겨 있다는 것을 깨달았다.

"아우렐리아노. 마콘도에는 지금 비가 내리고 있다." 그가 전송기 키로 슬프게 말했다.

전선에는 오랫 동안 침묵이 흘렀다. 갑자기 전신기 키들이 아우렐리아노 부엔디아 대령이 보낸 비정한 기호들을 찍어내며 뛰기 시작했다.

"얼간이 같은 소리 마라, 헤리넬도. 8월에 비가 내리는 건 당연한 일이다." 기호들이 말했다.

두 사람이 워낙 오랫동안 서로 만나지 못했기 때문에 헤리넬도 마르케스 대령은 아우렐리아노 부엔디아 대령의 그 차가운 반응에 당혹감을 느꼈다. 그러나 두 달 후, 아우렐리아노 부엔디아 대령이 마콘도로 돌아오자, 어리둥절했던 기분은 놀라움으로 바뀌었다. 아우렐리아노 부엔디아 대령이 얼마나 변해 있었는지 우르술라조차 놀랄 정도였다. 그는 경호대원도 거느리지 않고, 더위에도 불구하고 외투로 몸을 감싼 채, 세 명의 정부를 소리 소문도 없이 끌고 와서 그 집에 머물게 해 놓고는 대부분의 시간을 해먹에 누워 보냈다. 정기적인 작전에 관해 알리는 전보도 겨우 읽을 정도였다. 한번은 헤리넬도 마르케스 대령이 국제적인 문제로까지 번질 우려가 있는 변방 지역에서 주민을 철수시키는 문제에 대해 해결책을 제시해 줄 것을 그에게 요청했었다.

"그런 사소한 일로 날 귀찮게 하지 말게. 그 문젠 하느님과 상의해 보라고." 그가 헤리넬도 마르케스 대령에게 명령했다.

그때가 아마도 전쟁에서 가장 위급한 순간이었을 것이다.

초기에 혁명을 지원했던 자유파 지주들이 토지 소유권에 관한 재조사를 방해하기 위해 보수파 지주들과 비밀리에 결탁해 버렸다. 망명처에서 전쟁 자금을 대던 정치가들이 아우렐리아노 부엔디아 대령의 과격한 결정을 공개적으로 비난했으나, 그는 그러한 불신임까지도 신경쓰지 않는 것 같았다. 다섯 권이 넘는 자작시도 다시는 읽지 않아, 시들이 잊혀진 채 트렁크 속에서 들어 있었다. 밤이건 낮잠을 자는 시각이건 자신이 데려온 여자들 가운데 하나를 해먹으로 불러 일상의 욕망을 채우고는, 걱정 따위는 눈곱만큼도 없다는 듯 돌멩이처럼 태평스럽게 깊은 잠에 빠졌다. 당시, 멍한 가슴이 항상 불안감에 사로잡혀 있다는 사실을 그 자신만은 알고 있었다. 처음에 그는 영광스러운 귀향과 믿기지 않는 승리에 도취되어 자신이 위대하다는 착각에서 헤어나지 못하고 있었다. 그는 전술에서는 자신의 위대한 스승이자, 치장하고 있던 가죽 옷과 재규어 발톱으로 어른들의 존경과 아이들의 감탄을 유발하던 말보로 공작을 오른팔처럼 부리고 있다는 사실을 흐뭇하게 생각하고 있었다. 그 누구도, 심지어는 우르술라까지도, 자기 몸으로부터 3미터 이내로는 접근할 수 없다고 결정한 것은 바로 그때였다. 그의 부관들이 그가 가는 곳마다 분필로 원을 그려 놓았는데, 그는 그 자신만이 들어갈 수 있는 그 원의 중앙에서 짧지만 거역할 수 없는 명령으로 세상의 운명을 결정짓고 있었다. 몬카다 장군을 총살하고 난 후 처음으로 마나우레에 진군했을 때, 그는 자신이 희생시킨 몬카다 장군의 마지막 소원을 들어주기 위해 서둘렀는데, 장군의 미망인은 안경과 목걸이,

시계와 반지는 받았지만, 그가 집 문 안으로 들어오는 것은 허용하지 않았다.

"들어오지 마세요, 대령. 당신은 당신이 일으킨 전쟁에서는 명령할 수 있겠지만, 이 집에서는 내가 명령해요." 미망인이 그에게 말했다.

아우렐리아노 부엔디아 대령은 분노한 기색을 조금도 보이지 않았지만, 개인 경호원들이 미망인의 집을 강탈하고 잿더미로 만들었을 때야 분한 마음이 수그러들었다. "마음을 잘 다스리게, 아우렐리아노. 자네는 산 채로 썩어 가고 있어." 그때 헤리넬도 마르케스 대령이 충고했다. 그 무렵 아우렐리아노 부엔디아 대령은 제2차 반군 주요 지휘관 회의를 소집했다. 온갖 사람이 다 모여 있었다. 이상주의자, 야심가, 모험가, 사회에 불만을 품은 자, 그리고 일반 범죄자들이었다. 그들 가운데는 공금횡령죄로 재판에 회부되는 걸 피하기 위해 반란에 은신한 전직 보수파 관료도 끼어 있었다. 대부분은 자신들이 왜 전쟁을 하고 있는지조차 모르고 있었다. 각자의 서로 다른 가치관이 내부적인 폭발을 유발할 것만 같던 그 잡다한 무리들 가운데 베일에 싸인 지휘관이 있었다. 그는 바로 테오필로 바르가스 장군이었다. 그는 마음속에 적대감을 숨긴 채 구세주처럼 행동함으로써 부하들의 광신적인 호응을 얻던, 거칠고, 글도 읽을 줄 모르는 토종 원주민이었다. 아우렐리아노 부엔디아 대령은 그 회의를 정치인들의 정치 공작에 대항하는 반군 지휘권을 통합할 의도로 발의했었다. 아우렐리아노 부엔디아 대령의 의도를 간파한 떼오필로 바르가스 장군은 몇 시간 안에 가장 유능한 지휘관들 사이의 동맹을 와해시켜 통합 지휘권을 장악해 버렸다. "저 친구 주의해야 될 맹수야. 우리에겐 국방 장관보다도 더 위험한 인물이지." 아우렐리아노 부엔디아 대령이 자기 부하들에게 주의를 환기시켰다. 그러자 평소에 소심한 사람으로 알려졌던 젊디젊은 대위가 조심스럽게 말을 꺼냈다.

"그건 아주 간단합니다, 대령님. 그자를 해치워 버리면 되지요." 그가 제안했다.

아우렐리아노 부엔디아 대령은 그 제안이 냉혹하다는 것에는 별반 놀라지 않았으나 자신도 그런 생각을 하려던 찰나에 대위가 먼저 제안했다는 사실에 놀랐다.

"내가 그런 명령을 내리리라고 섣불리 기대하지들은 말게." 그가 말했다.

그는 정말로 그런 명령을 내리지는 않았다. 그러나 그 일이 있은 지 보름 후, 떼오필로 바르가스 장군은 불의의 습격을 받아 몸이 마체테로 갈기갈기 찢겨졌고, 아우렐리아노 부엔디아 대령이 통합 지휘권을 장악하게 되었다.

그의 지휘권이 모든 반군 지휘관들에게 인정을 받게 된 바로 그날 밤, 그는 겁에 질린 채 잠에서 깨어나 큰 소리로 모포를 요구했다. 태양이 쨍쨍 내리쬐는 순간에도 뼛속을 파고들며 그를 괴롭힌 오한 때문에 몇 달 동안 잠을 못 이루었고, 불면은 결국 습관이 되기에 이르렀다. 권력에 대한 도취감은 사라지고 돌연히 불안감이 찾아들기 시작했다. 그는 오한을 치유하기 위한 방법을 찾던 중 테오필로 바르가스 장군을 살해

하자고 제안했던 젊은 장교를 총살하도록 했다. 그의 명령은 채 시달되기도 전에, 아니 그가 어떤 명령을 내릴까 생각하기도 전에, 이미 수행되었고, 항상 그 명령이 미칠 것이라 생각되던 범위보다 훨씬 더 멀리까지 미쳤다. 그는 무한한 권력의 고독 속에서 길을 잘못 들어 방향 감각을 잃어가기 시작했다. 점령한 이웃 마을들에서 자기를 환호한 그 사람들이 적군을 환호한 바로 그 사람들이라는 생각이 그를 짜증나게 했다. 그는 어디를 가든지 각자의 눈으로 그를 쳐다보고, 각자의 목소리로 그에게 얘기를 하고, 그가 그들에게 인사를 할 때 그랬던 것처럼 똑같은 불신을 품은 채 그에게 인사를 하고, 자신들이 그의 아들이라고 말하는 소년들을 만났다. 그는 자기 씨앗이 이곳저곳에 흩어져 싹트고 있다는 걸 느꼈지만, 오히려 그 어느 때보다 더 심한 고독감을 느꼈다. 부하 장교들조차 자기에게 거짓말을 하고 있다고 믿었다. 그리고 말보로 공작과도 다투었다. "이 세상에서 가장 훌륭한 친구는 얼마 전에 죽은 그 친구야." 그는 자주 이렇게 말했다. 불안감으로 인해 지치고, 갈수록 더 늙고, 더 쇠약해지고, 갈수록 왜 전쟁을 하는지, 어떻게 하는지, 언제까지 할 것인지도 모른 채, 자신을 늘 제자리걸음하도록 만드는 그 영원한 전쟁의 악순환으로 인해 지쳐버렸다. 분필로 그려 놓은 원 밖에는 언제나 누군가가 있었다. 그들은 돈이 필요한 사람, 백일해를 앓는 아들이 있는 사람, 입에서 단내가 나도록 지긋지긋한 전쟁을 더 이상 견딜 수가 없어 잠이나 실컷 자려 가고 싶은 사람, 그리고, 그럼에도 불구하고, 그에게 "모든 게 정상입니다, 대령님."이라고 보고하기 위해 마지막 남은 힘으로 부동자세를 취하고 있는 사람들이었다. 사실, 정상적인 상태, 즉 아무 일도 일어나지 않는다는 것은, 엄밀히 말하면, 그 끝없는 전쟁에서 가장 두려운 것이었다. 그렇듯 불길한 예감 때문에 스스로 혼자가 된 그는 죽을 때까지 그의 곁을 떠나지 않은 추위로부터 도망쳐 옛 추억의 온기가 밴 마콘도에서 마지막 안식처를 찾았던 것이다. 정신적인 태만이 어찌나 심했던지, 전쟁의 교착 상태를 토론하기 위해 위임을 받은 자유당 사절단이 도착했다는 보고를 듣고도 아직 잠에서 완전히 깨지도 않은 채 해먹에서 몸을 뒤척거렸다.

"그 친구들 창녀들에게나 데려다줘 버려." 그가 말했다.

사절단은 프록코트를 입고 높다란 모자를 쓴 여섯 명의 변호사들로서, 11월의 활활 타오르는 태양을 엄청난 인내심으로 견뎌 내고 있었다. 우르술라는 그들을 집에 머물게 했다. 그들은 거의 하루 종일 침실에 들어앉아 밀담을 나누더니 날이 저물어 가자 경호원과 아코디언 연주자들을 불러 달라고 해서는 자신들 부담으로 카타리노의 가게에 들렀다. "멋대로들 하게 내버려 둬. 저 친구들이 뭘 원하는지 난 다 알고 있으니까." 아우렐리아노 부엔디아 대령이 명령했다. 12월 초순에, 질질 끌던 면담이 드디어 이루어졌는데, 많은 사람은 그 토론의 결말을 보지 못하리라 예상했지만 채 한 시간도 안 지나 끝나 버렸다.

아우렐리아노 부엔디아 대령은 이번에는 부관들이 분필로 그려 놓은 원 안에 앉지 않고, 찌는 듯 무더운 응접실의 흰 보자기를 씌워 놓은 자동 피아노 그림자 곁에 있었다. 그는 자신의 정치 참모들 사이에 의자를 놓고 앉아 양털 모포로 몸을 감싼 채 사절단의 짧은 제안을 잠자코 들었다. 그들은 첫 번째로, 자유파 지주들의 지지를 다시 얻으려면 토지 소유권에 관한 재조사를 단념하라고 요청했다. 두 번째로, 가톨릭 교인들의 지지를 얻으려면 성직자들의 영향력에 대항하는 투쟁을 중지해 달라고 요청했다. 마지막으로는, 가정의 고결함을 보존하려면 적자와 서자 사이의 동등한 권리를 인정해 주는 법안을 철회해 달라고 요청했다.

"그러니까, 우리가 정권을 잡기 위해서만 투쟁하고 있다는 말이군요." 사절단이 제안서를 다 읽자 아우렐리아노 부엔디아 대령이 미소를 지으며 말했다.

"그건 전략적인 수습책이지요. 현재 중요한 것은 전쟁의 대중적 기반을 확대하는 것이니까요. 장차 일은 나중에 재고하기로 하고요." 사절단원 가운데 한 사람이 대꾸했다.

아우렐리아노 부엔디아 대령의 정치 참모들 가운데 하나가 서둘러 개입했다.

"그건 이치에 맞지 않아요. 그런 수습책이 옳은 일이라면, 그것은 곧 보수파 정권이 옳다는 말이 되지요. 여러분의 말마따나 그런 수습책을 통해 대중적 기반이 확대된다면, 그것은 현 정권이 광범위한 대중적 기반을 가지고 있다는 말이 되죠. 요약해서 얘기한다면, 우리는 거의 이십 년 동안 국민의 정서에 반해 싸워왔다는 얘기란 말이에요."

그가 얘기를 계속하려 했지만, 아우렐리아노 부엔디아 대령이 손짓을 해 중단시켰다. "시간 낭비할 것 없소, 박사. 중요한 것은, 지금부터는 우리가 정권을 획득하기 위해서만 투쟁하는 거요." 그가 말했다. 그리고 계속해서 미소를 지으며 사절단이 가져온 서류를 받아들어 서명할 준비를 했다.

"상황이 이렇게 된 바에야 그 건을 수용하는 데 우리는 거리낄 것이 전혀 없소." 그가 결론지었다.

당황한 부하들이 서로 얼굴을 쳐다보았다.

"실례하오, 대령. 하지만 이건 배신 행위오." 헤리넬도 마르케스 대령이 부드럽게 말했다.

아우렐리아노 부엔디아 대령은 잉크를 찍은 펜을 허공에 정지시킨 채 자신이 지니고 있던 권위의 모든 무게를 그에게 쏟아 냈다.

"당신 무기 이리 내놓으시오." 그가 명령했다.

헤리넬도 마르케스 대령이 일어서서 무기를 책상 위에 내려놓았다.

"병영으로 출두하시오." 아우렐리아노 부엔디아 대령이 그에게 명령했다. "당신은 혁명 재판소의 조치에 따라야 할 거요."

그리고 그는 선언서에 서명을 하고 그 서류를 사절단에게 넘겨주면서 말했다.

"자, 여러분, 서류 여기 있습니다. 이게 여러분께 도움이 되기를 바라겠습니다."

이틀 후 헤리넬도 마르케스 대령은 대역죄로 피소되어 사형을 선고받았다. 해먹에 누워 있던 아우렐리아노 부엔디아 대령은 관대한 처분을 바란다는 청원에는 꿈쩍도 하지 않았다. 형을 집행하기 전날 밤, 우르술라는 귀찮게 하지 말라는 명령을 어기고 침실로 그를 찾아갔다. 검은 옷을 걸치고, 보기 드문 위엄을 갖춘 우르술라는 면담을 하는 3분 동안 꼿꼿이 서 있었다. "네가 헤리넬도를 총살시키려 한다는 걸 내 알고 있지만, 그걸 막기 위해서는 아무것도 할 수 없는 실정이다. 하지만 네게 한 가진 알려 주겠다. 그건 내가 헤리넬도의 시체를 보게 되는 순간, 우리 아버지와 어머니의 뼈와 호세 아르카디오 부엔디아의 이름을 걸고, 또 하느님께 맹세컨대, 네가 어디에 숨어 있든지 반드시 널 찾아 내 이 손으로 죽이고 말겠다." 우르술라가 침착하게 말했다. 그리고 방을 나서기 전에 그의 반박을 채 기다리지도 않고 결론을 내렸다.

"네가 돼지 꼬리를 달고 태어나기만 했어도 내 이미 널 죽여 버렸을 거다."

끝없이 긴긴 그날 밤, 헤리넬도 마르케스 대령이 아마란타의 뜨개질 방에서 지냈던 무료한 오후를 회상하고 있는 사이, 아우렐리아노 부엔디아 대령은 고독의 두꺼운 껍질을 깨뜨리기 위해 몇 시간 동안 그 껍질을 갉아 댔다. 아버지에 이끌려 처음으로 얼음을 구경하러 갔던 그 아득한 어느 오후 이후 그가 유일하게 행복을 느낀 순간들은 은세공 작업실에서 작은 황금 물고기들을 만들면서 흘러갔었다. 근 사십 년 세월을 보내고 난 다음에야 소박하게 산다는 것이 얼마나 중요한지 깨달았는데, 그렇게 하기 위해 그는 서른두 차례의 전쟁을 벌여야 했고, 전쟁을 통해 맺어진 모든 조약을 죽음을 걸고 위반해야 했으며, 승리의 영광이라는 수렁에 빠져 돼지처럼 허우적거려야 했다.

고통스런 불면으로 녹초가 된 그는 동이 틀 무렵, 형을 집행하기 한 시간 전에 감방에 나타났다. "엉터리 연극은 끝났네, 친구. 모기떼들이 자네를 처형시키기 전에 여기서 나가세." 그가 헤리넬도 마르케스 대령에게 말했다. 헤리넬도 마르케스 대령은 그의 태도에서 모욕감을 참을 수가 없었다.

"아니야, 아우렐리아노. 자네가 백정으로 변해 있는 꼴을 보느니 차라리 죽는 편이 더 낫겠네." 그가 대꾸했다.

"그런 꼴은 보지 않을 거야. 어서 신발을 신고 이 추잡한 전쟁을 끝내도록 날 도와주게." 아우렐리아노 부엔디아 대령이 말했다.

그렇게 말했을 때도, 그는 전쟁을 시작하는 것이 끝내는 것보다 더 쉽다는 사실을 모르고 있었다. 정부로 하여금 반군 측에 유리한 휴전 조건을 제시하도록 하기 위해 거의 일 년 동안 피땀 어린 노력을 기울여야 했으며, 그 조건을 받아들이는 것이 좋다고 반군 지휘관들을 설득하는 데도 또다시 일 년이라는 세월이 필요했었다. 그는 승부를 거래하기를 거부했던 부하들의 반란을 진압하기 위해 상상하기조차 어려울 만큼 잔인한 방법을 써야 했으며, 그들을 굴복시키기 위해서는 결국 적군의 힘에 의존해야 했다.

그가 그때보다 더 훌륭한 전사였던 적은 결코 없었다. 추상적인 이념과 정치인들이 상황에 따라 앞뒤로 뒤집는 방침을 위해서가 아니라, 자신의 해방을 위해 싸우고 있다는 확신은 그에게 불타는 열정을 심어 주었다. 예전에 승리를 위해 싸웠던 것처럼 대단한 신념과 충성심으로 패배를 위해서도 싸웠던 헤리넬도 마르케스 대령은 그의 부질없는 경솔함을 거부했다. "걱정 말게." 아우렐리아노 부엔디아 대령이 미소를 지었다. "죽는다는 건 흔히들 생각하는 것보다 훨씬 더 어려운 법이거든." 그의 경우 그건 맞는 얘기였다. 자신이 죽을 날이 정해져 있다는 확신 때문에 그는 그 신비한 면역성, 즉 정해진 날짜에 죽을 때까지는 전쟁의 온갖 위험 속에서도 살아남을 수 있는 불멸성을 지닐 수 있었고, 마침내 승리보다도 더욱 어렵고 더욱 처절하고 더욱 값비싼 패배를 이겨 낼 수 있었던 것이다.

거의 이십 년에 달하는 전쟁 기간에 아우렐리아노 부엔디아 대령은 여러 번 집에 머물렀지만, 그가 항상 처해야 했던 급박한 상황, 어디를 가나 그를 뒤따르는 호위병들, 우르술라까지도 느끼지 않을 수 없었던, 그의 존재를 황금빛으로 치장했던 전설적인 환상은 결국 그를 낯선 사람으로 변모시켰다. 그가 마지막으로 마콘도에 머물며 세 명의 정부를 위해 집 한 채를 차지했을 때도 식사 초대에 응할 시간이 있어 본가에 모습을 나타냈던 것은 두세 번밖에 없었다. 전쟁이 한참 진행되고 있을 때 태어난 미녀 레메디오스와 쌍둥이들은 그를 거의 모르고 있었다. 아마란타는 작은 황금 물고기를 만드느라 청년기를 보낸 오빠의 이미지를, 자기와 사람들 사이에 3미터의 거리를 두던 신화적인 전사의 이미지와 연결시킬 수 없었다. 그러나 휴전이 가까워졌다는 사실이 알려지고, 그가 마침내 본연의 성격을 되찾은 인간적인 사람이 되어 다시 집으로 돌아오리라 예상되었을 때, 참으로 오랫동안 혼수 상태에 빠져 있던 가족들의 애정은 그 어느 때보다도 강력하게 되살아났다.

"마침내 우리 집안에도 남자가 있게 되는구나." 우르술라가 말했다.

가족들이 이미 그를 영영 잃어버렸다는 생각을 처음으로 한 사람은 아마란타였다. 휴전이 성사되기 한 주일 전, 그가 경호대원도 없이 노새에서 마구와 옛날부터 싣고 다니던 짐들 가운데 유일하게 남아 있던 시작 노트들이 들어 있는 트렁크를 내려 복도에 갖다 놓은 맨발의 당번병 둘만을 거느린 채 집 안으로 들어섰을 때, 아마란타는 재봉실 앞을 지나가는 그를 보고, 불러 세웠다. 아우렐리아노 부엔디아 대령은 아마란타를 쉽사리 알아보지 못하는 듯했다.

"나, 아마란타예요." 그가 돌아와 기분이 좋아진 아마란타가 들뜬 목소리로 말하면서 검은 붕대를 감은 손을 보여 주었다. "자, 봐요."

아우렐리아노 부엔디아 대령은 사형 선고를 받고 마콘도로 돌아왔던 그 아득한 옛날 아침에 손을 붕대로 감은 아마란타를 처음 보았을 때 지었던 것과 같은 미소를 지었다.

"아니 이런, 세월이 그렇게 빨리 흐르다니." 그가 말했다.

정규군이 집을 경비해야 했다. 그는 전쟁을 오직 비싼 값에 팔아 먹기 위해 격화시켰다는 이유로 남들에게 우롱을 당하고, 남들이 뱉는 침을 받고, 비난을 받으며 집으로 돌아왔던 것이다. 그는 열병과 오한으로 덜덜 떨고 있었고, 겨드랑이의 임파선염이 재발해 있었다. 여섯 달 전, 휴전이 성사되리라는 말을 들은 우르술라는 그가 레메디오스의 곰팡이 낀 인형들 사이에서 한가롭게 노후를 보낼 거라 생각하고는 그가 신혼 생활을 했던 방문들을 활짝 열어젖히고 깨끗이 쓸어 낸 뒤 구석구석에 몰약을 태웠다. 그러나 실제로 그는 지난 이 년 동안 부쩍 늙어 버린 것을 포함해 인생에서 겪을 만한 것은 다 겪었다. 우르술라가 각별히 정성들여 정리해 놓은 은세공실 앞을 지나가면서도 그는 문 자물쇠통에 열쇠가 꽂혀 있다는 사실조차 알아채지 못했다. 자신의 추억을 간직해 온 남자라면 누구에게나, 그토록 오랜만에 돌아와서 보았을 때, 세월이 그 집에 만들어 놓은 자잘한 파편 쪼가리들이 폐허처럼 보일 수도 있었을 법한데도 그는 무감각하기만 했다. 벽에서 떨어져 나간 석회 껍질도, 구석구석에 솜처럼 뒤엉켜 있는 지저분한 거미집도, 베고니아 위에 쌓여 있는 먼지도, 흰개미가 갉아먹어 나이테가 앙상히 드러난 서까래도, 기둥틀에 낀 이끼도, 그리고 향수를 불러일으키는 음흉한 덫들 가운데 그 어느 것도 그의 가슴을 아프게 하지는 않았다. 그는 마치 곧 비가 멎기를 기다리기라도 하는 듯 구두도 벗지 않고, 몸에 모포를 두른 채 복도에 앉아 오후 내내 베고니아 위로 비가 내리는 것을 지켜보았다. 우르술라는 그때 아들이 집에 그리 오래 머물지는 않을 거라는 사실을 직감했다. "전쟁이 저 앨 데려가지 않는다면, 필시 죽음이 데려갈 거야." 우르술라는 생각했다. 그런 예감이 어찌나 뚜렷하고, 어찌나 설득력이 있었던지 우르술라는 그것이 예감이 아니라 전조라 느꼈다.

그날 밤 저녁 식사를 할 때, 아우렐리아노 세군도라 여겨지는 아이가 오른손으로 빵을 뜯고 왼손으로 수프를 먹었다. 그의 쌍둥이 형제로, 호세 아르카디오 세군도라 여겨지는 아이는 왼손으로 빵을 뜯고 오른손으로 수프를 먹었다. 두 아이의 동작이 어찌나 정확하게 일치하고 있었던지, 한 아이가 다른 아이 앞에 앉아 있는 것이 아니라 한 아이가 거울을 마주 보고 움직이고 있는 것 같았다. 자신들이 똑같이 생겼다는 의식을 가진 이후 쌍둥이가 착상해 낸 그 재주는 막 고향에 도착한 사람에게 경의를 표하려고 연기해 보인 것이었다. 그러나 아우렐리아노 부엔디아 대령은 그들의 연기를 알아채지 못했다. 그는 어떤 일에도 관심이 없는 것 같았는데, 벌거벗은 채 침실 쪽으로 가는 미녀 레메디오스조차 거들떠보지 않았다. 그런 방심 상태에서 그를 끌어내려 시도했던 사람은 우르술라뿐이었다.

"네가 또다시 떠나야 된다면, 적어도 오늘 저녁을 우리가 어떻게 보냈는지만은 기억하려 애써다오." 저녁 식사를 반쯤 마쳤을 때 우르술라가 그에게 말했다.

그때 아우렐리아노 부엔디아 대령은 자신의 비참한 상태를 꿰뚫어 본 사람은 우르술라뿐이라는 사실을 덤덤하게 깨달았고, 그래서 몇 년 만에 처음으로 그녀의 얼굴을 유심히 바라볼 수 있었다. 우르술라는 피부가 갈라져 있고, 이빨은 썩어 있었으며, 머리카락은 윤기가 사라지고 색도 바래 있었고, 시선은 힘이 없었다. 끓고 있던 국 냄비 하나가 식탁에서 떨어질 거라는 조짐을 느낀 어느 날 오후에 지녔던 그녀에 대한 옛날 기억과 현재 그녀의 모습을 비교해 보았는데, 현재는 몰골이 엉망이었다. 그는 순간적으로 반 세기가 넘는 일상의 삶이 그녀에게 남긴 긁힌 자국, 채찍 맞은 자국, 상처, 종기와 흉터 들을 발견했는데, 그런 몰골을 보고도 불쌍한 생각이 전혀 들지 않는다는 사실을 깨달았다. 그래서 그는 마음속에서 썩어 없어져 버린 애정의 흔적이나마 찾아보려고 마지막 노력을 기울여 보았지만 아무 소용이 없었다. 적어도 언젠가는 살갗에서 불현듯 우르술라의 체취를 맡았을 때 막연한 수치심을 느낀 일도 있었고, 자기 생각이 그녀의 생각에 의해 방해받고 있다고 생각했던 적도 한두 번이 아니었다. 그러나 그 모든 것은 전쟁에 의해 휩쓸려 가 버렸다. 그 당시에는 아내 레메디오스조차 딸 또래의 한 여자라는 희미한 이미지로 남아 있을 뿐이었다. 사랑의 사막에서 알게 되었던, 그리고 자신의 씨를 온 해안 지역에 퍼뜨렸던 헤아릴 수 없이 많은 여자들조차도 그의 마음속에 아무런 흔적도 남기지 못했다. 그 여자들 대부분은 어둠 속에서 그의 방으로 들어왔다가 날이 새기 전에 떠나갔고, 다음 날이면 육체의 기억 속에 겨우 약간의 권태로 머물렀다. 시간과 전쟁에 구애받지 않고 그를 지배했던 유일한 애정은 어렸을 적 호세 아르카디오에 대해 느낀 것이었는데, 그것은 우애보다는 공범 의식에 가까운 감정이었다.

"용서하세요. 이 전쟁이 모든 것을 다 끝장내 버렸거든요." 그는 우르술라의 애원을 듣고 이렇게 사과했다.

그때부터 며칠 동안, 그는 자신이 이 세상에 남긴 모든 발자취를 파괴하는 일에 전념했다. 은세공실을 자신과 관계없는 물건들만 놔두고 다 정리해 버렸고, 당번병들에게 옷을 나누어 주었으며, 아버지가 프루덴시오 아길라르를 죽인 창을 땅

속에 묻으면서 느낀 참회의 기분을 똑같이 느끼면서 무기들을 마당에 묻었다. 탄환 하나가 장전된 권총 한 자루만 남겨 두었다. 우르술라는 간섭을 하지 않았다. 우르술라가 그의 행동을 가로막고 나섰던 때는 그가 거실 안에 보관해 두던, 항상 켜 놓은 램프 불빛을 받아 번쩍거리던 레메디오스의 은판 사진을 막 부수려고 했을 때뿐이었다. "이 사진은 오래전부터 네 것이 아니다. 이젠 집안의 유물이야." 우르술라가 그에게 말했다. 휴전이 성사되기 전날 밤, 집에 과거를 돌이켜 보게 할 만한 물건이 단 하나도 남아 있지 않게 되자, 그는 시작 노트들이 들어 있는 트렁크를 들고 산타 소피아 델 라 피에닷이 화덕에 불을 지필 준비를 하고 있는 제빵소로 갔다.

"이걸로 불을 지피게. 아주 낡은 것이라 훨씬 잘 탈 거야." 노랗게 바랜 첫 번째 종이 뭉치를 그녀에게 건네주며 말했다.

조용하고, 관대하고, 자기 아이들이라 할지라도 절대로 거스르는 법이 없는 산타 소피아 델 라 피에닷은 그 종이를 함부로 태우는 게 금지된 행위라는 느낌을 받았다.

"무척 중요한 서류잖아요." 그녀가 말했다.

"전혀 그렇지 않아. 이건 누가 자기 자신을 위해 적어 놓은 것이야." 대령이 말했다.

"그렇다면 직접 태우시죠, 대령님." 그녀가 말했다.

그는 자기 손으로 그 원고를 태웠을 뿐 아니라, 도끼로 가방을 토막토막 잘라 부스러기를 불 속에 던져넣기까지 했다. 몇 시간 전에 필라르 테르네라가 그를 만나러 왔었다. 그녀를 못 본 지도 여러 해가 지났기 때문에 아우렐리아노 부엔디아 대령은 그녀가 너무나 늙은 데다 뚱뚱해져 있고, 그 떠들썩한 웃음소리가 사라져 버린 것에 놀랐지만, 그녀가 카드로 치는 점의 심도에 대해서도 놀라고 말았다. "입을 조심해야겠어요." 그녀의 말을 들은 그는 자신이 한참 영광을 누리던 시절에 언젠가 그녀가 했던 그 말이 놀랍게도 그의 운명을 예견했던 게 아니었나 자문해 보았다. 얼마 지나지 않아, 그의 주치의가 겨드랑이의 임파선을 절제했을 때, 그는 특별한 관심을 내보이지 않은 채 심장이 정확히 어디에 있는지 물었다. 의사는 청진기로 검진을 한 후 옥도정기를 적신 솜으로 그의 가슴에 동그라미 하나를 그려 주었다.

휴전 협정이 체결되었던 화요일은 온화한 날씨에 비가 내리는 가운데 밝아 왔다. 아우렐리아노 부엔디아 대령은 5시가 되기 전에 부엌으로 나와 평소대로 설탕을 넣지 않은 커피를 한 잔 마셨다. "네가 태어났던 날도 날씨가 이랬지.[94] 네가 눈을 뜨고 태어나서 모두들 깜짝 놀랐어." 우르술라가 그에게 말했다. 그는 병사들이 부산하게 움직이는 소리와, 나팔 소리, 새벽 공기를 뒤흔드는 구령 소리에 신경을 쓰고 있었기 때문에 어머니의 말에 귀를 기울이지 않았다. 그토록 여러 해 동안 전쟁을 치른 후여서 이제는 익숙해졌을 법도 하지만, 이번에는 젊은 시절 벌거벗은 여자와 함께 있을 때 경험했던 것과

---

94) 네에를란디아 휴전 협정은 우리베 우리베 장군이 태어난 날 조인되었는데, 이 소설에서는 아우렐리아노 부엔디아 대령의 생일날과 일치하는 것처럼 보인다. 하지만 실제로 휴전 협정은 1902년 10월 24일 비오는 날 조인되었고, 대령은 3월에 태어났다.

마찬가지로 무릎에 힘이 쭉 빠지고 살이 떨리는 기분을 느꼈다. 결국 추억의 덫에 걸린 그에게 그때 그 여자와 결혼했더라면 아마도 전쟁도 영광도 모르는 남자, 이름 없는 기술자, 행복한 한 마리의 짐승이 되었을 거라는 생각이 혼란스럽게 떠올랐다.[95] 그는 예상치 않았던 추억으로 뒤늦게 몸서리를 치느라 아침 밥맛을 잃고 말았다. 아침 7시, 일단의 반군 장교들을 대동하고 그를 데리러 왔던 헤리넬도 마르케스 대령은 아우렐리아노 부엔디아 대령이 그 어느 때보다도 더 말이 없고, 깊은 생각에 잠겨 있고, 고독해 보인다는 사실을 깨달았다. 우르술라는 아우렐리아노 부엔디아 대령의 어깨에 새 모포를 씌워 주려고 했다. "정부 사람들이 어떻게 생각하겠니. 네가 이제 모포 하나 살 돈도 없어 항복할 수밖에 없는 줄로 생각하겠다." 그러나 그는 어머니의 호의를 물리쳤다. 대문께에 이르렀을 때, 계속해서 비가 내리는 걸 보고 그는 호세 아르카디오 부엔디아가 쓰던 낡은 벨벳 모자를 썼다.

"아우렐리아노야, 가서 고난을 겪게 되면 이 어미를 생각하겠다고 약속해 다오." 그때 우르술라가 그에게 말했다.

그는 어머니에게 희미한 미소를 지어 보이고, 손가락을 모두 편 채 손을 들어 보이고는 말 한 마디 없이 집을 나섰고, 사람들이 마을 입구까지 쫓아오며 질러 대던 아우성과 욕설과 저주를 들었다. 우르술라는 죽을 때까지 벗기지 않을 양으

---

95) 아우렐리아노 부엔디아 대령은 사춘기 물라타와 맺은 첫 번째 성관계를 떠올리고 있다.

로 집 대문에 단호하게 빗장을 질렀다. "우린 여기 이 안에서 썩어 버릴 거야. 그렇게 되면 남자들도 없는 이 집에서 우리 재가 되겠지만, 이 매정한 마을 사람들이 우리가 우는 꼴을 보고 고소해하게 만들지는 않을 거야." 우르술라가 생각했다. 우르술라는 아침 내내 집안의 가장 은밀한 구석을 뒤지며 아들에 대한 추억을 찾고 있었지만 아무것도 찾을 수가 없었다.

휴전 협정 조인식은 마콘도에서 20킬로미터 떨어진, 거대한 세이바 나무 그늘에서 거행되었는데, 훗날 그 나무 주변에 네에를란디아라는 마을이 생겨났다. 정부와 당에서 파견한 사절단과 무기를 반납한 반군 대표들은 하얀 사제복을 입은 한 무리의 떠들썩한 견습사제의 접대를 받았는데, 그들은 쏟아지는 비에 놀라 수선을 피우는 비둘기떼처럼 보였다. 아우렐리아노 부엔디아 대령은 흙투성이 나귀를 타고 도착했다. 그는 자신의 꿈이 영영 좌절되었기 때문이라기보다는 겨드랑이 임파선으로 인한 통증 때문에 괴로워서 면도도 하지 않고 나와 있었는데, 그는 이미 영광과 영광에 대한 추억보다 훨씬 더 중요한, 자신의 모든 희망이 끝나는 지점에 이르러 있었다. 그의 요구에 따라 음악도, 폭죽도, 경축 종소리도, 만세 소리도 없었고, 휴전의 애석한 분위기를 바꿀 만한 그 어떤 행사도 없었다. 어느 떠돌이 사진사가, 남아 있었더라면 아우렐리아노 부엔디아 대령의 유일한 사진이 되었을 사진 한 장을 찍었지만, 현상도 하기 전에 필름을 찢어 버리도록 조치되었다.

조인식은 협정서에 서명하는 데 필요한 시간만 걸렸다. 누덕누덕 기운 곡마단 천막 한가운데에 마련된 엉성한 탁자에 마주 앉은 대표들 주위에는 끝까지 아우렐리아노 부엔디아 대령에게 충성을 바친 장교들이 둘러서 있었다. 서명을 하기에 앞서 공화국 대통령이 보낸 개인 사절이 항복 규약을 큰 소리로 낭독하려 했지만 아우렐리아노 부엔디아 대령이 그것을 반대했다. "우린 그런 형식적인 일로 시간을 낭비할 수 없습니다." 그렇게 말한 그는 문서를 읽지도 않고 서명할 준비를 했다. 그러자 아우렐리아노 부엔디아 대령의 장교들 가운데 하나가 천막 안의 졸리는 듯한 침묵을 깨뜨렸다.

"대령님, 맨 먼저 서명을 하시진 말아 주십시오." 그 장교가 말했다.

아우렐리아노 부엔디아 대령은 그 청을 받아들였다. 종이 위를 스치는 펜촉 소리를 통해 서명을 읽을 수 있을 만큼 고요한 침묵이 흐르는 가운데 협정서가 탁자를 한 바퀴 다 돌고 났을 때 맨 위칸은 그대로 비어 있었다. 아우렐리아노 부엔디아 대령이 그 빈칸을 채우려고 했다.

"대령님, 아직도 재고하실 시간이 있습니다." 그때 다른 장교가 말했다.

아우렐리아노 부엔디아 대령은 안색 하나 바꾸지 않고 협정서 첫 페이지에 서명을 했다. 마지막 페이지에 막 서명하려는 순간 반군 측 대령 하나가 트렁크 두 개를 실은 나귀의 고삐를 쥐고 천막 문간에 나타났다. 대령은 무척 젊은 사람임에도 불구하고, 무표정한 얼굴에, 인내심이 있어 보였다. 마콘도 지역 혁명군 경리 장교였다. 그는 휴전 협정 조인식에 맞춰 도착하기 위해 굶주림으로 거의 죽어 가는 노새를 질질 끌어 가며 엿새 동안의 고통스런 여행을 했던 것이다. 그는 조바심이 날 정도로 느긋하게 트렁크를 내려놓고 뚜껑을 열더니 금괴 일흔두 개를 하나씩 하나씩 책상 위에 늘어놓았다. 하지만 그 누구도 그런 재물이 있다는 사실을 기억하지 못하고 있었다. 중앙의 지휘권이 산산조각 나고 혁명이 호족들 사이의 피비린내 나는 경쟁으로 타락해 버린 지난 한 해 동안의 무질서 속에서 책임 소재를 명확히 한다는 것은 불가능했었다. 녹여서 블록처럼 만든 후 구운 진흙을 입혀 놓은 혁명군들의 황금은 그 누구의 통제도 받지 않은 상태에 있었다. 아우렐리아노 부엔디아 대령은 인도 물품 목록에 금괴 일흔두 개를 포함시키도록 한 후, 연설들을 하지 못하게 하고는 조인식을 서둘러 끝내 버렸다. 삐쩍 마른 젊은 대령은 아우렐리아노 부엔디아 대령 앞에 서서 당밀 빛깔을 띤 고요한 눈으로 그의 눈을 들여다보았다.

"뭐가 또 있는가?" 부엔디아 대령이 그에게 물었다.

젊은 대령은 이를 악물었다.

"수령증을 써 주십시오." 그가 말했다.

아우렐리아노 부엔디아 대령이 손수 수령증을 써서 그에게 내밀었다. 그러고 나서 그는 견습 사제들이 나누어 주던 레모네이드 한 잔에 비스킷 한 조각을 먹고, 휴식을 취하고 싶을 때를 위해 마련해 둔 야전 천막 안으로 들어갔다. 천막 안으로 들어간 그는 셔츠를 벗고, 야전 침대 가에 걸터앉았고, 오후 3시 15분에 주치의가 옥도정기를 적신 솜으로 가슴에 그려준 동그라미에 권총 한 발을 발사했다. 바로 그 순간, 마콘도에서는 우르술라가 화로에 얹어둔 우유가 하도 끓지를 않아 이상하게 여겨 주전자 뚜껑을 열었는데, 그 안에는 구더기가 득시글거리고 있었다.

"아우렐리아노를 죽였구나." 그녀가 소리쳤다.

우르술라는 고독을 느낄 때마다 하던 버릇대로 마당을 바라보았는데, 그곳에는 죽었을 때보다 훨씬 더 늙은 호세 아르카디오 부엔디아가 비에 흠뻑 젖은 쓸쓸한 모습으로 서 있었다. "놈들이 아우렐리아노를 배반해 죽였어요. 그런데 자비롭게 그 애 눈을 감겨 준 사람 하나 없었어요." 우르술라는 직접 본 것처럼 정확하게 말했다. 날이 저물 무렵 우르술라는 광선처럼 번쩍거리며 하늘을 빠르게 가로질러 갔던 둥그런 오렌지색 물체를 눈물 사이로 보고는 그것을 죽음의 상징이라 생각했다. 사람들이 분노로 눈을 부릅뜬 아우렐리아노 부엔디아 대령을 피가 말라붙어 뻣뻣해진 담요에 감싸 데려왔을 때도 우르술라는 남편의 무릎에 매달려 울면서 여전히 밤나무 밑에 머무르고 있었다.

아우렐리아노 부엔디아 대령은 위험한 상태를 벗어나 있었다. 총알이 그의 가슴을 깨끗하게 관통해서, 의사가 옥도정기 바른 끈을 가슴으로 넣어 등으로 잡아 뽑을 수 있었다. "이건 내 걸작품이죠. 몸의 치명적인 곳을 조금도 훼손시키지 않고 총알이 지나갈 수 있는 유일한 부위였어요." 의사가 만족스러워하며 말했다. 자신의 명복을 빌기 위해 결사적으로 시편을 음송하고 있는 자비심 넘치는 견습 사제들에게 둘러싸여 있던 아우렐리아노 부엔디아 대령은, 그 당시 필라르 테르네라의 예언을 조롱하기 위해서라도 처음 생각했던 대로 입천장에 쏘았어야 했는데 그러지 않았음을 후회했다.

"만일 아직도 내게 권한이 있다면 난 당신을 재판에 넘기지 않고 총살할 거요. 내 생명을 건져냈기 때문이 아니라 날 바보로 만들었으니 말이오." 그가 의사에게 말했다.

실패로 끝난 자살 기도로 인해 그는 잃었던 명성을 몇 시간 만에 되찾았다. 그가 금괴로 벽을 쌓은 방을 뇌물로 받고 전쟁을 포기해 버렸다는 허위 사실을 조작했던 바로 그 사람들이 그의 자살 기도를 명예로운 행위로 규정하고, 그를 순교자라고 추켜 세웠던 것이다. 그 후로, 그가 공화국 대통령이 수여한 훈장을 거부했을 때는 그의 가장 강력한 적이었던 사람들조차 그의 방으로 몰려가 휴전 협정 사항을 무시하고 새롭게 전쟁을 일으켜 달라고 요청했다. 집은 그가 입은 손해에 대한 보상의 선물로 가득 찼다. 옛 전우들의 집단적인 후원에 뒤늦게 감동을 받은 아우렐리아노 부엔디아 대령은 그들을 즐겁게 해 줄 수도 있다는 가능성을 배제하지 않았다. 오히려 어느 경우에는 그가 새롭게 전쟁을 일으켜야겠다는 생각에 너무 고무되어 있는 것처럼 보였기 때문에 헤리넬도 마르케스 대령은 그가 새로운 전쟁을 선포할 핑곗거리가 생기기만을 기다리고 있다고 생각할 정도였다. 공화국 대통령이 자유파건 보수파건 퇴역 군인들에 대한 전쟁 연금은 특별 위원회가 개별적으로 심사를 한 후 의회에서 연금법안을 승인받을 때까지는 지급하지 않겠다고 했을 때, 그에게 그 핑곗거리가 마련되고 말았다. "이건 인권 유린이야. 전신환을 기다리다가 모두들 늙어 죽고 말 거야." 아우렐리아노 부엔디아 대령이 버럭 소리를 질렀다. 그는 요양을 위해 우르술라가 사다 준 흔들의자에서 처음으로 일어나 침실 안을 오락가락하면서 공화국 대통령에게 보낼 단호한 전문을 구술했다. 그는 절대로 공개되지 않았던 그 전보에 네에를란디아 조약이 최초로 위반되었음을 지적했고, 연금 지급에 관한 건이 보름 이내에 해결되지 않으면 목숨을 건 전쟁을 선포하겠다고 위협했다. 그의 입장이 너무나도 정당했기 때문에 옛 보수파 전사들의 지지까지도 기대해 볼 수 있을 정도였다. 그러나 정부 측에서 보낸 유일한 대답은 그를 보호한다는 명목으로 그의 집 둘레에 배치했던 경비병들을 보강한 것과 일체의 방문을 금지시킨 것이었다. 비슷한 조치들이 감시가 필요하다고 여겨지는 다른 호족들에게도 전국적으로 취해졌다. 그 작전은 적절하고, 과감하게, 그리고 효과적으로 이루어졌기 때문에 휴전 협정이 체결된 지두 달 후, 아우렐리아노 부엔디아 대령이 완쾌되었을 때는 가장 적극적으로 그를 선동했던 사람들은 이미 죽었거나 추방을 당했고, 또 일부는 행정부에 발탁되어 영영 흡수되어 버렸다.

아우렐리아노 부엔디아 대령이 12월에 그의 방에서 나와 전쟁에 대한 생각을 다시는 하지 않기로 작정하는 데는 복도를 한번 바라보는 것만으로도 충분했다. 우르술라는 그 나이에는 불가능하다고 여겨질 만한 활력으로 집에 생기를 불어넣었다. "이젠 내가 어떤 사람이란 걸 알게들 될 거야. 미치광이들이 모여 사는 이 집보다 더 좋고, 모든 사람에게 개방되어 있는 집은 없을 테니까." 우르술라는 집을 깨끗이 닦아 내고,

페인트를 칠하고, 가구를 바꾸고, 정원을 손질하고, 꽃을 새로 심고, 침실 안까지 여름의 눈부신 햇살이 들어오도록 문과 창문을 모두 열어젖혔다. 겹쳐서 치르고 있던 수많은 상(喪)을 모두 끝내겠다고 선언하고는 엄격한 낡은 상복을 기꺼이 벗고 밝은 옷으로 갈아입었다. 자동 피아노에서 흘러나오는 음악이 집 안에 즐거운 분위기를 되돌려 놓았다. 그 음악을 들은 아마란타는 피에트로 크레스피와, 그가 꽂고 있던 붉은색 치자꽃과, 그가 풍기던 라벤더 향기를 생각했으며, 시들어 버린 가슴 깊숙한 곳에서는 세월의 흐름과 더불어 정화되어 버렸던 한이 선명하게 되살아났다. 어느 날 오후, 응접실을 정돈하던 우르술라는 집을 경비하던 군인들에게 일을 좀 거들어 달라고 부탁했다. 젊은 경비대장이 부하들에게 일을 돕도록 허락했다. 그렇게 조금씩 조금씩, 우르술라는 그들에게 새로운 심부름을 시키기 시작했다. 그들을 식사에 초대하고, 옷과 구두를 주고, 글을 읽고 쓰는 법을 가르치기도 했다. 정부에서 감시를 중단했을 때 경비대원들 가운데 하나가 그곳에 남아 함께 살면서 수년 동안 우르술라의 일을 도왔다. 그다음 해 1월 1일, 미녀 레메디오스에게 무시를 당해 미쳐 버린 젊은 경비대장은 그녀의 방 창문 옆에서 사랑으로 인해 주검이 되어 아침을 맞이했다.

10장

몇 년 후, 죽음이 임박한 아우렐리아노 세군도는 침상에 누워 첫아들을 보려고 침실로 들어갔던 6월의 어느 비오는 날 오후를 회상해야 했다. 비록 아이가 힘 없이 울기만 하고, 부엔디아 집안의 특성을 전혀 지니고 있지 못했다 해도 아이의 이름을 짓는 데 두 번 생각할 것도 없었다.

"호세 아르카디오라 부를 거요." 그가 말했다.

작년에 그와 결혼한 아름다운 여인 페르난다 델 카르피오가 그러자고 했다. 그러나 우르술라는 막연한 불안감을 숨기지 못했다. 가문의 긴 역사를 통해 똑같은 이름들을 집요하게 되풀이해 씀으로써 확실해 보이는 결론을 얻게 되었던 것이다. 아우렐리아노라는 이름을 가진 아이들은 내성적이었지만 머리가 뛰어난 반면에, 호세 아르카디오라는 이름을 가진 아이들은 충동적이며 담이 컸으나 어떤 비극적인 운세를 지니고 있었다. 그런 구분이 불가능했던 경우는 호세 아르카디오 세군도와 아우렐리아노 세군도뿐이었다. 그들은 어렸을 적에 서로 너무나 닮았고, 똑같이 장난이 심해 산타 소피아 델 라 피에닷조차 누가 누구인지를 구별할 수 없었다. 그들에게 이름을 지어 주던 날 아마란타는 각각의 이름을 새긴 팔찌를 각자에게 채워 주고, 이름 첫글자를 수놓은 색깔이 다른 옷을 입혔지만, 아이들이 학교에 들어가면서부터는 서로 옷을 바꿔 입고, 팔찌도 바꿔 차고, 이름도 바꿔 불렀다. 푸른 셔츠를 입고 있는 아이가 호세 아르카디오 세군도라고 알고 있던 멜초르 에스칼로나 선생은 그 아이가 아우렐리아노 세군도의 팔찌를 차고 있고, 다른 아이는 흰 셔츠를 입고 호세 아르카디오 세군도의 이름이 새겨진 팔찌를 차고 있으면서도 자기 이름이 아우렐리아노 세군도라고 주장해 답답해져 버렸다. 그다음부터 멜초르 에스칼로나 선생은 누가 누구인지 확실히 구분하지 못한 채 지냈다. 아이들이 자랐고, 살아가면서 서로 달라지기는 했어도, 우르술라는 아이들이 사람들을 혼란시키는 복잡한 장난을 치다가 언젠가는 실수를 했을 수도 있을 것이고, 그러다 서로 영영 바뀌지나 않았는지 계속해서 의구심을 품었다. 사춘기 초까지 그들은 동시에 작동하는 두 개의 기계였다. 동시에 잠에서 깨어 일어났고, 같은 시각에 화장실에 가고 싶은 욕구를 느꼈고, 같은 병을 앓았으며, 심지어는 같은 꿈을 꾸었다. 아이들이 단순히 사람들을 혼동시키기 위해 행동을 똑같이 한다고 믿었던 집에서는, 어느 날 산타 소피아 델 라 피에닷이 한 아이에게 레모네이드 한 잔을 주었을 때 레모네이드를 마셔 본 아이가 설탕을 타지 않았다는 말을 하는 데 다른 아이보다 시간이 더 오래 걸렸다는 사실이 밝혀졌을 때까지 아이들이 장난으로 그렇게 하는 게 아니라고 생각한 사람은 아무도 없었다. 실제로 레모네이드에 깜빡 잊고 설탕을 타지 않았던 산타 소피아 델 라 피에닷은 그 일을 우르술라에게 얘기했다. "다들 그래. 태어날 때부터 특이했다니까." 우르술라는 대수롭지 않다는 듯 대꾸했다. 시간이 흐르자 이런 혼란스런 일도 끝이 났다. 남들을 혼동시키는 장난에서 아우렐리아노 세군도라는 이름으로 행세하던 아이는 할아버지처럼 몸집이 엄청나게 커졌고, 호세 아르카디오 세군도라는 이름으로 행세하던 아이는 대령처럼 뼈만 앙상했는데, 그들이 보존했던 유일한 공통점은 그 집안 식구들이 지닌 고독한 기질이었다. 그들의 키와 이름과 성격이 서로 교차되어 있다는 점 때문에 아마도 그들이 어렸을 때부터 뒤바뀌었을지 모른다는 생각을 우르술라가 했을 것이다.

결정적인 차이점은 전쟁이 한참 진행되고 있었을 때 호세 아르카디오 세군도가 헤리넬도 마르케스 대령에게 사형 집행 장면을 구경시켜 달라고 졸라댔을 때부터 드러났다. 우르술라가 반대했지만 그는 사형 집행 장면을 보고 말았다. 반면에, 아우렐리아노 세군도는 사형 집행 장면을 본다는 생각만 해도 몸을 벌벌 떨었다. 그래서 그는 집에 남아 있겠다고 했다. 열두 살이 되던 해에 아우렐리아노 세군도가 우르술라에게 자물쇠를 채운 방에 뭐가 들어 있느냐고 물었다. "종이들이

란다. 멜키아데스의 책들과 그가 죽기 몇 년 전부터 적어 두었던 희한한 물건들이지." 우르술라가 말했다. 그 대답은 그를 진정시키기는커녕 호기심을 증대시켰다. 그가 끈질기게 졸라 대고, 방 안에 있는 물건들은 하나도 훼손시키지 않겠다고 단단히 약속했기 때문에 우르술라는 방 열쇠를 내주고 말았다. 멜키아데스의 시체를 치우고 문에 자물쇠를 채운 이후로는 아무도 다시는 그 방에 들어가지 않았는데, 자물쇠의 부품들에 잔뜩 녹이 슬어 용접을 해놓은 것처럼 되어 버렸다. 그러나 아우렐리아노 세군도가 창문들[96]을 열었을 때는 날마다 방 안을 비춘 것처럼 보이는 정다운 햇살이 쏟아져 들어왔고, 먼지나 거미줄 흔적 같은 것도 전혀 없이 모든 게 장례를 치렀던 날보다 더 깨끗하게 쓸고 닦여져 있었으며, 잉크병 속의 잉크도 마르지 않은 채였고, 금속 제품도 산화되지 않아 광택이 죽어 있지 않았으며, 호세 아르카디오 부엔디아가 수은을 증발시키던 시험관의 불꽃도 그대로 있었다. 선반에는 비바람에 튼 인간의 피부처럼 거칠고 우중충한 색깔의 합지로 제본된 책들이 꽂혀 있었고, 사람 손을 타지 않은 원고들도 있었다. 여러 해 동안 닫혀 있었음에도 불구하고 방 안 공기는 집 안의 다른 어느 곳보다 신선했다. 모든 것이 다 새것 같았기 때문에 몇 주 후 방을 청소하려고 물통과 빗자루를 들고 들어갔던 우르술라는 할 일이 아무것도 없었다. 방 안에서는 아우

96) 여기서는 복수형으로 나왔는데, 우르술라가 집을 증축했을 때 멜키아데스에게 햇빛이 잘 드는 창문 하나가 딸린 특별한 방 하나를 마련해 주었다는 사실로 미루어 짐작하건대, 이것은 작가의 작은 부주의로 여겨진다.

렐리아노 세군도가 책 한 권을 정신없이 읽고 있었다. 표지도 없고, 그 어느 곳에도 제목이 나와 있지 않았지만, 소년은 식탁에 앉아 핀으로 쌀톨만 집어 먹고 살았던 어느 여자에 관한 이야기나, 어부가 그물에 달 납덩이 하나를 이웃 사람에게 빌려 쓰고는 잡아온 물고기를 그 대가로 주었는데 물고기 뱃속에서 다이아몬드가 나왔다는 이야기, 그리고 사람의 소원을 성취시켜 주는 요술 램프와 날아다니는 양탄자에 대한 이야기를 재미있게 읽었다. 깜짝 놀란 아우렐리아노 세군도가 우르술라에게 그 얘기들이 모두 사실인지 물었을 때 우르술라는 그 얘기들이 모두 사실이며, 아주 여러 해 전에는 집시들이 마콘도에 요술 램프나 날아다니는 돗자리[97]를 가져왔다고 대답했다.

"그런데 세상의 종말이 서서히 다가오게 되니까 이젠 그런 물건들이 오질 않는구나." 우르술라가 한숨을 내쉬었다.

그 책을 다 읽었을 때, 떨어져 나간 페이지들 때문에 많은 이야기가 미완성 상태에 있었는데, 아우렐리아노 세군도는 그 원고를 해석하는 작업을 시작했다. 그것은 불가능한 일이었다. 글자들은 마치 말리기 위해 철사줄에 걸어 놓은 옷들 같았으며, 글씨라기보다는 음표에 더 가까웠다. 타는 듯 무더웠

---

97) 아우렐리아노 세군도가 읽은 책은 『천일야화』다. 가르시아 마르케스 자신이 고백했다시피 이 책은 그의 마술적 사실주의의 형상화에 결정적인 영향을 미쳤다. 전래 풍습이나 민화들 또한 같은 영향을 미쳤는데, 「거세한 수탉」 이야기나 「고모이면서 사촌과 결혼한 사내」 이야기도 이런 범주에 속한다.

던 어느 정오에 원고들을 검사하고 있던 그는 그 방 안에 자기 혼자만 있는 게 아니라는 걸 느꼈다. 멜키아데스가 창문으로 들어오는 햇빛을 마주 보며 두 손을 무릎 위에 올려놓고 앉아 있었던 것이다. 마흔 살이 채 안 돼 보였다. 그는 예의 그 유행 지난 조끼를 입고 까마귀 날개처럼 생긴 모자를 썼으며, 더위로 인해 녹은 머리 기름이 관자놀이께로 줄줄 흘러내렸는데, 아우렐리아노와 호세 아르카디오가 어렸을 때 보았던 모습 그대로였다. 아우렐리아노 세군도는, 그 유전적인 기억력은 조상 대대로 물려받은 것이었고, 할아버지가 기억했던 것부터는 모두 그에게 전달되었기 때문에 멜키아데스를 단방에 알아보았다.

"안녕하세요." 아우렐리아노 세군도가 인사를 했다.

"안녕, 젊은이." 멜키아데스가 말했다.

그로부터 몇 해 동안 그들은 거의 날마다 오후만 되면 만났다. 멜키아데스는 그에게 세상 얘기를 들려주고, 자신의 해묵은 지식을 전수하려 애를 썼지만, 자신이 쓴 원고를 해독해 주는 일만은 거절했다. "백 살이 될 때까지는 그 누구도 원고의 의미를 알아서는 안 되거든." 멜키아데스가 설명했다. 아우렐리아노 세군도는 그 만남을 영원히 비밀로 했다. 한번은 멜키아데스가 방 안에 있을 때 우르술라가 불쑥 들어와 버려서 아우렐리아노 세군도는 자기만의 세계가 무너지고 있다고 느꼈었다. 그러나 우르술라의 눈에는 멜키아데스가 보이지 않았다.

"너 누구랑 얘기하고 있는 거니?" 우르술라가 물었다.

"아무하고도 안 했는데요." 아우렐리아노 세군도가 말했다.

"네 증조할아버지가 그러셨어. 그분 역시 혼잣말을 하셨다니까." 우르술라가 말했다.

그사이, 호세 아르카디오 세군도는 총살 집행 장면을 구경하겠다는 희망을 이루었다. 그는 여섯 발의 탄환이 나가며 뿜어 대던 새파란 불꽃과, 산을 울리면서 부서지는 총성의 메아리와, 피가 셔츠를 적시는 사이에도 그대로 서 있고, 자신을 기둥에서 풀어 석회를 채운 관 속에 넣을 때까지 계속 미소를 짓던 사형수의 슬픈 미소와 당혹스러워하던 눈을 남은 생애 동안 기억했을 것이다. "아직 살아 있는데. 산 채로 매장할 건가." 그때 호세 아르카디오 세군도는 그렇게 생각했었다. 그는 총살형 집행 자체에서가 아니라, 총을 맞은 사형수를 산 채로 매장하는 무시무시한 관습에서 너무나 강렬한 충격을 받았기 때문에 그때부터는 군사 훈련이나 전쟁을 거부했다. 그가 언제부터 종탑의 종을 울리고, '강아지' 신부의 뒤를 이어받은 안토니오 이사벨 신부를 도와 미사를 드리고, 사제관 마당에서 싸움닭을 돌보기 시작했는지 정확히 알고 있는 사람은 아무도 없었다. 그런 사실을 알게 된 헤리넬도 마르케스 대령은 그가 자유파들이 금지하는 일들을 배우고 있다고 심하게 꾸짖었다. "제가 보기엔 저도 이제 보수파가 다 된 걸요." 그가 대답했다. 그는 자신이 그렇게 된 것이 다 숙명이라고 믿고 있었다. 놀란 헤리넬도 마르케스 대령이 그 이야기를 우르술라에게 전했다.

"잘됐군. 우리 집에도 드디어 하느님이 찾아 주시도록 그 애가 신부님이 되면 좋겠어." 우르술라는 그것을 수용했다.

안토니오 이사벨 신부가 호세 아르카디오 세군도의 첫 영성
체 준비를 하고 있다는 사실이 곧 밝혀졌다. 안토니오 이사벨
신부는 그가 싸움닭의 목덜미 털을 깎는 동안 그에게 교리를
가르쳤다. 그가 암탉들이 알을 품도록 닭장에 넣는 동안 신부
는 하느님이 세상을 창조한 둘째 날에 달걀 안에서 병아리가
생겨나도록 할 생각을 어떻게 하게 되었는지 쉬운 예를 들어
설명했다. 그러나 그 이후 신부는 망령기가 들기 시작했다는
초기 증세를 보여 주었는데, 몇 년이 지난 다음 증세가 심해진
그는 아마 악마가 하느님에게 모반을 꾀해 승리를 했을 것이
고, 경솔한 인간들을 속이기 위해 진정한 모습을 드러내지 않
은 채 천상의 왕좌에 앉아 있는 자도 바로 그 악마일 거라고
말했다. 스승의 그런 대담한 논리로 단련된 호세 아르카디오
세군도는 불과 몇 달 이내에 악마를 혼란시킬 수 있을 정도로
신학적 논쟁에 능란해지고, 투계의 계략에도 노련한 사람이
되기에 이르렀다. 아마란타는 그에게 칼라와 넥타이가 달린
아마포 정장 한 벌을 만들어 주고, 흰 구두도 한 켤레 사 주었
으며, 금박으로 그의 이름을 새긴 리본을 양초에 매달아 주었
다. 첫 영성체를 하기 이틀 전날 밤, 안토니오 이사벨 신부는
그와 함께 성물실(聖物室)에 틀어박혀 죄(罪) 사전의 도움을
받아 가며 그의 고해를 들었다. 저녁 6시만 되면 잠자리에 들
던 노신부는 죄들의 목록이 너무나도 길었기 때문에 고해가
채 끝나기도 전에 소파에 앉은 채 잠이 들고 말았다. 호세 아
르카디오에게 신부의 심문은 하나의 계시 같은 것이었다. 신
부가 여자들과 나쁜 짓을 했는지 물었을 때 그는 놀라지 않고

솔직하게 그런 일은 없었다고 대답을 했지만, 그런 짓을 짐승들하고 한 일이 있느냐는 질문에는 당황스러워했다. 5월 첫째 금요일에 그는 강렬한 호기심에 휩싸인 채 첫 영성체를 했다. 나중에 그가, 종탑에 살면서 박쥐를 먹는다고 소문이 자자한 병자(病者) 성당지기 페트로니오에게 자신이 신부와 가졌던 대화에 대해 묻자 페트로니오가 대답했다. "암탕나귀들과 그 짓을 하는 타락한 교인들이 있다니까." 호세 아르카디오 세군도가 계속해서 강력한 호기심을 내보이며 설명을 해달라고 수없이 졸라 댔기 때문에 페트로니오는 그만 참을성을 잃고 말았다.

"난 화요일 밤이면 그곳에 간다네. 아무에게도 말하지 않겠다고 약속만 한다면, 다음 화요일에 자넬 그곳으로 데려다주지." 그가 고백했다.

실제로 다음 화요일이 되자, 페트로니오는 어디에 쓰는 것인지 그때까지 아무도 모르고 있던 작은 나무 의자를 가지고 종탑에서 내려와 호세 아르카디오 세군도를 당나귀들이 있는 근처 밭으로 데려갔다. 소년이 밤에 저지르는 그 죄에 흠뻑 빠져 버려 카타리노의 가게에서 그의 모습을 보기까지는 많은 세월이 흘렀다. 그는 투계꾼이 되었다. "그 닭들 딴 데다 갖다 둬라." 멋진 싸움닭들을 가지고 들어오는 그를 처음으로 보았을 때 우르술라가 명령했다. "우리 집안이 이미 싸움닭 때문에 극심한 고통을 겪었는데, 이제는 네가 또다른 고통을 가져오려고 그러는구나." 호세 아르카디오 세군도는 아무 대꾸도 없이 닭을 할머니 필라르 테르네라의 집으로 가져가 계속해서 키웠는데, 할머니는 손자를 집에 두고 있지 못하는 터라 손자에게 필요한 것은 뭐든지 해 주었다. 그는 안토니오 이사벨 신부가 심어 준 지식을 이내 투계장에서 발휘했고, 닭을 잘 먹여 키울 수 있었을 뿐만 아니라, 남자의 욕망을 충족시키기에 충분한 돈까지 벌었다. 우르술라는 그때 그를 동생인 아우렐리아노 세군도와 비교해 보았는데, 어렸을 때 똑같았던 쌍둥이 형제가 어쩌다가 그토록 달라져 버렸는지 도저히 이해할 수가 없었다. 그러나 곧 아우렐리아노 세군도까지 게으르고 방탕해질 조짐을 보이기 시작했기 때문에 그런 당혹스러움은 별로 오래 가지 않았다. 아우렐리아노 세군도는 멜키아데스의 방에 들어앉아 있을 때면 아우렐리아노 부엔디아 대령이 젊었을 때 그랬던 것처럼 사색적인 남자가 되었다. 그러나 네에를란디아 조약이 체결되기 조금 전에 일어난 우연한 사건으로 인해 그는 사색으로부터 나와 세상의 현실과 맞닥뜨리고 말았다. 아코디언이 걸린 당첨권을 팔고 다니던 젊은 여자가 아주 다정한 태도로 그에게 인사를 했던 것이다. 아우렐리아노 세군도는 사람들이 자기를 형과 혼동하는 일이 잦았기 때문에 별로 놀라지 않았다. 그러나 그는 그녀가 울먹거리면서까지 그의 마음을 누그러뜨리려 애를 써서는 결국 그를 자기 침실로 데려갔을 때조차도 그녀의 착오를 일깨워 주지 않았다. 그를 처음 만난 순간 완전히 반해 버린 그녀는 그가 추첨에서 아코디언을 탈 수 있도록 조작했다. 두 주가 지났을 무렵, 아우렐리아노 세군도는 그녀가 자기와 형 호세 아르카디오 세군도를 같은 사람으로 믿고서, 자신들과 교대로 잠자리에 들고 있음을 깨달았지만, 사태를 분명히 처리하는 대신 오히려 그 상태를 더욱 연장하려고만 들었다. 그는 멜키아데스의 방으로 돌아가지 않았다. 우르술라의 반대에도 불구하고 예전에 귀동냥했던 것을 토대로 마당에서 아코디언을 배우며 오후를 보냈는데, 우르술라는 당시 집에서 상을 치르고 있다는 이유로 음악을 금지시켰고, 게다가 아코디언은 프란시스코 엘 옴브레의 후예인 떠돌이들이나 연주하는 악기라며 경멸하고 있었다. 하지만 아코디언의 명수가 되기에 이른 아우렐리아노 세군도는 결혼을 해서 자식들을 낳은 후에도 계속해서 그 명성을 유지했으며 마콘도에서 가장 존경받는 사람들 가운데 하나가 되었다.

그는 근 두 달 동안 그 여자를 형 호세 아르카디오 세군도와 함께 상대했다. 형을 지켜보면서 형의 계획을 분석해 보고, 형이 그날 밤 공동의 정부(情婦)를 만나러 가지 않는다는 것이 확실하면 그가 가서 그녀와 함께 잤다. 어느 날 아침, 그는 병에 걸려 있음을 알아차렸다. 이틀 후, 화장실에서 들보를 부여잡은 채, 땀에 흠뻑 젖어 엉엉 울고 있는 형을 보고는 어떻게 된 일인지를 알게 되었다. 형은, 그녀가 방탕한 생활로 인해 생긴 병이라고 불렀던 바로 그 병을 자기가 그녀에게 옮겼기 때문에 그녀가 자기를 거부했다고 동생에게 고백했다. 그리고 자기 병을 고쳐 주려고 필라르 테르네라가 어떻게 애를 썼는지에 대해서도 얘기했다. 아우렐리아노 세군도는 남몰래 과망간산을 넣은 뜨거운 세정제로 세척하고 이뇨제 용액을 복용했으며, 두 사람이 각자 떨어져 석 달 동안 고통을 겪은 후에 병을 치료할 수 있었다. 호세 아르카디오 세군도는 다시는 그녀를 만나지 않았다. 아우렐리아노 세군도는 형의 허락을 받아 죽을 때까지 그녀와 관계를 유지했다.

그녀의 이름은 페트라 코테스였다. 그녀는 상품 복권을 팔아 연명하던 내연의 남편과 함께 전쟁이 한창일 때 마콘도로 왔고, 남편이 죽은 다음에는 그의 사업을 이어받았다. 깨끗하고 젊은 물라타였는데, 편도처럼 생긴 노란 눈 때문에 표범처럼 사나운 인상을 주었지만, 마음은 너그러웠으며, 섹스에 대해서는 천부적인 자질을 지니고 있었다. 호세 아르카디오 세군도가 투계에 열중하고, 아우렐리아노 세군도가 정부 집에서 열리는 시끌벅적한 파티에서 아코디언을 연주한다는 사실을 알게 된 우르술라는 어찌할 바를 몰라 미쳐 버릴 것만 같았다. 그 두 아이에게는 집안의 미덕은 하나도 없고 단점들만 모여 있는 것처럼 여겨졌다. 그래서 우르술라는 앞으로는 그 누구에게도 아우렐리아노나 호세 아르카디오라는 이름은 붙여 주지 않겠다고 결심했다. 그럼에도 불구하고, 아우렐리아노 세군도가 첫아들을 얻었을 때, 우르술라는 아우렐리아노 세군도의 뜻에 감히 반대할 수가 없었다.

"좋다. 하지만 조건이 하나 있다. 그 아이는 내 손으로 직접 키우겠다." 우르술라가 말했다.

우르술라는, 나이가 벌써 백 살이나 되었고 백내장으로 실명이 될 순간에 있었다 해도, 육체의 활력과 고결한 성격, 정신적 균형 감각을 유지하고 있었다. 가문의 명성을 복구시켜야 하는 덕망 있는 남자를, 즉, 우르술라 자신이 생각하기에 부엔디아 가문의 몰락을 초래한 네 가지 재앙인 전쟁이라든가, 싸움닭이라든가, 생활이 추잡한 여자라든가, 황당무계한 일 같은 것에 대해 입에 올리는 걸 단 한 번도 볼 수 없는 그런 남자를 길러 내는 데 우르술라 자신보다 더 나은 사람은 아무도 없었다. "이 아인 신부가 될 거야. 그리고 하느님께서 날 계속 살아 있게만 해 주신다면, 난 이 아이가 교황이 되는 모습을 볼 거야." 우르술라가 엄숙하게 선언했다. 그 이야기를 듣고는 침실 안에 있던 사람들뿐만 아니라, 집 안에 모여 있던 아우렐리아노 세군도의 장난꾸러기 친구들까지도 모두 웃었다. 그동안 살아오면서 온갖 우여곡절을 겪느라 잊고 지낸 승전(勝戰)에 대한 기억이 샴페인 마개 뽑히는 소리와 더불어 순간적으로 되살아남으로써 분위기를 돋우었다.

"교황님의 건강을 위하여!" 아우렐리아노 세군도가 건배를 외쳤다.

손님들도 소리 맞춰 건배했다. 그러자 그 집주인이 아코디언을 연주했고, 폭죽이 터졌으며, 마을에 기쁨을 알리기 위한 축하 북소리가 울려 퍼졌다. 새벽녘에, 샴페인에 흠뻑 취해 버린 손님들이 암소 여섯 마리를 잡아 군중이 먹을 수 있도록 거리에 진열했다. 그러나 아무도 그런 파티를 문제 삼지 않았다. 아우렐리아노 세군도가 집안일을 떠맡게 된 다음부터는 교황의 탄생 같은, 참으로 그럴싸한 구실이 없었다 해도 그런 파티는 다반사였다. 그는 아무 노력도 기울이지 않았는데도 순전히 운이 좋아서 가축이 초자연적인 번식을 한 덕분에 몇 해 안 되어 늪 지대에서는 손꼽힐 정도로 많은 재산을 모았다. 암말들은 망아지 세 쌍둥이들을 낳았고, 암탉들은 하루에 두 번씩 알을 낳았으며, 돼지들은 주체할 수 없을 정도로 살이 쪄갔는데, 그런 무질서한 번식력은 마술을 통하지 않고서는 그 누구도 설명할 수 없는 현상이었다. "이럴 때일수록 절약해야 한다. 이런 행운은 평생 지속되지 않는 법이야." 우르술라가 무분별한 증손자에게 충고했다. 그러나 아우렐리아노 세군도는 우르술라의 말에 귀를 기울이지 않았다. 그가 친구들을 담가 버리기 위해 더 많은 샴페인을 터뜨릴수록 그의 짐승들은 더욱 미친 듯이 새끼를 쳐 댔고, 그래서 그는 그 행운이 자신의 관리 능력에 의한 것이 아니라, 자연을 흥분시키는 능력을 지니고 있는 사랑의 열정을 소유한 정부 페트라 코테스 영향 때문이라고 더욱더 믿게 되었다. 그는 그것이 부의 원천이라는 확신을 가지고 있었기 때문에 페트라 코테스가 가축 곁에서 절대 멀어지지 않도록 붙잡아 두었고, 결혼해서 자식들을 낳은 후에도 부인 페르난다의 동의하에 계속 그녀와 함께 살았다. 할아버지들을 닮아 튼튼하고 몸집이 장대했으나, 할아버지들과는 달리 쾌활하고 누구에게나 한없이 친절했던 아우렐리아노 세군도는 자기 가축을 돌볼 겨를이 거의 없었다. 그가 하는 일이라고는 자신의 소인(燒印)이 찍힌 모든 가축이 치유할 수 없는 다산증에 전염되도록 페트라 코테스를 가축 사육장에 데리고 가 말을 타고 사육장을 돌아다니도록 하는 일이 고작이었다.

아우렐리아노 세군도의 긴 생애에서 일어난 모든 좋은 일이 그러했듯이, 그 엄청난 부도 우연으로부터 시작되었다. 전쟁이 끝날 때까지 페트라 코테스는 복권 장사에서 얻은 수입으로 생계를 유지했고, 아우렐리아노 세군도는 가끔씩 우르술라의 저금통을 털기 위해 머리를 썼다. 그들은 매일 밤, 심지어는 금지된 날까지도 사랑을 하고, 새벽까지 침대 안에서 시시덕거리는 것 외에 다른 걱정이 없는 천박한 한 쌍으로 살았다. "그년이 널 아주 망쳐 놓았구나. 그년한테 네가 그렇게 홀려 있다간 넌 요 며칠 새로 배 속에 두꺼비가 들어차, 복통으로 몸부림을 치게 될 거다." 우르술라는 몽유병자처럼 집 안으로 들어서는 증손자를 볼 때마다 고함을 쳐 댔다. 오랜 시간이 지나서야 동생이 그녀를 차지했다는 사실을 알게 된 호세 아르카디오 세군도는 동생이 그녀에게 그토록 빠져 있는 이유를 이해할 수 없었다. 그는 페트라 코테스를 흔하디흔한 여자로, 오히려 침대에서는 게으르기까지 하고, 사랑의 기교도 전혀 없는 여자로 기억하고 있었다. 그 당시, 아우렐리아노 세군도는 우르술라의 애절한 외침과 형의 빈정거림에는 귀도 기울이지 않은 채, 어떻게든 할 일을 찾아 페트라 코테스에게 집 한 채를 마련해 주고, 정욕에 불타는 어느 날 밤에, 그녀 옆에서, 그녀 위에서, 그녀 밑에서 죽을 수 있을까 하는 생각만 하고 있었다. 아우렐리아노 부엔디아 대령이 결국 노년기라는 그 평화로운 매력에 이끌려 다시 작업실 문을 열었을 때, 아우렐리아노 세군도는 작은 황금 물고기를 만드는 일에 종사하는 것이 좋은 사업이 될 거라 생각했다. 그는 대령이 실의에서 비롯된 놀라운 인내심을 발휘하며 작업을 계속함에 따라 딱딱한 금속판이 차츰차츰 황금 비늘로 변해 가는 것을 지켜보느라 덥고 작은 방에서 몇 시간을 보냈다. 그 작업 과정이 워낙 힘들어 보인 데다 페트라 코테스에 대한 기억이 워낙 집요하게 유혹했기 때문에 그는 삼 주일이 지났을 때 작업실에서 자취를 감추었다. 토끼를 내걸어 복권을 팔 생각이 페트라 코테스에게 떠오른 것은 바로 그때였다. 토끼들이 어찌나 빨리 새끼를 치고 자라는지 복권을 팔 시간도 없을 지경이었다. 처음에 아우렐리아노 세군도는 토끼의 번식이 얼마나 놀라운 비율로 이루어지는지 알아채지 못했다. 그러나 동네 사람 그 누구도 토끼 복권에 관한 얘기는 들으려 하지 않았을 무렵의 어느 날밤, 마당 담 쪽에서 소란스러운 소리가 들렸다. "놀라지 마요, 토끼들이에요." 페트라 코테스가 말했다. 그들은 토끼들이 쏘다니며 내는 잡음에 들볶여 더 이상 잠을 이룰 수가 없었다. 날이 밝아 아우렐리아노 세군도가 문을 열자 마당이 여명으로 파랗게 물든 토끼들로 뒤덮여 있었다. 숨이 넘어갈 듯 웃어대던 페트라 코테스는 농담 한 마디를 하지 않고는 배길 수가 없었다.

"이것들은 어젯밤 사이에 태어난 것들이에요." 페트라 코테스가 말했다.

"엄청나군! 암소를 가지고 실험해 보지 그래?" 그가 말했다.

채 며칠이 되지 않아, 페트라 코테스는 마당을 비우기 위해 그 토끼들을 암소 한 마리와 바꾸었고, 암소는 두 달 후 송아지 세 쌍둥이를 낳았다. 일은 그렇게 시작되었다. 하룻밤 사이에 아우렐리아노 세군도는 땅과 가축들의 주인이 되어 있었고, 넘쳐나는 마구간과 돼지우리를 증축할 시간도 모자랄 지경이었다. 정신을 차릴 수 없을 정도로 번창해 갔기 때문에 괜히 웃음이 나왔고, 기분을 내기 위해 엉뚱한 짓들을 하지 않고는 배길 수가 없었다. "암소들아, 그만 좀 낳아라, 삶은 짧단다." 그가 소리쳤다. 우르술라는 그가 도둑질을 하고 있지 않거나 갑자기 목장주로 변하지 않았다면, 혹시 무슨 나쁜 일에 얽혀들어 있지나 않았을까 자문해 보았으며, 그가 순전히 샴페인 거품을 머리에 끼얹는 재미로 샴페인 병 마개들을 터뜨리는 것을 볼 때마다 소리를 질러 그의 낭비벽을 꾸짖었다. 우르술라가 아우렐리아노 세군도를 어쩌나 귀찮게 했던지, 그는 아주 기분좋게 일어난 어느 날 아침, 돈 궤짝 하나와 풀 한 통, 그리고 붓 한 자루를 들고 나타나서, 프란시스코 엘 옴브레가 부르던 옛날 노래를 목청껏 부르면서 집 안팎을 바닥에서 꼭대기까지 1페소짜리 지폐로 도배해 버렸다. 자동 피아노를 들여놓을 때부터 하얀색으로 칠해져 있던 저택은 회교 사원처럼 특이한 외양을 지니게 되었다. 집안 식구들이 소란을 피우고, 우르술라가 격분을 하고, 그 낭비의 축제를 구경하려고 길을 꽉 메운 마을 사람들이 즐거워하는 가운데 아우렐리아노 세군도는 저택 정면에서부터 변소와 침실들을 포함해 부엌까지 다 도배하고는 남은 돈을 마당에 뿌렸다.

"자 이제, 이 집에 다시는 내게 돈에 관해 이야기하는 사람이 없기를 바랍니다." 그가 최후 통첩을 했다.

그의 말대로 되었다. 우르술라는 커다란 석회 덩이에 붙어 있는 지폐를 모두 떼어 내라 하고, 집을 다시 하얗게 칠했다. "오 하느님. 저희가 처음 이 마을을 세웠을 때처럼 가난하게 해 주셔서, 이 낭비에 대한 대가를 저 세상에서 저희가 갚지 않도록 해 주시기를 바라옵나이다." 우르술라가 간구했다. 우르술라의 간구에 대한 응답은 반대로 나타났다. 지폐를 뜯어내고 있던 일꾼들 가운데 하나가 부주의로, 전쟁이 끝나 갈 무렵에 어떤 사람이 집에 남겨 두고 갔던 거대한 성 요셉 석고상에 부딪쳤고, 그 바람에 안이 비어 있는 석고상이 바닥으로 쓰러지면서 산산조각이 나 버렸다. 그 안에는 금화가 가득 들어 있었다. 실물 크기의 그 성상(聖像)을 가져온 사람이 누구였는지를 기억하는 사람은 아무도 없었다. "남자 셋이 이 석고상을 가져왔지요. 비가 그칠 때까지 맡아달라고 해서, 사람들이 다니다 부딪칠까 봐 저기 구석에 두라고 했더니, 그 사람들이 아주 조심스럽게 저기다 갖다 놓았는데요, 그 후론 그 사람들이 다시 찾아오지를 않아 그때부터 저기에 있었던 거지요." 아마란타가 설명했다. 석고상이 깨지기 직전까지도 우르술라는 자신이 성인 대신 거의 200킬로그램이나 나가는 황금을 경배하고 있다는 사실을 깨닫지 못한 채, 석고상 앞에 촛불을 밝히고 엎드려 있었다. 본의 아니게 우상을 숭배하고 말았다는 사실을 뒤늦게 깨달은 우르술라는 한층 비통하게 생각했다. 그녀는 엄청난 금화 더미에 침을 뱉고는, 마대 자루 셋에 나누어 담아서는 낯모를 세 남자가 조만간에 금화를 되찾으러 오기를 기대하면서 아무도 모르는 곳에 묻어 버렸다. 오랜 세월이 흐른 후, 노령으로 고생을 하던 몇 년 동안, 우르술라는 당시 집에 들렀던 수많은 여행객의 대화에 끼여들어, 혹시 전쟁통에 비가 그칠 때까지만 맡아 달라며 성 요셉 석고상을 자기 집에 맡기지 않았느냐고 물었다.

이런 일처럼 우르술라를 무척 낙담시킨 일들이 그 당시에는 흔히 일어났다. 마콘도는 기적 같은 번영을 누리며 표류하고 있었다. 진흙과 갈대로 만든 개척자들의 집은 오후 2시의 숨막히는 무더위를 견디기에 훨씬 더 수월한 나무 격자창이 달리고, 바닥이 시멘트로 된 벽돌 집들로 대체되었다. 호세 아르카디오 부엔디아가 세운 옛 마을에 남아 있는 것이라고는 가장 혹독한 상황에도 견뎌야만 했던 먼지 낀 편도나무들과 투명한 물이 흐르는 강뿐이었는데, 그 강에 있던 선사 시대의 돌맹이들은 호세 아르카디오 세군도가 뱃길을 트기 위해 모래톱을 치우면서 미친 듯이 휘둘러 대던 망치에 의해 잘게 부서졌다. 그것은 증조할아버지가 지녔던 꿈들과 비교해 보아도 손색이 없을 정도로 헛된 꿈이었는데, 사실, 돌투성이 강바닥과 물줄기 속에 들어 있던 수많은 장애물 때문에 마콘도에서 바다까지 이동하는 것은 불가능했다. 그러나 호세 아르카디오 세군도는 무모한 성격에서 비롯된 예측불가능한 저돌성으로 그 계획을 실행하겠다고 고집을 부렸다. 그때까지만 해도 그는 풍부한 상상력을 전혀 발휘하지 못하고 있었다. 그는 페트라 코테스와의 불안정한 모험을 제외하고는 여자를 가까이 한 적도 없었다. 우르술라가 그를 가문이 전 역사를 통해 배출해 낸 가장 무기력한 사내의 표본이자 투계꾼으로서조차도 두드러질 능력이 없는 사내로 여기고 있었을 때, 시꺼멓게 변한 배의 잔해를 전쟁 중에 직접 보았던 아우렐리아노 부엔디아 대령이 바다에서 12킬로미터 떨어진 곳에 좌초되어 있던 그 스페인 범선에 관한 얘기를 그녀에게 했다. 그토록 오랜 기간 동안 마콘도 사람들에게 환상적으로 들렸던 그 이야기는 호세 아르카디오 세군도에게는 하나의 계시나 다름없었다. 그는 자신의 투계들을 경매에 붙여 돈을 가장 많이 내는 사람에게 팔아 치우고, 사람들을 모으고 도구를 사들여, 돌을 깨고 운하를 파고 암초를 제거하고, 심지어는 폭포까지도 반반한 물길로 만들어 버리는 거창한 사업에 착수했다. "이런 일이 일어날지 뻔히 알고 있었지. 마치 시간이 한 바퀴를 돌아 우리가 처음으로 되돌아가 있는 것 같다니까." 우르술라가 소리를 질러 댔다. 강으로 항해할 수 있다는 판단이 섰을 때, 호세 아르카디오 세군도가 동생에게 자신의 계획에 관해 상세하게 설명하자 아우렐리아노 세군도는 사업에 필요한 자금을 대 주었다. 호세 아르카디오 세군도는 오랫동안 종적을 감추었다. 배를 산다던 그의 계획은 동생의 돈을 횡령하려는 꼼수였다는 소문이 퍼졌는데, 그때 수상한 배 한 척이 마콘도 쪽으로 오고 있다는 소식이 들려왔다. 호세 아르카디오 세군도의 어마어마한 계획을 이미 잊고 있던 마콘도 주민들은 강가로 달려가서, 마을에 접근하는 첫 배이자 마지막 배가 도착하는 모습을 믿기지가 않아 놀란 눈으로 바라보았다. 배는 굵은 밧줄로 묶어 스무 명의 남자가 강둑을 따라 끌어당기는 통나무 뗏목에 지나지 않았다. 뗏목 선수에서는 호세 아르카디오 세군도가 만족스러운 눈빛으로 그 힘든 작업을 지휘하고 있었다. 타는 듯한 태양을 화려한 양산으로 가리고, 어깨에는 예쁜 비단 숄을 두르고, 얼굴에는 여러 가지 색깔의 크림들을 바르고, 머리에는 싱싱한 꽃을 꽂고, 팔에는 황금으로 만든 구렁이를 감고,

이에는 다이아몬드를 박아 화려하게 치장한 부인들 한 무리가 그와 함께 타고 있었다. 뗏목은 호세 아르카디오 세군도가 마콘도까지 끌고 올 수 있었던 유일한 교통수단으로서, 단 한 번뿐이긴 했지만 그는 자신의 계획이 실패로 끝났다고는 절대 인정하지 않았고, 대신 자신의 위업을 의지력의 승리라고 큰 소리를 쳤다. 그는 정확한 계산서를 동생에게 넘겨주고는 이내 투계들과 더불어 사는 일상에 다시금 파묻혔다. 불운하게 끝난 그 도전으로부터 남은 것은 프랑스 창녀들이 가져왔던 개혁의 바람이었는데, 그녀들의 빼어난 기술은 전통적인 사랑법을 바꾸어 버렸고, 그녀들의 사회 복지에 대한 사고 방식은 카타리노의 구식 가게를 쓸어내 버렸으며, 거리를 작은 일본식 등불들과 옛 생각을 불러일으키는 손풍금들이 가득 찬 시장터로 바꾸어 놓았다. 마콘도를 사흘 동안 이성을 잃을 정도의 흥분에 빠뜨렸던 유혈이 낭자한 카니발을 조장한 당사자들도 바로 그녀들이었는데, 그 카니발이 남긴 유일한 결과는 아우렐리아노 세군도에게 페르난다 델 카르피오를 만날 기회를 마련해 주었다는 것뿐이었다.

미녀 레메디오스가 카니발의 여왕으로 뽑혔다. 보는 이를 어지럽게 할 정도로 아름다운 증손녀의 용모 때문에 조마조마하고 있던 우르술라도 증손녀가 카니발의 여왕으로 뽑히는 것을 막을 수는 없었다. 그때까지만 해도 우르술라는 아마란타와 함께 미사를 드리러 갈 때가 아니라면 미녀 레메디오스 혼자서 길거리로 나가는 걸 막았는데, 미사를 드리러 갈 때라도 반드시 검은 베일로 얼굴을 가리도록 했다. 신심이 부족한 남자들, 그러니까, 카타리노의 가게에서 신을 모독하는 미사를 거행하기 위해 신부로 변장을 하던 남자들은, 비록 잠시일망정, 미녀 레메디오스의 얼굴을 보려는 목적 하나 때문에 성당 미사에 참석했는데, 그녀의 전설적인 아름다움은 늪 지대 전역에서 가히 열광적으로 회자되었다. 많은 시간이 흐른 후에야 겨우 그녀의 얼굴을 볼 기회가 있었는데, 그녀를 보았던 그들 가운데 대부분은 다시는 평화롭게 잠을 잘 수 없었기 때문에 차라리 그 기회를 단 한 번도 갖지 않는 편이 더 나았을 정도였다. 외지 출신 사내 하나가 미녀 레메디오스의 얼굴을 본 후 영영 마음의 평화를 잃고서 굴욕과 비탄의 수렁에 빠져 헤맸는데, 몇 년 후 철로 위에서 잠이 들었다가 밤기차에 치여 몸이 산산조각 나 버렸다. 그가 초록빛 코르덴 양복과 수놓은 조끼를 입고 성당에 나타났을 때부터, 미녀 레메디오스의 불가사의한 매력에 이끌려 아주 먼 곳에서, 아마도 나라 밖 아주 먼 도시에서 왔다는 걸 그 누구도 의심하지 않았다. 너무나 잘생기고, 늠름하고, 고결한, 한마디로, 빼어난 남자인 그에 비한다면 피에트로 크레스피쯤은 칠삭둥이로 여겨질 정도였기 때문에 많은 여자가 씁쓸한 미소를 지으면서도 진정으로 미녀 레메디오스의 검은 베일을 벗길 자격이 있는 남자는 바로 그라고 쑤군거렸다. 그는 마콘도 사람들과는 일체 사귀지 않았다. 일요일 날이 밝을 무렵이면 동화 속에 나오는, 은으로 만든 등자(鐙子)를 달고 벨벳으로 궁둥이를 감싼 말을 왕자님처럼 타고 나타나서는 미사를 드린 다음 마을을 떠났다.

그가 나타났다는 사실만으로도 대단한 영향력을 미쳤기

때문에 그가 처음으로 성당에 모습을 드러냈을 때부터 모든 사람은 그와 미녀 레메디오스 사이에 조용하지만 긴장된 암투와, 모종의 밀약과, 그 결말이 사랑에서 끝나지 않고 죽음으로까지 이어질 수 있는, 돌이킬 수 없는 결투가 차례로 예정되어 있다고 믿었다. 여섯 번째 일요일에 그 신사는 노란 장미 한 송이를 들고 나타났다. 그는 언제나 그랬듯이 서서 미사를 드렸고, 미사가 끝나자 미녀 레메디오스 앞으로 가서 장미 한 송이를 바쳤다. 미녀 레메디오스는 그런 경의를 받을 준비를 하고 있기라도 한 듯 자연스럽게 꽃을 받아들고는 잠시 얼굴을 보여 주며 미소로 감사를 표했다. 그녀가 한 일은 그것뿐이었다. 그러나 그 신사뿐 아니라, 미녀 레메디오스의 얼굴을 마음속에 간직하는 불행한 특권을 누렸던 모든 사람에게 그 순간은 영원히 잊을 수 없는 순간이 되어 버렸다.

그때부터 신사는 악단을 보내 미녀 레메디오스의 창 옆에서 음악을 연주하도록 했는데, 가끔씩은 동틀 녘까지 계속되었다. 아우렐리아노 세군도만이 신사를 진정으로 동정하고, 그의 고집을 깨뜨리기 위해 애를 썼다. "시간 낭빈 그만하시죠. 이 집안 여자들은 노새보다 고집이 더 세다니까요." 어느 날 밤 그가 신사에게 말했다. 그는 신사에게 친구처럼 지내기를 원한다면서 샴페인에 흥건히 젖어 보자고 청했으며, 자기 집안 여자들은 마음속이 차돌 같다는 점을 납득시키려고 애썼지만, 신사의 고집을 꺾을 수는 없었다. 밤만 되면 계속되는 음악소리에 짜증이 난 아우렐리아노 부엔디아 대령은 신사의 고통을 권총 몇 발로 치유해 줄 수 있다며 그를 협박했다. 그

스스로 사기 저하라는 애석한 상태에 빠지지 않는 한 그 어떤 것도 그를 단념시킬 수 없었다. 그는 옷을 맵시 있게 차려입은 완벽한 남자에서 누추한 차림새에 궁티가 나는 남자로 바뀌었다. 사실 그의 근본이 어떤지는 전혀 알려지지 않았지만, 그가 멀리 떨어져 있는 고국의 권력과 재산을 다 포기했다는 소문이 나돌았다. 그는 사람들과 말다툼을 하고, 술집에서 싸움판을 벌이고, 자신의 토사물을 뒤집어쓴 채 카타리노의 가게에서 잠을 깨는 남자로 변해 버렸다. 그의 인생 역정에서 가장 슬펐던 점은 그가 왕자처럼 차려입고 성당에 나타났을 때조차 미녀 레메디오스가 관심을 두지 않았다는 점이었다. 그녀는 아무런 악의도 없이 노란 장미를 받았으며, 오히려 그의 터무니없는 행동을 재미있어 했고, 자기의 얼굴을 그에게 보여 주기 위해서가 아니라 그의 얼굴을 더 잘 보기 위해 검은 베일을 들추었다.

사실 미녀 레메디오스는 보통 사람들과는 영 달랐다. 사춘기에 접어든 지 한참이 되어서도 산타 소피아 델 라 피에닷이 미녀 레메디오스를 목욕시키고, 옷을 입혀 주어야 했으며, 그런 일을 스스로 할 수 있을 정도가 되었을 때조차도 자기가 눈 똥을 막대기에 묻혀 벽에 작은 동물 그림을 그리지 않도록 항상 감시를 해야만 했다. 그녀는 천성적으로 그 어떤 관습에도 따르려 하지 않았기 때문에 알몸으로 집안을 돌아다녔고, 글을 읽고 쓸 줄도 몰랐으며, 식탁에서 포크나 나이프도 제대로 사용하지 못한 상태로 스무 살이 되었다. 경비대의 젊은 장교가 그녀에게 사랑을 고백했을 때, 그녀는 그의 경솔함에 놀라 일언지하에 거절해 버렸다. "그 사람 참 단순해요. 내가 뭐 장폐색을 일으키는 균이라도 되는지 나 때문에 죽을 지경이라고 한다니까요." 미녀 레메디오스가 아마란타에게 말했다. 그 장교가 실제로 그녀의 방 창문 곁에서 죽은 시체로 발견되자, 미녀 레메디오스는 자신의 첫인상이 옳았다는 듯 말했다.

"이제 보셨죠. 정말로 단순했다니까요."

그녀는 어떤 통찰력을 지니고 있어서 사물의 다양한 외양 속에 들어 있는 실체를 꿰뚫어 보는 것처럼 보였다. 그것은 적어도 아우렐리아노 부엔디아 대령의 관점이었는데, 어떻게 보면 미녀 레메디오스는 다들 믿고 있는 바와 달리 정신 지체아가 아니라 그 반대라는 것이었다. "저 애는 마치 이십 년 동안 전쟁을 치르고 온 것 같다니까." 아우렐리아노 부엔디아 대령이 종종 말했다. 우르술라로서는 하느님이 집안에 보기 드물게 순수한 아이를 상으로 내려 주기라도 한 것처럼 하느님께 감사하고 있었으나, 동시에 그녀의 아름다움이, 그 아름다움과는 반대되는 효력을 지닌 것처럼, 또 그런 순진함의 한가운데에 도사린 사악한 함정처럼 여겨졌기 때문에 당황스러워 했다. 그래서, 우르술라는 미녀 레메디오스가 이미 어머니 배 속에서부터 그 어떤 해악에도 물들지 않는 안전한 상태였다는 사실을 모른 채 그녀를 세상과 격리시켜 지상의 모든 유혹으로부터 보호하기로 결정했다. 우르술라는 그녀가 카니발이라는 아수라장 속에서 미의 여왕으로 뽑히리라는 생각 같은 건 전혀 하지 못했다. 그러나 재규어로 가장하고 싶어 안달을 하던 아우렐리아노 세군도는 카니발이 우르술라가 말하던 것처럼 이교적인 축제가 아니라 가톨릭 전통임을 납득시키기 위해 안토니오 이사벨 신부를 집으로 데려왔다. 결국, 마지못해 납득당한 우르술라는 미녀 레메디오스의 대관식에 동의했다.

레메디오스 부엔디아가 축제의 여왕으로 선발될 거라는 소식은 불과 몇 시간 안에 늪 지대 끝까지 쫙 퍼져나갔고, 그녀의 아름다움에 관한 엄청난 명성이 아직 알려지지 않고 있던 먼 고장들에까지 전해져서 그녀의 성(姓)을 아직도 반역의 상징처럼 여기고 있던 사람들의 불안을 야기했다. 그러나 그것은 근거 없는 불안이었다. 그 당시 아무런 해도 끼치지 않은 사람이 있었다면, 늙고 실의에 젖어 있던 아우렐리아노 부엔디아 대령뿐이었는데, 그는 국가의 현실과는 차츰차츰 모든 접촉을 끊었다. 자신의 작업실에 틀어박혀 있던 그가 세상의 나머지와 맺은 유일한 관계는 작은 황금 물고기를 내다 파는 일이었다. 평화 협정이 체결된 후 처음 며칠 동안 그의 집을 지키던 옛 군인들 가운데 하나가 늪 지대 마을들로 대령이 만든 작은 황금 물고기를 팔러 갔다가 돈과 소식을 짊어지고 돌아왔다. 그는 보수파 정부가 자유파들의 협력을 얻어 대통령의 임기를 백 년으로 하는 법 개정 작업을 벌이고 있다고 전했다. 마침내 교황청과의 정교조약(政敎條約)이 체결되어 로마에서 대주교 한 사람이 다이아몬드로 만든 관을 쓰고 순금으로 만든 옥좌에 앉은 채 나라에 왔는데, 자유파 장관들이 대주교의 반지에 입을 맞추는 의식에서 무릎을 꿇은 자신들의 모습을 사진 찍게 했다는 말도 전했다. 어느 스페인 극단의 주연 여배우가 수도에 들러 여행하던 길에 한 무리의 복면 괴한에게 납치되었는데, 일요일에는 그 여배우가 공화국 대통령의 여름 별장에서 나체 춤을 추었다고도 했다. "정치 얘긴 내게 하지 말게. 우리 일은 작은 황금 물고기를 파는 거라네." 대령이 그에게 말했다. 대령이 작업실에서 작은 황금 물고기를 만들어 부자가 되고 있었기 때문에 국내 상황에 대해서는 전혀 알려고 하지 않는다는 소식이 우르술라의 귀에 도달했을 때 우르술라는 웃음을 참을 수 없었다. 무시무시한 현실 감각을 지니고 있던 우르술라로서는 대령의 사업을 이해할 수가 없었는데, 대령은 작은 황금 물고기를 금화와 교환해서 그 금화로 작은 물고기를 만들었던 바, 그런 식으로 계속 짜증나는 악순환을 반복하기 위해 작은 황금 물고기가 더 팔리면 팔릴수록 일을 더 많이 해야 했다. 사실 그가 흥미를 가진 것은 사업이 아니라 일 자체였다. 비늘을 줄줄이 이어 맞추고 미세한 루비를 눈에 박아 넣고, 아가미에 광택을 내고, 지느러미를 붙이느라 정신을 집중해야 했기 때문에 전쟁의 환멸 따위를 생각할 여지가 전혀 없었다. 정밀한 수작업은 엄청난 주의력을 요구했기 때문에 그는 짧은 시간에 전쟁을 하던 전 기간에 늙은 것보다 더 많이 늙었고, 구부린 자세 때문에 척추가 굽었으며, 세밀한 작업 때문에 시력은 감퇴되었지만, 완전한 정신 집중으로 영혼의 평화를 얻을 수 있었다. 전쟁과 연관이 있는 한 사안에 대해 그가 마지막으로 마음을 쓰는 모습을 보인 때는, 항상 약속만 하고서 제자리걸음을 하던 종신 연금제도의 승인을 받기 위해 양당의 노련한 사람들 한 무리가 그에게 도움을 청했을 때뿐이었다. "그건 단념하시오. 죽을 때까지 연금을 기다리는 고통에서 벗어나기 위해 내가 연금을 거부했다는 건 여러분도 이미 알고 있잖습니까." 그가 그들에게 말했다. 아우렐리아노 부엔디아 대령이 집에 머물게 된 초기에, 헤리넬도 마르케스 대령은 해 질 녘이면 그를 찾아갔고, 두 사람은 대문간에 앉아 과거를 되살렸다. 그러나 아마란타는 일찍 벗겨진 머리 때문에 나이보다 더 늙어 보이고, 청혼을 거절당한 괴로움 때문에 특별한 경우가 아니라면 왕래를 하지 않더니, 결국에는 중풍에 걸려 몸을 못 쓰게 되고서부터 아예 사라져 버린 그 지친 남자를 볼 때마다 옛날 일이 생각나 견딜수가 없었다. 새로운 활력의 바람이 불어닥쳐 집안이 떠들썩한데도 말없이, 조용히, 무감각하게 지내고 있던 아우렐리아노 부엔디아 대령은 노년기를 좋게 보내는 비결은 다름이 아니라 고독과 명예로운 조약을 맺는 것이라는 사실을 겨우 깨달았다. 그는 얕은 잠을 자고 난 뒤 아침 5시에 일어나, 부엌에서 변함없이 쓰디쓴 커피 한 대접을 마시고, 하루 종일 작업실에 틀어박혀 있다가, 오후 4시가 되면, 활활 타오르는 듯 피어 있는 장미꽃과, 그 시각의 밝은 햇살과, 해질 무렵이면 심해지는 우울증 때문에 끓는 단지에서 나는 소리처럼 완벽하게 알아들을 수 있는 소리로 씨근거리고 있는 아마란타의 뻔뻔스러운 행동 같은 것에는 전혀 개의하지 않은 채 걸상 하나를 질질 끌며 복도를 지나 대문간으로 나가서는 모기에게 쫓겨 들어갈 때까지 앉아 있었다. 한번은 누군가 과감하게 그의 고독을 깨뜨렸다.

"어떻게 지내세요, 대령님?" 그가 지나가면서 대령에게 말했다.

"여기서 내 장례 행렬이 지나가는 걸 기다리고 있소." 대령이 대답했다.

상황이 이러했기 때문에, 미녀 레메디오스가 미의 여왕으로 선출되는 바람에 그의 성(姓)이 공공연하게 다시 드러남으로써 야기된 불안은 근거가 없는 것이었다. 그럼에도 불구하고 많은 사람은 그렇게 생각하지 않았다. 마을 사람들은 자신들을 향해 비극이 다가오고 있다는 사실을 알지 못한 채 마을 광장으로 모여들어 즐거운 소란을 피우고 있었다. 카니발은 광란의 극치에 달했고, 재규어처럼 변장하겠다는 꿈을 마침내 실현하게 된 아우렐리아노 세군도가 너무 악을 써 댄 나머지 목이 쉬었음에도 불구하고, 열광하고 있던 군중 사이를 환호성을 지르며 돌아다니고 있을 때, 많은 수의 가장행렬 일행이 상상 속에서나 볼 수 있을 것 같은 매혹적인 여자를 태운 황금빛 가마를 들고 늪 지대 쪽으로 난 길을 따라 나타났다. 차분하게 살아왔던 마콘도 사람들은 에메랄드 관을 쓰고 담비 망토를 두른 그 눈부신 미녀를 더 자세히 보기 위해 순식간에 가면을 벗었는데, 그녀는 단순한 금속 쪼가리와 조화(造花)용 종이로 급조된 여왕이 아니라 정통성 있는 권위를 부여받은 여왕처럼 보였다. 일행의 도착을 일종의 도발 행위라 간주할 정도로 통찰력을 가진 사람도 없지는 않았다. 그러나 아우렐리아노 세군도는 즉시 주민들의 당혹감을 가라앉혔고, 막 도착한 사람들을 명예로운 고객이라 선포하고는 미녀 레메디오스와 그 침입자 여왕을 같은 자리에 앉히는 현명함을 발휘했다. 베두윈족[98]으로 변장한 가장행렬 일행은 자정까지 광란의 축제에 참여했으며, 심지어는 집시들의 기예를 연상케 하는 화려한 폭죽놀이와 곡예로 축제를 더욱 재미있게 만들기까지 했다. 축제가 최고조에 이르렀을 때 누군가 아슬아슬하게 유지되고 있던 균형을 느닷없이 깨뜨렸다.

"자유당 만세! 아우렐리아노 부엔디아 만세!" 그가 외쳤다.

총성은 휘황찬란한 폭죽의 광채를 꺼 버렸고, 공포의 비명 소리는 음악을 잠재웠고, 즐거움은 전율에 의해 사라져 버렸다. 여러 해가 지난 뒤, 그 침입자 여왕의 근위병들은 정부에서 내어준 총을 질라바[99] 속에 감춘 정규군 경비대원들이었다고 계속해서 주장되었다. 정부는 특별 포고문을 통해 그 유혈 사태에 대한 책임을 거부했지만, 철저히 조사하겠다고 약속했다. 그러나 진실은 끝까지 밝혀지지 않았으며, 근위병들을 화나게 한 도발 행위 같은 것은 전혀 없었는데도 지휘관의 신호에 따라 전투 태세를 갖추고 군중에게 무자비하게 발포했다는 얘기가 항상 우세했다. 평온을 되찾았을 때는 마을에 가짜 베드윈족은 단 하나도 남아 있지 않았으며, 광장에 있던 사망자와 부상자들 사이에는 광대 아홉, 콜롬비아 여자 넷, 트럼프 킹 열일곱, 악마 하나, 악사 셋, 프랑스 귀족 둘, 그리고 일본 황후 셋이 쓰러져 있었다. 공포의 혼란 속에서 호세 아르카디오 세군도는 미녀 레메디오스를 구출해 냈으며, 아우렐리

---

98) 아라비아 유목민이다.
99) 아라비아인들의 두건 달린 외투다.

아노 세군도는 드레스가 갈기갈기 찢어지고, 담비 망토가 피에 범벅이 된 그 침입자 여왕을 팔로 안아 집으로 데려갔다. 그 여왕의 이름은 페르난다 델 카르피오였다. 그녀는 전국에서 손꼽히는 미인 5000명 가운데서도 최고의 미인으로 뽑혔는데, 그 침입자들이 그녀를 마다가스카르[100]의 여왕에 임명하겠다고 약속해서 마콘도로 데려왔던 것이다. 우르술라는 그녀를 친딸처럼 보살펴 주었다. 마을 사람들은 그녀가 결백하다는 사실을 의심하는 대신 그녀의 순진함을 동정했다. 학살 사건이 발생한 지 여섯 달이 지난 후, 부상자들이 회복되고, 공동묘지의 마지막 꽃이 시들었을 무렵, 아우렐리아노 세군도는 그 여자가 아버지와 함께 살고 있는 멀리 떨어진 도시로 그녀를 찾아갔고, 마콘도에서 그녀와 결혼식을 올리고 이십 일 동안 떠들썩한 잔치를 열었다.

(2권에서 계속)

---

100) 아프리카 남동쪽에 위치한 섬이다.

부엔디아 가문의 가계도

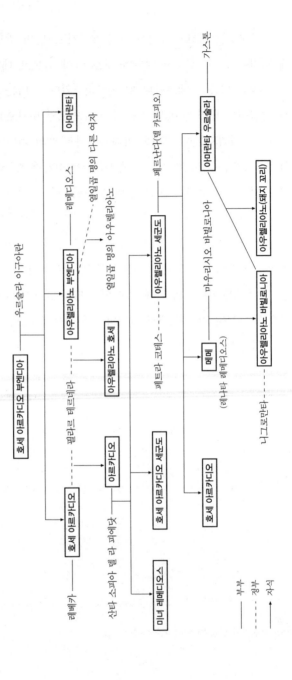

------- 부부
- - - - 정부
———▶ 자식

세계문학전집 **34**

백년의 고독 1

1판 1쇄 펴냄 2000년 1월 3일
1판 76쇄 펴냄 2024년 9월 20일

지은이 가브리엘 가르시아 마르케스
옮긴이 조구호
발행인 박근섭, 박상준
펴낸곳 (주)민음사

출판등록 1966. 5. 19. (제 16-490호)
서울특별시 강남구 도산대로1길 62(신사동) 강남출판문화센터 5층 (우편번호 06027)
대표전화 02-515-2000 팩시밀리 02-515-2007
www.minumsa.com

한국어 판 © (주)민음사, 2000, 2023. Printed in Seoul, Korea

ISBN 978-89-374-6034-0 04800
ISBN 978-89-374-6000-5 (세트)

민음사　세계문학전집

세계문학전집 목록

세계문학전집은 계속 간행됩니다.